莎 士 比 亚 全 集

The COMPLETE WORKS of
WILLIAM SHAKESPEARE

3

· 第三卷 ·

[英] 威廉·莎士比亚 ♦ 著

梁实秋 ♦ 译

湖南文艺出版社
HUNAN LITERATURE AND ART PUBLISHING HOUSE

博集天卷
CS-BOOKY

· 长沙 ·

目　录

如 愿

As You Like It

序

一 著作及出版年代

《如愿》大概是作于一五九八年至一六〇〇年间。在一六〇〇年八月四日书业公会登记簿上有《如愿》的记载，但是底下注着"暂缓"字样，原因不明。《如愿》迄未付印，一直到一六二三年才印在那有名的第一版对折本里。

一五九八年密尔斯（Francis Meres）在他的《智慧的宝藏》（*Palladis Tamia*）里所列举的莎士比亚的喜剧里，并没有《如愿》一剧，故《如愿》之作不能早于一五九八。且剧中有句引自 Marlowe 所作而于一五九八年始出版之 *Hero and Leander* 是亦一旁证。

二 故事的来源

《如愿》的故事是根据劳芝（Lodge）的《罗萨兰》（*Rosalynde*）而改编的。《罗萨兰》是一部散文的小说，刊于一五九〇年。而劳芝的故事又是根据了十四世纪中叶的一首诗 *The Tale of Gamelyn* 而成的，此诗相传是巢塞的作品，也许不是巢塞的手笔而巢塞曾想加以润饰并收入《坎特堡来故事集》里去（Skeat 教授的揣测）。莎士比亚曾否读过此诗，我们不知道。有些地方《如愿》的情节颇似此诗，并且与《罗萨兰》反倒不同，然而这也许是偶然的雷同吧。在诗里除了近尾处提到 Gamelyn 的妻以外，并无女角参加。关于《如愿》中的爱情的部分，那是劳芝的创造。

为什么这出戏叫作"如愿"（*As You Like It*）呢？这需要一点说明。莎士比亚之所以给这戏这样的一个名字，是根据了劳芝的《罗萨兰》弁首致读者书中的一句话。劳芝说："诸位，简单说吧，此书乃武人与水手之作品，是在航海时写成的，每一行都有海水喷渍，每一种情感都有风暴的冲袭。诸位若是喜欢它，那是最好。"最后这一句的原文是"If you like it, so..."大概即是莎士比亚的喜剧之命名的根据了。莎士比亚的意思是说："我的戏是这样地写了，是否能令大家满意，我不知道，如其诸位喜欢它，那是最好……"这样看来，*As You Like It* 应该译为"任随尊便"这样意义的一句成语才好，但是这样的成语不大容易想出来。我所以译作"如愿"者是沿用一个大家习惯的译名而已。（上海北新书局一九二七年出版张采真先生译的这出戏，即取名为"如愿"，据张先生说："这是周作人先生拟译，而经我采用的。"）虽然我很知道"如愿"二字颇易启人误会，误会到是指剧中情人均"如愿以偿"的意思，而其实这是作者对读者谦逊的意思。

三　舞台上的历史

相传在一六〇三年莎士比亚的剧团在 Wilton 地方演剧以娱哲姆斯一世，并且演的即是《如愿》，并且莎士比亚自己也参加表演了（或者许是阿得姆吧），但是我们现在没有确证。在十六世纪、十七世纪这二百年里，《如愿》上演的情形是没有一点文件上的证明的。自一七四〇年起我们才有《如愿》的表演的记录，此后《如愿》遂成为很受欢迎的一剧。从这一点看，我们可以知道《如愿》的浪漫精神在十七世纪和十八世纪上半是不受欢迎的，等到浪漫运动起来，此剧才成为大众所能接受的东西。

四　《如愿》的意义

哈兹立（Hazlitt）说："这是作者的各剧中之最理想的。这是个'田舍剧'（Pastoral Drama），其兴味从情致与人物而来的多于从动作与情境而来的。引我们注意的，不是戏里做了什么事，而是说了什么话。修养于幽静之中，'在树荫的深处'，想象力变得很温柔细致，才智于闲散之中大放异彩，恰似一个从不上学的娇养的孩子。奇思与幻想在这里纵恣欢乐，严重的世故都贬到宫廷里去了……"（讲演，页三〇五）这是一段赞美的话，但是也道出了这戏的真相。真是一出"田舍剧"。森林的背景、浪漫的恋爱、牧人的生活、哲理的风味，这都是"牧诗"或"田园诗"的特征，现在不过是挪到戏剧里来罢了。若就情节论，以现代人的眼光看，那是极其滑稽幼稚的！只有伊利沙白时代的观众能感觉到有兴味。女扮男装而能骗倒人那样久，恋爱之奇突，类此的情形都差不多是不可能的。不过我们一方面可以用现代人的眼光批评，一方面也不能忘记这部作品在历史上的价值。这戏是伊利沙白朝代 Arcadianism 或 Idyllism 的最好的表现。

  莎士比亚写这样的一出戏也是有因的。都敦（Dowden）说得好："莎士比亚，当他写完他的英国历史剧之后，需要给他的想象力一个休息。在这样的心情之下，企求着休养与娱乐，于是他写了《如愿》。若要明了此剧的精神，我们须要记住这是在他写完他的伟大的历史剧之后写的。莎士比亚是从那样严重、那样真实、那样艰巨的历史题材里面转过身来，如释重负一般，长叹一口舒适的大气，逃出了宫廷与军营，到了阿顿森林里面来，这才找了安逸、自由与快乐。"（《莎士比亚的心理与艺术》页七六）这是非常正确的。用现代的术语来说，《如愿》无疑地是一种"逃避现实"的态度的表现。不过若说莎士比亚拿《如愿》之写作当作是"休息"，倒不一定是事实。"逃避现实"原是浪漫主义的一方面，莎士比亚的这种倾向还比较不算太显著。"逃避现实"是吃力的工作，像《如愿》这样的东西之写作，不能算是一个诗人的"休息"吧。

剧 中 人 物

公爵（Duke），在放逐中。

弗来得利克（Frederick），公爵之弟，篡位者。

哀米安斯（Amiens）⌉
　　　　　　　　　├ 随侍公爵之贵族。
杰开斯（Jaques）　⌋

勒波（Le Beau），弗来得利克之侍臣。

查尔斯（Charles），角力者。

奥利佛（Oliver）　⌉
　　　　　　　　　│
札克（Jaque）　　 ├ 罗兰德布洼爵士之子。
　　　　　　　　　│
欧兰多（Orlando）⌋

阿得姆（Adam）　 ⌉
　　　　　　　　　├ 奥利佛之仆。
丹尼斯（Dennis）　⌋

试金石（Touchstone），小丑。

奥利佛·玛台克斯先生（Sir Oliver Martext），牧师。

考林（Corin）　　　⌉
　　　　　　　　　　├ 牧人。
席尔维阿斯（Silvius）⌋

威廉（William），乡人，恋奥得来。

扮喜神海门者。

罗萨兰（Rosalind），公爵之女。

西利亚（Celia），弗来得利克之女。

菲毕（Phebe），牧女。

奥得来（Audrey），乡女。

贵族、侍童、林人及侍从等。

地点

先是奥利佛家附近之花园；后来是篡位者的宫中、阿顿森林里。

第 一 幕

第一景：奥利佛住宅附近花园

欧兰多与阿得姆上。

欧兰多　　　阿得姆，我记得就是这样的他立下了遗嘱给我留下不过一千银币[1]，并且，像你所说的，他命令我的大哥说，如果要得到他的福佑，务须要好好地抚养我。可是我的苦恼就从此开始。我的二哥，他供给他到学校去，大家都极口称赞他的进益。而我呢，他把我当作乡下人似的留在家里，或者干脆说吧，把我关在家里不管我。这和把牛关在栏里一般的待遇，你说可是我这样身份的人所应该受的教养吗？他的马都养得比我好，不但是喂得足壮，而且有训练，他不惜重金雇用善骑的人来训练它们。而我，他的亲兄弟，在他手下什么也得不到，只是长大点罢了。讲到这一点，我和垃圾堆上的猪狗得同样地感激他哩。除了他给我的大量的放任之外，我的天赋的权利，看他那副样子，也像是要剥夺了去。他令我和他的佃工一起吃饭，夺去了我做兄弟的地位，并且尽力地用一种卑陋的抚养方法想要腐化我的高贵的性格。阿得姆，我就是为这个难过。你想我有我父亲的性格，现在要反抗这种奴隶生活了。我不能再忍受下去，虽然还不知有何妙法可以摆脱。

阿得姆　你的大哥从那边来了。

欧兰多　躲起来，阿得姆，你会听到他是怎样地欺侮我。

　　　　奥利佛上。

奥利佛　喂，先生！你在这里做什么？

欧兰多　没做什么。没有人教过我制作什么[2]。

奥利佛　那么你在糟蹋什么呢？

欧兰多　哼，我在这儿游手好闲，帮助你糟蹋那上帝造的你那个可怜没出息的兄弟呢。

奥利佛　哼，做点有益的事吧，走开吧。

欧兰多　莫不成我去给你养猪，和猪一起吃糠去？我荡尽了多少产业，以至于要这样受苦？

奥利佛　你知道你是在什么地方吗？

欧兰多　啊！我很知道，在你的果园里呢。

奥利佛　你知道你是在谁面前吗？

欧兰多　哼，比在我面前的人认识我还要清楚些。我知道你

是我的长兄，你既是出身高贵的人，也该同样地认
识我。各国的风俗承认你有比我优越的位置，因为
你是长子。但是虽然你我之间还有二十个弟兄，这
风俗也不能否认我的血统。我秉受父亲的遗传和你
一样多，虽然，我承认，你是先生的，所以你和他
老人家[3]多接近些。

奥利佛　　什么话，孩子！

欧兰多　　算了，算了，大哥哥，你这样未免太孩子气了。

奥利佛　　你要和我动手吗，混蛋？

欧兰多　　我不是混蛋，我是罗兰德布洼爵士的小儿子，他是
我的父亲，谁要说这样的父亲能生出混蛋来，谁才
是三倍的混蛋。你若不是我的哥哥，为了你这样说
话，我这只手绝不放松你的喉咙，非要用那只手把
你的舌头拔出来不可。你骂你自己哩。

阿得姆　　〔进前〕好少爷，都别生气，为了纪念你们的父亲，
也要和气些。

奥利佛　　你松手放我走，我说。

欧兰多　　我偏不，等我高兴，你得听我说。我父亲在遗嘱里
吩咐你给我良好的教育，而你训练我如同一个下贱
的人，使我看不见所有的上流人的榜样。我父亲的
脾气在我心里兴奋起来了，我不再忍受了。所以，
给我合于绅士身份的教育，否则把父亲在遗嘱上留
给我的那一小部分财产给我，用这点财产，我自己
去谋生。

奥利佛　　你干什么去呢？都花光了，讨饭？好吧，你进去吧。

　　　　　　我不愿长久和你捣麻烦，你可以得到你所希冀的一

　　　　　　部分[4]。请你，离开我。

欧兰多　　　我只要维护我自己的利益，并不要多侵犯你一步。

奥利佛　　　你跟他走吧，你这老狗！

阿得姆　　　"老狗"就是我的酬报吗？真是的，我一向伺候你，

　　　　　　现在牙齿都掉了。上天保佑我的老主人！他是不会

　　　　　　说这样话的。〔欧兰多与阿得姆下〕

奥利佛　　　居然这个样子？你要顶撞我吗？我要治治你的狂傲，

　　　　　　那一千银币且不能给你呢。喂，丹尼斯！

　　　　丹尼斯上。

丹尼斯　　　是您叫吗？

奥利佛　　　公爵的那个摔跤的查尔斯到这里来见我来了吗？

丹尼斯　　　是的，他在门口等着呢，正想要见您。

奥利佛　　　叫他进来。〔丹尼斯下〕是个好法子，明天就举行

　　　　　　摔跤。

　　　　查尔斯上。

查尔斯　　　您早安。

奥利佛　　　好查尔斯先生，新朝廷里可有什么新的新闻？

查尔斯　　　新闻是没有，先生，只有一点旧新闻。那就是，旧

　　　　　　公爵被他的兄弟新公爵给驱逐了，有三四位可敬爱

　　　　　　的大臣甘心随他出亡，他们的田产和收入都归了新

　　　　　　的公爵，所以他很乐意地准他们出走。

奥利佛　　　你知道公爵的女儿罗萨兰也随着她父亲一齐被逐

了吗？

查尔斯　啊，不！因为现今这位公爵的女儿，即是她的堂妹，非常爱她——从小时就是和她一起长大的，她愿意跟着她一齐出亡，否则独留在那里她会要死的。所以她是还在宫里，叔父喜欢她如同自己的女儿一般，从没有两个女子相爱像她们那样。

奥利佛　旧公爵要到哪里去居住呢？

查尔斯　据说他已经在阿顿森林[5]里了，还有不少的随从跟着他，他们就在那里住。像英格兰的老罗宾汉[6]似的。据说每天都有些年轻绅士投奔到他那里，无忧无虑地度日，像在黄金时代的人一般。

奥利佛　怎么，你明天在新公爵面前摔跤吗？

查尔斯　正是呀，先生，我来告诉您一件事。我得到暗中通知，您的兄弟欧兰多有意要化起装来和我摔一跤。先生，我明天是要为了维持我的名誉而斗，所以要想逃脱我的手段而肢体不受伤损，一定得要是个高手才成。您的兄弟是年轻娇嫩的，看在您的面上，我不愿和他交手，可是为了我的名誉，他若来到面前我又不能不斗。因此，我是一番好意来告诉您，您或是劝阻他的意向，或是等到他自寻耻辱的时候您可不要生气，因为那是他自找的，不是我愿意的。

奥利佛　查尔斯，我感谢你这一番好意，我要好好地酬劳你。我自己也知道我兄弟有这样的意思，也曾设法间接苦苦劝他不要做这事，但他很坚决。我告诉你吧，查尔斯，他真是法兰西最倔强的少年，野心勃勃，对每个人的优点他都嫉妒，他是很阴险的人，想要谋害我，他的亲哥哥，所以你自己酌量吧。我愿你折断他的手指，我也同样愿意你折断他的颈骨。你最好是留神点，因为你若是给他一点轻微的耻辱，或是他没有在你面前大大地赢得体面，他会要用毒药谋害你，用阴谋陷害你，除非等到他用阴险手段结果了你的性命，他是永不甘休的。因为，我老实和你说吧——几乎可以说是垂涕而道——现世上没有一个人是像他这样地如此之年轻险诈。我说这话，还留着一点弟兄之情。我若是剖析他的本来面目，我必定要红脸，必定要落泪，你一定也要脸发青，惊诧不置。

查尔斯　　我先到您这里来，我是很高兴。他若是明天和我作对，我必给他所应得的代价。如其他还能独自走路，我再也不和人摔跤争奖。上帝保佑您！〔下〕

奥利佛　　再会，好查尔斯。现在我要去怂恿这个好斗逞强的小伙子了。我希望能见到他一命呜呼，因为我的心，不知为什么，最恨的就是他。然而他是很高贵的，没上过学，可是很有学问，有高尚的心胸，各色的人都像中了魔一般地爱他，并且他是如此地得一般人的欢心，尤其是我自己的部下，知他最深，格外欢喜他，倒显得我是完全被轻视了。但是这情形是不能长的。这位摔跤的可以扫除一切，现在不需做旁的事，只消我去鼓动那个孩子去摔跤，现在我就去干这事。〔下〕

第二景：公爵宫前草地

罗萨兰与西利亚上。

西利亚　　罗萨兰，好姐姐，我请你打起高兴来。

罗萨兰　　亲爱的西利亚，我已表示了高兴的样子，比我心中
　　　　　所有的还多，你还要我再高兴些吗？除非你能教我
　　　　　忘掉被放逐的父亲，你休想能教我想到什么特殊可
　　　　　喜的事。

西利亚　　由此看来，你爱我并不像我爱你那样地十足。若是
　　　　　我的伯父，你的被放逐的父亲，驱逐了你的叔父，
　　　　　当今的公爵，我的父亲，而你仍然和我在一起，我
　　　　　便会爱你的父亲如我自己的一般。你也会这样的，
　　　　　若是你对我的爱是和我对你的爱一般的纯挚。

罗萨兰　　好吧，我就忘记我自己的处境，好陪着你高兴。

西利亚　　你知道我父亲只有我一个孩子，此后也不会再有。
　　　　　真的，他死了之后，你便是他的继承人，因为他从
　　　　　你父亲手里夺过去的，我必诚心地归还给你。我以
　　　　　名誉为誓，我必这样做。我若背誓的时候，让我变
　　　　　妖精。所以，我的亲人，我的爱人，打起高兴来。

罗萨兰　　妹妹，从此我一定打起高兴，并且想法子寻乐。让
　　　　　我想想看，你说拿恋爱来消遣好不好？

西利亚　　好啊，就这样办。作为消遣，可别真爱上男人，也
　　　　　别戏弄太过，要以不伤名誉而仅以脸红一下便可摆
　　　　　脱为度 [7]。

罗萨兰	那么我们玩什么好呢?
西利亚	我们坐下来讥讽命运之神,那个荡妇,使她离开她的轮子,以后她的恩惠或者就可以公平地施给了[8]。
罗萨兰	我很愿我们能这样做,因为她的恩惠实在是大大地施错了地方,这阔绰的瞎婆娘所做最错的事是她施给女人们的东西。
西利亚	真是的。因为她使得貌美的人,她不常使她们贞洁;她使得贞洁的人,她又使她们有很丑陋的面孔。
罗萨兰	不,你所谈的已经离开命运之神的职权,走进自然的职权里了。命运之神是人世间恩惠的主宰,不能支配自然的相貌。

试金石上。

西利亚	不吗?自然造出一个美人,命运就不会把她投到火里去吗?虽然自然给我们智慧嘲笑命运,命运不是已经打发这个傻子来打断我们的谈话了吗?
罗萨兰	真是,命运也太欺侮自然了,命运竟用自然的傻子来打断自然的智慧。
西利亚	或者这不是命运的播弄,而还是自然的造设。自然看着我们的智慧太蠢笨了,不足以和这样的神仙辩论,所以派来这个傻子,作为我们的磨刀石,因为傻子的蠢笨永远是智慧的磨刀石。怎样,聪明鬼儿!你到什么地方去?
试金石	小姐,您得回去见您的父亲。
西利亚	是派你来逮捕我们的吗[9]?

试金石	不是，我以名誉为誓。不过我是奉命来请您的。
罗萨兰	傻子，你从哪里学来的那句誓词？
试金石	从一位骑士学来的，他曾以他的名誉为誓，说油煎饼好，又以名誉为誓，说芥末不好。现在我来证明，油煎饼不好而芥末好，可是那位骑士也不算是发了假誓。
西利亚	你有一大堆的学问，可怎样证明这一点呢？
罗萨兰	对呀！施展你的聪明吧。
试金石	你们两位都站过来。摸摸你们的下巴，以你们的胡子发誓，说我是个无赖子。
西利亚	以我们的胡子为誓，假如我们有的话，你是个无赖子。
试金石	以我的无赖为誓，假如我有无赖的事，我便是无赖了。但是你们若以你们本来没有的东西为誓，你们不算是起假誓。这个凭名誉发誓的骑士也不算是起假誓，因为他从来就没有一点名誉。假如他有，在他未看见油煎饼芥末之前，也早就被他起誓给起完了。
西利亚	请问你所说的那位是谁？
试金石	就是您的父亲老弗来得利克所宠爱的一位。
西利亚	我父亲的宠爱便够使他有名誉了。够了！不必再说他了。你这样挖苦人，这几天以内不免要挨鞭子抽了。
试金石	那可是更可惜了，聪明人做了傻事，还不许傻子说几句聪明话。

西利亚	真是的，你说得不错。因为自从傻子的小小聪明被压制，聪明人的小小傻事便大大地铺张起来了。勒波先生来了。
罗萨兰	他带来满嘴的新闻。
西利亚	他是硬塞给我们听，像鸽子喂小雏一般。
罗萨兰	我们会要被新闻给塞饱了。
西利亚	那更好，我们会有更高的行市。

勒波上。

	你好啊，勒波先生。有什么新闻？
勒波	美貌的小姐，你错过了一场很好的玩意儿。
西利亚	玩意儿！哪一类的？
勒波	哪一类，小姐！我可怎样回答你呢？
罗萨兰	按照你的智慧和命运来回答。
试金石	或是按照命中注定的回答。
西利亚	说得对，这真是夸大其词了。
试金石	不，我若是忘了我的身份——
罗萨兰	你便失掉你的臭味了。
勒波	小姐们，你们把我弄糊涂了。我本想是告诉你们那一场你们所未见到的摔跤的事。
罗萨兰	还是把摔跤的情形讲给我们听吧。
勒波	我把这事的开始告诉你们，如其小姐们高兴，你们可以去看这事的结局，因为最精彩的一部分还没有到，他们就要到你们现在站着的这地方来表演。
西利亚	好吧，就说这事的开始吧，那是已成过去的了。

勒波	有一个老头子还有他三个儿子——
西利亚	我可以接下去讲一段老故事。
勒波	三个漂亮的年轻人，体格面貌都长得极好——
罗萨兰	颈上挂着一张布告："特此布告，俾众周知[10]。"
勒波	这三弟兄中最年长的一个和公爵的摔跤者查尔斯比试了一番，查尔斯不大工夫就把他摔倒了，打断了三根肋骨，他是很少活的希望了。他同样地对付了第二个、第三个。他们都倒在那里。他们的父亲，可怜的老头子，痛苦之下，使得旁观者也为之流泪了。
罗萨兰	哎呀！
试金石	不过先生，你刚才所说小姐们错过的一场玩意儿倒是什么呀？
勒波	噫，我刚说的就是。
试金石	这样说来，人是可以一天比一天地聪明了。这是我第一次听说打断肋骨是小姐的玩意儿。
西利亚	我也是第一次听说。
罗萨兰	还有人想在自己胸间听那咯喳一声响吗[11]？还有人喜欢打断肋骨吗？这种摔跤我们不要看，妹妹。
勒波	你们若停留在此地，你们一定要看见的。因为这里正是指定摔跤的地点，他们就要来表演了。
西利亚	他们准是从那边来了。我们等着看吧。

奏花腔。弗来得利克公爵、贵族等，欧兰多、查尔斯及侍从等上。

| 弗来得利克 | 来吧，这青年人既不听劝告，由他因逞强而自讨苦 |

吃吧。

罗萨兰	就是那个人吗?
勒波	就是他,小姐。
西利亚	哎呀!他太年轻了。不过他的样子像是很有把握。
弗来得利克	咦,女儿,侄女!你们跑来看摔跤吗?
罗萨兰	是的,请准我们看吧。
弗来得利克	你们不会喜欢看的,我可以说,因为两个人相差太多了。我可怜挑衅的这个人太年轻,我劝他不要试,他不听。小姐们,你们和他说说,看看能否说动了他。
西利亚	叫他过来,勒波先生。
弗来得利克	就这么办。我躲开你们。〔公爵走避一旁〕
勒波	挑战的先生,小姐有请。
欧兰多	我敬谨伺候。
罗萨兰	年轻人,你是向摔跤的查尔斯挑战了吗?
欧兰多	没有,美貌的小姐。他是向大家挑战的人,我来加入,不过是和别人一样,和他试试我的弱小的力量。
西利亚	年轻的先生,你的精神太勇敢,不是你这样年轻所能胜任。这人的力量之残酷的证明,你已看见了,你若是用你的眼睛看看你自己,用你的理智估量你自己,你这次冒险的行为之可虑会劝你去做比较能胜任的事。我们请求你,为你自己的缘故,维护你自己的安全,放弃这一次尝试吧。
罗萨兰	务必,先生,你的声誉不至因此低减。我们去求公爵停止这一次比试。

如 愿

欧兰多	我请你们，别这样看不起我，使我难过，虽然我承认拒绝这样美貌女郎之任何要求都是很罪过的。我只要你们的青睐和你们的好意送我去下场。如果我打败了，不过是一个向来未蒙识拔的人遭受一场侮辱；如果被打死了，不过是死了一个自己愿死的人。我不会有什么对不起朋友，因为我根本没有朋友伤悼我；我对世界也没有什么损害，因为在世上我根本没有什么；我不过是在世上占据一个位子，我若腾出空来，可以由一个更好的人来补充。
罗萨兰	我的一点微薄的力量，但愿能帮助你。
西利亚	还有我的，也加在她的上面吧。
罗萨兰	再见吧。我祷求上天，唯愿我是错看了你！
西利亚	愿你如愿以偿！
查尔斯	来吧，那个急于要入土的年轻人在哪里呢？
欧兰多	就来，先生。不过他心里并不这样着急。
弗来得利克	你只准和他试一回合。
查尔斯	不，我敢向您担保，您既已如此用力地劝他不要试第一次，您不会劝他再试第二回的。
欧兰多	你是想事后嘲笑我，你就不该事前嘲笑，但是你来吧。
罗萨兰	青年人，愿赫鸠利斯保佑你！
西利亚	我愿我是人家看不见的，好去扯那强人的大腿。
	〔查尔斯与欧兰多摔跤〕
罗萨兰	啊，好一个青年人！
西利亚	如果我的眼里能有雷霆，我知道谁要被劈倒的。

〔查尔斯被摔倒，众欢呼〕

弗来得利克	别摔了，别摔了。
欧兰多	还得摔，我求您。我还没有斗上劲呢。
弗来得利克	你觉得怎样了，查尔斯?
勒波	他说不出话来了。
弗来得利克	把他抬走吧。青年，你名叫什么?〔查尔斯被抬下〕
欧兰多	我叫欧兰多，罗兰德布洼爵士的小儿子。
弗来得利克	我愿你是别人的儿子。世人都认为你的父亲是有名誉的人，但我以为他永远是我的敌人。你若是另一家族的后代，你今天的成绩便能更讨我的欢喜。再见吧。你是一个英勇的青年，我深愿你的父亲是另外一位。〔公爵、侍从等及勒波下〕
西利亚	假若我是我的父亲，姐姐，我会说这样的话吗?
欧兰多	我很荣幸我是罗兰爵士的儿子，他的小儿子。我不愿改变这名称，去给弗来得利克做嗣子。
罗萨兰	我的父亲爱罗兰爵士如生命，全世界的人都和我的父亲表同意。我若早知道这青年是他的儿子，在他这样冒险之前，我除了请求之外还要给他眼泪呢。
西利亚	好姐姐，我们去安慰他鼓励他。我父亲的粗鲁嫉恨的脾气真刺穿了我的心。先生，你是很令人起敬的。假如你在爱情当中只要能光荣地保持你的诺言，有如在这次摔跤你不仅保持而且超过了一切期望，你的情人必定会是快乐的。
罗萨兰	先生，〔从颈上取项链赠之〕为了我而戴上这个吧。我是一个不走运的人，本想多给一点，但是她的手

	头不宽裕。我们走吧，妹妹。
西利亚	好。再见吧，先生。
欧兰多	我竟不能说一句谢谢吗？我的魂魄全都消灭了，在这里站着的只是一个人形的枪靶子，一块无生气的木头。
罗萨兰	他叫我们回去呢，我的自尊心和命运一齐降低了，我去问他要怎么样。你叫我们吗，先生？你的本领很高强，你战胜的不仅是你的敌人。
西利亚	你走不走，姐姐？
罗萨兰	就走。再见了。〔罗萨兰与西利亚下〕
欧兰多	是什么情感把这样重的东西坠在我的舌上？我对她说不出话，而她直逼着我谈话。啊！可怜的欧兰多，你战败了！或是查尔斯，或是较弱的什么，降伏了你了。

勒波上。

勒波	先生，我是好意劝你离开这个地方吧。虽然你已经获得无上的激赏，真实的赞美与敬爱，但是公爵的脾气是如此，他完全误会了你所做的事。公爵的脾气是很任性的，他现在究竟是怎么样，与其让我说，还不如让你去想哩。
欧兰多	多谢你，先生，请你告诉我这一点：刚才在这里看摔跤的两位小姐，哪一位是公爵的女儿？
勒波	若按她们的气度来说，都不是他的女儿。但是，小一点的那个实在是他的女儿。那一个是被逐的公爵

　　　　　的女儿，被她的强横的叔父给留下来，陪伴他的女儿。这两个比亲姐妹还亲热。不过我告诉你吧，最近公爵却不喜欢他的侄女了，不为别的，只因一般人都称赞她的品行好，并且为了她的善良的父亲都特别怜爱她。我敢拿性命打赌，他对他的侄女不怀好意，一定要迸发出来的。先生，再见吧。此后在较好的环境当中，我希望能再多和您来往。

欧兰多　　我很感激你，再见吧。〔勒波下〕

　　　　　这样一来我得跳出油锅进火坑；

　　　　　离开凶暴的公爵，去见凶暴的家兄。

　　　　　但是天仙一般的罗萨兰啊！〔下〕

第三景：宫内一室

　　　　　西利亚与罗萨兰上。

西利亚　　怎么啦，姐姐？怎么啦，罗萨兰？爱神慈悲吧！一句话都不说吗？

罗萨兰　　没有话对狗说。

西利亚　　不，你的话是太可贵，当然不能丢给狗。丢给我吧，来，拿话语来敲折我的腿。

罗萨兰　　那么姐妹俩都有残缺了：一个是被话语敲断了腿，一个是疯得不说一句话。

西利亚　但这都是为了你的父亲吗?

罗萨兰　不,有一部分是为了我的孩子的父亲。啊,日常生活里怎这样多的荆棘!

西利亚　姐姐,这不过是闹着好玩,把一些刺果壳扔在你的身上罢了。我们若不在平坦的路上走,我们的裙子就会挂上刺的。

罗萨兰　我可以抖掉裙上的刺,但这些刺是在我的心上。

西利亚　咳嗽出来。

罗萨兰　若是我能咳嗽一声,我很愿一试,捉住他。

西利亚　算了,算了,和你的爱情挣扎一下。

罗萨兰　啊!爱情的力量比我自己强!

西利亚　啊,我祝你成功!纵然失败,你也得及时一试。但是不说笑话,我们谈正经的吧,你这样地猛然间和老罗兰爵士的小儿子发生强烈的恋爱,是可能的吗?

罗萨兰　我的父亲是很爱他的父亲的。

西利亚　因此你就应该亲密地爱上他的儿子吗?按照这样的推论,我该恨他,因为我的父亲痛恨他的父亲。但是我不恨欧兰多。

罗萨兰　真是的,为了我的缘故,你别恨他。

西利亚　为什么我别恨他呢?他不该让我恨吗?

罗萨兰　就让我爱他这一点吧,因为我爱他,你也爱他吧。看,公爵来了。

西利亚　他的眼里带着怒气。

弗来得利克及贵族等上。

弗来得利克　小姐，赶快去准备，为了你的安全，急速离开我的
宫廷。

罗萨兰　　　我吗，叔父？

弗来得利克　就是你，侄女。十天以内，如在宫廷附近二十英里
以内发现你，你就得死。

罗萨兰　　　我请求您，让我知道我犯了什么罪。如其我知道我
自己，熟悉我自己的欲念，如其我不是在做梦，也
不疯——我相信我不是——那么，亲爱的叔父，我
连一个内心的念头都没有开罪于您。

弗来得利克　一切的叛逆都是如此，如其言语可以洗刷他们的罪
恶，他们会都像美德一般地纯洁。我不信任你，这
一句对你就够了。

罗萨兰　　　但是您的不信任，不能就使我成为一个叛徒，请告
诉我叛逆的嫌疑有什么根据。

弗来得利克　你是你父亲的女儿，这就够了。

罗萨兰　　　您篡夺他的疆土的时候，我已经就是；您把他放逐的
时候，我也已经就是。叛逆不是遗传的，即使我们
从友人处牵连着有罪，那与我何干？我的父亲并非
是叛徒，所以请您不要这样地误会，以至于把我这
样孤苦伶仃的人当作奸诈。

西利亚　　　父王，听我说。

弗来得利克　唉，西利亚，我为了你才留下她，否则她早随着她
的父亲流浪去了。

如愿

西利亚	我当时并未请您留她，是您自己的高兴，是您自己的怜恤。我那时太年轻，尚未能认识她的好处，但是我现在了解她了。假如她是叛徒，我也是了。我们俩一向睡在一处，起在同时，读书游戏、吃东西，都在一处。我们不拘到什么地方，像鸠诺[12]的一双天鹅，永远是成双作对，不可分离。
弗来得利克	她太狡诈，不是你所能懂的。她的圆滑、她的沉默、她的忍耐，都能打动人心，启人怜爱。你真是个傻子，她抢去了你的名誉，她走了之后，你会显得更光彩、更精明。所以你别开口了，我对她下的裁判是坚决不可变更的。我放逐她了。
西利亚	那么把这判决加在我的身上吧，我离了她不能活。
弗来得利克	你是傻子。你，侄女，准备去吧。你若是耽搁过了时刻，那以我的名誉为誓，并且凭我的地位说话，你准得死。〔弗来得利克及贵族等下〕
西利亚	啊我的可怜的罗萨兰，你到哪里去？你愿意换一个父亲吗？我愿意把我的给你。我请你，不要比我更难过。
罗萨兰	我该比你更难过。
西利亚	姐姐，你不该。请你快活点吧。你不知道吗，公爵也把我——他自己的女儿，给驱逐了！
罗萨兰	那他可没有。
西利亚	没有？真没有？那么，罗萨兰真缺乏那一种使你我成为一体的爱。我们能分散吗？我们能别离吗，好小姐？不，让父亲另找一个女儿吧。所以你就和我

商量一起逃吧，怎样走，带什么。不要独自去领受你的厄运，撇开我而一个人受苦。因为，我指着天说，现在天都为我们的悲哀而黯淡了。随便你怎么说，我愿跟了你去。

罗萨兰　唉，我们到什么地方去呢？

西利亚　到阿顿森林找我的伯父去。

罗萨兰　哎呀，我们女人去走这样远的路，那是多么危险呀！美貌比金钱更容易引起贼人来。

西利亚　我穿一身破烂衣裳，用赭土涂脸。你也这样办，我们便可以走过去，永远不会招人欺凌了。

罗萨兰　我的身量特别高，全身都打扮成男人的样子，那岂不更好？一把亮晃晃的短刀在腰间一挂，手里拿着一根扎枪。并且，在我心里不管藏着什么样的女人的恐惧，在外表上我们要做出粗横威武的样子，就像那些貌似英勇的懦夫一般，以外表遮掩他们的怯懦。

西利亚　你要是男人，我叫你什么呢？

罗萨兰　我的名字得要和周甫的侍童的名字一般，所以你就叫我作刚尼密 [13] 吧。但是你叫什么呢？

西利亚　得要和我的情形有关系的。不再叫西利亚，叫作阿利安娜吧。

罗萨兰　但是，妹妹，我们把那个傻丑偷偷地从你父亲宫里带走，你看好不好？在旅途中，他不是我们的一种安慰吗？

西利亚　他得跟我走遍茫茫的大地，让我去招引他来。我们

走吧，把我们的金银珍宝都聚在一起，我们要想好
最适当的时间和最稳妥的方法，以便躲避在我逃后
必不可免的一场追赶。
我们现在是甘愿地求自由，
并非是被人逼迫地做流囚。〔同下〕

注 释

[1] 原文 crown 是印有皇冕之银币，值五先令。

[2] 原文 make 有二义："做什么"之"做"，与"制作"之"作"。此语系有意曲解。

[3] 原文 is nearer to his reverence 可有两种解释：一是以"reverence"做"敬意"解；一是以"his reverence"作为对老人的普通尊称解。今从后者。

[4] 原文 will 也许有"遗嘱"的意思，即使应做"欲望"解，亦系指有关遗嘱析产事之欲望而言。Deighton 注此句为："你有走开的自由。"恐误。

[5] 阿顿森林当然是依据劳芝《罗萨兰》指法国的 Ardennes 而言，但莎士比亚心目中的森林及观众想象中的森林则无疑地是英国瓦利克县之 Arden 森林。

[6] 罗宾汉（Robin Hood），即传述中之著名的绿林英雄，原为亨丁顿伯爵，被放逐后遂流为盗，劫夺不义，扶倾济贫，号称大侠。

[7] 原文 pure blush 应做"仅仅脸红"解，意谓戏弄男子不可过度，偶

做脸红之事即宜适可而止。

[8] 意谓命运之神一旦离开轮子，则人类命运无人胡乱支配，无论贤愚智不肖俱可得适当的幸运之享受。

[9] 原文 messenger 常做"缉捕人犯之警官"解。试金石之语气过硬，故西利亚以此语反诘之。

[10] 勒波的话过于矜持，故罗萨兰亦模仿文告之语气以调侃之。

[11] 原文 broken music 或谓指各种乐器合奏而言，即通常所谓 part music，但在此处殊无意义，故疑系指残破的乐器之声，且 ribs 原有乐器上之弯木条的一解，看 N.E.D. 此字之第 12a 解。

[12] 鸠诺（Juno）应作维诺斯（Venus）。

[13] 刚尼密为 Tros 与 Callirrhoë 之子，貌美，被大帝 Zeus 领去做捧杯侍者。

第 二 幕

第一景：阿顿森林

老公爵、哀米安斯及其他贵族等，状似森林中居民上。

老公爵　我放逐中的诸位伙伴弟兄，我们的长久的习惯，岂不是把这种生活弄得比藻饰的荣华为更美妙了吗？这森林岂不比充满猜忌的朝廷为更少危险吗？在这里我们只感受到亚当的刑罚，季候的陡变[1]，例如朔风的冰冷的毒牙和酷烈的砭针，吹上我的身体的时候，吹得我直打寒战，而我还微笑着说："这不是谄媚，这是忠臣，竭诚地劝我做我现在这样的人。"患难的益处是很妙的，像是一只虾蟆，丑而有毒，但是头上偏顶着一颗珍珠。我们的生活，没有人众的喧闹，但是在树里可以发现喉舌，流水里发现书卷，在岩石里发现训诫，处处都可以发现益处。我不愿变更它。

哀米安斯　您真是幸福，能把顽强的厄运变成这种宁静和平的样子。

老公爵　来，我们去猎鹿吧？不过我很难过，这些带斑点的蠢货，也是这荒凉的地方的土著，在它们自己的领域之内，它们的圆肥腰上不免要戳进几个箭头。

贵族甲　真是的，那多忧虑的杰开斯也为了这个难过呢。并且讲到这一点，他说你的篡夺的行为实在有过于那放逐你的那个弟弟。今天，哀米安斯和我偷偷走到他的身后，他正卧在一株橡树底下，那树的老根伸张在林中一条汩汩的小溪上面。一只离群的牝鹿被猎人打伤了，逃到那个地方喘息。真是的，这狼狈的东西发出一声哀鸣，几乎要把它的皮毛迸裂，圆大的泪珠从它的纯洁的鼻子上簌簌不断地滚了下来。那多愁的杰开斯不住地观看着，那只生毛的傻东西就站在急流的溪边把眼泪倾注在里面。

老公爵　但是杰开斯说了什么？他看了这情景没有大发议论吗？

贵族甲　啊，说了，说了一千个譬喻。最先是说起它的向水涨的河里洒泪。"可怜的鹿啊，"他说，"你像世俗的人一般立下遗嘱，把你的较多的遗产送给那已有太多的人。"随后，看着那只鹿独自徘徊，被它的毛泽光润的伴侣给遗弃了，他又说："对了，患难是要拆散那班流动的伴侣。"忽然有一群安闲的鹿，吃得很

肥胖，从它身旁跳跃过去，就没有招呼它。杰开斯
又说了："唉，往前奔吧，你们肥胖有油的阔人。到
处都是如此，你们为什么要回头看看那贫苦可怜的
穷光蛋呢？"于是他便这样顶刻毒地咒骂乡间、城
市和宫廷的全体，甚至骂到我们的这种生活。他赌
咒说我们不过是篡夺者、横暴者，并且更坏的是，
到野兽天生居住的地方去惊吓它们，屠杀它们。

老公爵　　你们就丢他一个人在那里沉思吗？

贵族乙　　是的，他还在哭着批评那只呜咽的鹿呢。

老公爵　　引我到那地方去。我最爱在他发这种忧郁症的时候
　　　　　去见他，因为在这时候他最有见识。

贵族乙　　我就领你去见他。〔众下〕

第二景：宫中一室

公爵弗来得利克、贵族等及侍从等上。

弗来得利克　哪能够没有一个人看见她们呢？绝不能，我宫中必
　　　　　有小人从中协助纵逃。

贵族甲　　我没听说有人看见了她。她的寝室里的宫女亲见她
　　　　　上床睡觉，可是一清早她们发现床上失掉了主人。

贵族乙　　时常逗您发笑的傻丑也不见了。公主的贴身丫鬟希

斯皮利亚供说她曾私下听到您的小姐和她的姐姐很
称赞那个最近摔跤打败强大的查尔斯的那人的技艺
和人品。她相信，不管她们是逃到哪里，那青年一
定是跟着她们的。

弗来得利克　派人到他的哥哥家去，把那个青年捉来。若是他不
在家，把他的哥哥带来见我，我叫他去找他。快去
办，并且叫那搜查缉捕的人务必要把那私逃的人给
捉回来。〔众下〕

第三景：奥利佛家门前

欧兰多与阿得姆分途上。

欧兰多　　　谁呀?

阿得姆　　　喂，是小少爷吗? 啊我的好少爷! 啊我的好少爷!
啊你使我想起了老罗兰爵士! 唉，您在这里做什么
呢? 您为什么这样好? 人们为什么都爱您? 为什么
您是又温和又强健又勇敢? 您为什么又这样糊涂，
打败那倔强任性的公爵部下的那个强大的打手? 您
的声誉来得太快了。您不知道吗，少爷，对于某一
些人，荣誉是和仇敌一般地有害? 您的荣誉正是如
此。您的美德，少爷，对于您正是貌似圣洁的叛逆。

啊，这是什么样的世界呀，一个人有了优点反要因而遭殃！

欧兰多　　怎么一回事？

阿得姆　　啊不幸的青年！别进这个门，你的荣誉的仇敌全在这里住着呢。你的哥哥——不，不是哥哥，然而他是他的父亲的儿子——可是他又不是，我不承认他是——他听说到你的荣誉了，今夜他打算烧掉你常居住的房子，连你也烧在里面。若是这一着不成功，他还有别的方法铲除你。我偷听到他的阴谋了。这不是好地方，这家里是屠场，要提防，要恐惧，别进去吧。

欧兰多　　阿得姆，你可叫我到哪里去呢？

阿得姆　　无论什么地方都成，就是别到这里来。

欧兰多　　什么！你叫我去讨饭吗？或是拿一把大刀到大路上抢劫为生吗？我只好这样做，否则不知怎样办了。然而我不肯这样做，无论我落到怎样的地步，我宁忍受凶残变态的哥哥的毒害，我也不肯这样做。

阿得姆　　但是无须这样做。我有五百银币，是从服侍您的父亲时积蓄下的工资，预备到衰老无用被人遗弃的时候好做养老的费用。您拿去吧，喂乌鸦饲麻雀的冥冥主宰[2]，便是我老年的慰安！金钱在这里，我全都给了您。让我做您的仆人。我虽然像是老了，我还是很强壮的。因为我在年轻时从未饮过强烈刺激的酒，也从未厚着脸皮去追求那足以使人孱弱的娱乐，所以我上了年纪，就像是有生气的冬季，虽然很冷，

	但是不失常态。让我跟您去，您有什么事，有什么
	需要，我都能像一个较年轻的人一般地伺候您。
欧兰多	啊良善的老者！古代忠心服务的精神在你的身上表
	现得何等真挚，为尽职不是为报酬而努力！你在如
	今是不合时宜的了，如今没有人肯努力，除非是为
	了升发，一旦升发了，便因升发而停止了服务。你
	不是这样的。但是可怜的老人，你是在修饰一株烂
	树，不能开出一朵花来报酬你的勤劳。但是你来吧，
	我们一起走。

趁你的青春时的积蓄尚未用光，

我们要寻到一个安稳朴素的地方。

阿得姆	少爷，您走，我愿跟着您，

直到最后的喘气不变我的忠心。

从十七岁起我就在这里服务，

如今快到八十，这里不能再住。

十七岁时多少人追逐财宝，

到八十岁时可就来不及了：

但命运所能给我的最大的补赔，

即是鞠躬尽瘁，对我的主人无愧。〔同下〕

第四景：阿顿森林

罗萨兰着男装，西利亚装作牧羊女，及试金石上。

罗萨兰　　　啊邱比得！我的精神真疲倦了。

试金石　　　只要我的腿不疲倦，我不管我的精神。

罗萨兰　　　我心里真想对不起这一身男装像女人般地哭一场，
　　　　　　但是我得要安慰比我弱的，穿短衣长裤的应该比穿
　　　　　　裙子的有更勇敢的样子。所以，振起精神来呀，好
　　　　　　阿利安娜。

西利亚　　　请你担带我一点吧，我不能再走了。

试金石　　　以我而论，我宁愿担带着你，可不愿担着你。可是
　　　　　　我若真个担着你，我也不算是担着什么重担，因为
　　　　　　我想你的钱袋里是没有一文钱的 [3]。

罗萨兰　　　好了，这就是阿顿森林。

试金石　　　唉，我现在可到了阿顿。我更傻了。我在家的时候，
　　　　　　比这里舒服，不过行路的人总得知足点。

罗萨兰　　　这样才对，好试金石。你看，谁来了，一个年轻人
　　　　　　和一个老人，很庄严地谈着话。

考林与席尔维阿斯上。

考林　　　　这样做将使她永远看不起你了。

席尔维阿斯　啊考林，我愿你知道我是如何爱她！

考林　　　　我是一半揣测，因为我也曾恋爱过。

席尔维阿斯　不，考林，你老了，你不能揣测了，虽然你在年轻

的时候也是午夜爬在枕头上长吁短叹的一个真正的情人，如其你的爱也曾和我的一般——我准知道没有人像我这样热恋过的——你被热情播弄会也要做出不知多少可笑的事哩？

考林　　　　有一千桩，可是都忘记了。

席尔维阿斯　啊！那么你是从没有这样真心地爱过。如其你不能记得为情颠倒时所做的顶小的荒唐事，你实在不曾真爱过；如其你不曾像我这样坐着，絮聒地称赞你的情人使听者生厌，你也是没真爱过；如其你不曾在人面前突然离去，如我的爱情使我现在这样，你也是不曾爱过。啊，菲毕，菲毕，菲毕！〔下〕

罗萨兰　　　哎，可怜的牧人！我探索你的创伤，不幸也发现我的苦恼了。

试金石　　　我也发现我的了。我记得，我恋爱的时候，我曾在石头上砍断了一把刀，让夜里偷会我的琴斯迈尔的情敌看看这个榜样；我记得我曾吻过她的洗衣棒槌，也吻过她那皱皮的小手所挤过乳的牛乳头；我记得，我把一株豆子当作是她，我向她求爱，我扯下两个豆荚又送还给她，流着泪说："为我的缘故带着这两个豆荚[4]吧。"我们做过真情人的，都不免神魂颠倒；但是，世间一切都是无常的，所以爱情中的一切也是非常地颠倒。

罗萨兰　　　你说得很聪明，你自己恐怕还没留心呢。

试金石　　　不，我从不留心[5]我的聪明，除非我被聪明绊倒砍断了腿。

罗萨兰	天哪天哪！这牧人的热情恰似我的情形。
试金石	也像我的，不过对于我是有点陈腐罢了。
西利亚	我请你们哪一位去问问那个人，他肯不肯卖给我们一点吃的。我快要晕死了。
试金石	喂喂，你这个傻子！
罗萨兰	别嚷嚷，傻子。他不是你一家的人。
考林	谁叫？
试金石	比你强的人。
考林	否则他们是很狼狈的了。
罗萨兰	我说，你别嚷。朋友，晚上好。
考林	您好，您诸位都好。
罗萨兰	牧羊的，我求您一件事，在这荒凉的地方若是用人情或用金钱能买到食住，就请带我们到一个可以饮食休息的地方。这里有一位年轻的姑娘走路走得很累，再不救济就要晕倒了。
考林	先生，我很可怜她，为了她而不是为了我，我深愿我的境遇能更足以救济她。但我是给人家牧羊的，我喂羊，但是羊毛不由我剪。我的主人脾气很吝啬，满不注意殷勤待客方能走进天堂的道理。并且，他的茅舍、羊群、牧场，现在就要卖出，他不在家，我们的茅棚里现在没有一点东西是你们肯吃的；不过东西是有一点，你们来看看，在我的能力之内我是顶欢迎你们的。
罗萨兰	想要买他的羊群和牧场的是怎样的一个人？
考林	就是你们方才看见的那个年轻人，他买任何东西都

是满不在乎的。

罗萨兰　我请你，如果是合于正当手续，你去买下这茅舍、
　　　　牧场、羊群，我们替你出钱。

西利亚　我们还给你长工钱。我喜欢这个地方，很愿意在这
　　　　里消磨我的时光。

考林　　这东西一定是可以出卖的。跟我来，如果详细打听
　　　　之后你们欢喜这块地、这行生意、这种生活，我
　　　　愿做你们的忠实仆人，拿你们的钱立刻就给买来。

〔众下〕

第五景：森林中另一部分

哀米安斯、杰开斯及其他上。

哀米安斯　高卧绿荫林中，

　　　　谁愿和我做伴，

　　　　变欢乐的歌声，

　　　　为嘹亮的鸟啭，

　　　　上这儿来，上这儿来，上这儿来：

　　　　在这里

　　　　没仇敌

　　　　除非是严冬凛冽坏天气。

杰开斯	再唱，再唱，我请你，再唱。
哀米安斯	杰开斯先生，再唱就要使你发愁了。
杰开斯	那是最好不过的了。再唱！我请你，再唱。我能从一曲情歌抽出愁绪，像黄鼠狼吮鸡蛋一般地得意。再唱！我请你，再唱。
哀米安斯	我的嗓音很糙，我知道我不能使你乐。
杰开斯	我并不要你使我乐，我要你唱。来，唱，再唱一阕，是不是叫作阕？
哀米安斯	随便你叫，杰开斯先生。
杰开斯	不是，我并不是一定要知道名字，又不是欠我的债。你唱不唱？
哀米安斯	我要唱，也是多半因你请求，少半由于我自己高兴。
杰开斯	好了，我若还有感谢任何人的时候，我就是感谢你。不过据说恭维客气像是两只猴子相遇时的情形，有人向我深深道谢的时候，我觉得好像是给了他一便士，所以他像乞丐般地谢我。来，唱。你们不愿意唱的，就闭住嘴。
哀米安斯	好，我唱完这支歌吧。诸位，趁这工夫请摆桌吧。公爵就要到树下来饮酒，他找你一天了。
杰开斯	我躲他一天了。他太好辩，我陪不了他。我见识到的和他一般多，但是谢谢上天，我不夸弄。来，唱吧。来。

歌

哀米安斯	谁愿抛弃野心，〔众合唱〕
	并愿退隐泉林，
	寻找食物充饥，
	寻得便能满意，
	上这儿来，上这儿来，上这儿来:
	在这里
	没仇敌
	除非是严冬凛冽坏天气。

杰开斯	我虽然思路迟钝，昨天按着这个调子也居然填了一首词，我且念给你听。
哀米安斯	我也要唱唱看。
杰开斯	词是这样的:
	如果事态离奇，
	人能变成蠢驴，
	撇了财富安逸，
	顺从乖张脾气，
	德达密，德达密，德达密[6]:
	这里他可以看见
	和他一般的傻蛋，
	如果他来和我做伴侣。
哀米安斯	"德达密"怎么讲?
杰开斯	这是一句江湖口语，意思是叫一群傻瓜围着站一个

圈。我若能睡，我要去睡了；我若不能，我就要嘲骂世上一切的失意人[7]。

哀米安斯　我要去找公爵，他的筵席已经备好了。〔分途下〕

第六景：森林中另一部分

欧兰多与阿得姆上。

阿得姆　少爷，我不能再走了。啊！我饿死了。我躺在这里挺尸吧。再见，好少爷。

欧兰多　怎么了，阿得姆！没有再大的勇气了吗？挣扎着些，忍耐着些，振作些。这荒凉的森林若是产生野兽，我不是给它吃了，就弄来给你吃。你的体力离死尚远，不像你所想的那样近。为了我的缘故，你且放镇定些，先把死推开，我立刻就来。我若是再不能带点什么给你吃，我就准你死；若是我没回来你就死了，你可是太对不起我的一场辛苦了。好！你像是振作的样子，我很快地就来。可是你倒在荒凉的露天，来，我抱你到一个有遮盖的地方，只要这荒地里有活的东西，你必不致饿死。打起精神，好阿得姆。〔同下〕

第七景：森林中另一部分

餐桌备好。老公爵、哀米安斯、贵族等及众亡命上。

老公爵　我想他一定是变成一只兽了，因为我到处也找不到有人形的他。

贵族甲　大人，他是刚才从这里走的。他听人唱歌，还很高兴的哩。

老公爵　以他那样不谐和的人，若是也懂音乐，不久天体旋动时都奏不出和谐的调子来了。去，找他去，告诉他我要和他谈话。

贵族甲　他自己来了，省得我找了。

杰开斯上。

老公爵　喂，怎么回事，先生！你的可怜的朋友们还得求你光临，这是怎么说的？咦，你很高兴的样子！

杰开斯　有一个傻子，一个傻子！我在树林里遇见一个傻子，一个穿花衣的傻子。好苦恼的世界！犹如我靠吃食活命一般，我的的确确是遇见了一个傻子，他躺着晒太阳，用好厉害的一套话辱骂命运女神，然而他不过是个穿花衣的傻子。"你好啊，傻子。"我说。"不，先生，"他说，"在上天没有赐我财富之前，你别叫我傻子。"随后他从衣袋里掏出一个日晷，无精打采地一看，很精明地说："十点了。从此我们可以看出，"他说，"这世界是怎样进行着的：一小时以前就是九点，再过一小时就是十一点了。便这样，我们一小时一小时地成熟又成熟，然后又一小时一小时地腐烂又腐烂，如此便是一生。"我听着这穿花衣的傻子讲着这一番关于时间的大道理，我像雄鸡叫一般地笑起来了，傻子们也居然这样深思多虑，我足足笑了他的日晷上的一小时。啊高贵的傻子！一个可敬的傻子！花衣才是唯一的时装！

老公爵　　这是怎样的一个傻子？

杰开斯　　啊可敬的傻子！曾经在宫廷里做过事，并且说，小姐们只要是年轻貌美，她们就会知道的。在他的脑筋里——像航海过后剩下的饼干那么干——他有塞满典故的故奇文逸事，他支离破碎地吐露出来。啊但愿我也是一个傻子！我很希望有一件花衣。

老公爵　　你可以有一件。

杰开斯　　这是我唯一的要求：只要您明察，不要错认我为聪明人。我还得要有充分的自由，其权限应像风一般地广泛，随我向任何人身上吹。因为这是傻子们所必须有的。被我的讥嘲刺得最痛的人，最应该笑。先生，为什么他们得笑呢？这"为什么"就像向乡村礼拜堂去的大路一般明显，被傻子很俏皮地讽刺着了的人虽然是痛，若不装出毫不感觉被打击的样子，他实在是傻了；若做出感觉被打击的样子来呢，显见得聪明人的荒谬被傻子随便一刺便给剖析清楚了。给我披上一件花衣，准许我说出我心里的话，我就可以彻底地洗清这染病的龌龊世界，假如世人肯耐心接受我的药饵。

老公爵　　你胡说！我知道你要做什么。

杰开斯　　拿一个筹码来打赌，我除了做好事还做什么？

老公爵　　揭发别人的罪恶，才是最可恶的罪恶。因为你自己
　　　　　必先是一个放荡的人，像野兽一般地纵欲；并且，你
　　　　　由放荡得来的所有的臃肿隆起的恶疗，也将被你给
　　　　　暴露在世上了。

杰开斯　　咦，谁会在攻击虚荣心的时候而能单单攻击到某某
　　　　　个人呢？那不是像海一般广泛地流着，非到力竭消
　　　　　退不止吗？我说城市妇女以微贱的身份而仿效贵族
　　　　　的打扮，我指明是城里哪一个女人了吗？谁能来说
　　　　　我一定是指着她呢，因为她的邻居不是和她一样的
　　　　　吗？一个顶下流的人，若是说他的漂亮服装并不是
　　　　　用我的钱做的——他误会我是暗指他了——他岂不
　　　　　是不打自招证实我的话了吗？情形就是如此，怎么
　　　　　样呢？你以为如何呢？我倒要想想，我的话有什么
　　　　　地方对不起了他，如果我说得对，那是他对不起他
　　　　　自己；如果他没有错，那么，我的责难像是野鸭飞过，
　　　　　谁也不必多心。是谁来了？

　　　　　欧兰多持刀上。

欧兰多　　止住，别再吃了。

杰开斯　　怎么，我还没吃呢。

欧兰多　　不用吃了，等紧急的人吃完了再说。

杰开斯　　这只鸡是什么种的？

老公爵	你是迫于患难才这样强横，还是天生地没有礼貌才这样地粗鲁呢？
欧兰多	你第一下就猜着了，患难的锐尖夺去了我的礼貌，但我是内地生长的，颇知一些礼教。但是止住，我说：在我的事情没办完之前，谁敢动这水果，谁就是死。
杰开斯	你若不愿得到合理的回答，我准得死。
老公爵	你要什么？你的和气的态度比你的强暴更能引起我们对你和气。
欧兰多	我几乎饿死了，给我东西吃。
老公爵	请坐下吃吧，欢迎得很。
欧兰多	你这样和气？我请你饶恕我，我以为这里一切必都是野蛮的，所以我板起威吓的面孔。你们在这人迹罕至的荒漠，在阴沉的树荫之下，优游岁月，你们究竟是什么人我且不问。若是你们也曾经历过较好的境遇，若是也曾被钟声唤到礼拜堂，若是也曾吃过好人家的筵席，若是眼皮上也曾揩过泪，并且知道怜悯人与受人怜悯，那么，让和气的态度作为我的强硬的手段吧。在这希望之下，我觉得羞愧，我把刀收起。
老公爵	我们的确经历过较好的境遇，也曾听了钟声就到礼拜堂，也曾吃过好人家的筵席，也曾从眼上揩过因怜而生的泪。所以就请和和气气地坐下吧，我们对于你所需要的若能有什么帮助，你尽管吩咐就是。
欧兰多	那么请你们且先别吃，我要像母鹿一般去找我的小

鹿先给他一点吃。有一个可怜的老头子，纯粹为了爱我而不辞劳苦地追随着我，他挨着衰老、饥饿两重的压迫，在他未得满足以前，我决不动一点吃食。

老公爵　去找他，在你未回来之前我们也不吃。

欧兰多　多谢你。为你这番盛意，愿上天祝福你！〔下〕

老公爵　你看，不幸的不仅仅是我们。这广大的宇宙的舞台上，演出了比我们所扮演的那一景为更悲惨的一幕呢。

杰开斯　整个世界是一座舞台，所有的男男女女不过是演员罢了。他们有上场，有下场。一个人一生扮演好几种角色，他一生的情节共分七个时期。最初是婴孩，在保姆的怀里号啼呕吐。随后是哭喊的学童，带着书包，红光满面的，像蜗牛爬似的不乐意地上学堂。随后是情人，像风箱似的叹息，为他的情妇的眉毛作一首缠绵的情诗。随后是军人，满嘴的离奇的咒誓，像豹似的一脸胡子，对名誉很认真，极好争斗，甚至到炮口上去寻泡影般的名誉。随后是法官，凸着装满阉鸡的大肚子，眼睛很凶，胡子剪得很齐，满嘴都是明哲的格言和陈腐的例证。他便这样地演他这一个角色。第六期变成为一个瘦弱的穿拖鞋的老朽，鼻子上架着眼镜，身边挂着钱袋，年轻时省下来的一双长袜子穿在缩细的小腿上却松得厉害，男人洪亮的声音又变为儿童的细嗓，说起话来唧唧地叫。结束这一段离奇多变的故事之最后的一幕，便是返老还童，忘怀一切，没有牙齿，没有眼，没

如 愿

　　　　　　　有口味，没有一切。

　　　　　　　欧兰多背负阿得姆上。

老公爵　　　欢迎。放下你背着的老者，让他吃。
欧兰多　　　我替他深深道谢。
阿得姆　　　你真得替我道谢，我自己几乎不能开口谢谢你了。
老公爵　　　欢迎，就请吧。我暂且不追问你遭难的情形。奏起
　　　　　　　乐来，好兄弟，你唱。

　　　　　　　歌

哀米安斯　　吹，吹，冬天的风，
　　　　　　　你不似人间的忘恩负义
　　　　　　　那样地伤天害理；
　　　　　　　你的牙不是那样地尖，
　　　　　　　因为你本是没有形迹，
　　　　　　　虽然你的呼吸甚厉。
　　　　　　　咳喉！咳喉！来对冬青唱支曲:
　　　　　　　多半友谊是假，多半爱情是愚。
　　　　　　　咳喉！冬青！
　　　　　　　这里的生活最有趣。

　　　　　　　冻，冻，严酷的天，
　　　　　　　你不似人间的负义忘恩
　　　　　　　那般深刻地伤人:

　　　　　　你虽然能改变水性，

　　　　　　你的尖刺却不够凶，

　　　　　　像那不念旧交的人。

　　　　　　咳喉！咳喉！来对冬青唱支曲:

　　　　　　多半友谊是假，多半爱情是愚。

　　　　　　咳喉！冬青！

　　　　　　这里的生活最有趣。

老公爵　　　假如你是罗兰爵士的儿子，像你方才所低声实说的，

　　　　　　并且据我看你的脸上也活画着他的容貌，那么我们

　　　　　　是很欢迎你来的。我就是很爱你父亲的公爵，你没

　　　　　　讲完的故事，到我的住处去再说吧。好老人，你是

　　　　　　和你的主人一样地受欢迎的。

　　　　　　扶他的胳臂。把你的手给我，

　　　　　　让我明白你遭难的经过。〔众下〕

注 释

[1] 亚当食禁果后，上帝所给的第一个惩罚即是季候的变迁，前此则一
年常春。第一版对折本原文为"Here feel we not...difference？"亦可通，
今遵改本。

[2] 参看《圣经·约伯记》第三十七章第四十一节，《路加福音》第
十二章第六节。

[3]"担带"即容忍之意，原文 bear 有两义：一是容忍，一是担负。故勉强译成"担带"。"担十字架"，参看《马太福音》第十章第三十八节。伊利沙白时代之银币，一面为双十字，一面为皇冕，故云。

[4] Wilson 教授疑"两粒豆子"或许和"codpiece"（男裤中间之裆，亦常指阳物而言）有关。前数行之"石头"（stone）亦许是同样地暗射"睾丸"（stone）。

[5] 原文 ware 是双关语，解作"留心"或"小心"。

[6] 原文 ducdame 一字殊费解，Wilson 教授认定此字本为 dukrà meē（Romani）一变而为 dukrà me，其意为"我预言"（《新莎士比亚·如愿》页一二七——一二八）。今仍译音，以为阙疑。

[7] 原文直译应为"我要嘲骂所有的埃及的长子们"，殊不可解，或者是指《出埃及记》第十一章所记之事，上帝为报复法老王对以色列人之悔约而殛杀埃及所有的长子。故埃及的长子为不幸之人。

第 三 幕

第一景：宫中一室

公爵弗来得利克、奥利佛、贵族等及侍从等上。

弗来得利克　以后没有看见他！先生，先生，这是不会有的事。不过我若不是大部分心肠慈善，既有你在，我就不必找一个不在此地的人做我报仇的对象。但是你得注意，上紧找你的弟弟，不管他是在哪里，点上蜡烛找他，限你十二个月内把他捉来，不拘是活的死的，否则你休想再在我的国土里生活。你的土地以及你的一切值得没收的东西，我都拿在我的手里，等到你的弟弟的口供洗刷清我所疑虑于你的嫌疑，再行发还。

奥利佛　　　啊我深愿大人明察我的心事！我一生从来没有爱过

我的弟弟。

弗来得利克 那么你是愈发可恶了。好，把他推出门外，叫我的
负专责的官员前去查抄他的家私田产。快去办，赶
他出去。〔众下〕

第二景：阿顿森林

欧兰多持一纸上。

欧兰多 我的诗，挂在这里，证明我的爱：
月神[1]哪请用你的贞洁的眼睛，
从苍茫的昊穹看看你的侍从的小名，
是她支配了我的整个的生命。
啊罗萨兰！这些树便是我的书，
我把我的情思刻在树皮上，
人人到这森林里面来观赏，
将看见你的美德处处都有表扬。
跑，跑，欧兰多：在每株树上
刻下她的美妙纯洁不可言传的模样。〔下〕

考林与试金石上。

考林 试金石先生，您喜欢这牧羊人的生活吗？

试金石	真是的，牧人，单就本身来说，是很好的生活，不过若认为是牧羊人的生活，就不值得了。单就这生活的幽静来说，我很喜欢，不过以这生活的寂寞而论，是很可厌的了。这生活是在乡野间，我很喜欢，不过不是在宫廷里面，又太腻烦了。这是俭朴的生活，你要知道，是正合我的脾气，但是这生活太不丰富，又很不合我的胃口。你也是懂一点哲学吗，牧人？
考林	我只懂得这一点，一个人越有病便越难过，一个人若缺乏金钱、资财和知足，他便是没有三个好朋友。雨的本质是湿润，火的本质是燃烧；好的牧场产肥羊，黑夜的主因是缺了太阳。从先天禀赋或后天修养都没有一点聪明的人，可以说是没得到好的教养，或是来自一个很蠢笨的血缘。
试金石	这简直是天生的哲学家了。曾在宫廷住过吧，牧人？
考林	真没有。
试金石	你该下地狱！
考林	我希望不。
试金石	你真该下地狱，像是没烤好的鸡蛋，一面焦[2]。
考林	只因为没在宫廷住过？你的理由呢。
试金石	怎么，假如你没住过宫廷，你便没见过礼貌；假如你没见过礼貌，你的礼貌一定很坏。坏就是罪恶，罪恶就该下地狱。你的地位是很危险了，牧人。
考林	一点也不，试金石。宫廷的礼貌到了乡间，就如同乡间的举动到了宫廷一般地可笑。你告诉我说你们

	在宫廷行礼便是吻手，若在牧羊人，这礼貌便很龌龊。
试金石	简单说吧，有什么证据。说吧，证据。
考林	怎么，我们时常摸弄母羊，你知道，羊皮是很油腥的。
试金石	咦，宫廷里的人的手就不出汗了吗？羊的油腥不是和人的汗腥同样地洁净的吗？浅薄，浅薄。再说个好些的证据吧，你说。
考林	并且，我们的手很硬。
试金石	嘴唇可以更快地感触到，还是浅薄。举个更有力的证据，说吧。
考林	我们的手常沾染上涂羊身创伤的柏油，你要我们吻柏油吗？宫廷中人的手是用麝香熏的。
试金石	顶浅薄的人！你和一块好肉比起来，你简直是生蛆的肉！你和聪明人学学吧，并且你想想，麝香比柏油还下贱呢，那是麝猫身上流出来的脏东西。举更好些的证据吧，牧人。
考林	你的机智太敏捷，我比不上。我要休息。
试金石	你就甘心下地狱吗？上天帮助你，浅薄的人！上天给你接秧[3]吧！你太野了。
考林	先生，我是一个诚实的工人。我挣我的吃食，我挣我的衣裳，不恨人家，不嫉妒人家的幸福，看别人好我也喜欢，我自己不好我也满意，我最得意的事就是看着我的母羊吃草，小羊吸乳。
试金石	这又是你的一桩罪恶了，因为你把母羊和公羊拉在

　　　　　　一处，你叫它们交媾，你好维持生活。你给挂铃的
　　　　　　阉羊做龟奴，你骗一只才十二个月的母羊去和一只
　　　　　　弯头老弱的公羊作对，太不相称了。你若是不因此
　　　　　　而下地狱，地狱里的魔王将没有牧羊的人了。我看
　　　　　　你没有法子能脱逃。

考林　　　　我的新主妇的哥哥，年轻的刚尼密来了。

　　　　　　罗萨兰持一纸上。

罗萨兰　　　从东印到西印都寻遍，
　　　　　　没有珍珠能像罗萨兰。
　　　　　　她的美名有风来播散，
　　　　　　全世无人不知罗萨兰。
　　　　　　极美的图画显得暗，
　　　　　　若是比起罗萨兰。
　　　　　　心里不留别人的颜面，
　　　　　　只有美貌的罗萨兰。

试金石　　　我能这样联下去，整整联着八年，吃饭睡觉的时间
　　　　　　在外。这像是排齐上市的卖牛油的婆子[4]。

罗萨兰　　　滚你的，傻子！

试金石　　　举个例——
　　　　　　若是公鹿没有伴，
　　　　　　让它去找罗萨兰。
　　　　　　猫找同类才合欢，
　　　　　　此情无异罗萨兰。
　　　　　　冬衣的衬绒不可免，

　　　　　　　　也得穿暖罗萨兰。

　　　　　　　　割下粮食得捆拴，

　　　　　　　　装车得叫着罗萨兰。

　　　　　　　　甜的果儿皮最酸，

　　　　　　　　这果就是罗萨兰。

　　　　　　　　莫说玫瑰最香甜，

　　　　　　　　当心爱剌和罗萨兰。

　　　　　　　　这是徒有节奏的假诗。你为什么要沾染这种嗜好呢？

罗萨兰　　　少说！你这笨傻子。我是在树上捡到的。

试金石　　　这树真是长了坏果儿。

罗萨兰　　　我把你接在这树上，然后再接上一枝沙果。这就可
　　　　　　以成为全国最早成熟的果儿了。你等不到半熟就烂
　　　　　　了，沙果就是这种性质的东西。

试金石　　　你是这样说，但是对不对，让树林子来裁判吧。

　　　　　　西利亚读一字纸上。

罗萨兰　　　住声！我的妹妹读着来了。边上站着去。

西利亚　　　为什么这地方像沙漠？

　　　　　　可是因为没人住？不；

　　　　　　我在每株树上挂喉舌，

　　　　　　说一些严肃的格言。

　　　　　　或是说：人生太短简，

　　　　　　匆匆地跑完他的旅程，

　　　　　　只要伸出一只手掌宽，

　　　　　　就可把握了人的一生。

或是说：友谊不可恃，

发了誓约终于翻悔；

但是在最好的花枝，

或在每个格言的末尾，

我要写罗萨兰的芳名，

好教天下的识字的人们，

知道上天以宇宙的精英，

钟萃于她的一身。

于是上天命令"自然"

要以一切的美妙

把一个躯体给充满：

"自然"立刻就滤造

海伦的脸（不要她的心）[5]，

克里欧佩特拉的威严，

阿塔兰塔的苗条的腰身[6]，

鲁克里斯的贞坚。

所以是上天众神共商量

造成仪态万方的罗萨兰，

从多样的颜容、双眼与心肠

捡出最可贵的美点。

上天注定她有这样禀赋，

我愿一生一世做她的奴仆。

罗萨兰　　啊最温柔的传教士！你演讲爱情是何等地絮烦，使你的教区听众都感觉疲倦了，而你从不说一句"请众位耐心听"！

西利亚　　怎么了！回去，朋友们！牧羊的，走开点，你也跟他一齐去吧。

试金石　　来，牧羊的，我们要走得体面。虽然不能说是包裹而归，也得要囊括而去[7]。〔考林与试金石下〕

西利亚　　你听见这诗没有？

罗萨兰　　听见了，我全听见了，并且还有的多。因为有些行诗，步数太多了，似乎承受不起。

西利亚　　那不要紧，脚步可以担着诗。

罗萨兰　　是呀，但是脚瘸了，并且不能站出诗的范围之外，所以只好在诗里面瘸着腿站着了。

西利亚　　但是你听着不奇怪吗，你的名字怎么在这些树上悬着雕着呢？

罗萨兰　　在你未来之前我几乎已经司空见惯了。你看我从一棵棕树上找到的这些，从皮塔高罗斯的时候起，那时我许是一只爱尔兰的老鼠，不过我记不清了，我从来不曾这样被人咒念过[8]。

西利亚　　你知道这是谁做的吗？

罗萨兰　　是个男人吗？

西利亚　　并且他颈上还有一串你戴过的链呢。你脸红了？

罗萨兰　　请问是谁？

西利亚　　啊天哪天哪！朋友相会真是一件难事，但是两座大山也能由地震而迁移，终于相会。

罗萨兰　　到底是谁？

西利亚　　真不知道吗？

罗萨兰　　真不知道，我以至诚请求你告诉我他是谁。

西利亚	啊奇怪奇怪真奇怪！真真奇怪！此外只好说是奇怪到无法形容。
罗萨兰	我的脸都红了！你以为，我穿了男人的衣服，我的脾气也变为男性了吗？对于我再有一寸的耽搁，其难挨就等于是汪洋大海对于探险的航海家。请你快快地说，到底是谁。我愿你是个"结巴"，你好把这隐藏的人名从你的嘴里吐出来，像酒从一个细口瓶里流出一般，或是一下子倒出太多，或是一点也倒不出来。请你把你的嘴上的塞子拔去，我好吸取你的消息。
西利亚	这样你也可以把一个人吮到你的肚皮里去。
罗萨兰	他是上帝创造的堂堂的人吗？怎样的一个人？头上配戴帽子，嘴巴上配长胡子吗？
西利亚	不，他只有一点小胡子。
罗萨兰	上帝会叫他再多长一点的，假如他是个知恩的人。你若是告诉我他是谁，我愿等着他的胡子慢慢地长。
西利亚	就是年轻的欧兰多，同时扑倒那个摔跤的又颠倒了你的心的那个人。
罗萨兰	不，戏弄人是要下地狱的。你老实说呀。
西利亚	真的，姐姐，是他。
罗萨兰	欧兰多？
西利亚	欧兰多。
罗萨兰	哎呀呀！我怎样摆脱这一身短衣长裤呢？你看见他的时候，他在做什么？他说什么？他是怎样的神情？他是怎样的打扮？他到这里是在做什么？他打

	听我了没有？他住在哪里？他怎样离开你的，你什么时候可以再见他？你用一个字回答我。
西利亚	你得先给我借一张加甘图阿[9]的巨嘴。这个字太大，不是这时代的人的嘴所能说得出的。用"然""否"分别回答这些情节，就比教堂中的问答还要麻烦哩。
罗萨兰	不过他知道我在这树林里并且穿着男装吗？他还是像摔跤那一天那样地活泼吗？
西利亚	解决情人的疑问就像数灰尘一般地难，我且告诉你我是怎样找到他的，你细心地领会吧。我在一棵树底下看见了他，像是落下来的一个橡实。
罗萨兰	树能落下这样的果实，这树该叫作是周甫的树。
西利亚	听我说，小姐。
罗萨兰	你讲下去。
西利亚	他在那里挺直了躺着，像是负伤的骑士。
罗萨兰	这样子看着固然可怜，那块地可显着体面了。
西利亚	请你叫你的舌头"打住"吧，它跳蹦得太厉害了。他打扮得像猎人。
罗萨兰	啊，不祥之兆！他宰割我的心[10]来了。
西利亚	我愿独唱，不要合唱队。你使我唱错了腔调。
罗萨兰	你不知道我是一个女人吗？我想到，我就得说。好人，说下去。
西利亚	你使我错了腔调。且慢！不是他来了吗？
罗萨兰	是他。躲开，看着他。

欧兰多与杰开斯上。

杰开斯	我多谢你陪伴着我。不过，老实讲，我也很喜欢独自在这里。
欧兰多	我也很喜欢这样。不过，为了礼貌的缘故，我也得谢谢你陪伴着我。
杰开斯	上帝保佑你，我们以后愈少见面愈妙。
欧兰多	我盼望我们以后更疏远一些。
杰开斯	我请你，别再糟蹋树，把情诗刻在树皮上了。
欧兰多	我希望你别再糟蹋我的诗，那样冷淡地念了。
杰开斯	罗萨兰是你的情人的名字吗?
欧兰多	是，正是。
杰开斯	我不欢喜她的名字。
欧兰多	她受洗命名的时候，并不曾想讨你的欢喜。
杰开斯	她的身量有多么高?
欧兰多	和我心想的一样高。
杰开斯	你倒有不少的巧妙回答。你莫不成和首饰店的内掌柜们相熟识，从她们的戒指上面背诵下来的?
欧兰多	不是这样。我的回答不过是油漆布[11]上的话，你的问话也是从那里学来的。
杰开斯	你的机智很敏捷，大概是阿塔兰塔[12]的脚跟做成的。你愿陪我坐下吗? 我们来骂这世界和我们的苦恼吧。
欧兰多	我不怨世上任何人，只怨我自己，因为我知道我自己的毛病最多。
杰开斯	你最坏的毛病就是恋爱。
欧兰多	这毛病我却不愿和你的最好的美德相交换。我讨厌你了。

杰开斯	说真的，我正要找一个傻子，不料遇见你。
欧兰多	他在河里淹死了。你过去看看，你就会见到他。
杰开斯	我只会看见我自己的影子。
欧兰多	我认为那就是个傻子，或者是个废物。
杰开斯	我不再和你歪缠了。再见吧，多情的公子。
欧兰多	我很喜欢你走。再会吧，多愁的骚人。〔杰开斯下〕
罗萨兰	我要像是一个无礼的下人似的去和他讲话，并且穿着这套衣服戏弄他一下。你听我说呀，林里的人？
欧兰多	我听说了，你要怎么样？
罗萨兰	请问几点钟了？
欧兰多	你该问我，天到什么时候，森林里没有钟。
罗萨兰	那么森林里便也没有真的情人，否则每分钟的叹息每小时的呻吟，会和一座钟一般地能测探出"时间"的懒慢脚步。
欧兰多	为什么不说"时间"的迅速脚步呢？那样说不是一样地合适吗？
罗萨兰	绝不一样，先生。时间的行走，对不同的人用不同的脚步。我告诉你，时间对谁是缓步，对谁是颠簸，对谁是狂奔，对谁是停步不前。
欧兰多	我请问你，它对谁是颠簸？
罗萨兰	哼，对于一位已订婚尚未结婚的少女，它是颠簸得很厉害的，中间虽然只隔七天的工夫，时间的脚步就像是七年一般地吃力。
欧兰多	它对谁是缓步呢？
罗萨兰	对于不通拉丁文的牧师和没有痛风的阔人，它是缓

步而行的。因为前者不能读书用功，所以睡得安稳，后者不觉得苦痛，所以生活愉快；前者没有那使人消瘦的学问的压迫，后者不懂得贫穷之重大的负担。所以对于他们，时间的脚步是从容安闲的。

欧兰多　对谁是狂奔的呢？

罗萨兰　对于一个上绞架的贼，因为无论它是怎样轻轻地走，他总觉得到达得太快。

欧兰多　对谁是停步不前的呢？

罗萨兰　对于假期中的律师们，因为他们在两个开审期之间只是睡觉，所以他们看不出时间是怎样动。

欧兰多　你在什么地方住，漂亮的少年？

罗萨兰　我和我的妹妹这个牧女一同住，就住在这森林的边境，像是裙子的花边一般。

欧兰多　你是这地方生的人吗？

罗萨兰　和你所见的兔子一样，就住在它生的地方。

欧兰多　你的口齿很柔和，不像是在这荒凉地带所能得到的。

罗萨兰　很多人都这样对我说，但是我有一位虔修隐居的老伯父，是他教我说话的，而他在年轻时是一个内地人。他很懂怎样向女人献殷勤，因为他曾在那里恋爱过。我听他发过许多议论反对恋爱。我感谢上帝我不是一个女人，不曾沾染他所攻击的女性的普通的恶习。

欧兰多　你记得他所说的女人的罪恶中最主要的是些什么？

罗萨兰　没有什么主要的，和半便士似的，全都差不多。若没有别的罪过比称着，每一桩罪过都是很可怕的。

欧兰多	请你述说几桩。
罗萨兰	不，我不愿乱投药石，除非是投给病人。有一个人常到树林里来，他在树皮上刻"罗萨兰"几个字，糟蹋不少棵树，他在山楂树上挂情诗，荆棘上挂哀歌，全都是把罗萨兰这个名字奉若神明。我若能见到这位多情郎，我要好好劝他一番，因为他似乎是患着情痴病。
欧兰多	我就是那一个为情颠倒的人。请你告诉我你的治疗法。
罗萨兰	你没有我伯父所说过的标记，他教过我怎样辨识一个恋爱中的人，我敢说你不是爱情的灯草笼中的一个牢囚。
欧兰多	他所说的标记是什么呢？
罗萨兰	一副瘦脸，你没有；一双深陷的蓝眼，你没有；一种寡言笑的脾气，你没有；一脸忘了剃的胡子，你也没有。不过我原谅你这一点，因为你的胡子还不算多。可是你的袜子应该是不系袜带，你的帽子应该不带帽箍，你的袖子应该不扣纽子，你的鞋子应该不结带子，你处处都该露出懒散的样儿来。但是你不是这样的人，你的服饰很整齐，似乎是你爱自己过于爱别人。
欧兰多	美少年，我愿我能使你相信我是在恋爱。
罗萨兰	使我相信！你也很可以使你所爱的她相信。我敢说，她很容易相信，但是不很容易承认她相信。这便是女人们悖着良心行事的一端。不过，说真的，你就

     是在树上挂诗赞美罗萨兰的那个人吗？

欧兰多	少年，我敢指着罗萨兰的那只白手发誓，我就是他，那个不幸的他。
罗萨兰	但是你真像你诗里所表示的那么一往情深吗？
欧兰多	诗歌散文都不足以表示我的深情。
罗萨兰	爱情只是一种疯病，并且我告诉你说，该和疯人一样地关在黑屋子里，用鞭子抽。情人之所以没有受这样的惩治，只是因为这样的疯病太平常，用鞭子打人的人他自己也恋爱。但是我有方法可以治这病。
欧兰多	你治好过一个吗？
罗萨兰	治好过一个。是这样治的，他先拿我当作他的爱人，情妇；随后我就叫他天天向我求爱。我本是一个浮动的少年，那时节我便做出伤感的样子，温柔、善变、希望、嗜爱、骄傲、怪僻、好模仿、浅薄、无恒、好哭、爱笑，每一种感情都用，而没有一种感情用得专，孩子与女人即是这一类的东西。时而喜欢他，时而厌恨他；有时哄着他，有时不睬他；时而为他哭，时而唾弃他。于是我把这个情人从爱的疯狂逼成了真的疯狂，他于是看破红尘，隐居修道去了。我这样治好了他。我现在就要这样地把我的肝洗得像羊心一般干净，里面不留一点的爱情。
欧兰多	我恐怕是治不好的，青年。
罗萨兰	我可以治好你，只要你叫我作罗萨兰，并且每天到我的茅舍里来向我求爱。
欧兰多	我以真情为誓，我一定去。告诉我在什么地方。

罗萨兰	跟了我去，我引你去看，同时你也得告诉我你住在树林里什么地方。你走不走？
欧兰多	我极愿去，好青年。
罗萨兰	不，你要叫我罗萨兰。来，妹妹，你不走吗？〔众下〕

第三景：森林中另一部分

试金石与奥得来上，杰开斯躲在后面上。

试金石	快些来，好奥得来。我就去给你牵羊来，奥得来。怎么了，奥得来？我是否还是你的意中人呀？我的简朴的情形能使你满意吗？
奥得来	你的情形！上帝保佑我们！什么情形呀？
试金石	我同你和你的羊在这里，恰似那个最富想象的诗人，纯洁的奥维德，在哥特人中间一般 [13]。
杰开斯	〔旁白〕学问装在这样人的头脑里，比周甫住在草舍里还要难堪哪 [14]！
试金石	一个人的诗若不能令人懂，或是一个人的才不能得人的赏识，这个打击实在是比小客栈里开出的大账单还要厉害。真的，我愿你生来是有诗意的。
奥得来	我不懂什么是"诗意"。在言行方面都是贞洁的吗？是一件真实的东西吗？

试金石	不，最真实的诗是最虚幻。情人们都爱诗，他们在诗里发的誓，可以说是情人的虚幻。
奥得来	那么你还愿我生来是有诗意的吗？
试金石	我还是愿意，因为你向我发誓你是贞洁的。现在，你若是一个诗人，我便可以希望你是说假话了。
奥得来	你不愿意我贞洁吗？
试金石	不，真不，除非你长得丑陋。因为贞洁再加上美貌，等于是糖里屬蜜。
杰开斯	〔旁白〕一个有见识的傻子。
奥得来	哼，我不美，所以我希望生来是贞洁的。
试金石	真是的，把贞洁加给一个丑懒婆子，简直是把一块好肉放在一只脏盘子里。
奥得来	我不是懒婆子，虽然我谢谢上帝，我是丑。
试金石	好，为了你的丑，先赞美上帝！懒以后再来。不过虽然如此，我是要娶你的。为了这事我已见过邻村的牧师奥利佛·玛台克斯先生[15]，他答应到森林中这个地方来会我，给我们成婚。
杰开斯	〔旁白〕我倒要看看这个热闹。
奥得来	好吧，上帝给我们幸福！
试金石	阿门。一个人若是胆小，做这事就要踌躇。因为这里没有教堂，只有森林，没有观礼的人，只有生角[16]的兽。但那有什么要紧？要大胆！绿头巾是很讨厌，但也是不可免的。据说，"有些人有数不尽的财富"。对了，有些人也有数不尽的绿头巾。哼，那是他的妻的嫁妆，那不是他自己弄来的。绿头巾？管他呢。

只是穷人才戴绿帽子吗？不，不，顶华美的鹿和顶瘦小的鹿有同样的大角。独身者便是幸运了吗？不，大城总比小村好些，所以娶过亲的人总比单身汉脸上光彩些；善技击总比不通武艺好得多，所以有顶绿头巾也总比没有强。奥利佛先生来了。

奥利佛·玛台克斯先生上。

奥利佛·玛台克斯先生，我们正想见你，可否请你就在这树下给我们成婚，还是跟你到教堂去呢？

玛台克斯	这里没有人做主婚人施舍她吗？
试金石	我不愿把她当作任谁的赠品而娶她。
玛台克斯	诚然，但总得有人施舍她，否则婚姻是不合法的。
杰开斯	〔走前〕进行吧，进行吧，我来主婚。
试金石	您贵姓，先生？您好啊，先生。您来得正好，上帝保佑您，为了您上次的相陪，我现在见到您，我很高兴。我在此地做一件小事，先生，别客气，请戴上帽子吧。
杰开斯	你要结婚吗，丑儿？
试金石	牛有轭，马有链，鹰有铃，所以人也有欲。鸽子也要亲嘴，所以人也得结婚。
杰开斯	以你那样身份的人，你就像乞丐似的在一棵树底下就结婚？到教堂去，找一位能告诉你结婚是怎样一回事的好牧师。这个人只是把你俩结合起来，像拼合两块壁板一般，以后你们两个必有一个将像是湿板似的干缩起来，越来越弯。

试金石	〔旁白〕我本想就请这个人给我们证婚，不想再请别个，因为他不会把我们的婚姻弄好的，如弄不好，则以后我要抛弃我的妻便有很好的借口了。
杰开斯	你跟我来，让我给你出个主意。
试金石	来，亲爱的奥得来。我们必要去结婚，否则我们就得永久地通奸。再会吧，奥利佛先生。 不是—— 亲爱的奥利佛！ 勇敢的奥利佛！ 你别在后面丢下我； 而是—— 你走吧， 你滚吧， 我不能和你去结婚。〔杰开斯、试金石与奥得来下〕
玛台克斯	这不要紧。这一群胡闹的下流东西，绝不能讥笑得使我放弃我的职业。〔下〕

第四景：森林中另一部分

罗萨兰与西利亚上。

罗萨兰	再也别和我说话，我要哭了。

西利亚	就请哭吧，但是要想想，男人哭起来是不像样的。
罗萨兰	不过我不是有缘故才哭的吗？
西利亚	有最好不过的缘故。所以哭吧。
罗萨兰	他的头发都是有骗人的颜色。
西利亚	比犹大的还红一点。真是的，他的接吻也是犹大的嫡传。
罗萨兰	说实话，他的头发的颜色不坏。
西利亚	颜色好极了，栗色是唯一的好颜色。
罗萨兰	他的接吻像是与圣饼接触一般地圣洁。
西利亚	他买到了一副戴安娜所遗弃了的嘴唇，冷如冰霜的尼姑的接吻也不比他的接吻为更纯洁，他的接吻有冰雪般的贞洁。
罗萨兰	但是他发誓说今天早晨来，为什么没来呢？
西利亚	当然他是没有信实了。
罗萨兰	你真这样想吗？
西利亚	是的。我想他不是一个小偷，也不是一个盗马的贼，但是讲到他的爱情的真实，我真以为他是像带盖的酒杯和虫蚀的果壳一般地空虚。
罗萨兰	他的爱不真吗？
西利亚	当他爱的时候，是真的。不过我想他现在并没有爱。
罗萨兰	你曾经听他发誓说他是爱我的。
西利亚	"曾经"和"现在"不同，况且，情人的誓不比一个酒保嘴里的话为更有力，他们全是有意算假账的。他到这树林来是为伺候你的父亲老公爵的。
罗萨兰	我昨天遇到公爵和他谈了许久。他问我的父母是何

等样的人，我告诉他说，和他一样地好，于是他笑了，叫我走了。但既有欧兰多这样的人在这里，我们何必再谈什么父亲？

西利亚　　啊，他是一个了不得的人！他会写了不得的诗，说了不得的话，发了不得的誓，并且悖了誓给他的情人心上横加以了不得的创伤，恰似一个少不更事的武士，只刺了马腹的一边，像一只体面鹅一般折断了他的枪。不过青春任性做的事，都是了不得的。谁来了？

考林上。

考林　　　少爷小姐，你们常常打听那个害相思病的牧人，你们有一回看见他和我同坐在草地上，他极口称赞那傲气凌人的牧女，说是他的情人。

西利亚　　是，他怎样了？

考林　　　一面是憔悴痴情，一面是红着脸峻拒，这一幕活剧真演得好，你们若喜欢看，请走过一些路，我引你们去看。

罗萨兰　　啊！来，我们就去看：
　　　　　恋爱的人爱看人相恋。
　　　　　带我们去，你将要说
　　　　　我是他们戏里重要角色。〔众下〕

第五景：森林中另一部分

席尔维阿斯与菲毕上。

席尔维阿斯　亲爱的菲毕，别不理我。别，菲毕，你尽管说你不爱我，可别恶狠狠地说。普通的刽子手，看惯了死杀的样子，心肠变硬，但是未在低垂的颈上落斧之前，他也要先说一声对不起。你比那靠流血而生活的人还更狠吗？

罗萨兰、西利亚、考林自后上。

菲毕　　　我并不愿做杀你的刽子手。我躲你，正因为我不愿伤你。你说我的眼睛能杀人，当然这话很漂亮，很动听，眼睛原是最柔软易坏的东西，有灰尘来就要吓得关上大门，居然被称为暴君、屠户、凶手！现在我使足了劲向你皱眉，如果我的眼睛能伤人，那么就让眼睛杀死你吧。你倒是假装作晕厥呀，你倒是倒下来呀，如果你不能，啊！可耻，可耻，别扯谎了吧，别再说我的眼睛能杀人。我的眼睛在你身上有什么伤痕，给我看。用一根针划你一下，也要留个疤痕；就是扶在一根芦苇上，你的手掌上也要有一会儿的裂痕。而我的眼睛，凝视你之后，并不曾伤你，并且我敢说，我眼里就没有力量能伤人。

席尔维阿斯　啊亲爱的菲毕，如其有一天——那一天也许不再远——你在一个漂亮的面孔上感到爱情的力量，你便会知道爱情的锐箭所能给的无形创痛。

菲毕　　不过，在那一天未到之前，你且不要近我。到了那一天的时候，你尽管嘲弄我使我苦痛，不必怜恤我；没到那一天，我也同样不怜恤你。

罗萨兰　　〔走前〕为什么呢，我请问你？你的母亲是谁，你竟对这个狼狈的人如此之妄自尊大，同时还加以侮辱？固然你没有美貌[17]——老实说，我看你的美貌也不过是以不点蜡烛摸黑上床为宜——你便应该狂傲凌人吗？怎么，这是什么意思？你为什么看着我？我看你也不过是一件平常的货。要我的小命！我想她是也想迷住我呢。不，老实说，骄傲的小姐，你不用妄想，你的黑眉毛、黑亮的头发、黑玻璃似的眼珠、乳白的脸庞，都不能使我醉心崇拜你。你这傻牧人，你为什么要追逐她，像是喷着风雨的一阵南风一般？你在男人里面比她在女人里面要多一千倍的美。世界上所以充满了丑陋的孩子，就怪你们这一般傻子。献媚她的，不是她的镜子，是你们，从你们的献媚，她才觉得她比她自己的相貌美得多。但是，小姐，你要知道你自己，有一个好人爱你，你跪下去斋戒感谢上天吧。因为我得好意地低声劝告你，能卖的时候就卖吧，你不见得到处都有销场。去求他饶恕，爱他，接受他的提议吧。丑而还要发脾气，实在是最丑。牧人，你领她去吧。再会。

菲毕　　好青年，我请你，骂我一整年吧，我宁愿听你骂，

	不愿听他的爱。
罗萨兰	他爱上了她的丑，她爱上了我的怒。果真如此，她用皱眉瞪眼回答你，我也照样地用刻薄话挖苦她。你为什么这样看我？
菲毕	我对你并无恶意。
罗萨兰	请你不要爱上我，我比酒后发的誓还要假。并且，我也不喜欢你。你愿知道我住的地方吗？就在附近橄榄树里边。走吧，妹妹？牧人，上紧地求她。来，妹妹。牧女，待他好一些，不要骄傲： 虽然世人都来看你的脸， 没人能像他那样失了眼。 来，回到我们的羊圈去。〔罗萨兰、西利亚与考林下〕
菲毕	过去的诗人哪，现在我明白那句名言的力量了："谁曾恋爱过而不是初见便倾心的呢 [18]？"
席尔维阿斯	亲爱的菲毕——
菲毕	哈！你说什么，席尔维阿斯？
席尔维阿斯	亲爱的菲毕，你可怜我。
菲毕	唉，我很对你抱歉，温柔的席尔维阿斯。
席尔维阿斯	既有歉意，自然就有补救。如你真为了我受爱情苦痛而抱歉，那么你只消给我爱情，我的苦痛和你的歉意便全消灭了。
菲毕	我的爱属于你了。这还不是善意吗？
席尔维阿斯	我愿连你都属于我。
菲毕	唉，那是太贪了。席尔维阿斯，曾有一个时候我很

厌恨你，如今我也还不能就爱你。不过你说情话既然说得这样好，你从前和我做伴徒惹我厌，如今我可以忍受了，并且我还要使用你。我肯用你，你就该够喜欢的了，此外不可再希冀什么报偿。

席尔维阿斯　我的爱情是如此地圣洁完美，并且我又如此地缺乏你的恩惠，我以为我若能拾取别人割过粮食之后剩下来的残粒，那便算是很丰富的收成了。偶然松下一个笑脸，我便可以活着了。

菲毕　　　　你认识刚才和我说话的少年吗？

席尔维阿斯　不很熟识，不过我常遇见他，他买下了那老农夫的茅舍和牧场。

菲毕　　　　不要以为我爱他，虽然我打听他。他是个轻薄少年，不过他很会说话，但是我管他说话做什么呢？可是一个人张口讨人喜欢，说话也是要紧的。他是个漂亮青年，不很漂亮。但是，他的确是骄傲，可是他的骄傲与他也很相称，他可以长成为一个美男子，他最好的部分是他的皮肤，他的舌头才得罪人，他的眼睛立刻就给医好了。他不很高，不过以他的年纪却算是高了。他的腿不过是平平，不过也很过得去了。他的嘴唇上有一点很美的红色，比他脸上屦杂的红晕显得更烂熟更红艳一些，恰似纯红与杂红的分别。有些女人，席尔维阿斯，若像我这样仔细地注视他，会差不多要爱上他的。但是，我呢，我不爱他，也不恨他，可是我恨他比爱他的缘故要多一些，因为与他何干而他要辱骂我呢？他说我的眼

　　　　　　睛黑，头发黑，现在我想起来了，他简直是羞辱
　　　　　　我。真奇怪，为什么我当时没有回敬他几句。不过
　　　　　　这也不要紧，缄默并不即等于是默许。我要写一封
　　　　　　很厉害的信给他，你给我送去。你愿意吧，席尔维
　　　　　　阿斯?

席尔维阿斯　菲毕，我满心愿意。

菲毕　　　　我立刻就去写;

　　　　　　我的心里已经拟好了稿:

　　　　　　我要刻薄简练地把他骂倒。

　　　　　　跟我去，席尔维阿斯。〔同下〕

注释

[1]"月神"，原文直译应为"戴三个皇冠的后"，因月神名 Proserpine 则为阴间之后，名 Cynthia 则为天上之后，名 Diana 则为人世狩猎之后。

[2]大概是说只受过一半教育（斯蒂芬斯）。

[3]原文 incision 通常释为"放血"术。与下文之 raw 亦可勉强连贯起来，因经过"放血"之生肉，烹时可较嫩。或谓系 insition 之代替字，故可释为"接秧"，与下之 raw（做"野"解）更吻合。

[4]言此种打油诗信口成辙，如买牛油婆子之上市，鱼贯而行。

[5]"不要她的心"，因海伦骗了她的丈夫 Menelaus。

[6]原文 Atalanta's better part 究何所指?今依约翰孙解释，解作"处女之美"，非指"足"言。

[7] 原文 baggage（此处译为"囊"）有"娼妓"之意，或系指罗、西二人。

[8] 皮塔高罗斯（Pythagoras），希腊哲学家，创灵魂轮回说。爱尔兰之鼠，常被人用诗体之符驱逐。

[9] 加甘图阿（Gargantua）乃 Rabelais 小说中之巨怪，口吞五人。

[10] 原文 hart（鹿）与 heart（心）音同。

[11] 油漆布乃代替锦绣之壁衣而悬于墙上之饰物，上多《圣经》语句。

[12] 阿塔兰塔（Atalanta），希腊神话以疾行著名之女英雄。

[13] 原文 goats（羊）与 Goths（哥特人）音近似。原文 capricious（在此处为"最富想象"）一字之原义为"似羊一般"。试金石是信口胡扯。

[14] 周甫（即 Zeus）与 Hermes 微服出游，途人均不肯留宿，独 Baucis 与 Philemon 纳之，周甫感激因救之于水灾。

[15] 原文 Sir Oliver Martext 之 Sir 在中古时为牧师之通称，后乃成专用名称以别于曾经大学毕业之牧师（称 master）。看 N.E.D."Sir"4。

[16] "角"（horn）指俗语"忘八"生角而言。

[17] 原文 no beauty（没有美貌），Hammer 改 no 为 some 殊不必，因原文可通，改了反不合于剧情。

[18] "诗人"指 Marlowe（莎士比亚前之戏剧诗人）言。"谁曾……"句即采自其所作之 *Hero and Leander*。

第 四 幕

第一景：阿顿森林

罗萨兰、西利亚与杰开斯上。

杰开斯　　漂亮的青年，请你准我多接近你一点吧。

罗萨兰　　据说你是一个多愁的人。

杰开斯　　我是这样的，我是爱愁过于爱笑。

罗萨兰　　二者趋于极端的都是很讨厌的人，比醉汉还更易招
　　　　　一般人的批评。

杰开斯　　唉，自己发愁而不说什么就好了。

罗萨兰　　唉，那就作为一根柱子好了。

杰开斯　　我没有学者的忧愁，那是竞胜；也没有音乐家的忧
　　　　　愁，那是情痴；也没有廷臣的忧愁，那是狂傲；也没
　　　　　有军人的忧愁，那是野心；也没有律师的忧愁，那

是虚矫；也没有女人的忧愁，那是苛求；也没有情人的忧愁，那是这一切的总和。我有的只是我自己的忧愁，是从许多成分混合成的，是从许多物件提炼出来的。老实说，是从我的旅行中得来的各种观感，因时时加以思索之故，而使我被包围于极沉郁的悲哀之中了。

罗萨兰　　原来是个旅行家！真是的，怪不得你要愁。我想，你大概是把自己的田地卖了，好去看别人的。那么，你见得多，任什么都没有，你可以说是眼睛阔而手里穷了。

杰开斯　　是的，我得到我的经验了。

罗萨兰　　你的经验使得你愁，我宁愿有个傻子逗我开心，也比经验使我发愁好一些，何况为了愁还要去跋涉！

欧兰多上。

欧兰多　　您今天好，亲爱的罗萨兰！

杰开斯　　且慢，你们若开口就是无韵诗，我要告辞了。〔下〕

罗萨兰　　再见吧，旅行家先生。你必须要说起话来带外乡口音，穿异样的服装，蔑视你本国的所有的优点，不对你生身的乡土表示好感，并且几乎骂上帝给了你现在有的那样的一副相貌；否则我便很难想象你是一个曾经乘过威尼斯游艇的人。喂，怎样，欧兰多！这些时你到什么地方去了？你还是一个情人呢！你下回再要这样，永不要来见我！

欧兰多　　我的美丽的罗萨兰，我迟到不过一小时。

罗萨兰	在恋爱中迟到一小时！一个人若把一分钟分作一千份，在与爱人要约时迟到一分钟的千分之一的一部分，也许有人说他是曾经被爱神捉住过的，但我敢担保他的心上是没有爱神的箭伤。
欧兰多	饶恕我，亲爱的罗萨兰。
罗萨兰	不，你若这样慢性，不要再来见我。我还不如叫一只蜗牛对我求爱呢。
欧兰多	一只蜗牛！
罗萨兰	对了，一只蜗牛。因为它虽然来得慢，它的头上顶着一屋子哩。那一所屋子，我想，比你所给一个女人的要好一些，并且，它还带着它命中注定的那个东西呢。
欧兰多	那是什么？
罗萨兰	唉，两只角，亦即是你愿意你的妻替你弄来的那东西。不过它来的时候，即以它命中应得的那东西做武器，可以防止它的妻的讪笑。
欧兰多	有品行的女人是不让人戴绿头巾的，我的罗萨兰是有品行的。
罗萨兰	我就是你的罗萨兰！
西利亚	他这样叫你，他觉得舒服，其实他有一个罗萨兰比你长得美。
罗萨兰	来，向我求爱，向我求爱，因为现在我正高兴，就许能应允你。如其我即是你的那个罗萨兰，你现在和我说什么。
欧兰多	我要在说话之前先接吻。

罗萨兰	不，你还是先说好些，等到没话可说接不下去的时候，你可以乘机吻一下。很好的演说家，说不下去的时候，才吐痰。至于情人们——上帝保佑我们——没话说的时候，最妙的法子就是接吻。
欧兰多	若是接吻被拒怎么办呢？
罗萨兰	那么她就使得你不能不求她了，那就有新的话可说了。
欧兰多	在情人面前谁能没话说呢？
罗萨兰	哼，我若是你的情人，你就会说不出话；否则我要以为我的贞操比我的才智还要坏。
欧兰多	怎么，我说不出我的请求？
罗萨兰	不是不能坦露你的胸怀，但仍然说不出你的请求。我不是你的罗萨兰吗？
欧兰多	我很欢喜说你是，因为我愿意谈论她。
罗萨兰	那么，我以她的地位来说，我不要你。
欧兰多	那么，我以我自己的地位来说，我得死。
罗萨兰	不，找个人代替你死。这可怜的世界有六千岁了，这些年间从没有任何人亲自去死过，即是说，为爱情死过。脱爱勒斯[1]是被希腊人用木棍打出脑浆而死的，前此他曾尽力寻死过，他也算是情人的榜样之一哩。里安得[2]大可以再多活几年，虽然希罗做了尼姑，假如不是为了在极热的仲夏夜，这好少年跳到鞑靼海峡去洗澡，因起痉挛而被淹死，而那时代的糊涂的记事者[3]竟说是为了"塞斯陶斯的希罗"而死。但这全是假话，随时都有不少的人死，死了

喂虫子，但不是为了爱而死的。

欧兰多　我不愿我的真罗萨兰也这样想法，因为，我敢说，她一皱眉就能杀死我。

罗萨兰　我举手发誓，不会杀死一只苍蝇的。但是别着急，我现在就作为是不犯脾气时候的你的罗萨兰吧，你随便要求我什么，我都依你。

欧兰多　那么，爱我，罗萨兰。

罗萨兰　好，我一定爱你，星期五、星期六，随便哪一天都爱。

欧兰多　你愿意要我吗？

罗萨兰　愿意，并且愿意要二十个这样的。

欧兰多　你说的是什么话？

罗萨兰　你不是好人吗？

欧兰多　我希望是。

罗萨兰　那么，一个人要好东西能嫌太多吗？来，妹妹，你做牧师给我们成婚。——把你的手给我，欧兰多，你觉得怎样，妹妹？

欧兰多　请你，给我们成婚吧。

西利亚　我不会那一套话。

罗萨兰　你得先这样说——"你愿意吗，欧兰多"——

西利亚　来吧。——欧兰多，你愿意要这个罗萨兰为妻吗？

欧兰多　我愿意。

罗萨兰　是，但是什么时候娶呢？

欧兰多　就是现在呀，她给我们行完礼之后立刻就算娶你了。

罗萨兰　那么你就该这样说："罗萨兰，我娶你为妻。"

欧兰多　罗萨兰，我娶你为妻。

罗萨兰	你娶我，我本可以向你要传票看看的。但是，欧兰多，我也要你做我的丈夫。这简直是新娘子比牧师还性急了，实在是，一个女人的思想总是跑到她的举动之前的。
欧兰多	一切思想都是如此，思想有翅膀。
罗萨兰	你现在告诉我，你得到她之后你愿意要她多久呢？
欧兰多	永久地，整天地。
罗萨兰	就说"一整天"，不用说"永久"。不，不，欧兰多，男人求婚时像四月，结婚时像十二月。女人在处女的时候是五月，她们做妻的时候，天就变了。我对你要比巴巴里的雄鸽[4]对它的雌鸽还要多疑，比雨前的鹦鹉还要善于吵闹[5]，比猿还要爱新奇学时髦，比猴子还要好胡思乱想。我要无缘无故地哭，像喷水池中的戴安娜一般，在你想快活的时候我偏这样哭。我要像鬣狗一般地号笑，你想睡的时候我偏这样笑。
欧兰多	我的罗萨兰会这样吗？
罗萨兰	我拿性命打赌，她会像我这样做的。
欧兰多	啊！但她是很聪明的。
罗萨兰	不聪明她也就绝没有才气做这事了，愈聪明，愈邪荡。你若是给女人的才气关上门，会从窗子出来的；关上窗子，会从钥匙窟窿里出来的；塞上窟窿，会从烟卤里和烟一道飞出来的。
欧兰多	一个人娶妻若有这样的才气，他真可以说："才，你往哪里走？"
罗萨兰	你可以留着这句话，等你遇见你的妻上别人的床，

你再说。

欧兰多 有才的人能有什么才去解释这种行为呢?

罗萨兰 咦,她会说她是到那里去寻你的呀。你永远不能
抓住她而令她闭口无言,除非是割掉了她的舌头。
啊!一个女人若不能把她的错误归咎于她的丈夫,
千万别叫她自己扶养她的孩子,因为她会把孩子养
成为一个傻子。

欧兰多 罗萨兰,我要离开你两个钟头。

罗萨兰 哎呀!亲爱的爱人,我不能离开你两个钟头。

欧兰多 我一定要伺候公爵吃饭。两点钟我准回来。

罗萨兰 好,走你的吧,我早就知道你要变为什么样的人,
我的朋友告诉过我,我也想到了。你的那个谄媚的
舌头哄骗了我,不过又是一个被遗弃的罢了。所以,
好吧,死就死吧!你说的是两点钟吗?

欧兰多 是的,亲爱的罗萨兰。

罗萨兰 我凭真心发誓,并且诚恳地说,上帝好保佑我,我
用一切不亵渎神明的话来发誓,假如你破坏了一点
点的诺言,或迟到一分钟,我定要把你当作所有失
信的人中最骗人的一个负心汉,最不实在的情人,
最不配爱那你所叫作罗萨兰的她。所以,当心我的
责骂,不要失信。

欧兰多 我把你当作是我的真的罗萨兰一般地不敢失信,再
见吧。

罗萨兰 好,时间是一位老法官,能审问一切的失信的犯人,
就教时间来裁判吧。再见。〔欧兰多下〕

西利亚　　你这一番情话可真玷污了我们女性，我们得把你的
　　　　　短衣长裤剥下来，让世人看看，这一只鸟把她自己
　　　　　的巢糟蹋成什么样子。

罗萨兰　　啊妹妹，妹妹，我的好小妹妹，我愿你知道我爱他
　　　　　是如何地深哪！但是深不可测，我的爱深得没有底，
　　　　　像是葡萄牙的海湾。

西利亚　　或是说，根本没有底。爱情注进去，就流出来了。

罗萨兰　　不，维娜斯的那个私生子，生于忧郁，孕于怪想，
　　　　　产于疯狂，亦即是因为自己瞎眼而害得别人也瞎眼
　　　　　的那个好捣乱的瞎孩子，就让他来裁判我的爱有多
　　　　　么深吧。我告诉你，阿利安娜，我简直是离不开欧
　　　　　兰多，我要去找一个阴凉的地方去叹息，等他回来。

西利亚　　我要去睡。〔同下〕

第二景：森林中另一部分

杰开斯、贵族等及林中人上。

杰开斯　　杀死这只鹿的是谁？

贵族甲　　是我。

杰开斯　　我们把它献给公爵去吧，像是战胜的罗马人一般，

把鹿角放在他头上，恰好作为胜利的标记。林人，
你们不会唱支应时的小调吗？

贵族乙　对了，先生。

杰开斯　唱吧，不管腔调如何，只要热闹就算了。

歌

打死鹿的有什么好？
披鹿皮，戴鹿角。
唱歌送他回家。〔众合唱〕
戴鹿角，你别笑；
古时候这是荣耀；
你父亲的父亲戴过它，
你的父亲也戴过它：
鹿角鹿角大鹿角
这个东西不可笑。〔众下〕

第三景：森林中另一部分

罗萨兰与西利亚上。

罗萨兰　现在你还怎么说？两点不是过了吗？欧兰多可是在

这里!

西利亚　　　我敢向你担保,他是满腔的纯洁的爱,头脑昏乱,
　　　　　　拿起他的弓箭,就去睡觉了。看,是谁来了?

席尔维阿斯上。

席尔维阿斯　我是找你来的,漂亮的青年。我的亲爱的菲毕命我
　　　　　　把这个给你。〔递信〕我不知道里面写的是什么,不
　　　　　　过看她写时板起的面孔和暴躁的样子,我想信里必
　　　　　　是带着怒意。请恕我,我是毫无恶意的一个送信人
　　　　　　罢了。

罗萨兰　　　最耐性的人看了这封信也要惊诧,也要发作。是可
　　　　　　忍,孰不可忍。她说我不美,说我没有礼貌,说我
　　　　　　骄傲;并且说男人纵然像凤凰一般的稀罕,她也不
　　　　　　能爱我。真奇怪!她的爱并不是我所要追求的东西,
　　　　　　为什么她要写这样的信给我?哈哈,牧人,哈哈,
　　　　　　这封信是你自己造的。

席尔维阿斯　不,我不承认,我不知道信的内容,是菲毕写的。

罗萨兰　　　罢了,罢了,你是傻子,你是情痴到极端了。我看
　　　　　　见过她的手了,像皮革一般糙,像沙石一般的颜色。
　　　　　　我真以为是戴着手套,而其实是她的手,她的手是
　　　　　　操劳的女人的手。不过这还不要紧,我要说的是,
　　　　　　这封信不是她造出来的,必是一个男人造出来的,
　　　　　　并且是男人的笔迹。

席尔维阿斯　真的,是她写的。

罗萨兰　　　哼,写得很鲁莽很刻薄,颇有挑战的意味;哼,她向

我挑战，像回回对基督徒一般，女人的温和的头脑绝不能生出如此豪横的思想，如此野蛮的言辞，其用意比字面还要更为凶恶。你要听我读这封信吗？

席尔维阿斯　就请您读吧，我还没有听过呢，不过菲毕的厉害我倒是听过不少了。

罗萨兰　她简直是菲薄我了。听着这位暴君是怎样写的。〔读〕

你是否天神变化的牧羊人，

用一把情火来烧女人的心？

一个女人能这样骂吗？

席尔维阿斯　你说这是骂吗？

罗萨兰　〔读〕你为什么抛开神圣的法相，

来戏弄一个女人的心肠？

你可听过这样骂的吗？

男人的眼睛曾向我求爱，

但对我不能有什么伤害。

意思是说我毫无人心。

你这样对我白眼相待

若就能使我如此相爱，

嗳！你若假我一点颜色，

我心中将起何种效果。

你一面骂我，我一面爱；

你若求我，什么求不出来！

送这封情书给你的人，

他不大知道我的这颗心；

请告来人以你的决心；

> 究竟你的情爱你的青春
> 愿否接受我的一片真诚
> 和我所能奉献的种种;
> 或告来人以拒绝的回答,
> 我就要想法子怎样自杀。

席尔维阿斯　你说这是骂吗?

西利亚　哎呀,可怜的牧人!

罗萨兰　你可怜他吗? 不,他不值得受人怜。你愿爱这样的一个女人? 哼,她拿你当作一个工具,假情假意地对待你! 这如何能忍受! 好,你回去见她去吧,我看爱情把你摆弄成一条驯顺的蛇了,你去对她这样说:她若是爱我,我命令她爱你,她若不听,我也永不要她,除非你替她来求。你若是一个真的情人,快去,不要再多说,这里又有人来了。

〔席尔维阿斯下〕

奥利佛上。

奥利佛　您好。请问,您若是知道,这森林边界有一座橄榄树围绕着的羊圈,在什么地方?

西利亚　在这地方的西边,邻近的山谷里,潺潺的小河边上有一排杨柳,你顺着杨柳的左边走,就到了。不过这时候屋是空着的,里面没有人。

奥利佛　假如别人口里的形容可以帮助我的眼睛的观察,那么我应该认识你们。这样的衣服,这样的年纪:"男人长得很漂亮,脸上有女气,举止像是一位老大姐,

　　　　　　但是那个女人矮些，比她哥哥脸色也黑一些。"你们
　　　　　　不就是我所打听的那个房子的主人吗？

西利亚　　你既然问起，不算是我们夸耀，我们是。

奥利佛　　欧兰多派我向二位致意，并且给那一位他所叫为
　　　　　　他的罗萨兰的少年送来这块血染的手帕。你就是
　　　　　　他吗？

罗萨兰　　我是。这是什么意思呢？

奥利佛　　假如你愿知道我是谁，这手帕是怎样的，为什么，
　　　　　　在什么地方，沾染上血，我说起来我自己也有点
　　　　　　可耻。

西利亚　　请你说说。

奥利佛　　年轻的欧兰多方才离开你们，他曾答应一点钟以内
　　　　　　回来。他在树林里走着，正咀嚼着爱情的又甘又苦
　　　　　　的味道，吓，出了事啦！他往旁边一看，看见了一
　　　　　　个东西：在一棵橡树底下，枝子都老得生苔了，树顶
　　　　　　都老得光秃了，仰面躺着一个须毛鬅鬙的衣衫褴褛
　　　　　　的人。一条绿色闪金光的蛇正缠绕在他颈子上，探
　　　　　　着头正要钻进他的嘴里去。但是猛然间，看见了欧
　　　　　　兰多，这条蛇就松下来了，一弯一曲地钻进树丛里
　　　　　　去了。在那树丛阴处又有一只母狮子，奶子都饿得
　　　　　　干瘪了，蹲在那里，头伏在地上，像猫似的伺守着，
　　　　　　等那睡着的人醒来。因为狮子这东西有尊贵的脾气，
　　　　　　不伤害像是死了的东西。欧兰多看见这情形，便走
　　　　　　过去，发现那人即是他的哥哥，他的大哥。

西利亚　　啊！我听他说过那一个哥哥，他把他形容得成为人

世间最伤天害理的人。

奥利佛　他也无妨这样形容，因为我很知道他确是伤天害理。

罗萨兰　但是，且说欧兰多，他可就撇下他的哥哥在那里，给饿瘪了奶的狮子做粮食吗？

奥利佛　他两次转身想这样做，但是慈爱的心，比报复的心为更伟大，手足之情，比他的怀恨之充分的理由为更强烈，所以使得他去和狮子相搏，很快地就被它打倒了。在斗争声中我从睡梦中醒来。

西利亚　你就是他的哥哥吗？

罗萨兰　他救了命的就是你吗？

西利亚　常常设计陷害他的就是你吗？

奥利佛　那是从前的我，现在不是了。我告诉你们我从前是怎样的一个人，我并不以为可耻，因为我已痛改前非，改成为我现在这样的人，想起来是很愉快的。

罗萨兰　但是，这染血的手帕是怎么回事呢？

奥利佛　我就要说。我们两个谈起始末根由，我是怎样来到这荒凉的地方，我们洒了不少的同情之泪。——简单说，他引我去见那和蔼的公爵，他给我换上新衣服，款待我，把我交给我的弟弟照料。他立刻叫我走进他的住处，他脱了衣服。在这地方，狮子在他的胳臂上扯下了一块肉，一直地在流血。这时候他晕倒了，口里还喊着罗萨兰。简单说，我把他救醒了，捆好他的创处。过了一刻，心里强了些，他派我到这里来报告这一段经过，请你们原谅他的失信，虽然我是陌生的人；并且叫我把这一块浸了他自己的血的手帕送给他所戏称为他的罗萨兰的青年牧人。

西利亚	〔罗萨兰晕倒〕怎么了，怎么了刚尼密！亲爱的刚尼密！
奥利佛	很多人看见血就要晕倒的。
西利亚	还有别的缘故。姐姐！刚尼密！
奥利佛	看，他醒了。
罗萨兰	我愿回家去。
西利亚	我们领你回去。请你搀着他的胳臂吧。
奥利佛	青年，打起精神来。你是个男子汉！你没有男人气。
罗萨兰	我是没有，我承认。啊，先生，人人都会觉得我装得很像真的。请你告诉你的弟弟我装得多么好。嘻喉！
奥利佛	这不是假装的，你的脸色太足以证明你的真情了。
罗萨兰	是假装的，我告诉你。
奥利佛	好吧，打起精神来装作一个男子汉。
罗萨兰	我是这样装着呢，但是，实在讲，我本该是一个女人。
西利亚	喂，你的脸色越来越白了，请你回家去吧。好先生，同我们一起去。
奥利佛	我同你们去，因为我还得带回一句回话，报告你是否原谅我的弟弟，罗萨兰。
罗萨兰	我得想想怎样说。但是，我请求你，把我装晕的情形告诉他。你同我们去。〔众下〕

注 释

[1] 按神话，脱爱勒斯（Troilus）是被 Achilles 用枪刺死的。

[2] 里安得（Leander），希腊神话中之情人，爱塞斯陶斯（Sestos）之女尼希罗（Hero），夜夜游泳过鞑靼海峡去和希罗相会，一日遇风浪，溺毙。希罗获其尸，亦自溺。莎氏所述，与此不甚符，也许是故意要这般说。

[3] 原文 chroniclers 本无可疑，Hammer 改为 coroners 后之编者率从之，殊误。牛津本亦从之。今从原文。

[4] "巴巴里的雄鸽"，或指奥赛罗而言，因奥赛罗是黑人，善疑，而巴巴里（Barbary）亦是在非洲北部。

[5] 据云雨前则鹦鹉鸣。

第 五 幕

第一景：阿顿森林

试金石与奥得来上。

试金石　我们总可以找到一个时候，奥得来。别着急，温柔的奥得来。

奥得来　真的，不管那位老先生说什么，我看这牧师是很好的。

试金石　奥得来，这牧师极可恶，这玛先生极下流。但是，奥得来，这树林里有一位青年，他想要你。

奥得来　我知道那是谁，他对我毫无关系。你说的那人来了。

威廉上。

试金石　我一见乡下人就像见了酒肉一般。说实话，我们有脑筋的人对于许多事都得很负点责任，我们要玩弄他，我们实在忍不住。

威廉	晚上好，奥得来。
奥得来	上帝给你晚安，威廉。
威廉	您晚安，先生。
试金石	您晚安，好朋友。戴上帽子，戴上帽子。不，请戴上吧。你多大年纪了，朋友？
威廉	二十五岁了，先生。
试金石	成熟的年龄。你名叫威廉吗？
威廉	威廉，先生。
试金石	很好的名字。就在这树林里生的吧？
威廉	是的，先生，我感谢上帝。
试金石	"感谢上帝"，很好的回答。你很阔吧？
威廉	老实说，先生，也不过如此。
试金石	"不过如此"就好，很好，好极了。但是也不见得，也不过如此。你聪明吧？
威廉	是的，先生，我倒有点机灵。
试金石	哼，你说得很好。我现在想起一句俗话："傻子是自以为聪明的，聪明人才知道自己是傻子。"异教的哲学家想吃一颗葡萄的时候，就张开嘴唇把葡萄放进去，这是表示葡萄是为吃的，嘴唇是为张的。你爱这个姑娘吗？
威廉	我爱，先生。
试金石	我们握手。你有学问吗？
威廉	没有，先生。

试金石	那么你跟我学这一套：有，即是有。因为修辞里有这么一个譬喻，从一个碗里把水倒在另一个杯里，满了这一个便空了那一个，所有的作家都承认"他"即是"他自己"，现在你不是"他自己"，因为我是"他"。
威廉	哪一个"他"，先生？
试金石	是要娶这个女人的他。所以，你这乡下人，你要放弃——俗话就是丢开——追逐——土话就是黏着——这位女性——普通话就是女人，连起来说，你要放弃追逐这位女性，否则，傻子，你是要灭亡的。换句话说，你可以更明白一点，你是要死的。或是，即是说，我要杀你，我铲除你，把你的生命变成死，把你的自由变成奴隶。我要用毒药、木棍、钢刀，来对付你，我要用阴谋陷害你，我要用计策克服你，我要用一百五十种方法来害死你。所以，你发抖吧，你跑吧。
奥得来	快跑，好威廉。
威廉	愿上帝给你幸福，先生。〔下〕

考林上。

考林	我们的主人和小姐找你呢。来，快去，快去！
试金石	快走，奥得来！快走，奥得来！我跟着你，我跟着你。〔众下〕

第二景：森林中另一部分

欧兰多与奥利佛上。

欧兰多 你才认识她这样久，怎么能够就爱她了呢？才见面就爱她了？爱了就求婚？求婚她就能答应？你能坚持下去非把她弄到手不可？

奥利佛 你先别追问我这事是如何鲁莽，她是如何贫穷，我们认识的时候如何短，我求婚如何仓促，她答应得如何匆促。你要与我同声地说，我爱阿利安娜；与她同声地说，她爱我；和我们两个都同声地说，我们可以结婚。这是与你有好处的，因为父亲的房子和老罗兰爵士所有的收入，我都赠给你，我就在这里做一个牧人终老。

欧兰多 我和你们同意。你们明天就结婚吧，我把公爵和他所有的自足的随从都请到那里去。你去叫阿利安娜准备。你看，我的罗萨兰来了。

罗萨兰上。

罗萨兰 上帝保佑你，大哥。

奥利佛 也保佑你，大姐。〔下〕

罗萨兰 啊！我的亲爱的欧兰多，我看你心上受了伤，我是多么难过！

欧兰多 是我的胳臂。

罗萨兰 我以为是你的心被狮子的爪子抓伤了呢。

欧兰多	倒是也受伤了，但是一个女人的眼睛给伤的。
罗萨兰	你的哥哥告诉你了没有，他把你的手帕给我看的时候，我假装晕倒了？
欧兰多	是的，他还告诉了我更怪的事。
罗萨兰	啊！我知道你的意思。不，那是真的。除了两只公羊突然相斗，西撒的狂傲的夸口"我来了，我看见了，我战胜了[1]"之外，从没有过这样奇突的事。因为你的哥哥和我的妹妹刚一会到，就注视；刚注视，就恋爱；刚恋爱，就叹气，就彼此诘问叹气的缘由；刚知道缘由，就要设法补救。他们就这样地给结婚造成一个梯阶，立刻就要往上爬，否则在结婚前就得要放肆。他们正在热恋中，他们非在一处不可，木棒也分离不开他们。
欧兰多	他们明天就要结婚，我就要去请公爵参加婚礼。但是，啊！用另外一个人的眼睛来看幸福的事，那是多么苦的事。我明天心里有多么难过，我想我的哥哥明天如愿以偿时也必有多么喜欢。
罗萨兰	那么我明天不能再替做你的罗萨兰了吗？
欧兰多	我不能再在想象中过活了。
罗萨兰	我不再以闲话叨扰你了。你要知道——因为我现在是说正经话——我知道你是一个聪明的人。我这样说，不是为了使你佩服我的见识，只因我说了我知道你。我也不是为了要你对我有什么更大的敬仰，我只要在小小范围之内取得你一点信仰，是为你好不是为我自己体面。那么你要相信，假如你愿意，

我能做出奇异的事。我自从三岁的时候就结交了一
位魔术家，他的法术高深，但没做过缺德的事。你
对罗萨兰的爱情如果真像你所表示的那样动心，你
的哥哥和阿利安娜结婚时，你也可以娶到她。我知
道她现在是陷于何等不幸的情形里，若是于你没有
什么不便，那么明天就把她放在你的眼前，她的真
实的本身，并无危险，这在我不是不可能的。

欧兰多　　　你说的是老实话吗?

罗萨兰　　　以性命发誓，我是说的实话，我的性命我认为是很宝
贵的[2]，虽然我说我是一个魔术家。所以，穿上你的
最好的衣服，请上你的朋友。因为你若是愿意明天
结婚，你便可以结婚，并且是和罗萨兰结婚，若是
你愿意。看，来了一个我的情人，和她的一个情人。

席尔维阿斯与菲毕上。

菲毕　　　　青年，你把我写给你的信让别人看，你很对我不起。

罗萨兰　　　我就是对不起你，我也不在乎。我的目的就是要对
你傲慢无礼。你有一个忠实的牧人追随着你，去理
会他，爱他，他崇拜你。

菲毕　　　　好牧人，告诉这青年什么是恋爱。

席尔维阿斯　那就是整天地叹气流泪。我为了菲毕就是这样。

菲毕　　　　我为了刚尼密也是这样。

欧兰多　　　我为了罗萨兰也是这样。

罗萨兰　　　我却不为了女人而这样。

席尔维阿斯　还要整个地忠实和殷勤。我为了菲毕就是这样。

菲毕　　　　我为了刚尼密也是这样。

欧兰多　　　我为了罗萨兰也是这样。

罗萨兰　　　我却不为了女人而这样。

席尔维阿斯　还要浑身的都是幻想，都是热情，都是愿望；全是崇拜、义务、服从；全是谦卑、忍耐、焦躁；全是纯洁、磨炼、恭敬。我为了菲毕就是这样。

菲毕　　　　我为了刚尼密就是这样。

欧兰多　　　我为了罗萨兰也是这样。

罗萨兰　　　我却不为了女人而这样。

菲毕　　　　〔向罗萨兰〕如果真是这样，你为什么怪我爱你？

席尔维阿斯　〔向菲毕〕如果真是这样，你为什么怪我爱你？

欧兰多　　　如果真是这样，你为什么怪我爱你？

罗萨兰　　　你是对谁说呢，"你为什么怪我爱你？"

欧兰多　　　向不在此地并且听不见我说话的她说的。

罗萨兰　　　请你们，不用再说这个了。这像是爱尔兰的群狼望着月亮叫 [3]。〔向席尔维阿斯〕我若能为力，我必帮助你。〔向菲毕〕我若能够，我也会爱你的。我们全都明天再见吧。〔向菲毕〕我若是和女人结婚，我一定娶你，我明天就要结婚。〔向欧兰多〕我若能使男人满足，我一定使你满足，你明天就结婚。〔向席尔维阿斯〕如果使你喜欢的事能使你知足，我一定使你知足，你明天就会结婚。〔向欧兰多〕你既是爱罗萨兰，你就得来；〔向席尔维阿斯〕你既是爱菲毕，你就得来；我既不爱女人，我也来。好，再见吧。我已经吩咐过你们了。

席尔维阿斯	我只要活着，我必不失约。
菲毕	我也必不失约。
欧兰多	我也必不失约。〔众下〕

第三景：森林中另一部分

试金石与奥得来上。

试金石	明天是我们的快活的日子，奥得来。明天我们要结婚了。
奥得来	我是满心地盼望着，我希望我这样盼望着嫁男人不是可耻的愿望。逃亡的公爵部下两个侍童来了。

二侍童上。

甲童	遇见得巧，诚实的先生。
试金石	真是的，遇见得巧。来，请坐，唱个歌儿吧。
乙童	我们赞成，坐在中间。
甲童	我们可否照直地就唱起来，不咳嗽不吐痰也不说今天嗓子不好，那全是唱不好的一套谦辞。
乙童	当然，当然。两个人要唱出一个腔调，和两个流浪人骑一匹马似的。

如 愿

歌

一个情人带着他的姑娘，
咳，喉，咳囔呢喏，
走过了青青的一片麦场，
在春天，最好订婚的时候，
鸟儿唱着，丁丁丁的声音，
情人们最爱的是青春。

在这麦田的中间，
咳，喉，咳囔呢喏，
两个美貌的乡人要睡眠，
在春天……

他们那时开始这样歌唱，
咳，喉，咳囔呢喏，
人生好比是花一样，
在春天……

所以要享受眼前的时光，
咳，喉，咳囔呢喏，
爱情在青年时候最辉煌，
在春天……

试金石　　真是的，年轻的先生们，歌词固然没有什么意义，你们的声音可是也真不和谐。

甲童　你错了，先生。我们敲着板眼，在时间上一点也没错过。

试金石　说实话，是的。我听你们这样傻唱，我可白糟蹋了时间。上帝保佑你们，上帝改良你们的嗓音！来，奥得来。〔众下〕

第四景：森林中另一部分

老公爵、哀米安斯、杰开斯、欧兰多、奥利佛与西利亚上。

老公爵　欧兰多，你相信这青年真能做他所声明要做的事吗？

欧兰多　我有时候信，有时候又不信，恰似那一般怀着恐惧的人们[4]，他们一面希望，一面又不能忘了恐惧。

罗萨兰、席尔维阿斯与菲毕上。

罗萨兰　请再忍耐一下，我要重新述说一遍我们所商定好的事。〔向公爵〕你说，我若是把你的罗萨兰带到这里来，你愿就把她给欧兰多吗？

老公爵　即使我有国土和她一起陪送，我也愿意。

罗萨兰　〔向欧兰多〕你说，我把她带来，你愿娶她吗？

欧兰多	即使我是各国之王，我也愿意。
罗萨兰	〔向菲毕〕你说，若是我愿意，你是否愿意嫁我？
菲毕	即使嫁后一小时就得死，我也愿意。
罗萨兰	但是你若拒绝嫁我，你可愿嫁给这个顶诚实的牧人？
菲毕	就这样办。
罗萨兰	〔向席尔维阿斯〕你说，菲毕若是愿意，你可愿娶她？
席尔维阿斯	虽然娶她和死是一件事，我也愿意。
罗萨兰	我早就声明要把这事全办得稳妥。啊公爵，你要保持你的诺言，把你的女儿给人；欧兰多，你也要保持你的诺言，接受他的女儿；菲毕，你也要保持你的诺言，你要嫁给我，否则，若是拒绝我，就得嫁给这牧人；席尔维阿斯，你也要保持你的诺言，你得娶她，若是她拒绝我。我就要去，把这些问题全都解决。〔罗萨兰与西利亚下〕
老公爵	我看这个牧童，便想起我的女儿脸上的活泼的样子。
欧兰多	陛下，我第一次见他，还以为他是你的女儿的弟兄呢，但是，这孩子是森林里生的，曾被他的叔父教以许多初步的魔术，据他说他的伯父是个魔术家，隐居在这林中的幽处。

试金石与奥得来上。

杰开斯	一定又有一次洪水要来了，这些对都是到方舟来避难的 [5]。又有一对很怪的兽来了，无论在哪一种语言里都是叫作傻子。

试金石	向大家请安有礼了!
杰开斯	好陛下,你欢迎他。这就是我常在树林里遇到的那个傻心眼的人,他说,他曾经是个廷臣呢。
试金石	若有人怀疑这一点,让他来质问我。我跳过宫廷舞;我向女人献过媚;我对我的朋友玩过手腕,对我的敌人耍过滑头;我毁过三个裁缝;我吵过四次架,有一次几乎要打起来。
杰开斯	那是怎样闹起来的呢?
试金石	老实讲,我们遇见了,我们发现我们争吵是根据第七个理由。
杰开斯	怎样叫作第七个理由?陛下,请你喜欢这个人吧。
老公爵	我很喜欢他。
试金石	上帝保佑你,先生。我盼望你能这样。先生,我挤到这里来,混在这一群想结婚的乡下人中间,我是来宣誓受婚约的拘束,并且后来再背誓撕裂婚约。是个可怜的处女,先生。一个丑陋的东西,先生,但是我自己的。这是我的怪脾气,先生,专要别人所不肯要的。贞洁像是住破屋子的财主,又像是蚌壳里的珍珠。
老公爵	真是的,这人说话很流利很简练。
试金石	作为是傻子的机智和废话[6],倒是流利简练的。
杰开斯	但是,且说那第七个理由,你怎么知道那争吵是根据第七个理由的呢?
试金石	是根据了一句隔着七层的谎——把你的身体摆得更像样些,奥得来——是这样的,先生。我不喜欢某

一位廷臣的胡子的样式，他派人告诉我，若是我说他的胡子修得不好看，他是以为修得好看的。这即是"有礼貌的反驳"。若是我再回答说，的确是修得不好看，他便会再回答说，他修胡子是为他自己看的。这便是"谦逊的讥讽"了。假如再说他的胡子实在不好看，而他蔑视我的意见。这便是"粗野的回答"了。若是再说修得不好看，他便要说我说的不是真话。这便是"大胆的申斥"了。若再说修得不好看，他会要说我是扯谎。这便是"寻衅的反攻"了。这样一层一层地直数到"偶然的说谎"，以至于"有意的说谎"。

杰开斯　你倒是说了几次他的胡子修得不好看？

试金石　我说到"偶然的说谎"就没敢往下再说，他也没敢直斥我为"有意的说谎"，所以我们试量了剑，就走开了。

杰开斯　你现在能按次序地说那句谎的层次吗？

试金石　啊，先生，我们争吵都是有所本的，我们要根据书的[7]，如同你们有专讲礼仪的书一般，我可以说出这些层次来：第一个是"有礼貌的反驳"，第二个是"谦逊的讥讽"，第三个是"粗野的回答"，第四个是"大胆的申斥"，第五个是"寻衅的反攻"，第六个是"偶然的说谎"，第七个是"有意的说谎"。这些都可以躲避，除了"有意说谎"之外，而那也可以躲避，只要加上"假如"二字。我知道有七位公证人分解不清的争执，两造自己遇到，有一造若是想起

了"假如"二字，例如"假如你是这样说的，那么
我便是这样说的"，他们便会握手而为结拜弟兄。你
的"假如"是唯一的调停人，"假如"很有用处。

杰开斯　　这不是很少有的人吗，陛下？他是好得像什么似的，
但还不过是一个傻子。

老公爵　　他把他的傻气当作猎者藏身的一只马，他躲在底下
射出他的俏皮话。

海门领罗萨兰着女装及西利亚上。

〔音乐低奏〕

海门　　　人间事事如意，
大家一团和气，
天上也欢喜。
好公爵，接受你的女儿，
海门带她从天上来；
是，带到这里来，
你好叫他们两个把手挽，
他的心已在她的胸里边。

罗萨兰　　〔向老公爵〕我把我自己交给你，因为我是你的。
〔向欧兰多〕我把我自己交给你，因为我是你的。

老公爵　　若是眼见的不假，你的确是我的女儿。

欧兰多　　若是眼见的不假，你的确是我的罗萨兰。

菲毕　　　若是眼见的真不假，

　　　　　　　那么我的情人再见吧！

罗萨兰　　　〔向老公爵〕我不愿再有父亲，假如你不是他。

　　　　　　〔向欧兰多〕我不愿再有丈夫，假如你不是他。

　　　　　　〔向菲毕〕我也永不娶女人，假如你不是她。

海门　　　　静啊，喂！我不准这样乱：

　　　　　　这些最离奇的事变，

　　　　　　还得由我来结束：

　　　　　　这里有八个人得要携手，

　　　　　　在海门的约里来团凑，

　　　　　　假若真理是不虚。

　　　　　　〔向欧兰多与罗萨兰〕你们俩患难不能分；

　　　　　　〔向奥利佛与西利亚〕你们俩是心印着心；

　　　　　　〔向菲毕〕你得要和他相爱相亲，

　　　　　　或是要个女人做夫君；

　　　　　　〔向试金石与奥得来〕

　　　　　　你们俩总得在一起

　　　　　　像是严冬和坏天气。

　　　　　　趁我们唱一支结婚歌，

　　　　　　你们正好互相地去解说，

　　　　　　好让理性把惊讶来减小，

　　　　　　我们如何相遇，此事如何终了。

　　　　　　歌

　　　　　　婚姻是鸠诺[8]的冠冕：

啊，同食同寝的神圣约章！
是海门使人把各城都住满；
所以婚姻应该受人赞扬。
赞扬，赞扬，还有美名，
给海门，他是各城之神！

老公爵　啊，我的亲爱的侄女！我欢迎你：
　　　　像亲女儿一样，我的欢迎并不减低。

菲毕　　〔向席尔维阿斯〕我不失信，你现在是我的了；
　　　　我对你的爱和你的忠诚合在一起了。

札克上。

札克　　请大家听我说两句话，我是老罗兰爵士的次子，特
　　　　意给众位送消息来。弗来得利克公爵，听说每天都
　　　　有有才干的人投奔到这森林里来，调动大军，亲自
　　　　统帅向这里出发，立意要捉捕他的哥哥，并且置之
　　　　于死。他来到这野树林的边界上，遇见了一位修道
　　　　的老人，和他略一交谈，居然被劝悟了，不但停止
　　　　了进兵，并且看破了红尘。他把他的皇冕送给那被
　　　　放逐的哥哥，随他出亡的人们的田产也一律发还。
　　　　这是真的，我拿性命打赌。

老公爵　欢迎，青年，你送给你的弟兄们的结婚礼物真是很
　　　　好。给这一个，你送的是他的被没收的田产；给这
　　　　一个，你送的是全部领土，一个强大的公爵领域[9]。
　　　　我们在这树林里，先得要把这安排下的好事办完，

　　　　　　　　然后，和我一同含辛茹苦的这一群好人，各按从前
　　　　　　　　他们的地位，来分享我这失而复得的荣华。
　　　　　　　　同时，忘记这新来的尊荣，
　　　　　　　　且纵情于乡野的狂欢之中。
　　　　　　　　奏乐！众位新娘与新郎，
　　　　　　　　满心的欢乐，请跳舞一场。

杰开斯　　　　先生，请准我说句话[10]。若是我没有听错，公爵是
　　　　　　　　不是已经去过隐居的生活，放弃了辉煌的宫廷？

札克　　　　　他是的。

杰开斯　　　　我要跟他去，从这些悟道的人，可以听到并且学到
　　　　　　　　许多有价值的东西。〔向老公爵〕我撇下你去享受
　　　　　　　　你从前的光荣，你的忍耐和德行是很配使你去享受
　　　　　　　　的。〔向欧兰多〕你去享受你的真诚所该享受的爱
　　　　　　　　情。〔向奥利佛〕你去享受你的田地，你的爱人，你
　　　　　　　　的贵戚。〔向席尔维阿斯〕你去享受你那坚诚得来的
　　　　　　　　洞房之乐。〔向试金石〕你去常常吵嘴吧，因为你的
　　　　　　　　爱情的航程只带了两个月的食粮。
　　　　　　　　那么，大家都快乐去吧：
　　　　　　　　我要去过和跳舞不同的生涯。

老公爵　　　　别走，杰开斯，喂。

杰开斯　　　　我不要看你们作乐，你们所将有的是些什么，我住
　　　　　　　　在你所放弃的山窟里也会知道的。〔下〕

老公爵　　　　进行，进行：我们开始行礼，
　　　　　　　　结果必定是皆大欢喜。〔跳舞。众下〕

注 释

[1] 西撒于公元前四七年战胜 Pharnaces（King of Pontus）后致元老院书中语："Veni, vidi, vici."。

[2] 指英国惩处巫术之法律而言。

[3]"群狼望着月亮叫"，言其单调重复而无谓。但为什么要说是"爱尔兰的"呢？或指一五九八年之爱尔兰叛变而言，而伊利沙白女皇则是文艺中向有 Diana（月神，亦代表贞洁）之称，因其未嫁也。

[4]"恰似……恐惧"原文为"As those that fear they hope, and know they fear."，殊费解。余意以为不必窜改原文，以 those that fear 三字为一语，紧接在下面之 they 为 those 之重复语，则亦可通。

[5]《创世记》第七章第二节。

[6] 原文 dulcet diseases 意义不明，姑以"废话"二字代替之，其真义尚待考。

[7] 一五九四——一五九五年 Vincentio Saviola 著 Practise of the Rapier and Dagger 出版，此处所谓之"书"殆指此言。

[8] 鸠诺（Juno）为妇女之保护者，并职司婚姻。

[9] 公爵无子，只有罗萨兰一女，故欧兰多将有继承之权。

[10] 此语应是向公爵言，意谓请将音乐暂停也。

收场白

罗萨兰上。

一个女角来念收场白，是很不时髦的，但是也不见得比一位贵族来念开场白为更不合适。如其好酒用不着挂幌子[1]，好戏自然也用不着收场白；但是好酒还是要有好幌子，好的收场白岂不显得好戏更来得好。我既不是念收场白的好手，又不能代替这出好戏同大家讨得欢喜，我们何等地窘呀！我穿得不像乞丐，所以哀求是不合我的身份。我的法子是恳求，我先从女客下手。我恳求你们，啊女人！为了你们爱男人的缘故，请爱这出使你们欢喜的戏。我恳求你们，啊男人！为了你们爱女人的缘故——我看你们傻笑的样儿，就知道没有一个是恨女人的——这出戏一定能在你们和女人之间被认为满意。我若真是个女人，你们当中凡是有胡子讨我喜欢的，面貌招我爱的，气味不惹我厌的，我都要尽量地吻你们。并且，我也敢说，凡有好胡须、好面貌、好气味的，一定会因为我的好意的奉献，而在我向大家行礼的时候，以鼓掌送我退场。〔众下〕

注 释

[1] 酒家门外悬一簇常春藤为标记，故云。

第 十 二 夜

Twelfth Night

序

　　《第十二夜》(*TWELFTH-NIGHT : or, WHAT YOU WILL.*) 这个名称首先需要一点解释。原来圣诞节后的第十二天，即一月六日，是一个节日，即所谓"十二日节"(Twelfthtide)，又称"主显节"(Epiphany)，纪念耶稣诞生后东方的博士于此日来到伯利恒朝拜耶稣的故事。在这一天，不仅教堂里要照例举行仪式，在宫廷里和贵族家里也常常演剧庆祝。莎士比亚此剧显然是为了这样的节日写的，故径名之为《第十二夜》。《仲夏夜梦》的命名也有类似的情形。至于副标题 *WHAT YOU WILL*，这是没有什么特殊意义的，大概等于是说："如嫌《第十二夜》命名欠佳，则任随君便，请随意命名可也。"或是说："如谓此剧系一混合体，既非纯粹喜剧，亦非纯粹浪漫故事，则请君随意呼之可也。"*AS YOU LIKE IT* 的命名也有类似的用意（参看拙译《如愿》序第二页），都是作者对读者谦逊的意思。

一　著作年代

　　《第十二夜》是为哪一年的"主显节"而写的呢？此剧是在哪一

年著作成的呢？

我们知道，密尔斯所著《智慧的宝藏》刊于一五九八年秋，书中列举莎士比亚名著而并没有提起《第十二夜》，这是可注意的。

不列颠博物院所藏《哈雷钞稿》（*Harleian MSS.*）中有日记一卷，经 Collier 于一八三一年翻印，经 Hunter 之考订断为满宁汉（John Manningham）之日记，此项日记稿，自一六〇一年圣诞节起，至一六〇三年四月十四日止，其中尚有间断。一六〇一年 Feb.2[1] 有下列一段记载：

"二月二日——在我们宴会席上有戏一出，名《第十二夜》又名《任随君意》。剧情颇似《错中错》（*The commedy of errors*）或 Plautus 之 *Menaechmi*，但尤似意大利文之《欺骗》（*Inganni*）……"

下文系撮述其中情节（关于计骗管家 Steward 一段）。这一段记载很重要，虽然没有明说这是初演，但其语气似是指明《第十二夜》在当时系一新戏，否则在日记中似无撮述剧情之必要。所以我们根据这一段记载似可认定《第十二夜》最迟是著于一六〇一年。这是有力的一个外证。

但是《第十二夜》也许是著于一六〇一年以前的呢？我们有证据证明它不能是太早。（一）第二幕第三景有一支俗歌的几行（"再会吧，好人儿，既然我必须要走。"……），这歌词是谁的手笔我们固然不能知道，但是这歌除了见于此处之外，同时也被收在 Robert Jones 于一六〇一年所编之 *Booke of Ayres* 了。此编所收，均是当时流行之新歌，而非旧歌谣。无论莎士比亚曾否利用 Jones 所编歌集，在一六〇一年以前莎士比亚似乎不能插入此歌。（二）第三幕第二景提到的"新地图"，是指一六〇〇年新出的地图。（参看拙译第三幕注二十）这都可以证明《第十二夜》的著作不能早于一六〇〇年。

近代学者大概都认定《第十二夜》作于一六〇一年。不过还有一点需要解释。《第十二夜》似乎是经过一番修改，并且至少有一次修改似乎是在一六〇六年五月二十七日之后。因为在这一天政府下令禁止舞台上用亵渎上帝的誓词。《第十二夜》里许多地方都用"周甫"而不用"上帝"，即为此故。这显然是事后修改的痕迹。主张《第十二夜》曾经过修改者，先有 Fleay（看 *Shakespeare Manual* 页二二七—二二九）后有 Richmond Noble（看 *Shakespeare's Use of Song* 页八七），但是威尔孙教授的解译最精到，（看《新莎士比亚》本之《第十二夜》页八九——一〇一，拙译第三幕注一）。

二 故事来源

《第十二夜》的故事来源很多，Arden 本编者胪列其来源如下：

1. Gl' *Ingannati.*

2. *Le Sacrifice*，by Charles Estienne.

3. Gl'*Inganni*，by Nicolo Secchi.

4. *Novelle*，by Bandello.

5. *Los Enganos*，by Lope de Rueda.

6. *La Espanola de Florencia.*

7. *Hecatommithi*，by Giraldi Cinthio.

8. *Histoires Tragiques*，by Françis de Belleforest.

9. *Riche his Farewell to Militarie Profession*，by Barnabe Riche.

10. *Laelia*，MS.

11. Gl' *Inganni*，by Curzio Gonzaga.

12.Gl' *Inganni*，by Domenico Cornaccini.

以上所举有些是与《第十二夜》有直接关系的，但有些并无多少关系，因为《第十二夜》的故事（关于瑰欧拉与奥维利亚的爱情故事那一部分）本是陈腐的题材，女扮男装和孪生兄妹在古典喜剧中就已经是习见的情节了。与《第十二夜》有直接关系的是上面所举的第九项、第一项、第十一项。这第九项是一部英文的短篇小说集，刊于一五八一年，共八篇，其第二篇为"Historie of Apolonius and Silla"，《第十二夜》无疑地是取材于此篇。第一项是一五三一年在 Siena 上演的一出喜剧，作者不明。第十一项是一五九二年在威尼斯刊行的一出喜剧（看佛奈斯本《第十二夜》页三二六—三七七）。

但是《第十二夜》的情节也有一部分是莎士比亚的创作，例如对马孚利欧的阴谋。滑稽的部分，以及富于诗意的地方，不消说都是莎士比亚的创作。

三　关于版本及舞台历史

《第十二夜》没有什么版本问题，因为它没有四开本行世，初次刊行就是收在一六二三年莎士比亚的全集里，即所谓第一对折本。在校勘上《第十二夜》是可以令人满意的，所以虽然没有四开本供我们参考比较，我们也不至于太失望。

在舞台上，《第十二夜》是常被表演的。除了上文提到的满宁汉日记中所记载的一六〇二年二月二日的公演（那是在 Middle Temple 为庆祝"圣烛节"而演的）以外，此剧于一六〇六年或许在舞台上复活过，因为在这一年丹麦王访英，从七月十七日住到八月十一日，莎士比亚的剧团曾数度奉召入宫演剧,《第十二夜》也许是其中一出。(参看拙译《马克白》序)在一六一八年四月六日耶稣复活节,此剧又在宫廷出演;一六二二年"圣烛节"又有演出的记载。在这些早年的表演里,马孚利欧是最惹人注意的一个角色,因为那一位曾在第一版对折本上题诗赞美莎士比亚的 Leonard Digges 在一六四〇年出版的《莎士比亚诗集》又题了这样的诗句:

> let but Beatrice
>
> And Benedicke be seene, loe in a trice
>
> The Cockpit, Galleries, Boxes, all are full,
>
> To hear Malvoglio that crosse garter'd Gull.[2]

可见《第十二夜》在那时候的舞台上是有号召力的。

在复辟时代,此剧由达文南特(D'Avenant)在 Duke's Theatre 于一六六〇年十二月十二日表演,但是达文南特是否按其惯例将此剧亦加以删改,则不可知。不过当时的日记家皮泊斯(Samuel Pepys)却屡次看了都不感兴趣,而皮泊斯确是代表了那时代的品味。莎士比亚的戏剧在那个时代是不易迎合观众的胃口的,除非是经过改编。一七〇三年《第十二夜》终于被 Charles Burnaby 改编为 Love Betrayed ; or, the Agreeable Disapointment,在一七〇五年又重演一次。自此以后《第十二夜》脱离舞台约三十余年。

在舞台上恢复《第十二夜》的也许是由于演员马克林(Macklin)的影响。一七四一年马克林演《第十二夜》中之马孚利欧。自此以后此剧不断出演,大致均能依照莎士比亚的原文,以至于今日。但是我们亦不可忽略,《第十二夜》于一八二〇年被 Frederick Reynolds 改编为乐剧而演出,德国的及英国的歌曲均被大量地羼入,原剧之本来面目全失。不过这仅是一时的时髦,并不能夺去原剧在舞台上的地位。近代著名演员如 Ellen Terry、Henry Irving、E. H. Southern 都演过此剧，而 Elizabethan Stage Society 在一八九五年的表演，Granville-Barker 在一九一二年的排演，以及 the Benson Company 在一九〇〇年的表演，均有不可磨灭的价值。

四　几点批评

《第十二夜》作于一六〇一年，那时候莎士比亚是三十七岁，他的艺术已臻成熟时期，并且即将迈入他的悲剧创作时期。哈兹立（Hazlitt）对于此剧的称赞是很热烈的。

此剧很公允地被认为莎士比亚的喜剧中最可爱的之一。其中满是中和的谐谑。也许作为喜剧是太柔和了。其中很少讽刺，绝无愤怒。其刻画的目标是滑稽方面，而不是荒谬方面。它令我们笑人类的荒唐，而不是轻侮，更不含恶意。莎士比亚的喜剧天才像是蜜蜂，能从野草毒花中吸取汁蜜而不遗下一根毒针。（见所著之 *Characters of Shakespeare's Plays* 1817 页二五〇）

这是浪漫派批评的惯调，并不能帮助我们理解什么。至于德国的浪漫派批评家如施莱格尔（Schlegel）一流，当然也是只有称赞而已。

喜剧大概总多少带一点讽刺的意味。马孚利欧是一个清教徒，他所受的嘲笑戏弄是这出戏里极精彩的一部分，那么莎士比亚是不是有意在这戏里讽刺清教主义呢？这是一个问题。

亨脱（Joseph Hunter）说：

虽然在别的莎士比亚戏剧里，我们看见对于英国新教中的清教一派之言行颇有间接的讽刺的话语，但那只是偶然提到的，真正的大肆攻击乃是在这出戏里。在这里有系统的讥嘲，并且把作者所认为是清教徒的性格之黑暗的一面暴露出来，令观众憎恶。此不仅于剧中某一节某一语可以看得出来，对于那些熟知清教的敌人所加于清教的责难者，莎士比亚在此剧中有意地把马孚利欧做成为清教性格的抽象代表，顶坏的特点都在他身上表现了出来，并且把别的荒谬的特色还附加上去，这是很够明显的了。（转引自佛奈斯本页三九七）

亨脱这段话显然是失之夸大。要说莎士比亚有意地在这剧里对清教徒的性格"大肆攻击"，这是不能令人信的。马孚利欧的被戏弄，无论如何有趣，只能说是陪衬的"插曲"。并且莎士比亚之编写一剧，其用意所在，吾人虽不妨多方揣测，却不能简单地肯定地加以武断。

但是亨脱的批评却有不可抹杀者在。莎士比亚的戏里，每逢遇到清教徒，辄出以嘲笑的口吻，例如在《冬天的故事》《温莎的风流妇人》《皆大欢喜》等剧。而在《第十二夜》里确实是比较地有最多的讽刺。在这戏里，莎士比亚讽刺了清教主义，这是事实。清教徒与戏剧家之互相水火，在当时原是普通现象，莎士比亚在马孚利欧身上寻到了一个方便的讽刺对象，也是很近情理的。不过莎士比亚并没有在这戏里对清教"大肆攻击"罢了。假如莎士比亚有意要这样做，他很容易把这讽刺写得更显明深刻，更酣畅淋漓！莎士比亚只是顺便地发泄了他的对清教的气愤罢了。这讽刺是有价值的，但我们不可把它放大，以致失了适当的透视。

《第十二夜》的主要意义仍是在爱情心理的描写上。不过莎士比亚在这戏里所表现的乃是一种轻松调笑的态度。西德尼·李

（Sidney Lee）把《第十二夜》和《无事自扰》《如愿》，总称为一个"三部曲"，是有见地的。因为这三剧都是在浪漫的、富诗意的氛围中描写了爱情的种种。《第十二夜》的结尾处似嫌仓促（看佛奈斯本引 Wilh. Oechelhäuser 的批评，页三八六一三八七），其实在情节上《第十二夜》有许多不合理处，约翰孙博士说"此剧没有适当地表现人生"（It exhibits no just picture of life.），固然是严正的批评，但是我们若把这戏当作庆祝一个狂欢的节日的娱乐，并且是根本地属于浪漫故事一类，那么，它的情节上的缺陷就可以在其他的方面——例如富诗意和诙谐处——取得适当的报偿了。

注 释

[1] 此项日记起自一六〇一年之圣诞节，但关于《第十二夜》之记载系发现于一六〇一年二月二日，此何故欤？按照当时历法，新年系自三月二十五日起，故此处所谓之二月在当时是一六〇一年最后之一个月，而按照吾人现时之计算则是一六〇二年之第二个月也。

[2] 大意谓："只要有 Beatrice 与 Benedicke 上演，一瞬间，池子楼上包厢都挤满了人，来听那交叉绑袜带的马孚利欧。"按 Beatrice 与 Benedicke 乃另一剧《无事自扰》中之人物，上下语气不贯。

剧 中 人 物

敖新诺（Orsino），伊里利亚的公爵。

西巴斯珊（Sebastian），瑰欧拉之兄。

安图尼欧（Antonio），海船船长，西巴斯珊之友。

一船长，瑰欧拉之友。

瓦楞坦（Valentine）
库利欧（Curio）　　　公爵之随从。

陶贝·白尔赤爵士（Sir Toby Belch），奥利维亚之叔。

安得鲁·爱沟齐克爵士（Sir Andrew Aguecheek）。

马孚利欧（Malvolio），奥利维亚之管家。

费宾（Fabian）
费斯蒂（Feste）　　　奥利维亚之仆。

奥利维亚（Olivia），一豪富之女伯爵。

瑰欧拉（Viola），与公爵恋爱。

玛利亚（Maria），奥利维亚之女仆。

贵族、牧师、水手、官人、乐师及其他侍从等。

地 点

伊里利亚一城市及附近海岸。

第 一 幕

第一景：公爵宫中一室

公爵、库利欧、众贵族上；乐师随侍。

公爵　　音乐若即是爱情的食粮，那么就演奏下去吧。让我
　　　　过量地享受，为的是，食过量之后，欲望就厌腻了，
　　　　以至于消失。再奏起那个调子！它有一种袅袅的余
　　　　音。啊！它来到我的耳上，就像是才吹过一片紫罗
　　　　兰的甜蜜的声音，偷送来一股芬芳。够了！别演奏
　　　　了，现在它不像方才那样浓郁了。啊爱情的力量！
　　　　你是多么凶饿[1]呀，虽然你有海一般的容量，凡是
　　　　进到里面去的，无论是有多么大价值，没有一样不
　　　　是立刻就削弱减价的。爱情充满了这样多的奇思怪
　　　　想，它实在是最善变的东西。

库利欧	大人，您愿意打猎去吗？
公爵	打什么，库利欧？
库利欧	打鹿。
公爵	唉，我正猎取我的心[2]呢，那是我最高贵的东西。啊！我的眼初看见奥利维亚的时候，我以为她把浊气都澄清了。哪知道一瞬间我变成了一只鹿，我的情欲就像是猎狗一般，永远地在追逐着我[3]。

瓦楞坦上。

怎么样！她有什么消息吗？

瓦楞坦	启禀大人，我没有被准进去见她，但是从她的侍女那里我带来了这样的回话：除非过了七次寒暑，就是上天也不能痛快地看见她的脸。她将像是女道士一般，戴着面幕走路，用伤害眼睛的咸水每天洒一遍她的寝房。这全是为了要保藏她的亡兄对她的爱，那是她愿在哀悼中永久不忘的。
公爵	啊！她有这样的好心肠，对于一个亡兄就付了这样的情爱的债，将来爱情的金箭一旦射入她的心里，把其他的感情完全刺死，那时候她将要怎么样地恋爱呀。那时候，肝、脑、心[4]，这些尊严的宝座，亦即她的优美的所在，都将要被一个帝王所盘踞了。领我到绚烂的花圃去； 情思在花枝下面最旖旎。〔众下〕

第二景：海滨

瑰欧拉、船长及水手等上。

瑰欧拉　　　朋友们，这是什么国土？

船长　　　　这是伊里利亚，小姐。

瑰欧拉　　　我到伊里利亚可做什么呢？我的亡兄是在伊里西姆[5]
　　　　　　呢。他也许侥幸没有淹死，你们水手们以为怎样？

船长　　　　你自己也仅仅是侥幸被救罢了。

瑰欧拉　　　我的可怜的哥哥！也许他也侥幸被救了。

船长　　　　诚然，小姐，并且为了以幸运自慰起见，你还要晓
　　　　　　得，我们的船破碎之后，你和那几个与你一同获救
　　　　　　的人们抓住了我们的漂荡的小艇的时候，我还看见
　　　　　　你的哥哥，他在灾难中很有见识，他紧抱着在海上
　　　　　　漂着的一根桅樯，这是勇敢和希望教他这样做的；一
　　　　　　直到我能望得见他为止，我看见他安然地随着波涛
　　　　　　上下，像是阿立昂坐在海豚背上一般[6]。

瑰欧拉　　　只这样说说，就是很可宝贵的了。我自己的获救使
　　　　　　我怀了希望，他也许有同样的幸运，你听说的话很
　　　　　　可做个有力的佐证。这个国土你可熟悉吗？

船长　　　　是的，小姐，我很熟，因为我生身长大的地方离此
　　　　　　地不过三小时的路程。

瑰欧拉　　　谁治理这地方？

船长　　　　一位高贵的公爵[7]，品格和姓氏都同样地高贵。

瑰欧拉　　　他姓什么？

船长　　　敖新诺。

瑰欧拉　　敖新诺！我听见我父亲提起过他，那时候他还是个
　　　　　独身者。

船长　　　现在他也还是，或者说他最近还是。因为不过一个
　　　　　月前，我才离开此地的，那时候还纷纷传说——你
　　　　　知道，大人物的行动，一般低下的人们总要谈论
　　　　　的——他向美丽的奥利维亚求爱。

瑰欧拉　　她是谁？

船长　　　一位很贞淑的姑娘，是一年前死去的一位伯爵的女
　　　　　儿。他把她交给他的儿子保护着，不料她的哥哥不
　　　　　久也死了，为了哀悼他的友爱，据说她从此不肯会
　　　　　见男人了。

瑰欧拉　　啊！我愿去侍候这位小姐，不要叫世人知道我的身
　　　　　份，直到我的计划成熟为止。

船长　　　那可很难做到，因为她不肯接受任何请求，不，就
　　　　　连公爵的请求也不行。

瑰欧拉　　你有堂堂的仪表，船长，虽然"自然"常常用美丽
　　　　　的墙壁包藏腐败的东西，但是我相信你有一颗心配
　　　　　得过你的美丽的外表。我请求你，并且我从丰地
　　　　　报酬你——隐秘我的真相，并且帮助我做成适宜于
　　　　　我的意向的化装。我要投向公爵处去服务，你把我
　　　　　当作一个太监引荐给他，你尽力总有好处的，因为
　　　　　我能用各种的音乐向他歌唱谈说，可以证实我确能
　　　　　称职。

　　　　　别的事情，我交给时间；

	我的计划,你秘密勿宣。
船长	你做他的太监,我不作声:
	我若瞎说乱道,剜我的眼睛。
瑰欧拉	多谢你,引我去吧。〔众下〕

第三景:奥利维亚家中一室

陶贝·白尔赤爵士及玛利亚上。

陶贝·白尔赤	我的侄女是什么用意,把哥哥的死看得这样严重?我敢说忧虑真是生命之敌。
玛利亚	真是的,陶贝爵士,你晚上须要早一点回来。你的侄女,我的小姐,很反对你这样晚回来。
陶贝·白尔赤	让她反对那早已遭过反对的吧 [8]。
玛利亚	是,可是你也得要守相当的规矩。
陶贝·白尔赤	规矩 [9]!我不能打扮得再规矩了。这一身衣服可以穿着去喝酒,这两只靴子也很够好的,如其是不够好的,让它们用自己的皮带子 [10] 去上吊吧。
玛利亚	你那样喝酒会把你毁了的。我听见小姐昨天说起,还说起你有一晚还带来了一个蠢笨的爵士向她求婚。
陶贝·白尔赤	谁?安得鲁·爱沟齐克爵士吗?
玛利亚	对了,就是他。

陶贝·白尔赤　他是个魁梧的人，不比伊里利亚的任何人差。

玛利亚　　　这有什么关系呢？

陶贝·白尔赤　噫，他一年有三千块钱的进项。

玛利亚　　　是的，他一年间就会把所有的钱花光。他是个十足的傻子，并且是个荡子。

陶贝·白尔赤　呸，你竟这样说话！他能奏低音竖琴，能不用查书就很准确地说三四种语言，并且有一切的天生的好的禀赋。

玛利亚　　　他真是有，并且几乎是天生的，因为除了他是傻子之外，他还是个爱吵嘴的人。若非是天生的怯懦打消他吵嘴的趣味，明白的人们都会觉得他不久就会得到一个坟墓。

陶贝·白尔赤　我以此手为誓，这样毁谤他的人们都是流氓，是小人。他们是谁？

玛利亚　　　他们还说，他每晚都和你一起吃醉酒。

陶贝·白尔赤　那是为了祝我的侄女健康。只消伊里利亚有酒，只消我的喉咙里还有孔道，我就要饮酒祝颂她。一个人若不饮酒祝我的侄女，直到头脑旋转得像一个教区陀螺[11]，他便是个懦夫走卒。怎么，女人！放庄严些[12]！因为安得鲁·爱沟齐克爵士来了。

安得鲁·爱沟齐克爵士上。

安得鲁　　　陶贝·白尔赤爵士！你好吗，陶贝·白尔赤爵士！

陶贝·白尔赤　亲爱的安得鲁爵士！

安得鲁　　　上天保佑你，尖刻的女人。

玛利亚　　　也保佑你[13]，先生。

陶贝·白尔赤　寒暄[14]，安得鲁爵士，寒暄。

安得鲁　　　这是什么意思？

陶贝·白尔赤　我的侄女的侍女。

安得鲁　　　好寒暄姑娘，我愿常和你来往。

玛利亚　　　我的名字叫玛利，先生。

安得鲁　　　好玛利寒暄姑娘——

陶贝·白尔赤　你错了，先生。"寒暄"就是面向着她，进攻她，挑
　　　　　　逗她，冲击她。

安得鲁　　　我老实说，我不能当着大众这样对付她。"寒暄"就
　　　　　　是这个意思吗？

玛利亚　　　再会吧，先生们。

陶贝·白尔赤　你若让她就这样地走去，安得鲁爵士，我愿你永远
　　　　　　不再拔剑！

安得鲁　　　你若这样地走去，姑娘，我愿我永远不再拔剑。美
　　　　　　丽的姑娘，你以为和你做对手的是傻子们吗？

玛利亚　　　我并没有拉着你的手。

安得鲁　　　真是的，但是我让你拉着，我伸出手来了。

玛利亚　　　好了，先生，"思想是自由的[15]"。我请你，把你的
　　　　　　手送到酒柜里喝点酒吧[16]。

安得鲁　　　为什么，好人儿？这是什么譬喻？

玛利亚　　　你的手太干燥了[17]，先生。

安得鲁　　　哼，我但愿如是。我不是那样的蠢驴，我能使我的
　　　　　　手干着的。但是你说的是什么笑话呢？

玛利亚　　　一个干燥无味的笑话罢了。

安得鲁　　你有很多这种笑话吗?

玛利亚　　是的,先生,这种笑话就在我手头。真是的,现在我一放松你的手,我就没有了。〔下〕

陶贝·白尔赤　啊先生! 你需要一杯酒,我什么时候见过你这样被人戏弄?

安得鲁　　你一生也没见过,除非你看见酒把我醉倒。我有时觉得我的机智好像不比一个基督徒或一个普通人为高,但是我很能吃牛肉,我相信那是对于我的机智有害的。

陶贝·白尔赤　毫无疑问。

安得鲁　　我要早知道,我就把它戒了。我明天要回家了,陶贝爵士。

陶贝·白尔赤　Pourquoi[18] 我的亲爱的先生?

安得鲁　　Pourquoi 是什么意思? 是回去还是不要回去? 我深愿我在斗剑、跳舞、戏熊上面所费的时间曾用在语言上面,啊! 我若是研究文学就好了!

陶贝·白尔赤　那么你就会有一头顶好的头发了[19]。

安得鲁　　怎么,那就可以改良我的头发吗?

陶贝·白尔赤　没有问题,因为你知道它自己是不会鬈的。

安得鲁　　但是对于我已经是很好看了,是不是?

陶贝·白尔赤　好极了,就像是纺竿上挂着的麻一般,我希望一个妇人把你夹在她的大腿中间把它纺成线。

安得鲁　　真是的,我明天回家了,陶贝爵士,你的侄女是见不着了,即或见着,多半她也不会看得上我。公爵自己就近向她求婚呢。

陶贝·白尔赤　她是不会看中公爵的，无论是在资产、年纪或智慧
　　　　　　方面，她都不愿超出自己的阶级去高攀。我听见她
　　　　　　这样发过誓。你少说吧，这事是有望的，你这个人。

安得鲁　　　我再停一个月。我是全世界里心境最奇怪的人，我
　　　　　　有时候十分地喜欢假面剧和庆祝会。

陶贝·白尔赤　你也擅长这些小玩意儿吗？

安得鲁　　　不下于伊里利亚的任何人，无论他是谁，只要是地
　　　　　　位不比我高，和一个老手我是不愿比的。

陶贝·白尔赤　你对于"五步舞[20]"是怎样地擅长，先生？

安得鲁　　　真是的，我能像羊似的跳跃[21]。

陶贝·白尔赤　我还能切羊肉呢。

安得鲁　　　我的向后一跳可以说不比伊里利亚任何人差。

陶贝·白尔赤　为什么要藏起这些才艺呢？为什么要用幔幕遮掩起
　　　　　　来呢？莫非像是瑁尔夫人[22]的画像一般，怕落灰
　　　　　　尘？你为什么不跳着"五步舞"上礼拜堂，跳着
　　　　　　"跑步舞[23]"回家？我走起路来就像急拍快舞，要小
　　　　　　便时就五步连在一起了。你是什么用意？这世界可
　　　　　　是应该藏起优点来的吗？我曾想，以你的两腿之优
　　　　　　良的构造，那一定是在"五步舞"的吉星高照之下
　　　　　　长成的。

安得鲁　　　是的，我的腿是很强健的，穿上一双红袜子就很像
　　　　　　样。我们来发起一场热闹，好不好？

陶贝·白尔赤　我们不干这个干什么？我们不是生在"金牛星[24]"
　　　　　　下面的吗？

安得鲁　　　"金牛星！"那是主腰和心的。

陶贝·白尔赤　不，先生，那是主大腿小腿的。我看你跳一下。
　　　　　哈！再高一点。哈哈！好极了！〔同下〕

第四景：公爵宫里之一室

瓦楞坦，瑰欧拉着男装上。

瓦楞坦　　西撒利欧，若是公爵继续着这样宠遇你，你大约很
　　　　可以升发的。他才认识你三天，你已经不算是生
　　　　人了。

瑰欧拉　　你一定是恐怕公爵的脾气善变，或是我的性情疏忽，
　　　　所以你很怀疑他的宠爱能否继续下去。他在恩宠方
　　　　面是不是善变的，先生？

瓦楞坦　　不是的，你可以相信我。

瑰欧拉　　多谢你。公爵来了。

公爵、库利欧及侍从等上。

公爵　　　谁看见西撒利欧了吗？喂！

瑰欧拉　　在伺候着您哪，大人。在这里。

公爵　　　你们暂且走开。西撒利欧，这事你已经完全知道了，
　　　　我把我的心灵的秘籍都已经向你披露了。所以，好
　　　　年轻人，你去到她那里去，不要听她拒绝接见，立

在她的门口，告诉他们你的两只脚是生根了，直到能见她时为止。

瑰欧拉　　尊贵的大人，假如她真是如传闻那样的整个地在悲哀中过活，她永远是不会接见我的。

公爵　　　宁可吵闹失礼，也不要徒劳而返。

瑰欧拉　　假如我能和她晤谈，大人，将怎样办呢?

公爵　　　啊！那么就把我的爱情向她宣示，谈说我的忠诚，使她惊异。你来表演我的悲苦是很合适的，她将听取你这样年轻人的陈诉，比听取一个较庄严的使者，还更容易些。

瑰欧拉　　我不相信，大人。

公爵　　　好孩子，你相信吧。因为他们若是现在就说你是一个成年的男人，他们实在是诽谤你的青春。戴安娜[25]的嘴唇不见得更红更润；你的细嗓就像是一个处女的喉咙，尖锐而圆整；处处都像是一个女角色。我知道你是天生地适宜于做这件事。去四五个人护送他，全去也可以，因为越没有人伺候我，我越安适。这件事你若办得好，你可以和你的主人一样地自由地过活，他的财产也就是你的。

瑰欧拉　　我必尽力去向你的情人去求婚：
　　　　　〔旁白〕但是，这是一件困难的事体！
　　　　　不管向谁求婚，我要做他的妻。〔众下〕

第五景：奥利维亚家中一室

玛利亚与丑上。

玛利亚	不，你告诉我你到哪里去了，否则我为你说情的时候我不肯把嘴唇张开到能容一根鬃毛那样宽。小姐会因为你的离职而绞杀你。
丑	让她绞杀我吧，在这世间被好好地绞杀的人就不怕敌人[26]。
玛利亚	证实这句话。
丑	他将看不见敌人再叫他怕了。
玛利亚	好勉强的一句回答。我可以告诉你那句话，"不怕敌人"，是在什么地方产生的。
丑	在哪里呢，好玛利小姐？
玛利亚	在战场里。这句话，你在信口开河的时候，也可以大胆地说[27]。
丑	哼，对于有智慧的人们，上帝给他们智慧；至于那些傻子们，让他们用他们的才能吧[28]。
玛利亚	但是你这样久擅离职守，仍是要被绞杀的，或是被赶出去，那对于你不是和绞杀一样地糟吗？
丑	许多好的绞杀防止了坏的婚姻[29]，至于说被赶出去，在夏季总可以好过。
玛利亚	那么你是很坚决的了？
丑	那倒也不是，不过有两点我是坚决的。
玛利亚	为的是若有一边断裂，还有一边维持着，若是两边

全断，你的裤子可就掉下来了[30]。

丑　　　　　巧妙，真是的。很巧妙。好，去你的。若是陶贝爵士能戒掉酒，你会变成为比在伊里利亚任谁都不弱的一位机警的女人[31]。

玛利亚　　　少说吧，你这个下流东西，别再提那个话了。小姐来了，你最好是解释得聪明些。〔下〕

丑　　　　　机智呀，如其你愿意，教我好好地胡扯一阵吧！那些自以为已经有了你的机灵人，往往证明为傻子；我呢，我很自知我是缺乏你的，却可以混充一个聪明人。因为昆拿帕勒斯[32]不是说过吗？"宁可做一个机灵的傻子，也比做一个傻的机灵人好些。"

奥利维亚偕马孚利欧上。

上帝保佑你，小姐！

奥利维亚　　把傻子带走。

丑　　　　　你们没听见吗，伙计们？把小姐带走。

奥利维亚　　去你的，你是个干燥无味的傻子，我不愿再看见你，并且，你变得不忠实了。

丑　　　　　小姐，那两个短处是美酒和忠告就可以补救的。因为给干燥无味的傻子一点酒喝，他就不干了。令那不忠实的人补过，如其他补过，他就不再是不忠实了；如其他不能，叫一个缝补匠来补他。凡是修补过的东西也不过是加个补缀，美德的人犯了过错不过是加个罪恶的补缀，罪恶的人一经补过也不过是加个美德的补缀。这个简单的逻辑若是够用的了最好，否则，可有什么补救？既然没有一个真正的乌龟不是愁苦的，所以美貌也恰似一朵花[33]。小姐教你们把傻子带走，所以，我再说一遍，把她带走吧。

奥利维亚　先生，我是教他们把你带走呀。

丑　　　　这真是极度的误会！小姐，cucullus non facit mona-chun[34]，那就等于是说我的脑筋并不穿斑衣。好小姐，请你准许我来证明你是个傻子。

奥利维亚　你能吗？

丑　　　　很巧妙地证明，好小姐。

奥利维亚　你证明吧。

丑　　　　我得要质问你，小姐，我的亲爱的美德的小老鼠[35]，你回答我。

奥利维亚　好吧，先生，我目前也没有别的消遣，且听你来证明吧。

丑　　　　好小姐，你为什么悲伤？

奥利维亚　好傻子，为了我的哥哥的死。

丑　　　　我想他的灵魂是在地狱里，小姐。

奥利维亚　我相信他的灵魂是在天堂上，傻子。

丑　　　　你的哥哥的灵魂既然在天堂上，你还要哀伤，小姐，你才是更大的傻子哩。诸位先生，把傻子带走吧。

奥利维亚　你觉得这个傻子怎么样，马孚利欧？他是否进步些了？

马孚利欧　是的，还会进步的，直到死亡的痛苦来震撼他。老病，使聪明人衰朽，却使傻子格外聪明。

丑　　　　上帝快快给你送来衰病，先生，好增加你的荒谬！陶贝爵士愿发誓说我不是一个狐狸精，却不愿赌两便士来证明你不是一个傻子。

奥利维亚　　你可有什么说的，马孚利欧？

马孚利欧　　我觉得奇怪，小姐居然听这无聊的东西瞎说取乐。有一天我看见他被一个呆如木石的普通的小丑给说倒了，你看，他已经失去抵抗力了，除非你笑笑，给他个机会，否则他是哑巴一般了。我可以说，凡是听着这种专门小丑胡说乱道便要哈哈大笑的这些聪明人，我认为不见得比小丑的配角[36]更好什么。

奥利维亚　　啊！你是害了太自爱的病，马孚利欧，并且用一种反常的胃口尝试一切。一个人若是豁达、纯正、不猜疑，那么就要把你所认为是炮弹的那些东西当作鸟箭看待了。一个宫廷特许的小丑，并没有诽谤的恶意，虽然他只是一味地挖苦人。恰似一个拘谨的人，虽然只是一味地责备人，却不能说是挖苦。

丑　　　　愿梅鸠莱[37]给你说谎的本领，因为你替傻丑说了好话！

玛利亚上。

玛利亚　　小姐，门口有一位青年男子很想要和你晤谈。

奥利维亚　　敖新诺公爵派来的，是不是？

玛利亚　　我不知道，小姐。是个很漂亮的青年，随从很多。

奥利维亚　　谁在支应着他呢？

玛利亚　　您的族人陶贝爵士，小姐。

奥利维亚　　把他叫开，我请你——他开口便是胡说。这个人好讨厌！〔玛利亚下〕你去，马孚利欧；若是公爵派来求婚的，就说我病了，或是不在家。随便你怎样说，打发他走便是。〔马孚利欧下〕你现在明白了吧，先生，你的玩笑打趣也变老朽了，不讨人家欢喜了。

丑　　　　小姐，你替我们说话，好像你的大儿子将要做小丑一般。愿周甫[38]给他脑壳装满了脑筋！因为你的一位本家来了，他有一副顶脆弱的内脑膜。

陶贝·白尔赤爵士上。

奥利维亚　以我名誉为誓，半醉了。在门口的是谁，叔叔？

陶贝·白尔赤　一位绅士。

奥利维亚　一位绅士！哪个绅士？

陶贝·白尔赤　是一位绅士——该死的这些腌鲱鱼[39]！你怎么啦，醉汉！

丑　　　　好陶贝爵士。

奥利维亚　叔叔，叔叔，你怎么这样清早就这样昏聩？

陶贝·白尔赤　淫荡[40]！我否认淫荡！门口有一个人。

丑　　　　是呀，他是谁呀？

陶贝·白尔赤　就算他是魔鬼吧，如其他愿意，我不在乎。给我信仰就成了。好吧，那是一样的。〔下〕

奥利维亚　一个醉汉像个什么，傻子？

丑　　　　像是一个淹死的人，一个傻子，一个疯子。多喝一口酒使他发烧就会变成为一个傻子，两口使他发疯，三口就把他淹死了。

奥利维亚　你去寻检察官，给我的叔叔验尸吧。因为他已经喝到第三期了，他淹死了。去，照护他。

丑　　　　　小姐，他不过是才有点疯，让傻子去照护疯子吧。〔下〕

马孚利欧上。

马孚利欧　　小姐，那个青年赌咒要和你谈话。我告诉他你病了，
　　　　　他假装作已经知道这种情形，所以才来要见你的。
　　　　　我又告诉他你睡了，他似乎是也预先知道了，所以
　　　　　才要来和你谈话。对他再说什么呢，小姐？他已经
　　　　　准备抵抗任何样的拒绝。

奥利维亚　　告诉他我不准许他来谈话。

马孚利欧　　已经这样说过了。他说，他要像是警长门前的木
　　　　　柱[41]一般地站着，像木凳的腿一般，非见你不可。

奥利维亚　　他是怎样一种人？

马孚利欧　　属于人类。

奥利维亚　　什么样的人？

马孚利欧　　态度很坏，他要和你谈话，不管你愿意不愿意。

奥利维亚　　他有什么样的相貌和年龄？

马孚利欧　　还不够一个成年人那样大，却又不够一个小孩子那
　　　　　样小。恰似一个还没长成的软豆荚，或是一个将要
　　　　　成熟的苹果。他正像非潮非汐的死水，介乎孩提与
　　　　　成年之间。他的相貌很美，说话很尖锐，看那样子
　　　　　他大概是断奶不久。

奥利维亚　　让他来吧。把我的侍女叫进来。

马孚利欧　　侍女，小姐叫呢。〔下〕

玛利亚上。

| 奥利维亚 | 给我面幕，来，罩在我的脸上。我们要再听一次敖新诺的使节。 |

瑰欧拉及侍从等上。

瑰欧拉	尊贵的女主人，哪一位是她？
奥利维亚	对我说吧，我代她回答。你要说什么？
瑰欧拉	最光彩、优秀、无比的美人，请你告诉我这位是不是这里的女主人，因为我从未见过她。我很不愿白费我的言辞，因为，不仅是撰作精良，我费了大事才背诵下来。诸位美人别教我受讪笑，我是很敏感的，一点点的恶待都受不起。
奥利维亚	你是从哪里来的，先生？
瑰欧拉	我没学习过的，我不能说，这一问正是我所没学过的。温和的好人儿，告诉我假如你就是这里的女主人，我好继续讲下我的言辞。
奥利维亚	你是个喜剧演员吗？
瑰欧拉	不是，我的好小姐，但是对着恶意的毒牙来起誓，我可以说我本不是我所表演的那个人。你是这里的女主人吗？
奥利维亚	假如我不冒充名义，我是的。
瑰欧拉	假如你就是她，你实在是冒充了，因为，你所有的预备给人的，你便不能视为己有[42]。不过这不在我奉命传达的之内。我要讲我的话了，先恭维你几句，然后告诉你我的使命的核心。
奥利维亚	就拣要紧的说吧，我饶你免去恭维。

瑰欧拉	哎呀！我费了很大力量才背下来的，并且很有诗意的。
奥利维亚	那么一定是格外地虚伪，请你不要说吧。我听说你在我门口很无礼，我准你进来并非是要听你说话，实在是要看看你是怎样的一个怪物。如其你并不疯[43]，走吧；如其你有理性，简单地说吧。我自己并不疯，无须和你对说疯话。
玛利亚	你要挂起帆来吗，先生？请由这边走。
瑰欧拉	不，好奴才，我在这里还要再漂荡一会儿呢。请把你的巨人[44]管束一下吧，好小姐。
奥利维亚	你有话就说吧。
瑰欧拉	我是一个使者。
奥利维亚	你一定有什么可怕的事情要说，因为你的礼貌是这样怕人。说你的使命吧。
瑰欧拉	这只是说给你的耳朵听的。我不是来下战书，不是来勒令你进贡。我举着橄榄枝[45]，我的话是极为和平，也极为重要。
奥利维亚	但是你开端很鲁莽。你是什么人？你要怎么样？
瑰欧拉	我的鲁莽的样子是从我所受的待遇里学来的。我是什么人，我做什么来的，是像贞操一般的秘密。在你的耳朵听来，是神圣的；别人听来，是亵渎的。
奥利维亚	你们都走开，我来听听这神圣的话。〔玛利亚与侍从等下〕好了，先生，你有什么经文？
瑰欧拉	最亲爱的小姐——
奥利维亚	必是一个很令人安适的教义，有不少话好说。你的

	经文出在何处?
瑰欧拉	出在敖新诺的心里。
奥利维亚	他的心里! 他的心里第几章?
瑰欧拉	若按你的这种说法,我得说是他心里的第一章。
奥利维亚	啊! 我已经读过了,那是邪说。你没有别的说了吗?
瑰欧拉	好小姐,让我看看你的脸。
奥利维亚	你的主人可曾派你对我的脸做什么交涉吗? 你现在逸出经文的范围了。不过我可以把幕幔拉开,让你看看真相。〔除去面幕〕你看吧,先生,我原来就是这个样儿,画得不错吧?
瑰欧拉	好极了,假如全是上帝造的。
奥利维亚	是不褪色的,先生,禁得起风吹雨打。
瑰欧拉	是调配停匀的美,其间的红和白是"自然"的妙手敷设的。小姐,你是最残酷的女郎,假如你带着这些姿色进了坟墓而不给世间留个底样。
奥利维亚	啊! 先生,我不会这样硬心肠。我要把我的美貌开列几个清单,要分条列举,一件件地都作为我的遗嘱的附件。例如: 计开,嘴唇两片,微红; 又,灰眼二只,带有眼皮; 又,颈子一条,下巴一个; 等等。你是奉命来赞美我的吗?
瑰欧拉	我知道你是什么样人了: 你是太骄傲,不过,你即使是恶魔,你还是美。我的主人爱你。啊! 这样的爱情若得到回报并不为过,纵然你算是盖世无双的美人。
奥利维亚	他是怎样地爱我呢?

瑰欧拉　　　他爱慕得海誓山盟，洒着相思泪，迸发爱的呻吟，烈火一般的叹息。

奥利维亚　　你的主人知道我的心思了。我不能爱他，但是我想他是很有德行的，我知道他是很高贵的，广有资财，有纯洁无疵的青春；人望很好，慷慨、博学、勇敢；天生的身材又很漂亮。但是我还是不能爱他，他早就应该明白我的回答了。

瑰欧拉　　　假如我是像我的主人那样狂炽地爱你，那样地苦恼，那样地憔悴，在你的拒绝里我找不出意义。我不能明白。

奥利维亚　　噫，那你要怎样呢？

瑰欧拉　　　我要在你门口造起一间柳条屋，来拜访在这屋里的我的心上的人儿；写些忠实的失恋的歌，大声地歌唱，一直唱到深夜；唤着你的名字，让山陵响应，使得喁喁私语的空气都喊着"奥利维亚"！啊！你不能在天地之间得到安息，除非你怜悯我！

奥利维亚　　你很能办事。你的父母是什么样人？

瑰欧拉　　　比我的身份高，不过我的地位也不恶，我是个绅士。

奥利维亚　　去回报你的主人，我不能爱他。请他不必再派人来，除非，或者，你再来一次，告诉我他是怎样接受我的回答。再会吧，多谢你辛苦一趟，这一点钱给你吧。

瑰欧拉　　　我不是一个受酬的使者，小姐，留着你的钱吧。是我的主人，不是我自己，这一次没有受到报酬。愿爱神把你将来所爱的人也变成铁石心肠，让你的

热情也像我主人的一般遭受摈弃！再见吧，残酷的美人！〔下〕

奥利维亚 "你的父母是什么样人？""比我的身份高，不过我的地位也不恶，我是个绅士。"我敢起誓你是：你的谈吐，你的相貌，你的四肢、举止、精神，给了你五种勋章证明你的身份。别太快，且慢！且慢！除非那个主人就是这个人。一个人怎么这样快就沾染上爱情？我觉得这个青年的优点竟无形中偷偷地爬进我的眼里去了。好，由它去吧。喂！马孚利欧！

马孚利欧上。

马孚利欧 在这里，小姐，听候吩咐。

奥利维亚 去追那一个顽梗的使者，公爵的仆人。他不管我愿意与否，把这戒指留在此地了。告诉他我不要这东西。告诉他不要鼓励他的主人，不要令他存着希望。我是不配他的，假如那青年明天路过此地，我将把这理由告诉他。赶快去，马孚利欧。

马孚利欧 遵命，小姐。〔下〕

奥利维亚 我不知道我自己做的是什么，
　　　　只怕眼睛太诱惑，心里没把握。
　　　　命运，显你的神通：我做不了主；
　　　　天命不可抗，这事我由你摆布。〔下〕

注 释

[1]"凶饿"原文为 quick and fresh。其意盖谓爱情虽有大的"容量"，但其胃口极强，能吞噬一切。威尔孙教授首做此解，今照译。

[2]"心"原文为 heart，"鹿"原文为 hart，二字音同，故做此戏语。此二字之戏用，据 Arden 本编者谓，盖始自《如愿》第三幕第二景第二六〇行，继见《第十二夜》第四幕第一景第六一行，终则乱用于《朱利阿斯·西撒》第三幕第一景第二〇四、二〇七、二〇八行。此种文字游戏，为莎士比亚时代之一种时尚。

[3]引自希腊神话。莎士比亚或系得之于奥维德的《变形记》。Actaeon 窥视女神 Diana 裸浴，因受严惩，被其猎犬啮裂。故凡对女子痴望，做非分想而自涉苦恼者，恒以此事譬之。

[4]Steevens 沿用 Heath 的见解，以"肝"为爱情的根源，"脑"为理智的根源，"心"为情绪的根源，盖不误。其意盖谓爱情将为唯一最有势力的情感，将支配一切，盘踞其全身心。

[5]伊里西姆，原文为 Elysium，意为"天堂"，与伊里利亚（原文为 Illyria）音相近。

[6]阿立昂（Arion）古典神话中希腊之音乐家也，自西西里乘棹返柯林兹家乡，舟中水手欲加杀害，乃跃入海中，一海豚因嗜其音乐遂负之达岸云。

[7]敖新诺乃治理伊里利亚之公爵（Duke），但剧词中除此处外全用"Count"（伯爵），而彼之每段剧词之前又标明其为"公爵"所言，异常凌乱。按莎士比亚对于 Duke、Count、King 三字之用途不甚分别，彼此通用之例，数见不鲜。W. S. Walker 于 *Critical Examination of the Text*，etc. 1859 曾有一文专论莎士比亚对于此三字使用之混淆。今为明

晰起见，一律译为"公爵"。

[8] 此句原文为"Why, let her except before excepted."盖戏用法律术语 "exceptis excipiendis"之意。术语之原义乃："除去前已声明除去之物。" 陶贝爵士使用 except 一字系沿用英文习语"to take exception"（反对） 之意义。《第十二夜》原系初演于 Middle Temple，故戏用法律术语，亦 是临时应景。威尔孙教授谓此句尚另有一义为他人所未道，应解释为 "让她不要干预我吧，她已反对我够了"。似属牵强。

[9] 原文 confine myself 有二义：一为给自己穿衣服，一为使自己守规矩。 玛利亚用 confine 一字系按第二义，陶贝爵士则误以为第一义，故云。

[10] "皮带子"原文为 straps，乃一块皮带系于鞋后跟者，助穿鞋时拉 提之用。此句之意，即谓如此靴不佳，可即以此皮带作为绞绳高高悬 起，作为绞杀之状。

[11] "从前每乡村中置大陀螺一，霜寒之日则抽之使转，乡民由此项运 动得以取暖，且可不致因闲而为非作歹。……"（Steevens）

[12] 原文 Castiliano vulgo，其意义至今不明。Warburton 提议改为 vulto，意为"Put on your Castilian countenance, i.e., grave solemn looks." 今姑照此译。

[13] 安得鲁谓玛利亚为"尖刻的女人"（Fair shrew），玛利亚答云"And you too, Sir"，亦可解作"你也是尖刻的人"，义盖双关。

[14] 原文 accost 为向前打招呼之意，而安得鲁爵士不懂此字，误为姓 名。此字乃当时流行之客气语。今译为"寒暄"，亦甚勉强。

[15] 安得鲁爵士已觉察玛利亚将彼作为傻子看待，故问："你以为我是 傻子吗？"玛利亚乃引成语"思想是自由的"以答，意谓我心中以汝 为傻，汝固不能干预也。

[16] "此乃轻佻的女侍者习用之语，意即要求接吻并予馈赠也。"

（Kenrick）安得鲁爵士懵然不觉。

[17] 手干燥乃卑鄙与无情之象征。

[18] 法文"为什么"之意。

[19] "语言"原文为 tongues，在当时读音与 tongs（意为"火钳"，卷发用）相同，故陶贝爵士有此误会。译文殊无法传达。

[20] "五步舞"原文为 galliard，为一种节奏迅速之舞蹈。

[21] "五步舞"结尾为跳跃（caper），但 Caper-sauce 系一种果酱，常与羊肉同食，故下文有"切羊肉"之语。

[22] 瑁尔夫人（Mistress Moll）不必有所指。从前画像惯用幕幔遮蔽，以避灰尘。

[23] "跑步舞"原文 coranto，创自法国，流传至意大利，再传至英国。亦为一种节奏迅速之舞。

[24] "金牛星"原文 Taurus。据医药星相学，黄道十二宫对于人体各部分各有影响。金牛星座则系支配颈与喉者。

[25] 戴安娜（Diana）代表贞洁之女神。

[26] 关于此句威尔孙教授有新鲜之解释。彼谓刽子手常为娱乐观众起见，割断绞绳过于急速，犯人往往一时不得断气，自视其血迹狼藉。故只有"好好地被绞死的人"才能无所恐惧。

[27] 此语似无意义。据威尔孙教授解释，似谓："你可以说你到战场去了。"因丑擅离职守，此语可为遁饰之词也。而丑不以为然，故有下面紧接之语。

[28] 此语似是表示不屑接受玛利亚提示之意，言吾无须汝之智慧，吾自有才能，足以渡过难关也。Arden 本编者注云："虽然莎士比亚的一些顶深刻的思想往往藏在丑角的荒诞离奇的语言里，但是也有些个例，我们只能说可以略得印象，不能说确有何等意义；此二行，至少其一

部分即其例也。"

[29] 当时流行的故事，犯人被绞时，如允与某某女子结婚，可免其死，而此等女子多系有残疾或丑陋者，故犯人有宁死而不肯从者。

[30] 据佛奈斯集注本注："我们的祖先在汗衫之外穿一紧背心，可以有袖亦可以无袖，即近代服饰中背心之前驱也。其下端系有甚多之绦带（确数不知），带之端有金属制之尖顶 points，如近代之皮鞋带然。此种绦带因亦名为 points……裤上亦有带，与背心之带可以系结。"玛利亚在此处显系戏用 points 一字之双关的意义。丑所谓之 points 系指"论点"。

[31] 暗示陶贝或可娶玛利亚。

[32] 昆拿帕勒斯（Quinapalus）系杜撰之人名。

[33] 此句语气上下不贯，其大意盖谓奥利维亚终日愁苦，实无异嫁给愁苦，然女人又类皆不能长久守节不变，终必妄为而使愁苦变为乌龟。美颜如花，不能长好，故女人善变也。（参看威尔孙注）

[34] 拉丁文成语，意为"僧帽不能使人成为僧"，言人之表里并不必一致也。丑着"斑衣"，是其外表之特征，其头脑不必亦傻。

[35] 小老鼠，亲昵之称呼。

[36] "小丑的配角"原文 fool's zanies。所谓 zany 者，乃意大利喜剧中之一种固定角色，其职务为模拟丑角之各种滑稽的言动以取悦观众，故实即"小丑之配角"。

[37] 梅鸠莱（Mercury）为商业与谋利之神，故亦可视为管理欺骗虚谎之神。

[38] 周甫（Jove），罗马最高之神。此剧赌咒之语常用周甫而不用上帝，大概系因一六〇六年五月二十七日之法令，禁止戏剧滥用圣名之故，故有此种改写。

[39] 腌鲱鱼（pickle herring）为佐酒之物，多食不易消化，易致噎膈。

剧作家 Robert Greene 据传说即因多食腌鲱鱼及饮红酒而死。

[40]"淫荡"原文为 lechery，与上文之"昏聩"（lethargy）音相近，陶贝爵士略识之无，故有此误会。

[41]"警长门前的木柱"原文为 a sheriff's post，或谓系为贴悬文告之用者，或谓仅系权威之象征。

[42]意谓女人终须出嫁，嫁则一切皆属于夫。

[43]此句与上下文语气欠连贯。原文为 if you be not mad，后代编者多加窜改，或删去 not 一字，或改为 but，其实均不必要。牛津本保存原文，然也。其意非绝不可通。上文言要看看他是怎样的一个怪物，故续谓如并不疯，则根本无可观矣，故挥令去。但如虽不疯，而确有事禀达，则令其简单陈述可也。

[44]玛利亚身材短小，言"巨人"盖讥之也。

[45]橄榄枝象征和平。

第 二 幕

第一景：海岸

安图尼欧与西巴斯珊上。

安图尼欧　你不再多停留了吗? 你也不愿我跟了你去吗?

西巴斯珊　不，请原谅。我生不逢辰，我的命运的凶恶也许会沾染了你的，所以我求你准许我独自去忍受折磨吧。我的磨难一旦波及你的身上，那就太辜负你的美意了。

安图尼欧　让我知道你是到什么地方去。

西巴斯珊　不，真不能，先生，我拟定的航行只是任意漂荡罢了。我看出你的性情是非常谦逊的，你一定不愿勉强我把我所愿保守的秘密说出来，所以，为了礼貌，我倒不能不自行吐露。你要知道，安图尼欧，我的真名是西巴斯珊，虽然我自称为洛德利高。我的父亲就是麦萨林[1]的那个西巴斯珊，我想你一定听说过的。他生下了我和我的妹妹，是同一个时辰生的。若是上天愿意，我很愿我们也同时死去！但是，你，先生，把这结局改变了，因为你把我从浪花里捞起来之前不久，我的妹妹已经淹死了。

安图尼欧　　哎呀，可惜！

西巴斯珊　　我的妹妹虽说长得很像我，许多人认为很美。虽然我不便相信这样过分的谬赞，但是我却可以这样地说，她的心地良善，顶嫉妒的人也不能否认。她是已经被海水淹死了，先生，虽然我好像是用更多的咸水[2]来淹没我对她的哀悼。

安图尼欧　　请原谅，先生，我招待不周。

西巴斯珊　　啊，好安图尼欧！你太费心了。

安图尼欧　　如其你并不愿恩将仇报，请你准我做你的仆人。

西巴斯珊　　如其你并不愿把已做的事取消，换言之，把已经救起来的再杀掉，请你不要这样要求。就告辞了吧，我此刻心软极了，我还是像女人一般地忍不住哭，稍一刺激，我的眼睛就要显露我的弱点了。我要到敖新诺公爵的宫廷去。再会了。〔下〕

安图尼欧　　愿众神的好意都随了你去！
　　　　　　在敖新诺宫里我有许多仇敌，
　　　　　　否则不久我就会去看你；
　　　　　　但是无论如何，我既爱你，
　　　　　　危险只当是游戏，我仍要去。〔下〕

第二景：一街道

瑰欧拉上，马孚利欧随上。

马孚利欧　　你方才不是还和奥利维亚在一处吗？

瑰欧拉　　　就是方才呀，先生。我很快地走，不过才走到这
　　　　　　地方。

马孚利欧　　她还你这只戒指，先生。你若自己带走，就省得我
　　　　　　辛苦这一遭了，并且她还说，你一定要使你的主人
　　　　　　彻底地明白她是不要他的。还有一件事，你不可再
　　　　　　大胆地来替他做信使，除非是来报告你的主人接受
　　　　　　拒绝的状况。你要明白这番意思。

瑰欧拉　　　是她把戒指从我手里拿过去的，我不再过问。

马孚利欧　　听我说，先生，是你硬丢给她的，所以她也要这样
　　　　　　地硬还给你。如其你不嫌弯身的麻烦，那就在你眼
　　　　　　前，否则，随便谁捡去罢了。〔下〕

瑰欧拉　　　我没有给她留下戒指呀！这小姐是何用意？上帝不
　　　　　　准，假如是我的外表迷醉了她！她仔细地端详我，
　　　　　　真是的，不断地端详，我想她的眼睛一定是使得她
　　　　　　的舌头失了功效，因为她说话是断断续续的。一定
　　　　　　是她爱我了，必是她爱中生智，派了这愚笨的使者
　　　　　　来约请我。不要我主人的戒指！噫，他本没有送她
　　　　　　戒指呀。一定她爱的是我。当真如此，可怜的小姐，
　　　　　　她还不如爱一场空梦呢。化装啊，我看出你是险毒
　　　　　　的，狡诈的敌人借你可以胡作非为。美貌而虚伪的

人在女人的蜡一般的心上留下印象，那是多么容易呀！哎呀！这缘由是在我们的脆弱，而不在我们！我们是什么做的，我们就是什么。这事将要闹成怎个样子呢？我的主人热恋她；我呢，可怜的怪物，同样地爱着他；而她呢，由于误会似乎是又爱我。这事将有什么结局呢！我若算作是一个男人，我的地位使我绝不能得到我的主人的爱。我若算是一个女人——哎呀！——可怜的奥利维亚将要有多少声无益的叹息[3]！

啊时间！你把这事来解决；

我解不了这样难的一个结。〔下〕

第三景：奥利维亚家中一室

陶贝·白尔赤爵士与安得鲁·爱沟齐克爵士上。

陶贝·白尔赤　安得鲁爵士，你过来。午夜过后未睡，那就是早起，并且你知道 diluculo surgere[4]。

安得鲁　　　不，老实说，我不知道。不过我知道，夜晚不睡就是夜晚不睡。

陶贝·白尔赤　这是虚伪的结论。我不喜欢它，就像一个没注酒的杯一般。过了半夜还没睡，那时候去上床，那就是早，所以过了半夜再上床就是早睡了。我们的人生不是四种原质[5]做成的吗？

安得鲁　　是的，据说是。但是，我想，人生的原质是吃与喝。

陶贝·白尔赤　你真是一位学者，所以我们就吃喝吧。玛利亚，喂！来一杯酒。

丑上。

安得鲁　　傻子来了，真是的。

丑　　　　怎么啦，好朋友们！你们没看见过我们的"三人合像[6]"吗？

陶贝·白尔赤　欢迎，驴。唱一段歌我们听。

安得鲁　　老实说，这傻子有很好的嗓音。我宁可不要四十先令，我愿有这傻子的这样的腿[7]和这样好的喉咙。真的，你昨晚的笑话实在说得好，你说起皮格罗格罗米特斯，又说起瓦庇安斯跨过了鸠伯斯的昼夜平分线[8]，实在说得很好。我送你六便士去给你的情人，你收到没有？

丑　　　　我已经把这三笔小款收在我的口袋里了，因为马孚利欧的鼻子并不是鞭柄[9]，我的情人的手是很白净的，美靡东[10]也不是普通的小酒店。

安得鲁　　好极了！这究竟是最好的瞎扯淡。现在，唱个歌儿吧。

陶贝·白尔赤　唱啊，给你六便士，唱个歌我们听。

安得鲁　　我也给六便士，若是一位爵士给一——

丑　　　　唱一曲情歌呢，还是正经的歌？

陶贝·白尔赤　情歌，情歌。

安得鲁　　对了，对了，我不喜欢正经的。

丑　　　　啊，我的情人！你是在哪里逡巡？

　　　　　啊！且听，你的真爱人正在来临，

　　　　　他能唱贵族的和平民的歌。

　　　　　美丽的亲人，别再往远处走；

　　　　　情人聚首便是路程的尽头，

　　　　　每个聪明人的儿子都晓得。

安得鲁　　好极了，真的。

陶贝·白尔赤　好，好。

丑　　　　什么是爱情？它不在将来；

　　　　　现在作乐就是现在开怀；

　　　　　将来怎样现在不能确断：

　　　　　迁延不能有好的结局；

　　　　　来吻我吧，二十倍的亲密，

　　　　　青春是不能长久地不变[11]。

安得鲁　　很流畅的声音，我老实说。

陶贝·白尔赤　很传染的声音[12]。

安得鲁　　很甜蜜而传染，真是的。

陶贝·白尔赤　若是用鼻子来听，这气息倒是很清香的。我们要不
　　　　　要喝得天地旋转？我们要不要唱一曲能从一个织工
　　　　　吸出三个灵魂[13]的歌儿，来惊起鸥鹨？我们要不要
　　　　　这样做？

安得鲁　　假如你爱我，我们就这样办。我唱起歌来赛过狗[14]。

丑　　　　真是的，先生，有些狗真唱得好。

安得鲁	那是一定，我们唱《你这坏蛋》[15] 吧。
丑	"你别吵，你这坏蛋。"爵士？我不得已不能不叫你一声坏蛋，爵士。
安得鲁	这不是第一次令人不得已叫我一声坏蛋。开始唱吧，傻子。开始是这样的："你别吵。"
丑	我若不吵，我永远不能开始。
安得鲁	对，真是的。来，开始吧。〔合唱一曲〕

玛利亚上。

玛利亚	你们在这里猫叫做什么！小姐若没有叫她的管家马孚利欧把你们赶出去，你们永远不用信我。
陶贝·白尔赤	小姐是个骗子[16]，我们是政客？马孚利欧是个 Peg-a-Ramsey[17]。"我们是三个快乐的人[18]。"我是不是同血统？我不是和她同一血统吗？瞎说八道，小姐！"有一个人住在巴比伦，小姐，小姐[19]！"
丑	爵士真会说笑话哩！
安得鲁	是，他高兴的时候他是很会的，我也是如此。他说得比较美妙，我说得比较自然。
陶贝·白尔赤	"啊！十二月的第十二天[20] ——"
玛利亚	为了上帝的爱，别叫了！

马孚利欧上。

马孚利欧	先生们，你们疯了吗？你们是什么人呀？你们没有一点聪明、礼貌和自尊心，令你们在这夜晚不要像是补锅匠似的叫嚣吗？你们可是把小姐的家当作酒

店，唱起补鞋匠的歌儿连声音都不放低些？你们也不问是什么时间、地点和身份吗？

陶贝·白尔赤 我们唱歌是很按着时间的。滚你的！

马孚利欧 陶贝爵士，我得对你直说。小姐令我告诉你，她虽然把你当作一家人留养着，她却不同意于你的浪荡行为。你若是能戒除你的不检点处，欢迎你住在这里；若是不能，你要是愿意告辞，她也很愿意对你说声再会。

陶贝·白尔赤 "再会吧，好人儿，既然我必须要走[21]。"

玛利亚 不，好陶贝爵士。

丑 "他的眼睛表示他的性命就要不保。"

马孚利欧 会这样吗？

陶贝·白尔赤 "但是我永远不会死的。"

丑 陶贝爵士，你说谎了。

马孚利欧 你这种态度实在体面得很。

陶贝·白尔赤 "我就叫他走吧？"

丑 "你这样做又该怎样？"

陶贝·白尔赤 "我就叫他走，毫不饶恕？"

丑 "啊！不，不，不，不，你不敢。"

陶贝·白尔赤 唱错调子了！先生，你唱错字了[22]。你不是仅仅一位管家吗？你以为，因为你是规矩的，便不许别人饮酒作乐吗？

丑 是的，凭着圣安娜赌咒[23]，并且还有姜[24]辣嘴呢。

陶贝·白尔赤 你说得对。去，先生，用面包屑把你的颈链擦亮吧[25]。来一杯酒，玛利亚！

马孚利欧	如其你对于小姐的恩宠并没有藐视的意思，你不该怂恿他们做这种放荡的事。我凭这手发誓，我要报告她知道。〔下〕
玛利亚	去摇摆你的耳朵吧 [26]。
安得鲁	若是向他挑衅决斗，然后故意地失约，戏弄他一场，那是和一个人饿了的时候喝酒一般地开心哩。
陶贝·白尔赤	就这样做去，爵士。我替你写挑战的信，或是我口头去传达你的震怒。
玛利亚	好陶贝爵士，今晚且少安勿躁，因为公爵派来的那个青年正在小姐那里，她的兴致很不好。至于马孚利欧先生，交给我去对付他。我若不捉弄他使他成为大家的笑柄，不要相信我有直挺挺躺在床上的聪明，我知道我一定能做得到。
陶贝·白尔赤	告诉我们，告诉我们，告诉我们一点关于他的事情。
玛利亚	真是的，先生，他有时候假充一个清教徒。
安得鲁	啊！我若想到这一点，我要把他当狗似的打一顿。
陶贝·白尔赤	怎么，就因为他是个清教徒？有什么微妙的理由，亲爱的爵士？
安得鲁	我没有什么微妙的理由，但是我有充分的理由。
玛利亚	他才不配叫作一个清教徒呢，或任何有坚定信仰的人，只是一个逢迎投机的人罢了。一个虚矫的蠢驴，背诵熟了体面的会话，成本大套地对人说，非常地刚愎自用，自以为是充满了优点，凡是和他接触的人必定都爱他。我就利用他这个弱点施展我的报复的计划。

陶贝·白尔赤　你将怎样做？

玛利亚　　　我要在他面前丢下一封神秘的情书，在情书里，写明他的胡须的颜色、他的腿的形状、走路的姿势、眼睛的神气，以及头额、皮肤，他必定以为确指的是他。我可以写得很像你的侄女的亲笔，对于一件我们忘了在什么机缘写的文件，我们是不能分辨笔迹的。

陶贝·白尔赤　好极了！我嗅出你的计策来了。

安得鲁　　　我在鼻子里也嗅到了。

陶贝·白尔赤　他根据了你丢下的信，他一定以为是我的侄女写的，她是爱上他了。

玛利亚　　　我的意思诚然是这样的一回事。

安得鲁　　　你的意思是使他成为一头驴。

玛利亚　　　驴，我毫不怀疑。

安得鲁　　　啊！这计划很好。

玛利亚　　　上好的游戏，我敢保。我知道我的这一剂药可以对他生效。我派你们二位，傻子算是第三位，在他将捡到信的地方守着，看看他是怎样解释。今晚，睡去吧，去梦想这事的结果。再会。〔下〕

陶贝·白尔赤　夜安，潘济西利亚[27]。

安得鲁　　　我敢起誓，她是个好女人。

陶贝·白尔赤　她是条小猎犬，纯种，还很爱慕我。不过那算什么呢？

安得鲁　　　我也曾经被人爱慕过一次。

陶贝·白尔赤　我们去睡吧，爵士。你需要再多取一点钱来。

安得鲁　　　我若不能得到你的侄女，我可是破产了。

陶贝·白尔赤　取钱去吧，爵士，你若是终归得不到她，叫我作
　　　　　　　畜牲。

安得鲁　　　我若不叫你畜牲，你永远别信我，不管你爱听不
　　　　　　　爱听。

陶贝·白尔赤　走，走，我要去温一点酒，现在睡觉去是太晚了。
　　　　　　　来呀，爵士；来呀，爵士。〔众下〕

第四景：公爵宫中之一室

公爵、瑰欧拉、库利欧及其他上。

公爵　　　　给我奏起乐来。诸位朋友，早安。喂，西撒利欧，
　　　　　　只要那个歌，我们昨晚听的那个古老的歌。我觉得
　　　　　　这歌很能舒畅我的感情，比起现今那些激越嘈杂的
　　　　　　歌儿的淫声艳词，要好得多了。来，只要一节。

库利欧　　　启禀大人，唱的人没在这里。

公爵　　　　是谁呀。

库利欧　　　弄臣费斯蒂，大人，是奥利维亚小姐的父亲所很喜
　　　　　　欢的一个小丑。他就在这里左近。

公爵　　　　找他来，先奏起这调子。〔库利欧下。音乐〕过来，
　　　　　　孩子。你如其也有恋爱的一天，在甜蜜的苦痛中要
　　　　　　记起我来。因为一切真的情人都是像我这样，除了

心爱的人儿的影像是坚定的之外，对于一切都是变动无常的。你喜欢这个调子吗？

瑰欧拉　这音乐给了爱情盘踞着的心一个亲切的回声。

公爵　你的谈吐很老练。我拿性命打赌，你虽然年轻，你的眼睛曾经在你所爱的人脸上流连过。是不是，孩子？

瑰欧拉　有过一点，看在您的面上[28]。

公爵　是什么样的一个女人？

瑰欧拉　像你那样。

公爵　那么，她一定是配不过你。多大年纪了？

瑰欧拉　像你这样的年纪，大人。

公爵　天哪，那是太大了。女人永远要嫁一个比她大些的，她才能适合他，才能在她的丈夫心里保持平衡。因为，孩子，无论我们怎样称赞我们自己，比起女人来，我们的爱情是比较地游移不定，比较地容易变迁动摇，比较地消失快些。

瑰欧拉　我很相信，大人。

公爵　那么，你一定要找一个比你年纪小的爱人，否则你的爱情不能坚持很久。因为女人像玫瑰，美丽的花儿一经盛开，立刻就谢。

瑰欧拉　女人实在是这样。哎呀，她们竟会是这样，才长到全盛的时候就死！

库利欧与丑上。

公爵　啊，朋友！来，再唱一遍我昨晚听见的歌。你细听，

西撒利欧，很古，很简单。在阳光下纺织的女人，
以及用骨针编造花边的活泼的姑娘，都常唱这歌，
是非常地质朴，对于天真的爱情加以调笑，像在古
时那样。

丑　　　准备好了吗，先生？

公爵　　好了，你唱吧。〔音乐〕

丑　　　这里来，这里来，死，

让我睡进柏木的棺材；

飞了去，飞了去，呼吸，

我被狠心的美女所害，

我的白尸衣，洒满松树枝，

啊！快快准备去。

没有像我这样忠诚的人，

这样地殉过情。

在我的黝黑的棺材上，

一朵，一朵香花我也不要；

我的骨头掩埋的时候，

一个，一个朋友也别哀悼。

为了免去万千声的叹息，

葬我，啊！把我葬

在情人们永远找不到

不能去哭的地方。

公爵　　这是报酬你的辛苦的。

丑　　　没什么辛苦，大人。我唱起来我觉得很高兴的，大人。

公爵　　那么我就报酬你的高兴。

丑	真是的，大人，高兴早晚是要有代价的。
公爵	现在你可以请便了。
丑	现在，愿忧郁的神保佑你，裁缝用"闪色绸"给你做衣裳，因为你的心就是"闪光石"！我愿这样没恒心的人去航海，什么事情都可以做，到处都可以有事做，因为这样才能做成一场毫无所得的航海。再会吧。〔下〕
公爵	其余的人也去吧。〔库利欧及侍从等下〕西撒利欧，你再到那个狠心到极点的女人那里去一次，告诉她，我的爱情比一般人都高贵，并不重视她的广大的土地；命运之神给她的财富之类，告诉她，我也像对命运一般地轻视；打动我的灵魂的乃是"自然"给她装扮的一副美貌。
瑰欧拉	但是假如她不能爱你呢，大人？
公爵	我不能以这样的回答为满足。
瑰欧拉	老实说，你必须要。譬如说有个女郎，也许真有，掏心挖肝地爱你，像你爱奥利维亚一样，而你不能爱她，你就这样告诉她，她不是也必须接受这样的回答吗？
公爵	没有女人的心胸能禁得起爱情打在我的心上那样强烈的震荡；没有女人的心是那样大，容得下那样多，她们缺乏容忍力。哎呀！她们的爱只可以说是食欲，不是肝经的冲动，是舌端的冲动，会饱餐作呕的！而我的爱情完全是像海洋一般地凶饿，能消化那么多。一个女人对我所能怀的爱情，和我对奥利维亚

	的爱情，是不可相提并论的。
瑰欧拉	是的，但是我知道——
公爵	你知道什么？
瑰欧拉	女人对男人能有什么样的爱，我知道得太清楚了。实在讲，她们是和我们一样的真情。我的父亲有个女儿，她爱一个男人，就像我爱你一样，假如或者我是个女人。
公爵	她的历史是怎样呢？
瑰欧拉	一片空白，大人。她从没有宣示她的爱，让隐秘咬耗了她的粉红的腮，像蓓蕾里的虫一般。她在沉思中憔悴了，她忧郁得脸色绿黄，像是坐在墓碑上的"忍耐[29]"一般，对着愁苦微笑。这不就是真爱情吗？我们男人可以多说话，多发誓，但是我们的表示实在是比意志要多一些，因为我们永远是证明发誓太过，爱情不足。
公爵	你的妹妹可是为了爱而死了吗？
瑰欧拉	我现在就是我父亲那里剩下的所有的女儿了，也可以说所有的弟兄了，但是我还不知道。先生，我去见那位小姐去吧？
公爵	对了，这是我们的正事。 快去见她；把这块宝石带给她； 就说我的爱不能取消，也不听拒绝的话。〔众下〕

第五景：奥利维亚的花园

陶贝·白尔赤爵士、安得鲁·爱沟齐克爵士及费宾上。

陶贝·白尔赤　跟我来，费宾先生。

费宾　　　　好，我来。我若是少看了这一场玩笑的一丝一毫，让我忧郁而死。

陶贝·白尔赤　你不欢喜看那个吝啬下流的坏东西受一场羞辱吗？

费宾　　　　我可要乐极了，人。你知道为了有一次在这里斗熊[30]他使我失了小姐的欢心。

陶贝·白尔赤　为了激怒他，我们再来一次斗熊，我们把他戏弄得无以复加。我们要不要这样做，安得鲁爵士？

安得鲁　　　我们若不这样做，那是大错特错。

陶贝·白尔赤　这小坏东西来了。

玛利亚上。

怎样了，我的印度金[31]！

玛利亚　　　你们三个都到那棵黄杨树下去。马孚利欧就要到这路上来，他在那边太阳光下和他自己的影子练习礼节，足有半小时了。为了讪笑，你们看着他，因为我知道这一封信可以使他成为一个想入非非的傻子。要隐藏好，为了玩笑起见！你在这里待着吧。〔掷下一信〕一条鳟鱼就要来到，稍加抚摩就要被捉到了。〔下〕

马孚利欧上。

马孚利欧　　这不过是命运，一切都是命运。玛利亚有一次告诉过我她很喜欢我，我曾听见她这样表示过，如其她要爱，一定要爱我这样的一个人。并且，她待我比待其他的服侍她的人有更高的敬意。这事我应该怎样解释呢？

陶贝·白尔赤　这真是一个狂妄的流氓！

费宾　　　　啊，别响！妄想能使他成为一个少有的呆鸡，看他竖挺着羽毛向前走得多么精神抖擞呀！

安得鲁　　　哼，我要好好地揍他一顿。

陶贝·白尔赤　别出声！我说。

马孚利欧　　将是马孚利欧伯爵！

陶贝·白尔赤　啊，流氓！

安得鲁　　　枪毙他，枪毙他。

陶贝·白尔赤　别吵！别吵！

马孚利欧　　这事也有前例可援，斯特拉齐家的小姐 [32] 也曾下嫁她的管家。

安得鲁　　　诅咒他，耶洗别 [33]！

费宾　　　　啊，别响！现在他已经深陷进去了，你看想象使得他多么忘形。

马孚利欧　　娶了她三个月之后，我在宝座上坐着——

陶贝·白尔赤　啊！拿个弹弓来，打他的眼睛！

马孚利欧　　叫我的官员们环立着，我穿着绣花的绒袍。我是才从一个沙发床上起来，奥利维亚还在那里睡着——

陶贝·白尔赤　该死的，该死的！

费宾　　　　啊，别作声！别作声！

马孚利欧	然后摆起贵人的架子，慢腾腾地望他们一转，告诉他们我晓得我的位分，愿他们也知道他们的位分，叫我的族人陶贝来。
陶贝·白尔赤	该死的，该杀的！
费宾	啊，别响，别响，别响！喂，喂。
马孚利欧	我手下的七个人，立刻奉命去请他。我皱眉一下，或者拿出我的表来上弦，或是玩弄我的——一些贵重的宝石。陶贝来了，向我打躬致敬——
陶贝·白尔赤	这人还能叫他活吗？
费宾	虽然用马车把我们的沉默给拉出来，还是别作声！
马孚利欧	我这样地向他伸手，用庄严的气概抑制住熟习的微笑——
陶贝·白尔赤	陶贝不打你一个嘴巴吗？
马孚利欧	我说："陶贝叔叔，我的命运既然使我娶了你的侄女，我便有权力说，"——
陶贝·白尔赤	什么，什么？
马孚利欧	"你一定要改醉酒的恶习。"
陶贝·白尔赤	滚，癞痢头！
费宾	别，忍耐些，否则我们把我计划破坏了。
马孚利欧	"并且，你还和一个呆傻的爵士虚掷你的宝贵的光阴，"——
安得鲁	那是我，我敢保。
马孚利欧	"一个安得鲁爵士"——
安得鲁	我就知道是我，因为许多人都叫我傻子。
马孚利欧	〔看见信〕这是什么事情？

费宾	现在木鸡是离罗网近了。
陶贝·白尔赤	啊，别响！愿戏谑之神怂恿他高声朗诵！
马孚利欧	〔拾信〕我拿性命打赌，这是小姐的笔迹！这是她写的 C，她的 U，她的 T；这是她大写的 P。毫无疑问地是她的亲笔。
安得鲁	她的 C，她的 U，她的 T。那是什么——
马孚利欧	〔诵读〕"谨以此信及吾之好意致送于不知名的爱人："，正是她的口吻，对不起，封蜡。且慢！蜡上还有她常用的她的鲁克里斯[34]印记，是我的小姐的信。写给谁的呢？
费宾	这信可打动他了，肝和一切。
马孚利欧	"周甫知道我爱了； 但是谁？ 嘴唇，你不要动： 别让任何人知晓。" "别让任何人知晓。"底下是什么？音节变了。"别让任何人知晓。"假如这信是给你的呢，马孚利欧！
陶贝·白尔赤	真是的，绞死你，猪獾！
马孚利欧	"我可以命令我所爱的人， 但是沉默，像鲁克里斯的刀， 不见血地戳了我的心： M，O，A，I，把我的性命支配了。"
费宾	一个无聊的谜语！
陶贝·白尔赤	好一个女人，我说。
马孚利欧	"M，O，A，I，把我的性命支配了。"不，但是先让

我想想看。让我想想看。

费宾　　　　她给他预备下好一盘子毒药！

陶贝·白尔赤　这小鹰是怎样地鼓翼向前扑撄呀！

马孚利欧　　"我可以命令我所爱的人。"唉，她是可以命令我。我是服侍她的，她是我的主人。是的，这对于任何人的理解都是很明显的，这其间没有什么困难。在结尾处，这几个字母是什么意思呢？我若是能发现这几个字母有点像是我——且慢！——M，O，A，I——

陶贝·白尔赤　啊！对了，试着拼凑一下。他现在无法捉摸了。

费宾　　　　这笨狗还是会吠的，虽然那气味本是像狐狸的一般骚。

马孚利欧　　M，马孚利欧。M，对了，我的名字是用这字母开始的。

费宾　　　　我没说他可以捉摸出来吗？这条狗极会嗅哩。

马孚利欧　　M——但是底下的却不相连贯，这还待考。底下应该是 A，但却是 O。

费宾　　　　我希望结果是个 O [35]。

陶贝·白尔赤　对，否则我打他，叫他喊 O！

马孚利欧　　再后面是 I。

费宾　　　　对，如其你后面有眼睛 [36]，你可以看出在你后面跟着的诋毁要比前面的幸运多些。

马孚利欧　　M，O，A，I。这个隐语和前一个不同，但是稍微勉强一点，它也就服帖了，因为这几个字母都是在我的名字里。且慢！底下是散文了。

"这信若是落在你的手里，你想想看。讲起我的身份，我比你高，但是你不要怕尊贵的人。有些人是生而尊贵，有些人是赢得尊贵，更有些人是尊贵相逼而来的。你的命运之神张开手了，你就鼓起勇气去接受吧。为了使你自己适应你将得的地位起见，摆脱你的卑下的衣蜕，换一副崭新的姿态。对族人要横暴，对仆役要严峻，口里要谈国家大事，要装腔作势。她爱慕你，才这样劝告你。记住是谁赞美你的黄袜子，是谁爱看你永远交叉着绑的袜带。我说，你要记住。好吧，你已经享到尊荣了，如其你愿意这样。否则，你还做你的管家，和仆役做伙伴，不配接触命运的手指。再会吧。我是愿意和你交换职位的。

一个幸运而不快乐的人。"

白昼和平原也不能比这再明显，这简直是公开。我要骄傲了，我要读政治的书，我要侮辱陶贝爵士，我要屏绝贫贱的知交，我要十足做到信里说的那个人。我现在不是自己骗自己，不是以幻想自欺，因为无论怎样想都令我确信小姐是爱我。她最近是曾称赞我的黄袜子，她曾称赞我的交叉着绑袜带的腿；在这种地方她表示了她对我的爱，并且像是命令了我这样打扮讨她的欢心。我感谢我的命运，我是幸福了。我以后要冷板板的，骄傲，穿黄袜子，交叉着绑袜带，并且赶快就穿上。我赞美周甫和我的命运。这里还有一段附注。

"你一定会知道我是谁。如其你接受我的爱，在你的微笑里表示出来，你的微笑是很漂亮的，所以在我面前你永远要微笑，我的亲爱的，我求你。"

周甫，我感谢你。我要微笑，你命令我做什么我都去做。〔下〕

费宾　　　　　我决不放弃参加这一场玩笑，虽然是换取沙菲[37]支付的万千的干俸。

陶贝·白尔赤　为报酬这计策，我能娶这女人。

安得鲁　　　　我也能。

陶贝·白尔赤　我不要她别的妆奁，只要再来这样一个玩笑。

安得鲁　　　　我也不要别的。

费宾　　　　　捉呆鸟的来了。

玛利亚上。

陶贝·白尔赤　你愿把你的脚踏在我的颈上吗[38]？

安得鲁　　　　或是我的颈上。

陶贝·白尔赤　我要不要掷一回骰子赌我的自由，然后做你的奴隶？

安得鲁　　　　真是的，或是我？

陶贝·白尔赤　哼。你使他梦想得如此狂妄，一旦幻想消灭，他一定要疯的。

玛利亚　　　　不，老实说，对他发生功效没有？

陶贝·白尔赤　像烈酒对产婆一般[39]。

玛利亚　　　　你们若是愿意，看着这场玩笑的结果吧，注意他第一次去见小姐，他一定穿着黄袜子，那颜色是她最不喜欢的；交叉着绑袜带，那样子是她最嫌恶的；

他一定要对她微笑，这在现今是最不合于她的心境，
因为她现在是耽于忧郁，所以他一定要讨一场没趣。
你们若是愿意看，跟我来。

陶贝·白尔赤　到地狱的门去，你这最巧妙的机警的魔鬼！

安得鲁　　　我也跟了去。〔众下〕

注 释

[1] 地理中无此地名，大概是莎氏杜撰。

[2] 泪。

[3] A.W.Verity 之解释稍异，彼解作："作为一个男仆，她将使敖新诺向奥利维亚求爱之事受一致命打击；作为一个女人，她将使奥利维亚徒然兴叹。"于义似不甚妥。

[4] 全文是 Diluculo surgere saluberrimumest，乃任何塾童皆知之拉丁文成语，见 Lilly 编《拉丁文法》（一五一三年本）第五十一面，意为"天明即起最为卫生"。

[5] 当时医学以为人生健康由于四种原质之调配匀和，即空气、火、土、水是也。

[6] 莎氏时酒肆之招牌，有绘二驴头者，亦有绘二呆痴之人头者，其下注曰："We three loggerheads be."。意谓："我们三个是傻子。"第三者即指看招牌之人。或谓此酒肆内壁上张挂之物。丑为此言，盖讽安陶二人与彼正同类也。

[7] "腿"或系指姿势优美之鞠躬而言，或系指贵族所有之细小的腿

而言。

[8] 皮格罗格罗米特斯（Pigrogromitus）、瓦庇安斯（Vapians）、鸠伯斯的昼夜平分线（Equinoctial of Queubus），俱不可考，大约系小丑之撰造，或安得鲁爵士记忆之误。Schmidt 在《莎士比亚字典》里说 Vapians 是假造的人族之名。威尔孙教授则以为系一未发现之星座，或第十三黄道宫。

[9] 殊不可解，威尔孙教授解释 whipstock（鞭柄）为 whippingpost（鞭打犯人用之木桩），喻呆蠢之意，不知何据，诸家多有推测，似以阙疑为佳。

[10] 美靡东（Myrmidons）或系贵族常光顾之酒店名。

[11] 此歌据一般旧注俱云系当时流行歌谣之一，初见 Morley 编 *Consort Lesson*（一五九九年），据威尔孙教授注，则旧作与此歌大有出入，故似莎氏采旧歌而又加以改写。此说近是。

[12] 原文"A contagious breath"系双关语，意为"动人魂魄的歌唱"，但亦可解作"传染的浊气"。

[13] 织工喜唱圣诗，故饮酒时之歌唱若能使织工倾听，实为难能。倾听音乐，能使灵魂离躯。今云"三个灵魂"，盖极形容歌唱之美。

[14] 原文"I am dog at a catch"意为"擅长歌唱"，狗喻灵敏之意。按：catch 为一种短歌，由三四人合唱，第一人唱至第二行时，第二人唱第一行，如是类推。

[15]《你这坏蛋》（Thou knave），歌名。合唱之际，每个唱者均于唱完一行时呼接唱者为"你这坏蛋"，以为取乐。

[16] 原文 a Cataian 即 Cathay 之人，即中国人也。据当时游记所述中国多流氓窃贼盗骗之类，故"中国人"成为骂人语。莎士作品曾两次应用此字，另一处为《温莎的风流妇人》第二幕第一景一四八行。

[17] 歌舞名，此处做何解，殆不可考。

[18] 当时流行之几首歌谣的"歌尾叠句"refrain。

[19] 引自当时流行歌谣 *The Godly and Constante wife Susanna*，见 *Percy's Reliques*。

其第一节如下：

There dwelt a man in Babylon

Of reputation great by fame ;

He took to wife a faire woman,

Susanna she was called by name ;

A woman fair and vertuous ;

Lady，lady ;

Why should we not of her learn thus

To live godly？

[20] 某歌谣之第一句，全文已失传。

[21] 此句及以下各句均采自当时流行之歌谣 Corydon's Farewell to Phyllis，见 Percy's *Reliques*，Ⅱ.x . 其首二节如下：

Farewell，dear love ; since thou wilt needs be gone,

Mine eyes do show-my life is almost done,

Nay I will never die，so long as I can spie

There may be many mo，though that she doe goe,

There may be many mo，I fear not :

Why then let her goe，I care not.

Farewell，farewell ; since this I find is true,

I will not spend more time in wooing you ;

But I will seek elsewhere if I may find love there.

Shall I bid her goe？　what an if I doe？

Shall I bid her goe and spare not？

O no，no，no. I dare not.

其大意为一失恋之男子向其情人怨诉而又情意不绝，意译如下：

再会吧，爱人；你既然一定要走，

我的眼睛表示着我的生命几乎要完了。

不，我永远不死，只要我能看见

还有许多别的女人，虽然她走了，

还有许多别的女人呢，我不怕：

让她走吧，我满不在乎。

再会吧，再会吧；既然我看这是真的，

我不再多费时间向你求婚；

我要到别处去寻，假如能寻到爱。

我就叫她走吧? 叫她走又怎样?

我就叫她走，毫不饶恕?

啊不，不，不，我不敢。

[22] 按第一版对折本此句乃"Out o'tune，sir！ ye lie"，其意甚明显，丑于上句多唱一"不"字，故谓"唱错调子"，又改唱原歌"我不敢"为"你不敢"，故谓"唱错了字"。牛津本从 Theobald 等之后改 tune 为 time，且加引号，似无此必要。如按牛津本译，其意应为："不该在这时候唱歌!"此句应是对马孚利欧而言。今按对折本译，此句应是对丑而言。下句方是对马孚利欧而言也。

[23] Saint Anne 是圣玛利之母。指圣徒发誓，带有天主教之气味，丑故

为此语，以激怒清教徒之马孚利欧。

[24] 酒内加姜，作为香料，但姜亦为春药之一种。

[25] 管家之标志为一金质或银质之颈链，常以面包屑擦之使亮。

[26] 或云喻彼为驴之意。威尔孙教授谓等于狗之"摇尾乞怜"。

[27] Penthesilea 系古典神话中 Amazons 族之女王，此族女性勇敢善战。玛利亚身躯短小，故以此戏呼之。

[28] 原文 by your favour 双关语，favour 有（一）脸（二）宠爱之义。

[29] 墓碑常刻有象征的人物像，"忍耐"（Patience）即为最常见者之一。

[30] 斗熊为伊利沙白时代流行娱乐之一，清教徒深恶之。

[31] 印度产珠宝之类，"印度金"即纯金之谓，亦亲昵之称，犹呼"宝贝"也。

[32] 斯特拉齐家的小姐（The lady of the Strachy），不可考。

[33] 耶洗别（Jezebel，参看《旧约·列王纪上》第二十一章），代表狂妄无耻之人，但为女性，安得鲁爵士误用之。

[34] 鲁克里斯（Lucrece），罗马之美妇人，妇女常以其刻像为钤记。

[35] O，叹息声。言其结局将是叹息也。

[36] 眼睛（eye）与字母 I 同音。

[37] 沙菲（Sophy），波斯王之尊称。Sir Anthony Shirley 曾于 1599—1600 游波斯，王赏赍甚丰云。

[38] 言倾服之极，愿献身为奴。

[39] Arden 本编者注："为什么烈酒要特别对于产婆发生效力，我不能明白。不过我们可以猜想她们许是喜欢喝酒。朱丽叶的保姆曾经两次要酒喝。"

第 三 幕

••• ∽∽∿∽ •••

第一景：奥利维亚的花园

瑰欧拉及丑携小鼓上。

瑰欧拉   上帝保佑你，朋友，和你的音乐。你可是靠打鼓为
生吗？

丑   不，先生，我靠近教堂。

瑰欧拉   你是教堂的人吗？

丑   不是的，先生，我住的地方靠近教堂。因为我住在
我的家里，我的家靠近教堂。

瑰欧拉   那么你也可以说，国王住在乞丐旁边，若是一个乞
丐住在靠近他的地方；或是说，教堂是立在你的鼓旁
边，若是你的鼓立在教堂旁边。

丑   你说得对，先生。看看现今的世人！聪明的人可以

把一句话的意思颠倒得像山羊皮手套一般，多么快地就可以把里面翻到外面！

瑰欧拉　那是的确的，拿文字做游戏的人很容易把文字弄得荒唐。

丑　　　所以我很愿我的妹妹没有名字，先生。

瑰欧拉　那是为什么呢？

丑　　　噫，先生，她的名字就是一个字，若把那个字做游戏就可以使得我的妹妹荒唐。但是，老实说，自从文字被伪誓玷污了以后[1]，文字就是坏蛋了。

瑰欧拉　你有什么理由这样说呢？

丑　　　老实说，先生，不用文字我是不能给你说出任何理由的，而文字又变得如此之虚伪，我不愿意用文字来说明理由了。

瑰欧拉　我敢说你是个快乐的人，毫无挂念。

丑　　　也不然，先生，有些事物我倒是很挂念的。但是，在我的良心上，先生，我实在不挂念你，假如这就叫作毫无挂念，先生，我愿你就成为没有踪影的[2]。

瑰欧拉　你不是奥利维亚小姐家的丑吗？

丑　　　不，实在的，先生，奥利维亚并不荒唐。她家里并不留养傻子，先生，除非等到她结婚之后。傻子就像是丈夫，如同鳀鱼像是鲱鱼一样——不过丈夫是个较大的傻子罢了。我并不是她的傻子，我是给她做文字游戏的人。

瑰欧拉　我最近在敖新诺公爵家见过你。

丑　　　装呆卖傻的事，先生，就像太阳一般绕着地球走。

我很抱歉，先生，假如傻子不是常常在你的主人家像在我的主人家一样。我记得在那里我是见过您这个聪明人。

瑰欧拉　　你若是挖苦我，我不理你了。拿着吧，给你六便士。〔给钱〕

丑　　　　愿周甫在他下次给人类送毛发的时候，给你一点胡须！

瑰欧拉　　老实说，我告诉你，我真想一嘴胡须，可是我不愿它长在我的脸上。你的主人在家吗？

丑　　　　〔指钱〕这样的两个钱会不会滋生，先生？

瑰欧拉　　会的，若是放在一起出利息。

丑　　　　我就装作弗利几亚的潘达鲁斯爵士吧，先生，去带一位克莱西达给这一位脱爱勒斯[3]。

瑰欧拉　　我明白你的意思，先生。你要得好。

丑　　　　我希望，先生，我所乞讨的不算太大，我只想乞讨一个乞丐，克莱西达是一个乞丐[4]。小姐在家呢，先生。我去向他们解释你是从什么地方来的，你是谁，你来做什么，那是不在我的"范围"之内。我也可以说"元素"之内，不过这个字太滥了。〔下〕

瑰欧拉　　这家伙装个小丑是很够聪明的，要装得好也需要一种机智；他讥笑人须先察看那人的兴致、身份、时候，并且像一只野鹰似的，对于眼前出现的各种飞禽都要扑攫。这工作和一聪明人的艺术是同样吃力的；
傻事只要他做得聪明就成，
聪明人干傻事便玷污了聪明。

陶贝·白尔赤爵士与安得鲁·爱沟齐克爵士上。

陶贝·白尔赤　上帝保佑你，先生。

瑰欧拉　　　　也保佑你，先生。

安得鲁　　　　Dieu vous garde, monsieur.（上帝保护你，先生。）

瑰欧拉　　　　Et vous aussi, votre serviter.（也保护你，我是你的仆人。）

安得鲁　　　　我希望，先生，你是，我也是你的。

陶贝·白尔赤　你可要到里面去觐见吗？我的侄女愿意你进去，假如你的任务是来见她。

瑰欧拉　　　　我是专诚来谒你的侄女，先生。我的意思是说，她是我的路程的目标。

陶贝·白尔赤　就请移步吧，先生，请动尊腿。

瑰欧拉　　　　我的腿明了[5]我，先生，比我明了你所谓"移步"还更清楚些。

陶贝·白尔赤　我的意思就是，走，先生，进去。

瑰欧拉　　　　那么我就遵命，走，进。但是她已来到。

奥利维亚与玛利亚上。

最多才的女士，愿上天洒降芬芳在您身上！

安得鲁　　　　这青年真是罕有的廷臣。"洒降芬芳！"好极了。

瑰欧拉　　　　小姐，除了对您的最聪听、最肯垂听的耳朵以外，我的任务是不便表达的。

安得鲁　　　　"芬芳""聪听""垂听"，我要把这三个名词全都记好。

奥利维亚	把花园门关起来，你们都退出吧。

陶贝·白尔赤爵士、安得鲁爵士及玛利亚下。

把你的手给我，先生。

瑰欧拉	小姐，谨致敬并效忠诚。
奥利维亚	你叫什么名字?
瑰欧拉	美丽的小姐，你的仆人名叫西撒利欧。
奥利维亚	我的仆人，先生! 自从卑躬屈节被认作为恭维，这世界就变坏了。你是敖新诺公爵的仆人呀，青年。
瑰欧拉	他就是你的仆人，他的仆人当然也是你的了。你的仆人的仆人就是你的仆人，小姐。
奥利维亚	至于他，我不想念他; 至于他的心思，我宁愿它是一片空白，也不愿它充满了我!
瑰欧拉	小姐，我正是为他挑逗你的情思而来的。
奥利维亚	啊! 对不住，我请你，我命令你，永不要再提起他。不过你若愿做别的请求，我愿听你陈述，比听天体的音乐[6]还爱听。
瑰欧拉	亲爱的小姐——
奥利维亚	对不起。你上次在这里魔住了我之后，我派人拿戒指去追你。我实在是对我自己、对我的仆人，并且我恐怕也对于你，都太冒失了。这样用可耻的狡计强迫你接受一件你所明知不属于你的东西，我一定难逃你的胡乱猜测。你怎样猜我的呢? 你可曾抓住了我的名誉，用人心所能想出的所有最刻毒的猜想来攻击它? 对你这样聪明的人，我已经表示得够多

了，隐遮我的内心的是一层薄纱，不是胸膛。那么，我听你说吧。

瑰欧拉　我怜悯你。

奥利维亚　这是趋向爱情的一个步骤了。

瑰欧拉　不，一步也不是。因为那是平常事，我们常怜悯我们的敌人。

奥利维亚　噫，那么我想现在又该笑笑了。啊人世！穷人应该是多么骄傲。一个人若是被猛兽扑食，落在狮子手里比狼的手里要有多么好！〔钟鸣〕钟声是在责骂我枉费光阴。不必怕，好青年，我不要你。不过，当你的聪明和青春到了成熟的时候，你的妻大概可以产生一个美男子。那便是你的去处，往西去[7]。

瑰欧拉　那么，西去啊[8]！愿小姐福佑安宁！你没有话要我回报我的主人吗？

奥利维亚　等一下，我请你告诉我你对我有什么感想？

瑰欧拉　我想：你一定是想你不是你现在是的人[9]。

奥利维亚　如其我是这样想，我对你也作同样想[10]。

瑰欧拉　那么你可想对了，我不是我现在所像是的人。

奥利维亚　我愿你就是我所希望你是的人！

瑰欧拉　是不是比我现在的地位好些呢，小姐？我愿意是，因为你现在是把我当傻子待。

奥利维亚　啊！他怒得噘起嘴来，那一股鄙夷的神情是多么美呀！

谋杀没有爱情更快地被泄露；

爱情的昏夜也是明亮的白昼。

西撒利欧，凭着春天的玫瑰花，

贞洁，名誉，真诚，以及其他，
我是爱你，不管你怎样狂，
理性不能把我的爱隐藏。
不要根据我的话来强辩，
因为我在爱，你就不必恋;
要这样想: 求到爱固然是好,
而没求就给了你，更是可宝。

瑰欧拉　我凭着我的天真和青春起誓，
我有一颗心、一团爱、一股忠实,
没有女人曾得到; 除了我自己,
永远没有女人能够夺了它去。
再见吧，好小姐，我再也不来，
向你陈诉我的主人的悲哀。

奥利维亚　但是再来吧，也许你能够打动
这颗峻拒的心接受他的爱情。〔同下〕

第二景: 奥利维亚家中一室

陶贝·白尔赤爵士、安得鲁·爱沟齐克爵士及费宾上。

安得鲁　　不，老实说，我不再多耽搁一刻了。

陶贝·白尔赤　你的理由呢，亲爱的恶人，说你的理由。

费宾	你要说出你的理由来，安得鲁爵士。
安得鲁	哼，我看见你的侄女对公爵的仆人比一向给我的恩爱还要多哩，我在花园里亲见的。
陶贝·白尔赤	那时候她看见了你没有，老孩子？你告诉我这一点。
安得鲁	像我现在看见你一般地清楚。
费宾	这便是她爱你之绝大的证据。
安得鲁	呸！你要把我当作一头蠢驴吗？
费宾	我可以证明这话是合理的，先生，根据着思考和理性的誓[11]。
陶贝·白尔赤	自从诺亚还没有漂流的时候起[12]，思考和理性就是陪审官[13]。
费宾	她当着你的面向那青年表示亲近，那只是为刺激你，惊醒你的睡鼠般的勇气，在你的心里放进火，在你的肝里放进硫黄。你那时便该向她进攻，说些才铸出的崭新的笑话，你便可以把那青年打击得哑口无言。这原是她希望你做的，而你没做到。你竟任着时间把这双层镀金的机会给淘去了，如今你在小姐的心上是往冷淡的方向走了，你将要像是荷兰人胡须上的冰柱一般地挂着了[14]，除非你做些可赞美的事以自赎，不拘是勇敢的或是计巧的。
安得鲁	不做则已，要做就是勇敢的，因为我恨计巧。我若愿做一个阴谋家，那么也就未尝不可做一个"伯朗主义者[15]"了。
陶贝·白尔赤	那么，很好，以你的勇敢为基础来建筑你的幸运吧，去向公爵的青年挑衅决斗，戳他十一处伤。我的侄

女不能不注意到这件事，你要知道，最能在女人面前推荐一个男人的良媒，没有过于勇敢的事迹的。

费宾　　　此外别无他法了，安得鲁爵士。

安得鲁　　你们随便哪一位可愿替我去挑战吗？

陶贝·白尔赤　去，用粗壮的笔法去写。要干脆而简练，无须要俏皮，只要流畅而独创就成。用凡能形诸笔墨的话去笑骂他，你若是连呼他三声"你[16]"，也无妨。骂他说谎，纸有多么大就骂他多少回，那纸若是大得像能做威尔的床的床单[17]，也尽管骂。去，就去写吧。在你的墨水里要多放牛胆汁[18]，用鹅翎笔写也不要紧[19]。去写吧。

安得鲁　　我在什么地方能找到你们呢？

陶贝·白尔赤　我们到你的住处去找你。去吧。〔安得鲁爵士下〕

费宾　　　这真是你的一个宝贝傀儡，陶贝爵士。

陶贝·白尔赤　我已经破费他不少了，差不多有两千的样子。

费宾　　　他一定要写出一封稀奇的信，但是你不会给送去的。

陶贝·白尔赤　那么你就永远别信我，并且我还要设法怂恿那青年回答。我想牛和缰绳也不能把他们拉拢在一起。至于安得鲁，开膛之后，你若在他的肝里找出能够拖累一只跳蚤的脚那么多的血，我愿把这解剖的尸体的其余部分全吃下去。

费宾　　　他的对手，那个青年，他脸上也没有凶横的样子。

陶贝·白尔赤　看，我的顶幼小的鹡鸰来了。

玛利亚上。

玛利亚	你们若是想开脾，想笑得拘挛，跟我来。你们的傻瓜马孚利欧变成异教徒了，简直是个叛徒，因为希望凭正当信仰而获救的基督徒没有一个会相信这样荒谬的话。他穿上黄袜子了。
陶贝·白尔赤	还交叉着绑袜带?
玛利亚	顶丑怪的样子，像是在教堂开学塾的学究一般。我就像是凶手似的紧跟着他。他完全服从着我丢下的那封害他的信所指示的做，他笑得脸上起皱纹，比扩大印第的新地图上的线条还要多[20]。你们没有见过这样的东西，我几乎忍不住要拿东西掷击他。我知道小姐会打他的。假如她打，他一定笑，以为这是很大的恩宠哩。
陶贝·白尔赤	来，带我们去，带我们到他那里去。〔众下〕

第三景：一街道

西巴斯珊与安图尼欧上。

西巴斯珊	我处心不愿麻烦你，不过你既然以辛苦为快意，我就不再责备你了。
安图尼欧	我不能留在你的后面，我的心，比磨过的钢刀还锐，鼓励我向前，并不全是为了看你，——虽然这力量

　　　　　足可以引人走上更远的路程——而是为了我太担心，
　　　　　你在这一带不熟，或者在途中要有什么意外，对于
　　　　　一个没人领导照护的生人，这地方常是粗暴无礼的。
　　　　　我的一番爱，加上这些疑虑，使得我来追随你。

西巴斯珊　　我的好心的安图尼欧，我没有别的话说，只有感谢，
　　　　　感谢，又感谢，因为朋友的帮助常常是用这样的空
　　　　　话给抹杀掉的。但是，假如我的财富是和我的良心
　　　　　一般地坚定，你可得到较真实的报酬。现在做什么
　　　　　去呢？我们去看看这城的古迹吧？

安图尼欧　　明天吧，先生。最好先去看看你的住处。

西巴斯珊　　我不疲倦，离夜晚还早哩。我请你，让我们饱一下
　　　　　眼福吧，看看使这城著名的牌坊和名胜。

安图尼欧　　我愿你能原谅我，我在这街上走路不是没有危险的。
　　　　　有一次，和公爵划艇作战，我曾尽过一点力，并且
　　　　　是相当地惹人注意。所以假如我在此被捉了去，很
　　　　　难应对哩。

西巴斯珊　　你大概杀了他许多人吧？

安图尼欧　　倒也不是这样凶的事，虽然当时的时势也大可引起
　　　　　流血的事。后来我们把夺来的东西还给他们，这纠
　　　　　纷也可以算解决了。我们城的人，为了商业的缘故，
　　　　　大多数都这样办了，只有我没有照办。为了这事，
　　　　　我若在此被捕，将要付很重的代价哩。

西巴斯珊　　那么别走得太公开。

安图尼欧　　那是不大合适。拿着，先生。这是我的钱袋，南城
　　　　　外巨象饭店最好住。我先去吩咐预备晚饭，这时候

你可以游览城市，消磨你的时光，滋长你的智识。

你可以到那里去会我。

西巴斯珊　　　为什么要我拿着你的钱袋呢？

安图尼欧　　　也许你看见什么你想要买的小玩意儿，而你的钱，

我想是不能闲逛市场用的，先生。

西巴斯珊　　　我就拿着你的钱袋，一点钟后再会吧。

安图尼欧　　　到巨象饭店。

西巴斯珊　　　我记得。〔同下〕

第四景：奥利维亚的花园

奥利维亚与玛利亚上。

奥利维亚　　　我已派人叫他去了，他说他就来，我将怎样宴请他

呢？怎样馈赠他呢？因为青年人常常可以收买，而

不可恳求或是通融。我说话声太高了。马孚利欧在

哪里？他是很庄重，很规矩，很合于做处在我这样

情境中的人的仆人。马孚利欧在哪里呢？

玛利亚　　　　他就来，小姐，但是样子很奇怪。他一定是魔鬼附

身了，小姐。

奥利维亚　　　噫，怎么回事呀？他说谵语吗？

玛利亚　　　　不，小姐，他只是微笑。他来的时候，您左右最好

　　　　　　　是要有护卫，因为这人必是神经错乱了。

奥利维亚　　　去叫他到这里来。〔玛利亚下〕

　　　　　　　我和他是一样地疯，

　　　　　　　假如愁疯和乐疯是相同。

　　　　　　　玛利亚偕马孚利欧上。

　　　　　　　怎么了，马孚利欧？

马孚利欧　　　亲爱的小姐，呵，呵。

奥利维亚　　　你还笑吗？我找你来是为一件悲哀的事。

马孚利欧　　　悲哀，小姐！我也可以悲哀。这样交叉着绑袜带很
　　　　　　　妨碍血液流行哩，不过那算什么？只要能使一个人
　　　　　　　看着喜欢，那我就像那一首真正的诗所说的了。"讨
　　　　　　　一个人的欢心并且讨所有人的欢心[21]。"

奥利维亚　　　噫，你是怎样了，人？你是怎么回事？

马孚利欧　　　我虽然黄了腿，却没有黑了心。那东西我已经接到
　　　　　　　了，一定遵命办理。我想我们认识那优美的罗马式
　　　　　　　的笔法[22]。

奥利维亚　　　你上床睡去好不好，马孚利欧？

马孚利欧　　　上床！好，我的心肝，我就来会你。

奥利维亚　　　上帝安慰你吧！你为什么老是这样笑，这样地常亲你
　　　　　　　的手？

玛利亚　　　　你是怎么了，马孚利欧？

马孚利欧　　　回答你的问！是的，夜莺也回答乌鸦。

玛利亚　　　　你为什么在小姐面前做出这样滑稽的、大胆的样子？

马孚利欧　　　"不要怕尊贵的人。"那是写得很好。

奥利维亚	你说这话是什么意思，马孚利欧？
马孚利欧	"有些是生而尊贵的，"——
奥利维亚	哈！
马孚利欧	"有些人赢得尊贵，"——
奥利维亚	你说什么？
马孚利欧	"又有些人是尊贵相逼而来的。"
奥利维亚	上天助你复原吧！
马孚利欧	"记住是谁赞美你的黄袜子。"
奥利维亚	你的黄袜子！
马孚利欧	"是谁爱看你交叉着绑的袜带。"
奥利维亚	交叉着绑袜带！
马孚利欧	"好吧，你已经享到尊荣了，如其你愿意这样，"——
奥利维亚	我享到尊荣了？
马孚利欧	"否则你还做你的管家。"
奥利维亚	噫，这简直是夏天的热狂。

仆人上。

仆	小姐，敖新诺公爵家的那位青年人回来了。我很费事才把他请回来，他在听候传见呢。
奥利维亚	我就去见他。〔仆人下〕好玛利亚，叫他们看护这个人，我的叔叔陶贝呢？叫我的人特别地照护他一下。我宁愿牺牲一半妆奁，也不愿他闯下乱事。〔奥利维亚与玛利亚下〕
马孚利欧	啊，嗬！你可认识我了吧？要陶贝爵士那样身份的人来照护我呢！这和信里的话正相符，她故意派他，

为的是我好对他强硬。因为她在信里鼓励我这样的。"摆脱你的卑下的衣蜕,"她说,"对族人要横暴,对仆役要严峻,口里要谈国家大事,要装腔作势。"随后就说明怎样装法,譬如,一副庄严的脸,稳重的身段,迟缓的口齿,打扮得像个名流,等等。我捉到她了。不过这是周甫的功劳,周甫使得我感激!她方才走去的时候还说:"照护这个人。"这个人[23]!不说马孚利欧,也不按着我的职位叫,而说这个人。哼,一切都很符合,没有丝毫的怀疑,没有障碍,没有不可信的或是不妥当的情形——还有什么可说的?没有任何能够发生的事能来梗阻我去实现我的全面的希望。不过,做成这事的是周甫,不是我,应当感激他。

玛利亚与陶贝·白尔赤爵士及费宾上。

陶贝·白尔赤	我用神圣的名义来问,他在什么地方呢?虽然地狱里的魔鬼都紧缩在一处,繁有徒[24]亲自附在他身上,我也要和他说话。
费宾	他在这里,他在这里。你觉得怎样,先生?你觉得怎样,人?
马孚利欧	走开,我不要你,让我清静一下。走开。
玛利亚	瞧,魔鬼在他身里说话的声音是多么重浊呀!我没告诉你吗?陶贝爵士,小姐请你照护他呢。
马孚利欧	哈,哈?她是这样说的吗?
陶贝·白尔赤	别说了,别说。不要吵!不要吵!我们一定要对他

有礼，让我来对付他。你好吗，马孚利欧？你怎样
了？什么，人！要抵挡恶魔，你想，他是人类的
敌人。

马孚利欧　你知道你说的是什么话吗？

玛利亚　你瞧！你若是说恶魔的坏话，他是多么不高兴，祷
告上帝，他可别是受了巫魔！

费宾　把他的小便送到女术者那里去吧 [25]。

玛利亚　我明天若还活着，我一定要这样做。虽然花比我所
能说的还要更多的钱，小姐也不愿失掉他的。

马孚利欧　怎么样，小姐！

玛利亚　主啊！

陶贝·白尔赤　请你别作声，不是这样做法的。你没看出你激动他
了吗？让我来对付他。

费宾　不可造次，要柔和些。恶魔是很粗暴的，不受粗暴
的待遇。

陶贝·白尔赤　噫，怎么样，我的好乖乖！你可好吗，我的小鸡？

马孚利欧　先生！

陶贝·白尔赤　是，毕地 [26]，跟我来。怎么，你这人！庄重的人不
该和恶魔厮混。绞死他，恶诈的煤工 [27]！

玛利亚　叫他祈祷吧。好陶贝爵士，叫他祈祷。

马孚利欧　叫我祈祷，荡妇！

玛利亚　不，我敢说，他是不愿听好话。

马孚利欧　去，你们全自己去上吊吧！你们是浅薄无聊的东西，
我不属于你们一类。以后你们就会明白了。〔下〕

陶贝·白尔赤　这是可能的吗？

费宾	如其现在是在台上演戏，我会要斥为不近人情。
陶贝·白尔赤	他的天性都被这计谋给沾染坏了。
玛利亚	现在追他去吧，否则这计谋一泄露就真坏了。
费宾	噫，我们真要使他发疯哩。
玛利亚	家里落得清静些。
陶贝·白尔赤	来，我们把他放在一间暗室里，把他捆起来。我的侄女已经以为他是疯了，我们就这样做下去，作为是我们的开心，他的苦行，一直等到我们玩得厌倦了，再饶恕他。那时节我们把这计谋和盘托出，奉你为发现疯人的圣手。但是看，看。

安得鲁·爱沟齐克爵士上。

费宾	又来添了五月节的材料[28]。
安得鲁	挑战书在这里。读吧，我担保又酸又辣。
费宾	真是这样地有味吗[29]？
安得鲁	是的，我敢保证。只要读读看。
陶贝·白尔赤	给我。"青年，不拘你是什么人，你不过是一个卑鄙的人。"
费宾	好，并且勇敢。
陶贝·白尔赤	"不必惊讶，也不必诧异，为什么我这样地称呼你，因为我并不要给你任何理由。"
费宾	很好的声明，可以免除你的刑事责任。
陶贝·白尔赤	"你到奥利维亚小姐这里来，我亲见她待你很好，但是你简直是成心扯谎，并非是为了这件事我才向你挑战。"

费宾　　　　很简练，并且有极好的意义——很少。

陶贝·白尔赤　"我要在你回家的时候邀截你，如其你幸而杀死了我，"——

费宾　　　　好。

陶贝·白尔赤　"你就是像一个恶棍小人一般杀死了我。"

费宾　　　　在法律上你还是占了上风，好。

陶贝·白尔赤　"再见吧，上帝怜悯我们的灵魂中的一个！他也许要怜悯我的，不过我的希望较好些，所以你自己注意吧。我是你的朋友，按照你对待她的态度，但也是你的死敌，安得鲁·爱沟齐克。"

　　　　　　假如这封信不能打动他，他屈膝悬求也不能。我就把这信给他。

玛利亚　　　你可以找到一个很适宜的机会，他现在正和小姐交谈，不久就辞出了。

陶贝·白尔赤　去，安得鲁爵士。在花园角上守候着他，像是法警一般：一看见他，就拔刀；一面拔刀，一面狂骂。因为说一句可怕的咒骂，再加上峻厉的腔调，常常可以比真动手脚更使人显得威武些。去！

安得鲁　　　没有错，看着我去咒骂吧。〔下〕

陶贝·白尔赤　现在我不去送这封信，因为这青年的态度表示出他是一个有地位和身份的人，他在他的主人与我的侄女之间的任务也很可证实这一点。所以这封糊涂绝顶的信并不能使这青年恐惧，他将认为这是一个傻子写的。但是，先生，我要代他去口头挑战，把爱沟齐克说成为非常英武，可以使得这位青年——我知道他年纪轻一定会相信的——有一种很可怕的想象，以为他有很多的愤怒、武技、热狂和鲁莽。这可以把他们两个都吓倒，像两条怪蛇[30]一般，一见面彼此都吓死了。

费宾　　　他同你的侄女来了。我们躲开，等他告辞，然后再跟随他去。

陶贝·白尔赤　这时候我且想想一些可怕的挑战的辞令。〔陶贝·白尔赤爵士、费宾及玛利亚下〕

奥利维亚偕瑰欧拉上。

奥利维亚　　我对一颗木石的心说得太多了，把我的名誉也太随便地孤注一掷了。我心里有点什么在谴责我的错误，但是这错误是如此地顽强，竟不顾谴责了。

瑰欧拉　　　我的主人的悲哀正像你的情感所表现的态度一样。

奥利维亚　　过来，你为我佩戴着这个钻饰吧，上面有我的肖像。不要推辞，这东西没有舌头，不会纠缠你的，我请你明天再来。有什么东西是你向我要求而我不肯答应的，假如我答应你的要求而无损于名誉？

瑰欧拉　　　我不要求别的，只要求你对我的主人的真爱情。

奥利维亚　　我怎能把我已经给了你的再给他，而无损于名誉呢？

瑰欧拉　　　我会宽恕你的。

奥利维亚　　好，你明天再来。我祝你顺利。
　　　　　　你这魔鬼能把我的灵魂带进地狱。〔下〕

陶贝·白尔赤爵士与费宾上。

陶贝·白尔赤　先生，上帝保佑你。

瑰欧拉　　　也保佑你，先生。

陶贝·白尔赤　你用你所有的武器吧。你对他的冒犯是怎样的性质，
　　　　　　我不知道。不过要狙击你的那个人，却是满腔的愤
　　　　　　怒，像猎犬似的凶狠，在花园的尽头处等候着你呢。
　　　　　　拔出你的刀吧，赶快准备，因为你的对手是敏捷、
　　　　　　灵巧而且残酷的。

瑰欧拉　　　你错了，先生。我准知道没有人要和我争的，我心
　　　　　　里绝想不起曾经开罪过任何人。

陶贝·白尔赤　你会看出不是这样的，我确告你。所以，假如你还
　　　　　　爱惜你的性命，你就防备吧。因为你的对手是年轻、
　　　　　　力壮、技巧、愤怒，一概应有尽有。

瑰欧拉　　　我请问，先生，他是什么样的人？

陶贝·白尔赤　他是佩着没有缺残血污的剑而受封的骑士，在地毯
　　　　　　上受封的[31]，但是在私斗上却是个恶魔。他曾有三
　　　　　　次把人的灵魂和肉体分离，他此刻的愤怒是无法解
　　　　　　消的，除非是置你于死地。不顾一切，这就是他的
　　　　　　口头语：拼个你死我活。

瑰欧拉　　　我回去向小姐要个护卫，我是不能争斗的。我听说
　　　　　　过有些人故意向人寻衅，试验他们的勇气，也许这
　　　　　　个人正有这种脾气。

陶贝·白尔赤　先生，不是的，他的愤怒是由很充分的伤害而来的。
　　　　　　所以你上前去和他相战吧，你不能再回到屋里去，

除非是你愿意先用你毫无把握对付他的来对付我。所以，上前吧，否则就亮出你的剑来。因为你一定要战，那是确定的了，否则你不配带剑。

瑰欧拉　　这事太奇怪，也太无礼了。我求你，费心替我去问一问那一位骑士，我究竟得罪他什么了。那必是我有什么疏忽，绝非是故意。

陶贝·白尔赤　我可以去。费宾先生，你陪着这位先生，等我回来。〔下〕

瑰欧拉　　请问，先生，你知道这事的情由吗？

费宾　　　我知道那位骑士对你很愤恨，甚至于要一决生死，可是详情我却不大知道。

瑰欧拉　　我请问你，先生，他是怎样的人。

费宾　　　看他的外表，你瞧不出任何奇异的象征，像你在和他斗勇的时候所或者能发现的。真是的，先生，他是你在伊里利亚任何区域都找不到的最灵巧、最凶狠、最致命的敌手。你愿走向他去吗？假如我能，我愿代你向他调停。

瑰欧拉　　那我就感激不浅了。我是一个宁可和教士而不愿和骑士走路的人，谁晓得我有多少勇气，我不在乎。〔同下〕

陶贝·白尔赤爵士偕安得鲁爵士上。

陶贝·白尔赤　噫，他简直是个魔鬼，我从没见过这样的一个泼皮。我和他斗过一回，剑是罩着鞘的，他给了我一戳，简直无法躲闪；他回敬你一击，就像你走路时脚踏在

　　　　　　地上一般地准确。据说他曾给苏菲王当过剑手。

安得鲁　　　该死，我不愿和他捣麻烦了。

陶贝·白尔赤　是的，但是他现在却不能消气。费宾在那边几乎拉
　　　　　　不住他了。

安得鲁　　　真该死，若是我早知道他是如此勇敢，并且剑法这
　　　　　　样精巧，我在向他挑衅之前该先看见他下地狱。他
　　　　　　若肯放松这一遭，我送给他我的马，灰毛的卡皮雷。

陶贝·白尔赤　我去商量。站在这里，装出勇敢的气概。这回也许
　　　　　　不伤性命就能了结。——〔旁白〕我要骑你的马，
　　　　　　也要骑你哩。

　　　　　　费宾与瑰欧拉上。

　　　　　　〔向费宾〕我得到他的马了，来解决这场纷争。我已
　　　　　　经说动了他，告诉他这青年简直是个恶魔。

费宾　　　　他也是把他想象得非常可怕，气喘脸白，好像一只
　　　　　　大熊在追逐着他。

陶贝·白尔赤　无法补救了，先生。他为了曾经发誓的缘故一定要
　　　　　　和你相斗。真是的，他把这番纷争又思索过了，现
　　　　　　在觉得实在不足挂齿，所以拔出剑来维持他的誓吧，
　　　　　　他声明他不伤你。

瑰欧拉　　　〔旁白〕求上帝保护我！一点小事就会使他们明白我
　　　　　　和男子大丈夫相差有多少。

费宾　　　　你若是看出他狂暴，就让步。

陶贝·白尔赤　来吧，安得鲁爵士，无可挽回了。这位绅士为了名
　　　　　　誉起见要和你斗一回合，按照决斗的法规，他不能

　　　　　　避免。不过他是绅士又是战士，他曾允诺我，他不
　　　　　　伤害你。来吧，就动手吧。

安得鲁　　祷求上帝，教他守他的誓约。〔拔剑〕

瑰欧拉　　我实告你，这不是我的本愿。〔拔剑〕

　　　　　　安图尼欧上。

安图尼欧　收起你的剑。若是这位青年绅士有所开罪，这过错
　　　　　　由我担当；若是你得罪了他，我代替他与你相拼。
　　　　　　〔拔剑〕

陶贝·白尔赤　你，先生！怎么，你是什么人?

安图尼欧　先生，我是为了对他的友爱而敢做比他对你夸口说
　　　　　　敢做更多的事的一个人。

陶贝·白尔赤　不，你若是个爱管闲事的人，我就来斗你。〔拔剑〕

费宾　　　啊，好陶贝爵士，住手！官人来了。

陶贝·白尔赤　我立刻就来会你。

瑰欧拉　　〔向安得鲁〕先生，收起剑来吧，若是你愿意。

安得鲁　　当然愿意，先生，并且，至于我所允诺的事，我决
　　　　　　不失信。它是很驯顺很受驾驭的[32]。

　　　　　　二官人上。

官甲　　　就是这个人，执行你的职务。

官乙　　　安图尼欧，根据敖新诺公爵的告诉我逮捕你。

安图尼欧　你认错我了，先生。

官甲　　　不，先生，一点也没错。我熟识你的相貌，虽然你
　　　　　　现在头上没有航海的帽子。带他走，他知道我认

识他。

安图尼欧	我只得服从。——〔向瑰欧拉〕这都是为了追寻你而发生的,不过也无法补救了,我就去应审。现在我的窘迫情形使我向你要我的钱袋,你将怎么办呢?我之不能助你比我自己身受的还更使我难过。你站在那里发呆,但是你安心吧。
官乙	来,先生,走吧。
安图尼欧	我必须请你给我一些那笔款子。
瑰欧拉	什么款子呀,先生?为了你在此地对我表现的一番好意,并且看你目前的困难,我可以微尽绵薄,借给你一点。我的钱财并不多,我把我手头的钱和你分分吧。拿着,这是我的一半的钱。
安图尼欧	在现在这时候你竟拒绝我吗?我对你的种种善意居然还不能打动你的心吗?不要激动我的烦恼,否则使我变得如此之狼狈,我将列举我从前对你的恩惠来斥责你。
瑰欧拉	我不知道有过什么恩惠,按着你的声音、相貌,我也不认识你。我最恨一个人的忘恩负义,那是比谎语、虚夸、酗酒狂言,或任何足以腐化我们的脆弱的人性的罪恶都更可恨。
安图尼欧	啊说得像天堂一般地好听!
官乙	来,先生。我请你,走吧。
安图尼欧	让我再说几句。你们看见的此地的这个青年,一半是我从死神的爪里给拉出来的,我以纯洁的爱救济了他,我看他的样子是很可敬的,所以我对他表示

十分地恭顺。

官甲　　　这对我们何干？时候过了不少了，走吧！

安图尼欧　　但是啊！这个上帝变成多么卑贱的偶像呀！西巴斯

珊，你真辱没了堂堂的仪表。

人生没有缺憾，除了心地不良；

无所谓残废，除了狠毒的心肠：

德行即是美，但是貌美而心恶，

不过是恶魔所雕饰的空躯壳。

官甲　　　这人疯了，把他带走吧！来，来，先生。

安图尼欧　　带我去吧。〔官人带安图尼欧下〕

瑰欧拉　　我想他的话说得如此沉痛，

他必定自信为真；我可不能。

证实吧，想象，啊，证实是真的，

亲爱的哥哥，我是被错认为你！

陶贝·白尔赤　到这里来，爵士；到这里来，费宾。我们也来说几句

顶高明的格言。

瑰欧拉　　他提起了西巴斯珊：我晓得，

我哥哥还在我的镜里活着。

我的哥哥正是我这个模样；

他总是这样打扮、颜色、装潢，

因为我模仿他。啊！如果当真，

风暴是慈善的，海水是多情！〔下〕

陶贝·白尔赤　是个很不体面的怯懦的孩子，比一只兔子还胆小。

他把他的朋友丢在困难当中而不肯帮助，这就可看

出他的不体面；至于他的怯懦，问费宾去。

费宾　　　　　是个懦夫，顶虔诚的懦夫，简直是崇拜怯懦。

安得鲁　　　　上天有眼，我再去追他打他一顿。

陶贝·白尔赤　去，痛打他一顿，可是别拔剑。

安得鲁　　　　我若是不——〔下〕

费宾　　　　　来，我们看看这结果。

陶贝·白尔赤　多少钱我都敢赌，绝不会有什么事的。〔众下〕

注　释

[1] 此句原文"But indeed, words are very rascals since bonds disgraced them."意义晦涩。旧本各家注释，以为 bond 一字之含义不外二种:（一）以 bond 为"命令取缔"或"限制"解。一六〇〇年六月二十二日英国枢密院令，除环球剧院与幸运剧院外，伦敦各剧院一律停闭，此两剧院每星期准公演二次，但斋期与疫期仍需辍演。翌年复申禁令，违者处以拘禁。故对剧院及依剧院为生之戏剧作家，此种禁令实为严重之"限制"。（二）释 bonds 为"借约"。借约中用字往往有诡诈之处，故云。二说俱不可通。威尔孙教授之解释，较为圆满，见《新莎士比亚·第十二夜》第九七—一〇〇页，其说约略如下: bonds 做"誓词"解，此处系指十七世纪初年轰动英伦之耶稣会教徒（Jesuits）基于所谓 Doctrine of equivocation 而发之誓词。基于此种教义，天主教徒被基督教徒审判时，在誓词中得做模棱两可之语，一方面不致因吐实而贻祸，另一方面亦可不因谎语而受良心责罚。当时曾秘密流行一种小册，名 Treatise of Equivocation，即系专为不信国教者而写，后被发现，曾轰

动一时。一六〇六年三月二十八日因"炸药案"被牵涉之耶稣会首领 Henry Garnett 于受审时公开承认彼及彼之会徒皆信奉模棱语之誓词为正当，时论益为骇怪。（参看拙译《马克白》注）伊利沙白时代观众对于此案异常震惊，故莎士比亚于一六〇六年修改《第十二夜》时（假设确曾修改）于丑角口中加入此语以博观众一笑，亦未可知。如此说不谬，则此句可解作："自从伪誓辱没了文字以后，文字就真成为坏东西了。"

[2] 换言之，"你就是等于'无'"。

[3] 潘达勒斯（Pandarus of Phrygia）帮助使克莱西达与脱爱勒斯二情人相会晤，媒介之意。

[4] 据 Henryson's *The Testament of Cresseid* 所描写，克莱西达因不忠于爱被爱神惩罚沿门乞讨。

[5] 原文 understand 双关语，有（一）支持（二）明了二义。

[6] 皮塔高罗斯之学说，天空行星于旋转时各有音响，其声和谐如乐，人耳可以听及。

[7] 太阳西坠，喻西撒利欧之离去。

[8] "西去啊！"（westward-ho！）泰晤士河上舟人吆喝之语。

[9] 意谓：你现在是贵小姐，而你想你不是。换言之，你已忘怀你的身份，而与一仆人谈爱。

[10] 意谓：我已知汝亦非一仆人，而实系贵族化装。

[11] 原文 upon the oaths of judgement and reason，据威尔孙教授指陈，神学家谓凡合法之誓须具有三种条件，即 truth，judgement and reason 是也。费宾故意撒去第一项。

[12] 言极古之时也。诺亚（Noah）事迹，见《创世记》。

[13] 陪审官（grand-jurymen）之职务为考查证据是否充分，以决定应

否移送审判。

[14] 此荷兰人或系指 William Barentz 而言，彼于一五九六年曾航海北冰洋发现 Nova Zembla 群岛。

[15] "伯朗主义者"（Brownist）因 Robert Browne 得名，乃清教中之一极端教派。

[16] 对不熟识之人例不得呼"你"（thou），否则为轻侮。

[17] 英国威尔（Ware）地方某旅社有大床，七尺六寸高，十尺九寸长，十尺九寸阔，雕刻甚工，可睡十二人。现存于 Rye-House。

[18] 制墨水须加牛胆汁，但亦寓有辞句苦辣之意。

[19] 鹅象征怯懦愚蠢。

[20] 所谓印第，即美洲。当时地图均绘入美洲，惟此处所谓之"新地图"，盖指一六〇〇年英人 Edward Wright、Ric. Hakluytand and John Davis 合绘者，此图系最初用投影法之原则而画，美洲所占之位置较以前各图扩大甚多，且航线（rhumb-lines）纵横极密，故以之与脸上皱纹相比。（参看《莎士比亚的英格兰》上卷第一七四页附图）

[21] 一五九一年间刊行的一首歌谣，共十九首。佛奈斯本《第十二夜》二一七—二一八页引录六首。

[22] 当时流行之意大利式书法，宫廷中多用之。

[23] "这个人"原文 this fellow，亦可解作"伴侣"，马孚利欧即如此误解。

[24] 繁有徒（Legion），魔鬼之名，参看《新约·马可福音》第五章第九节。

[25] 女术者（Wise-Woman）能凭检验小便以诊断病症。Heywood 有剧名 *Wise Woman of Hogsden*。

[26] 小儿呼鸡为毕地（Biddy）。

[27] 恶魔有"煤工"之称，因其污黑，且常在地下深处。

[28] 五月一日民众例有各种娱乐，如游行、跳舞、选举五月皇后、采集山楂等等。（参看 E.K.Chambers, *Medieval Stage*, ch. Ⅷ.）

[29] 原文 saucy 双关语，有（一）有滋味，或（二）傲慢无礼之义。

[30] cockatrices，半鸡半蛇之怪物，其形象奇丑，足以吓煞人。又名 basilisk。

[31] 骑士受封照例由于武功，故受封时跪于地上，但无战事时亦有锡封骑士之典礼，则于地毯上行之。故无战功而被封为骑士者常被讥为"carpet knight"。

[32] 此语系指上文安得鲁允诺赠马之事而言，Deighton 之注甚是，而威尔孙教授注为："i. e. my trusty sword answers well to the rein"，不知与"剑"何干？疑有误。

第 四 幕

第一景：奥利维亚家附近街道

西巴斯珊与丑上。

丑　　　　你可是要让我相信我不是来找你的吗？

西巴斯珊　去，去。你是一个傻子，躲开我。

丑　　　　装腔真是装得好！不，我不认识你，我也不是我的
　　　　　小姐派我来约请你去谈话的，你的名字也不是西撒
　　　　　利欧先生，这也不是我的鼻子。凡是是的都是不是。

西巴斯珊　我请你，到别处去撒癫。你不认识我。

丑　　　　撒癫！他在某个大人物处听说这么个名词，现在用
　　　　　到一个小丑身上。撒癫！我恐怕这个大家伙，世界，
　　　　　要变成为装腔作势的东西了。我现在请你，摆脱你
　　　　　的装模作样，告诉我我回去对小姐怎样说。我可否

就说你随后就来？

西巴斯珊　　我请你这傻希腊人[1]，离开我吧。这钱是给你的，
　　　　　　你若是再多停留，我要付给你较恶的报酬了。

丑　　　　　老实说，你倒是很慷慨的。这些给傻子们钱的聪明
　　　　　　人，十四年后[2]我们也要说他们的好话。

　　　安得鲁爵士上。

安得鲁　　　先生，我现在又遇见你了？给你这一击。〔打西巴
　　　　　　斯珊〕

西巴斯珊　　嗳，这一击给你，一击，一击，又一击！〔打安得
　　　　　　鲁爵士〕莫非人全疯了吗？

　　　陶贝·白尔赤爵士与费宾上。

陶贝·白尔赤　住手，先生，否则我把你的刀掷过房去。

丑　　　　　这事我立刻就去告诉小姐。给我两便士我也不愿处
　　　　　　在你们的地位。〔下〕

陶贝·白尔赤　〔拉住西巴斯珊〕走开，先生。住手。

安得鲁　　　不，不要管他，我换方法来对付他。我去告他伤害
　　　　　　的罪，若是伊里利亚还有法律。虽然是我先打他，
　　　　　　那是没有关系的。

西巴斯珊　　放松你的手。

陶贝·白尔赤　来吧，先生。我不能放你走。来，我的青年战士，
　　　　　　收起你的剑。你倒是战兴很高，走吧。

西巴斯珊　　我要脱离你。〔摆脱了自己〕你现在打算怎样？你若
　　　　　　再敢激动我，拔你的剑吧。

陶贝·白尔赤　什么，什么！好吧，我只好从你身上取出一二两傲慢的血。〔拔剑〕

奥利维亚上。

奥利维亚　住手，陶贝！不听话就杀，住手！

陶贝·白尔赤　小姐！

奥利维亚　永远是这个样子？无礼的东西！你适宜于住在山上野人洞里，那里不懂什么礼貌。滚开！请你不要怪罪，亲爱的西撒利欧。粗汉，走开！〔陶贝·白尔赤爵士、安得鲁爵士、费宾下〕我请你，好朋友，对于这次无礼的侵犯，要用你的良好的智慧，不要受感情的支配。随我到家里去，我告诉你知道这个坏蛋做出过多少荒唐的事，那么你对于这一遭也就可一笑置之了，你只好随我去，别推托。

你尽管替我诅咒他的灵魂。

他惊动了你胸里的我的心。

西巴斯珊　这是什么事？要闹出什么名堂？

若非是我疯了，便是大梦一场：

让爱情把我的感觉永浸在忘怀川内：

若是能这样地做梦，永远地叫我长睡！

奥利维亚　不，来吧，我请你。但愿你听我说！

西巴斯珊　小姐，我愿意。

奥利维亚　啊！这样说，还要这样做！〔同下〕

第二景：奥利维亚家中一室

玛利亚与丑上，马孚利欧在左近暗室内。

玛利亚　不，我请你，披上这件袍子，带上这个假须，让他相信你是副牧师陶帕斯先生。赶快，我去叫陶贝爵士。〔下〕

丑　　　好，我就穿戴上，我假装起来。我愿意我是第一个穿着这一身衣裳而作伪的。我身量不够高，不能称职，也不够瘦，不能令人认作是好学者，不过被称为一个诚实人，一个守规矩的人，那是和被称为一个多忧虑的人、大学者一样地好。我的伙伴来了。

陶贝·白尔赤爵士与玛利亚上。

陶贝·白尔赤　上帝降福给你，牧师先生。

丑　　　Bonos dies[3] 陶贝爵士，普拉格的老隐士[4]，从没见过笔和墨水，对于高波德克皇帝的一位侄女很俏皮地说过"那个是的，就是"。那么，我既是牧师先生，我就是牧师先生了，因为"那个"不就是"那个"，"是"不就是"是"吗？

陶贝·白尔赤　去和他说话，陶帕斯先生。

丑　　　喂！我说。愿这监牢里能有和平！

陶贝·白尔赤　这家伙模仿得好，好家伙。

马孚利欧　〔在内〕谁在那里叫？

丑　　　牧师陶帕斯先生来探视疯子马孚利欧。

马孚利欧	陶帕斯先生，陶帕斯先生，好陶帕斯先生，去到小姐那里去。
丑	呸，胡说乱道的魔鬼！你这样骚扰这个人！你什么也不说，竟说小姐？
陶贝·白尔赤	说得好，牧师先生。
马孚利欧	〔在内〕陶帕斯先生，人没有这样受委屈过。好陶帕斯先生，不要以为我是疯了，他们把我关在这个黑暗的地方了。
丑	呸，你这狡诈的撒旦！我是用最温和的名字叫你，因为我是一个好客气的人，对待恶魔本身也是讲礼貌。你说那屋子是黑暗吗？
马孚利欧	像地狱一般，陶帕斯先生。
丑	噫，地狱有凸窗，像土石一般地透明，向南北方还有天窗，像黑檀一般地光亮，你还怨妨碍视线？
马孚利欧	我没疯，陶帕斯先生。我对你说，这屋子是黑暗的。
丑	疯子，你错了。我说，除愚暗外无所谓黑暗，你在愚暗中感觉到迷惘，比埃及人在那乌黑的雾里还要厉害[5]。
马孚利欧	我说这屋里是和愚暗一般黑，虽然愚暗是和地狱一般黑。我并且说，人从没有这样受虐待过。我一点也不比你疯，你可以试验我，问我任何需要逻辑的话。
丑	皮塔高罗斯对于野禽有什么意见[6]？
马孚利欧	那就是，我们的祖母的灵魂也许是在一只鸟里。
丑	你以为他的意见如何？

马孚利欧	我对于灵魂的看法是很高尚的，决不以他的意见为然。
丑	再会吧，你永久在黑暗里吧。你得同意于皮塔高罗斯的意见，我才承认你不疯，并且你还得怕杀一只木鸡，为的是怕惊动了你的祖母的灵魂。再会吧。
马孚利欧	陶帕斯先生！陶帕斯先生！
陶贝·白尔赤	我的顶妙的陶帕斯先生！
丑	不，我是什么都能做。
玛利亚	其实你不穿戴这衣裳假须也可以，他看不见你。
陶贝·白尔赤	用你自己的声音对他说话，把结果告诉我，我愿我们把这场玩笑好好地结束。如其他能得便开释出来，我倒是很愿意，因为我现在已经很够开罪我的侄女了，我不能把这计划推行到底而不获罪。随后到我的屋里来。〔陶贝·白尔赤爵士与玛利亚下〕
丑	"喂罗宾，好罗宾，告诉你你的情人待你怎样[7]。"
马孚利欧	傻子！
丑	"我的女人待我不大好，天哪！"
马孚利欧	傻子！
丑	"哎呀！她为什么这样呢？"
马孚利欧	我说，傻子！
丑	"她爱另一个人。" 谁叫我呢，哦？
马孚利欧	好傻子，你以后会在我手里得到好处的，你帮忙给我一个蜡烛、笔、墨水和纸。我是君子人，有生之日必不忘德。

丑　　　　　马孚利欧先生！

马孚利欧　　对了，好傻子。

丑　　　　　哎呀，先生，你怎么会疯起来了？

马孚利欧　　傻子，从没有人这样受过欺侮。我一点也不疯，傻子，和你是一样的。

丑　　　　　仅是和我一样？那么你可真是疯了，假如你的头脑是和傻子一样。

马孚利欧　　他们把我当物件似的安置在这里，把我丢在黑暗里，派牧师来看我，这群混蛋！并且千方百计地硬说我是疯了。

丑　　　　　留神你说的话，牧师就在这里。马孚利欧，马孚利欧，上天恢复你的神志！你设法安眠，少说你的废话吧。

马孚利欧　　陶帕斯先生！

丑　　　　　不要再和他说话，好人。——谁，我，先生？我不，先生。上帝保佑你，好陶帕斯先生。真是的，阿门。我愿意，先生，我愿意。

马孚利欧　　傻子，傻子，傻子，我说！

丑　　　　　哎呀，先生，别吵。你说什么，先生？我为了和你说话受了申斥。

马孚利欧　　好傻子，给我个灯火和几张纸，我告诉你我是和伊里利亚的任何人都一样地清醒。

丑　　　　　哎哎，但愿你是，先生！

马孚利欧　　凭这只手发誓，我实在是。好傻子，拿一些墨水、纸和灯火，把我写下的送给小姐，可以使你得到比任何送信人所能得的更多的好处。

丑　　　　　我就给你拿来。但是老实告诉我，你真没疯吗？还是你只是装疯？

马孚利欧　　相信我，我是不疯。我实告你。

丑　　　　　不，我永远不能相信一个疯子，除非我看见他的脑子。我给你去拿灯火、纸和墨水。

马孚利欧　　傻子，我必给你最优的报酬。我请你，就去吧。

丑　　　　　我走了，先生，

　　　　　　不久，先生，

　　　　　　我立刻就来到，

　　　　　　只要是一瞬间，

　　　　　　像老罪恶[8]一般，

　　　　　　来供给你的需要；

　　　　　　我拿着木板刀，

　　　　　　又狂暴，又咆哮，

　　　　　　对着恶魔喊，啊，啊！

　　　　　　像是个疯孩子，

　　　　　　修你的指甲，老头子，

　　　　　　再会，好人儿恶魔[9]。〔下〕

第三景：奥利维亚的花园

西巴斯珊上。

西巴斯珊　　这是新鲜空气，那是光辉的太阳。这颗珍珠是她给我的，我摸得着，看得见，虽然围绕着我的尽是奇异，却不是疯。那么安图尼欧在哪里呢？在巨象饭店我没有能找到他，但是他最近是在那里，我在那里还得到这个消息，他曾走遍全城寻找我。他的劝告现在对我有绝大的帮助，因为虽然我的心灵对我的感官分辨得很好，这事也许有错误，绝不是疯，但是，这次意外和不断的幸运实在是超越一切的前例和理性，我简直不能相信我的眼睛，我简直要和我的理性冲突，因为理性令我起各种信仰，而偏不要我信是疯，或这位小姐是疯。不过，假如她真是疯，她便不能治家，不能命令她的仆人，或是这样圆滑、审慎、稳妥地担当事情，处理事情，像我所看见她那样。其中必有蹊跷。小姐来了。

奥利维亚与一牧师上。

奥利维亚　　别怪我这样匆忙。如其你有诚心，现在就和我随同这位牧师到附近礼拜堂去。到那里，在他面前，在那神圣的屋顶之下，正式地宣誓你的忠诚，好让我的顶猜疑的心灵得到宁静。他会守秘密的，等到你愿意宣布的时候为止，到那时候按照我的身份我们再举行庆祝。你以为如何？

西巴斯珊　　我同你去，随着这位好人，

　　　　　　发誓之后，我永不会变心。

奥利维亚　　领路吧，牧师；愿上天光明，

　　　　　　对我这番行动表示赞成！〔同下〕

注 释

[1] 希腊人，常用为狡诈欺骗者之代名词，但亦有为欢作乐者之意。

[2] "十四年后"即很久以后之意，但原文"after fourteen years'
purchase."系一专门法律名词，所谓 fourteen years' purchase，直译应
为"十四倍的年租价"。在一六二一年之际英格兰之地价普通为 twelve
years' purchase，即按每年租价加十二倍。今云"十四倍的年租价"，亦
有代价甚巨之意。

[3] 拉丁文或西班牙文，意为："祝君安好！"牧师例擅拉丁。

[4] 历史上并无此人，显系杜撰。下文之高波德克（Gorbuduc）系神话
中之不列颠皇帝。其侄女为何人，亦不可考，亦系杜撰。

[5] 见《旧约·出埃及记》第十章第二十一节，上帝给埃及人的第九次
的灾警。

[6] 皮塔高罗斯，古希腊哲学家，创灵魂轮回（transmigration of souls）
之说，言人之灵魂于死后可堕入畜类之躯壳，对于清教徒之马孚利欧，
此说当然为邪说异端，丑故以此说难之。

[7] 引自古歌谣，共六节，为对话体，罗宾及其友讨论各自爱情之事，

此歌收在 Percy's *Reliques of Ancient English Poetry*，兹录其首二节如下：

A Robin ; Jolly Robin ;

Tell me how thy leman doeth ;

And thou shalt knowe of myn.

"My lady is unkynde perde",

Alack ! why is she so ?

"She loveth another better than me ;

And yet she will say no."

喂罗宾，好罗宾，

告诉我你的情人待你怎样，

我也告诉你关于我的情人。

"我的女人待我不大好，天哪。'

哎呀！她为什么这样呢?

"她爱另一个人比我还亲热；

她还不承认有这事体。"

[8] "罪恶"原文为 vice，系短剧（interlude）或道德剧（morality）中习见角色之一，即丑角，其服装类似普通戏剧中之丑角，常持木刀，追逐恶魔，做欲砍其爪之状。

[9] 此行对折本原文为 "Adieu ; goodman devil"。牛津本采 Rowe 氏之改窜，改 devil 为 drivel。除为凑韵脚外，以无改动之必要，今按对折本原文译。

第 五 幕

•••••••—⟡—•••••••

第一景：奥利维亚家前街道

丑与费宾上。

费宾　　你是爱我的，你现在让我看看他的信。

丑　　　好费宾先生，你再答应我一个请求。

费宾　　任何要求。

丑　　　别想看这封信。

费宾　　这等于是，送我一条狗，而又索还这条狗以为报偿[1]。

公爵、瑰欧拉、库利欧及侍从等上。

公爵　　朋友们，你们可是奥利维亚小姐家的人吗？

丑　　　是的，先生，我们是她的家人。

公爵　　我认识你。你好吗，我的好人？

丑　　　　真是的，先生，我的敌人使得我好一点，我的朋友
　　　　　们又使得我坏一点。

公爵　　　你说反了，你的朋友们使得你好一点。

丑　　　　不是，先生，坏一点。

公爵　　　那怎么能呢？

丑　　　　真是的，先生，他们赞美我，把我弄成为蠢驴，我
　　　　　的敌人却直告我我是蠢驴。所以在我的敌人手里，
　　　　　先生，我可以增进我的自知之明，而在我的朋友们
　　　　　手里，我只是被戏弄。故此，假如结论是像接吻一
　　　　　般，假如四个反语等于两个正语，那么，我的确是
　　　　　因为有了朋友们而更坏一点，因为有了敌人而更好
　　　　　一点了[2]。

公爵　　　噫，这是好极了。

丑　　　　老实说，先生，没有什么好，虽然你愿做我的一个
　　　　　朋友。

公爵　　　你不会因为我而得到什么不好。这金钱是给你的。

丑　　　　若不是怕有二重欺骗[3]的嫌疑，先生，我愿请你再
　　　　　给一块钱。

公爵　　　啊，你劝我做这样不正当的事。

丑　　　　这一次把你的操守放在袋里吧，任由你的血肉听从
　　　　　我的话。

公爵　　　好吧，我就犯一回二重欺骗的罪，再给你一块钱。

丑　　　　primo, secundo, tertio[4]是很好的游戏。俗语说得好:
　　　　　"第三次掷是最有价值。"三拍子的音乐，先生，也
　　　　　是最好的跳舞乐，圣班奈[5]的钟也可以提醒你。一，

二，三。

公爵　　你这一回不能再骗我的钱了，你若是去告诉你的小姐我是来和她说话，并且你把她带来，或者可以再打动我的慷慨。

丑　　真是的，先生，你的慷慨先睡着吧，等我回来再说。我就去，先生。但是我不愿你以为我想要钱的欲念即是贪婪的罪恶，不过按照你所说的，先生，你的慷慨且先去睡一觉，我就来惊醒它。〔下〕

瑰欧拉　　救我的那个人来了，先生。

安图尼欧及官人等上。

公爵　　他的脸我记得很清，不过我上次看见他，他的脸涂黑得像是在战云弥漫中的乌尔坎 [6] 一般。他是一只小船的船长，讲到吃水的深浅和船身的大小，是没有价值的，但是他驾这小船和我的舰队中顶大的船只死拼，以至于因受他伤害而嫉恨他的人都交口称誉。这是怎么回事?

官甲　　敖新诺，这就是劫取从堪地 [7] 开来的凤凰号船及其货物的那个安图尼欧，跳上猛虎号船使得你的侄儿太特斯失了一条腿的也就是这个人。他不顾廉耻地在街上和人私斗，我们就逮捕他了。

瑰欧拉　　他对我很好，先生，曾拔刀相助，但是最后却对我说一套怪话。我不知是怎么一回事，除非是疯狂。

公爵　　著名的大盗! 你这海贼! 什么样的糊涂大胆使得你落在他们手里，并且使得他们成为你的如此深仇大恨的仇敌？

安图尼欧　　敖新诺，高贵的先生，请你准我摆脱你给我的这种称呼。安图尼欧从不曾做过贼和海盗，虽然，我承认，曾有充分根据做过敖新诺的敌人。一种魔力引我来到这里，就是立在你身旁的那个顶忘恩负义的青年，他是我从狂暴的大海之汹涌喷沫的巨嘴里救出来的。他本是没有希望的破灭的东西，他的生命是我给他的，并且还给他一番情爱，无保留无限制地完全都贡献给他。为了他的缘故，纯粹是由于对他的爱，我才来到这敌方的城市来冒险。他被窘，我拔剑保护他；我被捕，他却不肯与我共患难。他的狡诈教他硬不承认与我相识，一瞬间他与我疏远了二十年，不肯把我自己的钱袋还我，那钱袋是我半小时以前借给他用的。

瑰欧拉　　哪有这等事？

公爵　　他是什么时候来到这城的？

安图尼欧　　今天，先生；三个月来，毫无间断，没有一分钟的空隙——我们日夜地在一处。

奥利维亚及侍从等上。

公爵　　女伯爵来了，现在是天堂来到了人间！除了对于你。你说的是疯话，这青年已经伺候我三个月 [8] 了，这话以后再说吧。先把他带走。

奥利维亚　　公爵大人有什么需要，除了他不能得到的那一点之外，奥利维亚可以效劳呢？西撒利欧，你没有实行对我的诺言。

瑰欧拉　　　小姐！

公爵　　　　美德的奥利维亚。

奥利维亚　　你有什么说的，西撒利欧？好公爵大人——

瑰欧拉　　　我的主人有话对你说，我的地位使我不能发言。

奥利维亚　　如其还是那一套老调，先生，那对于我的耳朵是非常无聊的，像是音乐之后的吼叫一般。

公爵　　　　还是这样残忍？

奥利维亚　　还是这样坚持，先生。

公爵　　　　怎么，到了顽梗的地步？你这位不客气的小姐，在你不肯施恩加惠的神龛前面，我的灵魂已经奉献过爱情从没表现过的最忠实的祭礼！我将怎么办呢？

奥利维亚　　随你的意，只要不失你的身份。

公爵　　　　假若我有这样的心，为什么我不可以杀掉我顶心爱的，像那埃及的强盗临死时候所做的一般[9]？是野蛮嫉妒的行为，有时却有豪爽的意味。但是听我说，你既然把我的爱置之不理，并且我也部分地明白是谁从中作梗把我从你的宠爱中我应得的地位挤开，那么你就永久地做一个硬石心胸的狠心人吧。但是你的这个情人，我很知道你是爱他，可是，我对天发誓，我也是非常宠爱他的，我将不让那残忍的眼睛再看见他，在那眼睛里他是称王而他的主人反受到鄙夷。来，孩子，跟我来。我的一条恶计已经成熟了：

我将牺牲我心爱的那只羔羊，

	去羞辱斑鸠胸里的乌鸦心肠。〔走〕
瑰欧拉	我是顶高兴，顶甘心，顶喜欢，
	情愿死千万次，使得你心安。〔随〕
奥利维亚	西撒利欧到什么地方去？
瑰欧拉	去追随我所爱的他，
	我爱他过于爱我的眼睛、性命，
	更远过于我能给我的妻的爱情。
	我若说谎，天上的神祇明察，
	对我的玷污爱情严重处罚！
奥利维亚	哎呀，可恶！我被骗了！
瑰欧拉	谁骗你了？谁对你不起了？
奥利维亚	你忘了你自己了吗？有那么久了吗？请牧师来。〔一侍从下〕
公爵	〔向瑰欧拉〕跟我走。
奥利维亚	到哪里去，公爵？西撒利欧，我的丈夫，别走。
公爵	丈夫？
奥利维亚	是的，丈夫。他能否认吗？
公爵	你是她的丈夫？
瑰欧拉	不，公爵，我不是。
奥利维亚	哎呀！这必是你的下流的恐惧心使得你否认你自己。不要怕，西撒利欧，接受你的财富吧。你就做你知道你是的那个人吧，你就和你所怕的那个人一般地伟大了。

牧师上。

啊，欢迎得很，神父！神父，你是有身份的，我要你在这里宣布——虽然现在尚未成熟就因故而被宣泄的事，我们原想保守秘密——请你宣布你所知道的关于这青年与我之间最近发生的事吧。

牧师　　你们俩曾发下永誓情爱的盟约，并曾用互相握手来证实，又有神圣的接吻来证明，还有交换戒指来加强效力，并且这场仪式是由我主持做证而举行的。这事举行之后，据我的表告诉我，我才向着我的坟墓走了两小时。

公爵　　啊，你这作伪的小狐狸！时间给你的皮上撒了一身灰毛的时候，你将成为什么东西？

也许你的狡猾生长得这样快，

你的骗术会要把你自己毁坏？

再会吧，带她走：但是要留意，

到你我永不见面的地方去。

瑰欧拉　公爵，我敢发誓——

奥利维亚　啊！不要发誓吧：

守一点誓约，虽你有太多的恐怕。

安得鲁·爱沟齐克头破上。

安得鲁　为了上帝的爱，快找医生！立刻派一个人到陶贝爵士那里去。

奥利维亚　怎么回事？

安得鲁　他打破我的头了，也给了陶贝爵士一只流血的脑袋。为了上帝的爱，你救救我吧！我宁愿舍四十镑，只要回到家。

奥利维亚　这是谁干的，安得鲁？

安得鲁　公爵的仆人，一个叫西撒利欧的。我们以为他是个懦夫，但是他简直是恶魔化身。

公爵　我的仆人，西撒利欧？

安得鲁　天哪！他就在这里。你无故打破我的头！至于我所做的事，那是陶贝爵士怂恿我做的。

瑰欧拉　你为什么对我说？我从没伤害你。你无缘无故地拔剑相向，我和平地对你，并没有伤害你。

安得鲁　若是一个流血的脑袋可以算是伤害，你是伤害我了，你也许以为打破脑袋不算一回事。陶贝爵士跛着来了。

　　　　陶贝·白尔赤爵士醉中被丑引上。

听他报告吧，他若不是在醉中，必另有对付你的方法。

公爵　怎么了，先生！你怎样了？

陶贝·白尔赤　没有什么要紧，他伤了我了，如此而已。傻东西，你看见狄克医生没有？

丑　啊！他喝醉了，陶贝爵士，是一小时前醉的。他的眼睛在早晨八点钟就眯缝上了。

陶贝·白尔赤　那么他就是混蛋，一个醉鬼[10]。他最恨一个喝醉的混蛋。

奥利维亚　送他走吧！是谁这样地伤了他们。

安得鲁　我来照料你，陶贝爵士，我们一同裹伤去。

陶贝·白尔赤	你来照料？你是一个驴头，笨蛋，蠢汉，瘦脸的蠢汉，糊涂虫！
奥利维亚	教他躺在床上，诊治他的伤吧。〔丑、费宾、陶贝·白尔赤爵士、安得鲁爵士下〕

西巴斯珊上。

西巴斯珊	我很抱歉，小姐，我伤了你的家人。但是，他就是我的亲兄弟，我为了自卫也要照样对付。你很冷淡地望了我一眼，我明白这事必定得罪了你，亲爱的，饶恕我，只为了我们方才发的盟誓。
公爵	一个相貌，一样声音，一般衣服，可是两个人，像是照着一面立体镜，看见似真非真的两个影子！
西巴斯珊	安图尼欧！啊我的亲爱的安图尼欧！我自从找不到你之后，我过的是什么痛苦难熬的日子啊！
安图尼欧	西巴斯珊是你吗？
西巴斯珊	你还怀疑吗，安图尼欧？
安图尼欧	你怎么会有分身术？一个苹果劈两半也没有这两个人这样地相像。哪一个是西巴斯珊？
奥利维亚	奇怪极了！
西巴斯珊	站在那边的是我吗？我从没有兄弟，我也并没有到处出现的神力。我有一位妹妹，瞎了眼的涛浪已经把她吞噬了。请问你对我有什么亲谊？哪一个人？姓名是什么？父母是谁？
瑰欧拉	我是麦萨林人，我的父亲是西巴斯珊，我的哥哥也是你这样的一个西巴斯珊，也穿了你这样的衣服葬

在海里了。假如鬼灵能扮起死者的形体和衣裳，你是吓我们来了。

西巴斯珊　我真是一个鬼灵，但是在子宫里就已经罩上那个粗笨的躯体了。别的条件全相符，假如你是个女人，我的泪就要滚下了腮，并且说："加三倍地欢迎，淹死了的瑰欧拉！"

瑰欧拉　我的父亲在他的额上有一颗痣。

西巴斯珊　我的父亲也有。

瑰欧拉　并且是在瑰欧拉十三岁上死的。

西巴斯珊　啊！这事在我心里记得很明白。他确是在我的妹妹十三岁上完毕了他的一生。

瑰欧拉　若是除了这一身乔装的男人衣裳以外没有什么别的可以妨碍我们的快乐，在地点、时间、幸运的种种情形都证实我确是瑰欧拉之前，先别拥抱我。要证明这一点，我带你到这城里一位船长那里，我的女装就在那里存着呢。是他好心帮助，我才得伺候这位公爵。我以后的经过情形都是和这位小姐和这位公爵有关系的。

西巴斯珊　〔向奥利维亚〕原来是，小姐，你认错人了，不过这也是顺从天性之所趋。你是和一位处女订了婚约，不过你也不是受了骗，你是和一位处女和一个男人都订了婚。

公爵　不要惊慌，他的门第是很高贵的。假如这是真的，立体镜所反映的也不假，那么从这次顶幸运的碎船的事里我也要享受一份哩。〔向瑰欧拉〕孩子，你对我说过有一千回你永远不会爱女人像爱我似的。

瑰欧拉　　那些话我愿再发誓说一遍，那些誓我愿真诚地守在
　　　　　心里，就像苍穹捧着那划分昼夜的太阳一般。

公爵　　　让我握你的手，穿上你的女人衣裳让我看看你。

瑰欧拉　　首先带我上岸的那个船长，他收着我的衣裳呢，他
　　　　　为了一点案情被伺候这位小姐的仆人马孚利欧所控
　　　　　告而被拘禁了。

奥利维亚　他就可以释放他。马孚利欧到此地来。哎呀，我想
　　　　　起来了，他们说这个可怜的人疯得很厉害。我自己
　　　　　的疯狂使我完全忘了他的疯狂了。

　　　　　丑持一函，偕费宾上。

　　　　　他怎么了，喂?

丑　　　　真是的，小姐，他居然还能撑拒恶魔，像他在这样情
　　　　　形的人所能做到的那个地步。他给你写了这一封信，
　　　　　我应该今天早晨就交给你的，不过一个疯人的信并
　　　　　没有什么神圣，所以什么时候送也没有大关系。

奥利维亚　打开，读。

丑　　　　傻子读疯子的信，你们可以预期得到好的教训。
　　　　　"天哪，小姐，——"

奥利维亚　怎么! 你疯了?

丑　　　　不是，我是读这疯话呢。小姐若是要我按照这信的
　　　　　语气读，必须要准我装出腔调来。

奥利维亚　用你的清醒的神志来读吧。

丑　　　　我是这样读呢，小姐。不过我若读他的话，就要这

样读了。所以你想想，小姐，并请听吧。

奥利维亚	〔向费宾〕你来读。
费宾	"天哪，小姐，你冤枉我了，我要让世人知道，虽然你把我禁在暗处，并且令你的醉叔叔管制我，但是我却和你一样地有清楚的头脑。我有你亲笔的信，教我那个样子地打扮；凭这信我可以证实我并不理屈而你有失体面。你对我做何感想，任随尊便。我言语有些忘形，含冤莫伸，故敢直陈。

受疯狂待遇的马孚利欧。"

奥利维亚	这是他写的吗？
丑	是，小姐。
公爵	这却没有多少疯狂的意味。
奥利维亚	放他出来吧，费宾，带他到此地来。〔费宾下〕公爵你若是愿意，等这些事再经过一番考虑之后，你可以把我当作一个妹妹看待，和一家人一样，你若是愿意，在同一天内就可以缔结良缘，在我家里，由我出费。
公爵	小姐，我很愿意接受你的建议。〔向瑰欧拉〕你的主人解除你的职务，并且你所尽力的职务，是很不合你的女人的气质，很不称你的温柔的身份。而你又这样久地称我为主人，现在我向你求婚，从此以后你就是你的主人的夫人。
奥利维亚	你就是我的妹妹了。

费宾偕马孚利欧上。

公爵　　　　这就是那个疯子吗？

奥利维亚　　是的，就是这个人。你怎样了，马孚利欧！

马孚利欧　　小姐，你对不起我，太对不起我了。

奥利维亚　　我对不起你，马孚利欧？不会的。

马孚利欧　　小姐，你是对不起我了。请你读那一封信吧。你现
　　　　　　在不要否认那是你的亲笔。假如你能，你尽管换一
　　　　　　种笔迹，换一种词调，或是说那不是你的印，那不
　　　　　　是你的主意，但是你不能这样说。那么，你就作为
　　　　　　承认吧，为了顾全名誉，告诉我你为什么给我这样
　　　　　　明显的恩爱的表示，教我微笑着并且交叉着袜带来
　　　　　　见你，并且穿上黄袜子，对陶贝爵士和低下的人们
　　　　　　皱眉发怒。我为了有所贪图，敬谨遵命，你为什么
　　　　　　又把我拘禁起来，因在一间暗室，派牧师前来祈祷，
　　　　　　把我捉弄成为得未从有的被欺骗的蠢货？告诉我这
　　　　　　是为什么。

奥利维亚　　哎呀，马孚利欧，这不是我的笔迹，虽然我承认很
　　　　　　像我的亲笔，但是毫无问题的是玛利亚的笔迹。现
　　　　　　在我想起来了，是她首先告诉我你疯了的，随后你
　　　　　　就笑着来了，并且穿着这信里预料到的服装。我请
　　　　　　你放心吧，你是中了很恶毒的计策了，不过等我们
　　　　　　知道了这事是谁干下的，是怎样闹起来的，我准你
　　　　　　自行检举审判。

费宾　　　　小姐，听我说，不要教争吵的事玷污了令我惊讶不
　　　　　　置的这快乐良辰。为了不教它玷污，我坦白地承认，
　　　　　　是我自己和陶贝二人对马孚利欧设下了这条计策，

因为我们觉得他有顽强失礼的地方。玛利亚受了陶贝爵士的怂恿才写下那封信，为了报偿起见，他娶了她为妻。以后的经过诚然是谑而近虐，但是若公正地衡量双方的损害，是应该逗大家一笑而不应引起仇恨。

奥利维亚　哎呀，可怜的傻子，他们可害苦了你！

丑　　　　噫，"有些人是生而尊贵，有些人是赢得尊贵，更有些人是尊贵相逼而来的"。先生，我也是这短剧中的一个角色，就是那一位陶帕斯先生，但那是不关紧要的。"天哪，傻子，我不是疯。"但是你还记得吗？"小姐，你为什么对这无聊的东西发笑？你若不笑，他就堵住嘴了。"因此他招出了这场报复。

马孚利欧　我一定要报复你们这一群。〔下〕

奥利维亚　他真是被戏弄得太苦了。

公爵　　　追他去，请他言归于好，他还没告诉我们关于那位船长的事呢。等到那事弄清楚了，吉辰来到，我们就举行庄严的婚礼，绾系我们的心灵。现在呢，亲爱的妹妹，我们也不从这里走开。西撒利欧，来，你现在还是男的，所以我还这样唤你；

但是等你换上了另外一种服装，

你便是敖新诺的妻，心爱的新娘。〔除丑外，众下〕

歌 [11]

丑　　　　当我是小小孩的时候，

嘻，嗬，又下雨来又刮风；
小小的糊涂不消忧愁，
雨是天天地下个不停。

但是等我长大成了人，
嘻，嗬，又下雨来又刮风；
防贼防盗大家关上门，
雨是天天地下个不停。

但是等我，哎呀，娶了亲，
嘻，嗬，又下雨来又刮风；
靠了夸口我万事无成。
雨是天天地下个不停。

但是等我往床上面倒，
嘻，嗬，又下雨来又刮风；
醉汉永远是醉头醉脑，
雨是天天地下个不停。

世界开始在很久以前，
嘻，嗬，又下雨来又刮风；
那没有关系，戏已唱完。
我们天天尽力伺候诸公。〔下〕

注 释

[1] "有布伦博士者，乃女王（伊利沙白）之族人，蓄有爱狗一，女王知其然，乃与彼要约，曰，如彼能应允女王某一要求，则彼可任意要求一事，女王亦无不应允。女王索其爱狗，彼不得已予之，彼旋曰：'陛下亦适曾允我一事。'女王曰：'然。''然则请返还余之爱狗。'"（见满宁汉日记一六○三年三月二十六日。）

[2] "故此……更好一点了。"此句费解。原文为 "so that, conclusions to be as Kisses, if your four negatives make your two affirmatives ; why then, the worse for my friends and the better for my foes."。各家解释不尽相同，且多牵强。威尔孙教授注云："似乎还没有人能彻底了解这句简单的笑话。"但彼之解释似亦未见彻底。译者愿进一解。此句根本为丑角戏用形式逻辑之语，只须爬梳其大意，逐字苛求则失之凿。此句已具三段论之形式，第一，如结论须有二前提，有如接吻（因接吻须有二人）；第二，如二反语等于一正语（四反语等于二正语）；第三，然则，朋友之称赞我者皆反语也，二反等于一正，四反等于二正。彼愈称赞我，适愈足形容我为蠢驴矣；至于我之敌人直言我为蠢驴，虽系正语，但对我有益。故朋友待我不若敌人待我之厚也。愚见如此，不知当否。

[3] "二重欺骗"，原文 double-dealing，系双关语，本义为"欺骗"（取悦一方而实为另一方谋利），亦有"两倍"之意。第三幕第一景内丑亦曾以类似之术乞加倍之赏。

[4] 意大利语，意为"第一，第二，第三"，系一种普通掷骰戏之名称。

[5] 圣班奈（Saint-Bennet），即环球剧院对门之礼拜堂。"一，二，三，"其钟声也。

[6] 乌尔坎（Vulcan），罗马神祇之铁匠。

[7] 堪地（Candy），即 Crete。

[8] "三个月"与第一幕第四景瓦楞坦所云"三天"显有矛盾。

[9] "埃及的强盗"即 Thyamis，事见 Heliodorus 所著 *Aethiopica* 中之 Theagenes and Chariclea，一五六九年 Underdowne 曾译为英文行世。Thyamis 系盗匪首领，绑架 Chariclea，意欲娶之，藏于山洞之内。盗与其他大股匪人斗，心知不敌，恐死后女落人手，返洞呼女出，以刀刺之，初不知黑暗中遇害者乃另一妇人，女乃得脱。

[10] 原文 passy-measures pavin 本义为一种迂缓庄严之跳舞名，此处应做何解，似尚无定论。此种跳舞，每一旋律含有八纵线（参看 Naylor's *Shakespeare and Music*），故陶贝或因上文"八"点钟而联想及此。此舞动作迟缓，故以喻狄克之姗姗来迟，亦未可知，译者以为醉汉之行走或近似此种舞蹈之状，故径译为"醉鬼"，自知于义或未安也。

[11] 此歌曲恐系旧歌谣，其歌尾叠句与《李尔王》第三幕第二景中之歌仿佛相似。此歌词句拙劣，或非莎士比亚之作，亦未可知。

皆 大 欢 喜

All's Well That Ends Well

序

一 版本及著作年代

密尔斯在他的一五九八年出版的《智慧的宝藏》里说:

"for Comedy, witnes his *Gentlemen of Verona*, his *Errors*, his *Loue labors lost*, his *Loue labours wonne*, his *Midsummers night dreame*, & his *Merchant of Venice*."

这六部喜剧里的第四部 *Love Labours Won* 究何所指? 是不是莎氏集中有某一部戏曾经有过这样的名称? 一七六四年 Bishop Percy 写信给 Richard Farmer 说:"我注意到密尔斯所引述的一部莎士比亚的戏(即名为 *Love's Labours Wonne* 者)现已不复存在。那也许是我们现有的在另一名称之下的一部戏,这种名称大可以给予《皆大欢喜》,或其他戏剧也。"于是 Farmer 在他的著名的论文《论莎士比亚的学问》(Essay on the learning of Shakespeare, 1767)里便正式宣称《皆大欢喜》即以前所谓之 *Love's Labour Wonne* 也。"此一见解已为大部分学者所接受。

如 Farmer 的看法不错,则此剧之著作年代必即是一五九八年,但是批评家的意见又不一致。例如 Malone,他本来承认这一年代,后来却又改变主张，指此剧作于一六○六年。据近代学者的考证，一五九八是嫌太早。此剧与《哈姆雷特》有相关处，与《恶有恶报》尤为近似，其声调之沉着与人物刻画之老练，皆明白显示其为较晚之作品。

Coleridge 的演讲（一八一三与一八一八年）提出另一主张："我们现在所读到的这部戏是在莎士比亚的一生中两个不同的时期所写成的。"《皆大欢喜》即是一五九八年之 *Love's Labours Wonne*，但我们所读到的《皆大欢喜》却是一五九八年以后的本子。Collier 更进一步说明，原剧可能是由莎士比亚于一六○五年加以修改。这一见解是较为进步的，也是大家所能接受的。剧文中有若干语气不能连贯之处，例如第一幕第一景第一七○行，就可能是原本与修改本在衔接处发生的纰漏。

《哈姆雷特》作于一六○一至一六○二年间，《皆大欢喜》大概是作于一六○二至一六○三年间。

此剧无四开本，初刊于一六二三年之第一对折本，列为喜剧部门之第十二出戏。是根据草稿排印的，有删汰的痕迹，版本不是很好的。

二 故事来源

主要故事的来源是鲍嘉邱的《十日谈》（*Boccaccio's Decameron*）之第三日的第九篇小说，关于 Gilietta di Nerbona 的故事。莎士比亚不见得能读意大利原文，他读的可能是 William Painter 的英文译本，收在他的 *The Palace of Pleasure* 里面，作为他的第三十八篇小说，刊于一五六六年。 但是据赖特教授（Prof. H. G. Wright）的研究，此英译本不仅是译自意大利文，同时也参考了 Antoine le Maçon 的法文译本。那么莎士比亚也有利用过法文译本的可能。

无论莎士比亚利用的是哪一种译本，他如何运用原有的故事，如何地改动原有的情节，那才是重要的问题。英译者所作的这个故事的撮要是这样的：

Giletta a phisician's doughter of Narbon, healed the Frenche Kyng of a fistula, for reward whereof she demaunded Beltramo Counte of Rossiglione to husbande. The Counte beyng maried againste his will, for despite fled to Florence and loved an other. Giletta his wife, by pollicie founde meanes to lye with her husbande, in place of his lover, and was begotten with child of two soonnes : which knowen to her husbande, he received her againe, and afterwardes he lived in greate honor and felicitie.

"吉莱塔者，拿邦一医生之女也，因治愈法国国王之瘘管，要求与洛西利昂伯爵贝尔特拉摩成婚。伯爵被迫成亲心有未甘，逃往翡冷翠另结新欢。其妻吉莱塔施巧计设法得与其夫同床，取代其新欢尽情缱绻，一索而得二男，其夫廉得其情，遂再纳之，以后终身共享荣华幸福云。"

莎士比亚在大体上保存了原来的故事，但也有若干修改，例如在原来故事中：（一）吉莱塔是富家女，虽与贝缔姆一起长大，并非是义兄妹的关系；（二）法国国王未在最后和解的场面中成为突然介入的排难解纷的人物。此外琐细情节之更动处甚多。最重要的是人物描写部分，如海伦娜、贝缔姆与国王，在原来故事中都没有多少深刻的描写，因为重点是在故事上而不是在人物上，到了莎士比亚手里，这些人物才成了有血有肉的人。至于老伯爵夫人、拉飞欧、拉瓦施及有关佩洛列斯的整个的副故事，那完全是莎士比亚的创造，与原来故事无关了。

三　舞台历史

此剧在莎士比亚生时没有上演的记录可考，在他死后一百多年以内也没有演过。第一次上演是在一七四一年，当时报纸上有这样的广告：

"For the Benefit of Mrs. Giffard. At the Late Theatre in Goodman's-Fields, Saturday, March 7, will be performed A Concert...N. B. Between the Two Parts of the Concert, will be reviv'd a Play, call'd All's Well That Ends Well. Written by Shakespear, and never performed since his Time...the part of Helena by Mrs. Giffard, with an Epilogue adapted to that Character..."

这一次演出相当地成功，因为在此后一年之中在 Drury Lane 剧院上演了十次之多，Covent Garden 不甘落后，于一七四六年也跟着演出了此剧。此后十七年中，亦有数次上演，但在一七六三年至一九〇〇年间差不多每隔十年有一次演出的记录。在这期间的演出，大部分使用的是经过删节的本子，其中不雅驯的词句均被剔除。比较近的演出是一九二二年的 Old Vic 在伦敦的上演，与同年纪念剧院在斯特拉福的上演。

此剧演出次数较少，成为莎氏剧中较为不受欢迎的一出，盖亦有故。戏的本身像是 Interlude 性质，仅供两小时观赏的余兴节目，其中没有严肃的感想与深刻的情感。约翰孙的批评足以代表一般的意见，他说：

　　"此剧有许多可喜的场面，虽然在事实上无充分的可能性，也有几个有趣的人物，虽然不够新颖，并且也不是由于深刻认识人性而刻画出来的。佩洛列斯是个夸口的懦夫，乃舞台上所常见者，但从没有像在莎士比亚手中所引起那样多的哄笑与鄙夷。

　　"我无法同情贝绰姆，其人高贵而不慷慨，年轻而不诚实，与海伦娜结婚无异懦夫行径，遗弃她则又是浪子行为。在她受辱欲绝之际，溜回家来再度结缡，被一个受骗的女子所控诉，以虚言为自己辩护，终于得了享福的下场。"

　　其实最为人诟病的一点是所谓的"bed trick"，在床上李代桃僵的那一穿插，这是近代人所不能安然接受的一个情节，尤其是在维多利亚时代的道德标准之下，这是骇人听闻的。在莎士比亚时代，观众的态度是不同的，而且在中古浪漫故事中也是很平常的。

剧 中 人 物

法国国王。

佛劳伦斯公爵。

贝绰姆（Bertram），卢西雍伯爵。

拉飞欧 （Lafeu），一老臣。

佩洛列斯（Parolles），贝绰姆之一属员。

卢西雍伯爵夫人之管家。

拉瓦施 （Lavache），她家中豢养之一小丑。

一侍童。

卢西雍伯爵夫人，贝绰姆之母。

海伦娜（Helena），伯爵夫人保护下的一位少女。

佛劳伦斯之一老寡妇。

戴安娜 （Diana），寡妇之女。

怀欧兰塔 （Violenta）
玛丽安娜 （Mariana） ｝ 寡妇之邻居友人。

法国与佛劳伦斯之贵族、官员、士兵及其他等人。

地 点

卢西雍、巴黎、佛劳伦斯、马赛。

第 一 幕

·····~·····

第一景：卢西雍。伯爵夫人邸中一室

贝绰姆、卢西雍伯爵夫人、海伦娜与拉飞欧，均着丧服上。

夫人　　　现在把我的儿子送走，这打击就像是再埋葬一个丈夫。

贝绰姆　　而我在临别，母亲，又要为我的父亲之死再痛哭一次了，但是我必须听从国王的命令，我现在是在他监护之下的孩子[1]，只得服从。

拉飞欧　　你可以在国王身上找到一个丈夫，夫人。你呢，先生，也可以找到一个父亲。他平时待人如此宽厚，他一定会继续地对你仁慈，以夫人之贤惠，他纵然缺乏仁慈，你也会激发出他的好心，何况他满腔的善意，你是绝不会受到冷淡的。

夫人　　　国王陛下玉躬违和可有康复之望？

拉飞欧	他已经放弃了他的医师们，夫人。在他们的诊疗之下，妄想痊愈，只是苦度光阴，眼看着希望一天天地渺茫，此外别无益处。
夫人	这位小姑娘曾经有过一个父亲——啊！"曾经有过"！他过世得多么惨！——他的医术和他的人品是一样地伟大，如果天假以年，会能使人长生不老，死神无事可做只好闲玩去了。为了国王的缘故，真愿他还在活着！我想他一定会把国王的疾病治好。
拉飞欧	你说的这个人名叫什么，夫人？
夫人	他在他的那个行业里是很有名的，先生，而且不是浪博虚名：哲拉得·德·拿邦。
拉飞欧	他的确是很高明，夫人。国王最近还赞扬他的医术，哀悼他的去世。如果人的知识可以和死亡抗衡，他是很有办法的，可能还在活着。
贝绰姆	请问大人，国王患的到底是什么病？
拉飞欧	瘘管[2]，大人。
贝绰姆	我以前没听说过。
拉飞欧	我希望这不是众所习知的病症。这位小姐是哲拉得·德·拿邦的女儿吗？
夫人	是他的独生女，大人，现在由我照应。按她所受的教育来看，我希望她会有出息。她有良好的禀赋，使她的才能格外显得优美。因为一个人如果心术不正，纵然才具甚高，吾人于赞扬之中不得不带惋惜，所谓才亦足以济恶，可是她可以赢得纯粹的赞扬。她禀赋纯正，而又砥砺德行。

拉飞欧	你这一番称赞，夫人，使得她落下了泪。
夫人	这乃是少女保持人家的称赞之最好的咸水。她心里一想起她的父亲，就不胜忧伤，脸上立刻失去了生气。不要再苦恼了，好了，不要再这个样子，否则人家会以为你是在做作，不是真的伤心。
海伦娜	我的确是在做出伤心的样子，不过我也真是伤心 [3]。
拉飞欧	适度的悲伤是死者应享的权利，过度的哀痛是生者的敌人。
海伦娜	如果生者是悲哀的敌人，过度悲哀正好使悲哀早些消灭 [4]。
贝绰姆	母亲，孩儿要告辞了，您有何吩咐？
拉飞欧	你这话怎讲 [5]？
夫人	愿你永沐神庥，贝绰姆，愿你不仅在仪表上而且在态度上能不愧为你父亲的儿子！愿你的情感与理性在你身上互争雄长，愿你的德行能和你的身份和衷共济！爱所有的人，信任少数的人，不亏待任何一个人。对你的敌人要有对付的力量，但不要使用出来，对你的朋友要拿你自己的性命去保护，宁被人斥为沉默寡言，不要被人骂你多嘴。凡上天愿意给你的，我的祈祷所能乞求的，都降在你的头上吧！再会，大人。这孩子少不更事，好大人，多多指教他。
拉飞欧	爱戴他的人都会随时向他进忠告的 [6]。
夫人	上天保佑他！再会，贝绰姆。〔下〕
贝绰姆	〔向海伦娜〕愿你一切顺心如意！好好安慰我的母

亲，你的女主人，要尊敬她。

拉飞欧　　再会，美丽的小姐。你必须保持你父亲的名誉。〔贝
　　　　　绰姆与拉飞欧下〕

海伦娜　　啊！但愿仅此而已。我不是在想念我的父亲，我现
　　　　　在洒下的大泪珠，好像是比我在他去世时候所淌的
　　　　　泪更为伤心一些。他的相貌如何？我已经忘记他了。
　　　　　在我的想象之中，除了贝绰姆以外没有任何人的影
　　　　　子。我是完了，贝绰姆一走，我毫无生趣可言。这
　　　　　就等于是我爱上了一颗天上的明星，妄想和它结婚，
　　　　　而它高高在上。我只能在它的灿烂的光辉与平行的
　　　　　照耀之下，聊以自慰，而无法进入它的轨道。我的
　　　　　爱情上的雄心只是折磨我自己，想和狮子匹配的牝
　　　　　鹿势必要为爱情而死。每一小时都看见他，虽然苦
　　　　　恼，也是乐事。坐在那里在我们的心版上描绘他的
　　　　　弯弯的眉毛、他的炯炯有光的眼睛、他的鬈发，他
　　　　　的俊俏的模样儿，每一线条每一特征都太容易在我
　　　　　心上留下痕迹了。但是现在他走了，我的一腔热爱
　　　　　只得在怀念中把他奉为神明。谁来了？是和他一同
　　　　　去的一个人。为了他的缘故我也喜爱他。虽然我知
　　　　　道他是著名爱说谎话的人、大大的傻瓜、十足的懦
　　　　　夫，不过这些缺点在他身上显得很自然，一点也不
　　　　　讨人嫌，而一身傲骨的贤德君子反倒好像是在寒风
　　　　　之中露出萧索的样子。所以，我们常常看到寒酸的
　　　　　聪明人给富豪的傻瓜做奴仆。

佩洛列斯上。

佩洛列斯	上帝保佑你，美丽的王后 [7]！
海伦娜	也保佑你，君王 [8]！
佩洛列斯	不敢当。
海伦娜	我也不敢当。
佩洛列斯	你是在想女人的贞操？
海伦娜	是的，你有几分军人的气质，让我请教你一个问题：男人是贞操的敌人，我们怎样才可以防御他呢？
佩洛列斯	不让他进来。
海伦娜	可是他进攻我们的贞操，虽然坚强抵御，还是脆弱的。告诉我们一些坚强抵御的方法。
佩洛列斯	没有方法。男人向你进攻，会安下炸药，把你炸开的 [9]。
海伦娜	上天保佑我们的可怜的贞操不要被这些安地雷的人给炸开吧！有没有一种战术让处女把男人轰炸？
佩洛列斯	贞操一旦被轰炸开来，男人更快地就会被刺激到兴奋的顶点 [10]。真是的，把他轰炸得软绵绵的，可是你自己弄出了一个窟窿，你的城池还是失守了。在自然界中，保存贞操不是明智之举。丧失贞操才是合于繁殖之道，最初贞操若不丧失，世上也不会有处女。制造成你的那种材料也正是制造处女的材料。贞操，一旦丧失，可以找回十倍之多；如果永久保持，反倒永久丧失了。那是太冷冰冰的一个伙伴！把它摆脱吧！

海伦娜　　　　我还要硬挺一下，纵然因此而成为处女终身。

佩洛列斯　　　这是没有什么道理的，这违反自然规律。为贞操而辩护，等于是控诉你们的母亲，那是忤逆不孝。上吊自尽的人等于是一个处女，严守贞操即是自杀，应该葬在通衢之上任人践踏，不能埋进神圣肃穆的地方，因为她是违反自然的恶性重大的罪犯。贞操能生小虫，像干酪一样，一直腐烂到外皮，以饱饫自尊而死。而且，贞操是孤僻的、骄傲的、愚妄的，一派地自尊自大，那正犯了教条上最严重的禁忌。不要保存它，你非把它拿出去生利不可！拿出去吧！一年之内你可加倍翻本，那利钱不算小，本钱也没有什么损失。拿去生利吧！

海伦娜　　　　请问先生，一个女人怎样才可以照她自己所喜欢的把她的贞操放出去呢？

佩洛列斯　　　让我想想看，一个女人若是喜欢上一个根本不喜欢贞操的男人，那可不大好。贞操是一种货物，久存将失光泽，收藏愈久，价值愈低，趁能卖的时候，赶快脱手，不要误了供应需求的时机。贞操，像是一个年迈的廷臣，戴的是一顶过时的帽子；打扮富丽，但是并不时髦；恰似那别针和牙签 [11]，现在已不时兴。枣子放在你的馅饼和粥里，总比你脸上露出岁月的痕迹要好得多 [12]。你那贞操，你那远年的贞操，就像我们的法国干梨一样，样子难看，吃起来枯燥无味。真是的，是个干梨，本来是好一些。可是，现在是个干梨。你想拿你的贞操换取什么东西呢[13]？

海伦娜　　我不放弃我的贞操[14]。你的主人在那边将有上千的
　　　　　艳遇，一个妈妈，一个情妇，和一个爱人，一个尤
　　　　　物，司令官，和一个冤家，一个领导人，一个女神，
　　　　　和一个君王，一个亲信，一个叛妇，和一个亲爱的
　　　　　人。他会遇到他的卑微的野心、狂妄的谦卑、他的
　　　　　纷扰的和谐、他的悦耳的错乱、他的信仰、他的甜
　　　　　蜜的灾难。他会把瞎眼的爱神邱比得像教父一般所
　　　　　能给出之无数的亲昵无聊的称呼都送给他的爱人。
　　　　　现在他一定是要——我不知道他要做什么。愿上帝
　　　　　保佑他！宫廷是一个见习的地方，他这个人——

佩洛列斯　是怎样的一个人呢，老实讲？

海伦娜　　我愿他好。可惜——

佩洛列斯　可惜什么？

海伦娜　　我的愿望是空洞洞的，无具体的内容。我们比较寒
　　　　　苦的人，因处境卑微而只能以默默的愿望为限，但
　　　　　愿我们的愿望能见诸实行，追随于我们的爱人左右，
　　　　　并且把我们永远讨不到报酬的、只能在心中盘算的
　　　　　空想具体地表现出来。

　　　　　一侍童上。

侍童　　　佩洛列斯先生，大人要你去。〔下〕

佩洛列斯　小海伦，再会。如果我能记得你，我在宫中会想念
　　　　　你的。

海伦娜　　佩洛列斯先生，你是在一颗吉星高照之下诞生的。

佩洛列斯	我是生在马尔斯[15]的照耀之下。
海伦娜	我就想到必是马尔斯。
佩洛列斯	为什么必是在马尔斯照耀之下？
海伦娜	多次的战争把你压得透不过气，你一定是生在马尔斯之下无疑。
佩洛列斯	正当他上升之际。
海伦娜	我想是正当他下降之际吧。
佩洛列斯	你为什么这样想？
海伦娜	你作战的时候总是往后退。
佩洛列斯	那是为了求地利。
海伦娜	逃跑也是为了地利，那时心生恐惧就想安全自保，不过你的勇敢与恐惧倒是配合得很好，使你善于飞奔，我很喜欢你这一身装束。
佩洛列斯	我现在太忙，没工夫和你说俏皮话。我回来的时候就会是一个十足的宫廷人士，一切宫廷仪节我将向你解说，以后一个宫廷人士对你有何指点你也可以领悟，有何劝告你也可以了解，否则你将至死不知领情，糊里糊涂以殁。再会。你有闲暇的时候，就祈祷吧；你没有闲暇的时候，再想你的朋友们吧[16]。嫁一个好丈夫，你待他要像他待你一样。好，再会。〔下〕
海伦娜	有许多事常是事在人为，
	我们偏往上天的身上推：
	命运给我们自由；只因我们自己懒惰，
	我们的计划才会遭遇到掣肘和挫折。
	是什么力量使我的爱情飞上了天，

使我看到了他，而又使我望眼欲穿？

地位悬殊的人，靠了一股真的情意，

也能像平等的人一样地结合在一起。

顾虑困难而又以为定局无法变动，

才会觉得大胆的尝试为不可能：

有谁努力发挥她的所长，

而未能达成她爱情上的愿望？

国王的病——我的计划未必成功，

但是我的主意已定，势在必行。〔下〕

第二景：巴黎。国王宫中一室

小铜喇叭奏花腔。法国国王持书信上，贵族等及其他随侍。

法国国王	佛劳伦斯人和西安拿人 [17] 发生了冲突，互有胜负，正在继续猛烈地打斗中。
贵甲	据报告是如此，陛下。
法国国王	不，确实可信。我得到了确实的消息，我的朋友奥大利国王有信来证明，并且提出警告说，佛劳伦斯人就要请求我迅予援助。我的这位好朋友对于此事预先表示了意见，好像是要我拒绝。

贵甲	他的友谊与睿智，陛下常常称道，当然可以打动您的信心。
法国国王	他已经坚定了我的答复，佛劳伦斯公爵在未来之前即已受了拒绝。不过，我们这里若有人想见识一下特斯坎尼地区的战事，可以前去参加，不论是站在哪一方面。
贵乙	对于我们的诸位贵族，这倒可以像是一个训练场所，他们都渴望出去一显身手哩。
法国国王	来的是什么人？

贝绰姆、拉飞欧与佩洛列斯上。

贵甲	陛下，那是卢西雍伯爵，年轻的贝绰姆。
法国国王	年轻人，你的相貌很像你的父亲，慷慨的造物在塑制你的时候一定是刻意求精，从容不迫。愿你也袭有你父亲的德行！欢迎你到巴黎来。
贝绰姆	谨向陛下道谢致敬。
法国国王	我真愿我现在还能有那样的健康的身体，就像当年你父亲和我同心协力初试战争的时候那样！他久历疆场，手下也有不少健将[18]，他依然健在，但是我们两个都已日趋老朽，不中用了。谈起你的好父亲，我就精神爽快。他在年轻的时候就具有我在现在这些年轻贵族子弟身上所能见到的口才，不过他们这般人只知道信口雌黄，没有德行遮掩他们的放肆，以至于他们自己的讥讪不知不觉地被别人用来讽刺他们。令尊则不失廷臣的风范，高傲而不凌人，锋

利而不刻毒。如果犯有那种毛病，那也是他的侪辈把他激出来的。他的荣誉感，本身像是一座钟，知道在哪一分钟应该慷慨陈词，在这时候他的舌头便会听从钟上时针的指挥。对于身份比他低的人们，他把他们当作异乡的客人看待[19]，不惜纡尊降贵，令他们受宠若惊，对他们曲意逢迎。这样的一个人真可以做现代年轻人的模范，如果善于仿效，即足以证明他们是不失前代的典型。

贝绰姆　　陛下殷殷念旧，使先人死而复生。这一番品藻比他的墓铭还更为允当。

法国国王　真愿我还是和他在一起！他一向喜欢说——我觉得我现在听见他的声音了，他的动人的词句不只是洒在耳朵里，而是栽植在那里，在那里滋长结果。每逢游宴完毕的时候，他常这样地开始感伤地说："我油干灯尽之后，不要让我再苟延残喘，不要让我成为妨碍青年人的烛花，他们有敏锐的感应力，除了新奇的事物以外什么也看不起。他们的聪明就是创制新鲜的服装式样，时髦未过，他们的心早已变了。"他有这样的愿望，我也追随着他有同样的愿望，因为我既不能酿蜜制蜡，不如早点离开我的蜂房，让位给一些能做工的人。

贵乙　　陛下是受万民爱戴的，爱戴之意最微薄的人都会抢先怀念你的。

法国国王　我只是占据一个位子，我知道。伯爵，你父亲家里的那位医师死去有多久了？他很有名。

贝绰姆	有六个月了，陛下。
法国国王	如果他还活着，我要让他来治治看。扶我一把，其他的医师各有各的治法，把我拖得精疲力竭，生命与疾病还在不慌不忙地斗争呢。欢迎，伯爵，我觉得我自己的儿子也不见得更亲热。
贝绰姆	多谢陛下。〔同下，奏花腔〕

第三景：卢西雍。 伯爵夫人邸中一室

伯爵夫人、管家及一小丑上。

夫人	我现在可以听你说。关于这个女子，你有何话说？
管家	夫人，我希望您在我过去服务的账本子里可以发现我是如何小心翼翼地使您称心如愿，因为我们如果自己来表功，那就有失谦逊，而且反倒辱没了我们的功劳。
夫人	这小子在这里做什么？你走开吧，小子。我所听到的人家告发你的种种，我并不全信。我之所以不全信，是因为我不愿那样想。因为我明知你是够糊涂的，会做出那些蠢事，你也有那一份本领，会做出那些坏事。
丑	夫人，您不是不知道，我是一个穷人。

夫人	很好，你说吧。
丑	不，夫人，我穷并没有什么好，虽然许多阔人是坏蛋。不过，如果夫人准我结婚，伊斯白尔那个女人和我倒是心投意合的。
夫人	你一定要做乞丐吗？
丑	关于这桩事我确是要乞求您的恩准。
夫人	哪桩事？
丑	伊斯白尔和我干的那桩事，当差的人挣不出多少家财[20]。我想我可以生儿育女，否则我是永远得不到上帝的恩宠的，因为据说孩子们乃是天赐的福气。
夫人	告诉我你要结婚的理由。
丑	夫人，我这可怜的肉体有此需要，我是受肉体的驱使，而肉体在恶魔驱使之下又不得不向前走。
夫人	这就是阁下的全部理由吗？
丑	老实讲，夫人，我还有其他的一切的宗教上的理由。
夫人	可否让大家知道？
丑	夫人，我从前是一个坏人，就像您和其他血肉之躯的人一样，我结婚是为了悔过。
夫人	在悔过之前，你会先后悔你的婚姻。
丑	我是没有朋友的，夫人，我希望为了我的妻的缘故而能有一些朋友。
夫人	这样的朋友乃是你的仇敌，蠢材。
丑	夫人，您不了解友谊的道理，那些蠢材乃是来为我做我所厌倦做的事。为我耕耘的人，省了我的牛马，令我不劳而获；如果他使我做了乌龟，我也使他做了

奴隶。使我的妻舒畅的人也就是珍视我的血肉的人，珍视我的血肉的人也就是爱我的血肉的人。故此，和我的妻亲嘴的人也就是我的朋友。人们如果心安理得地做乌龟，对于婚姻便无所恐惧，因为年轻的沙朋那个清教徒和年老的浦爱散那个天主教徒[21]，虽然在宗教上他们心里的想法不同，他们的头还是一样的，他们可以在一起用角乱碰，像鹿群中的任何鹿一样。

夫人　　你要永远做一个口出秽言、随便骂人的坏蛋吗？

丑　　　我是一位先知，夫人。我直截了当地宣扬真理：

　　　　我要唱个歌儿给你听，

　　　　大家会觉得满有道理；

　　　　你的婚姻是由命运决定，

　　　　你的布谷[22]唱歌是本性难移。

夫人　　滚你的，我以后再和你谈。

管家　　夫人，可否请您让他吩咐海伦前来见您，我要和您谈的便是她。

夫人　　小子，告诉我那位姑娘，我要和她谈话。我是指海伦。

丑　　　她说了，难道这个美女[23]，

　　　　就是希腊人劫掠脱爱城的原因？

　　　　糊涂事，做得糊涂，

　　　　这就是普赖阿姆王宠爱的人？

　　　　说完了她就站在那里叹气，

　　　　说完了她就站在那里叹气，

　　　　然后做了这样的结论：

如果九个坏的里面还有一个好的，

如果九个坏的里面还有一个好的，

十个里面总算还有一个好人。

夫人　什么！十个里面有一个好的？你把歌词搞错了，小子。

丑　我是说十个女人里面有一个好的女人，夫人，这是改良的歌词。愿上帝全年地给我们这样的安排！如果我是牧师，我对这十中抽一的女人是不会再有挑剔的。十个里面的一个，那还了得！纵然每逢彗星出现或是每逢地震才能有一个好的女人诞生，那也比抽彩的机会要多一些。一个人可能抽心拔肝，也不见得能抽中一个彩。

夫人　你走吧，混小子，照我的命令去做！

丑　但愿男人听了女人的命令，而不至发生损害！虽然贞操并不是清教徒[24]，可是它也不愿损害它自己，它会在表示倔强的黑袍上面穿上一件谦恭的白袈裟[25]。我去了，任务是教海伦到这里来。〔下〕

夫人　现在，好了。

管家　我知道，夫人，您喜欢这位伺候您的姑娘。

夫人　的确，是的。她父亲临死把她交付给我，不提额外的利息[26]，单说她本身，就十分值得受我们付给她的怜爱。我付给她的还不够，我还欠她的，以后要付给她比她所要求的还要多的爱。

管家　夫人，我最近有机会接近她，我想她一定不愿意我那样接近的。她是独自一人，在那里自言自语。我敢发誓，她一定是以为没有人听见她。她说话的内

容是，她爱上了您的儿子。她说，"命运"真算不得
是一位女神，竟使他们两个的地位如此之悬殊；"爱"
也算不得是一位神祇，除了在门当户对的人们之间，
竟不能施展他的威力；戴安娜也算不得是处女们的女
王，竟令她的可怜的信徒受人袭击，在最初被攻的
时候不加援救，以后亦不设法赎取。她说这一套话
是出于极苦痛的神情，我从没听过一位处女说得如
此沉痛。我认为有立即禀告夫人的必要，因为可能
发生变故，应该先让您知道一下。

夫人　　　你这件事做得很好，不必声张出去。我也早就看出
一些迹象，事属可疑，不敢信亦不敢不信。你去吧，
此事放在心里。我很感激你的关照，以后我还要再
和你谈。〔管家下〕

海伦娜上。

我年轻时也是如此：
只要我们是人，便有这种情形 [27]；
青春的玫瑰必然有刺；
人有人性，生来就有感情：
强烈的爱情发生在青年身上，
那即是自然之道的证据与印章：
回想当年我们自己也犯同样的错；
也许当时我们自己不以为过。
她的眼睛露出了害相思的样子，我现在把她看穿了。

海伦娜　　夫人，您有什么事？

夫人	你知道，海伦，我对你就像母亲一样。
海伦娜	是我的尊贵的女主人。
夫人	不，是一个母亲，为什么不是一个母亲呢？我说"一个母亲"的时候，我觉得你好像是见了一条蛇，"母亲"有什么可怕会使你一惊呢？我说，我是你的母亲，我把你当作我的亲生骨肉之列，收养的孩子时常赛过亲生的儿女，异种接枝也可以长得像本身的枝条一样。你从没使我受怀孕之苦，但是我还是像母亲一般照料你。天可怜见，姑娘！我说我是你的母亲，就可以使你的血液凝冻吗？怎么回事，你的眼边泛起一圈象征阴霾的彩虹？为什么？只因你是我的女儿吗？
海伦娜	只因我不是你的女儿。
夫人	我说，我是你的母亲。
海伦娜	饶恕我，夫人。卢西雍伯爵不可能是我的弟兄，我出身寒微，他是名门之子；我的父母没没无闻，他的先人尽属显赫；他是我的主人，我的亲爱的主上，我是他的奴婢，终身是他的属下。他绝不可以做我的弟兄。
夫人	我也不能做你的母亲吗？
海伦娜	你是我的母亲，夫人，但愿你真是我的母亲，只消你的儿子我的主人不是我的弟兄！但愿你是我们两个的母亲，这是我毕生最大的愿望，只消我不是他的姐妹。是不是我做了你的女儿，他就非做我的弟兄不可？

夫人	不，海伦，你还可以做我的儿媳妇。上帝保佑你没有这种居心吧！女儿与母亲的名义使得你惊喜参半心情不安。怎么，又变色了？我猜中你的心事了。现在我明白了你落落寡合的奥秘，我发现了你泪水的根源，显而易见地你是爱上了我的儿子。你没有法子抵赖，你不能否认你的热情，所以老实对我说吧，只消对我说，确有此事。因为，你看，你的两颊已经彼此互相招认了；你的眼睛，看见你的举止所表现出的神魂颠倒的样子，也不禁流出了泪。只有罪过和恶魔才鼓励你三缄其口，使真理蒙羞，不得大白。说，是否如此？如果是的，你闯的乱子不小；如果不是，可以否认。无论如何，如果你愿上天指使我来帮助你，我命令你，务必对我实说。
海伦娜	好夫人，饶恕我！
夫人	你是不是爱我的儿子？
海伦娜	请原谅我，高贵的夫人。
夫人	你爱我的儿子？
海伦娜	你不爱他吗，夫人？
夫人	不必绕圈子，我的爱是基于母子之情，举世皆知。好了，好了。宣布你的感情已经到了什么地步，因为你的热情已经完全无法隐瞒了。
海伦娜	那么，我承认吧，我现在当着上天和你的面前下跪，先是对你下跪，然后是对上天，我是爱你的儿子。我的亲属是贫寒的，但是诚实的，我的爱情也是这样。请不要生气，因为他为我所爱，对他并无害处。

我没有以狂妄追求的表示向他纠缠，我配不上他的时候我不希冀非分，可是我不知道怎样才能配得上他。我知道我的爱是白费的，希望很少，但是，我还要把我的爱情往这个漏筛子里灌，以后还要不停地灌，正像印第安人那个样子，带着愚昧的热狂，我崇拜太阳，可是太阳虽然照耀着它的信徒，却不认识他。我最亲爱的夫人，不要因为我爱了你所爱的人，便以仇恨来对付我的爱情。您年高有德，当初亦必有一段美好的青春，如果也曾在同样的情火燃烧之中以贞洁自矢而又热烈地爱慕，使戴安娜与爱神合而为一。啊！那么，就请可怜可怜她吧，
她的处境是没有选择的余地，
明知无望仍然要施舍出去；
她不出去寻觅她所希求的痴梦，
而要神秘地在此地逍遥一生。

夫人	老实说吧，你最近是否有意到巴黎去？
海伦娜	夫人，我有此意。
夫人	为了什么？老实说。
海伦娜	我要实说，我可以对天发誓。您知道我的父亲给我留下了一些珍奇的验方，都是根据他的研究与诊疗经验而编集起来的。他要我小心收藏不可轻易示人，因为这些药方效用甚广，远在它们的名气之上。其中有一个方子，是曾经实验过的，专治国王所患的大家认为无法治疗的那个急症。
夫人	这就是你要到巴黎去的动机？说下去。

海伦娜	我的主人您的儿子使我想到这个念头，否则我也不会想起巴黎、药方和国王。
夫人	但是，海伦，你以为你去为国王效劳，他会接受吗？他和他的医师们看法是一致的，他，认为他们无能为力；他们，认为他们爱莫能助。医学高手已经尽出所学而无补于病势的恶化，这时节他们如何能听信一个可怜的不通医道的少女？
海伦娜	不仅我父亲的医道一时独步，这药方传到我的手里，一定也会邀上天吉佑，使它成为我的宝贵遗产。如蒙准我前去一试，我在今天此刻就去冒着生命的危险去为国王医病。
夫人	你有把握吗？
海伦娜	我有自信，夫人。
夫人	唉，海伦，你可以得到我的准许与祝福，我为你准备行装、护送人员，还要给我那些宫中的亲友们带去我的诚挚的问候。我在家里祈祷祝你成功。 明天走吧；你尽管放心好了， 凡我能帮助你的，你都不会缺少。〔同下〕

注释

[1] 按封建的习惯，封建主照例是他的属下所遗下的孤儿的监护者，监护期限则为男至二十一岁，女至十六岁。封建主得管理其财产，并得

任意做主婚娶，唯需属于同一阶级者。贝绰姆与海伦娜的故事有悖于上述最后的条件。

[2] 法王查尔斯五世患胸腔瘘管。(《莎士比亚的英格兰》上卷页四三三)

[3] "I do affect a sorrow indeed, but I have it too." Hardin Craig 注云："i.e. I pretend grief for my father, but my tears are for Bertram's departure." 这一解释是对的，但这是她内心的吐露，字面上则仅是说："我的悲哀是假的，也是真的。"含糊其词。

[4] "If the living be enemy to the grief, the excess makes it soon mortal." Johnson 注云："If the living do not indulge grief, grief destroys itself by its own excess." Wilson 注云："If we keep a firm hand upon ourselves, the transports of sorrow are soon over." 前半句的解释，均不恰。海伦娜是驳拉飞欧的说法，她以为生者与悲哀诚然是敌对的，但如果真是敌对的，生者即不妨放肆地哀痛，因过分的哀痛适足以促哀痛早些消灭也。(此句原文牛津本作为是海伦娜说的，对折本则作为是伯爵夫人说的。)

[5] 此句是对海伦娜说的。海伦娜的话意义不明，故有此问。

[6] 译者按，the best = the best advice; attend his love = go together with the love of him。似可通。

[7] queen 与 quean 二字音相同，故有此戏语。

[8] monarch 可能是指伊利沙白朝廷上著名意大利的狂人 Monarcho，见《空爱一场》四幕一景。

[9] 原文 setting down，牛津本改作 sitting down，似无必要。

[10] blown up 有双关义。G.K. Hunter 引述 Patridge (Shakespeare's Bawdy) 注云："this refers to sexual orgasm." 指性交时兴奋之顶点。

[11] 别针和牙签都是插在帽子上的装饰品。牙签源自外国，足以表示

其人足迹曾远至国外（见《约翰王》一幕一景一九〇行）。

[12]date，双关语：（一）枣子；（二）光阴岁月。粥里放枣，因当时糖尚稀见而且价昂之故。

[13]"Will you anything with it？"，译者按，可能是"Will you have anything in exchange of it（your virginity）？"。G.B. Harrison 注云："What's the good of it？"it 似指 withered pear 而言，似不恰。

[14]"Not my virginity yet"一语与上文语气不连贯，且散文之后突改无韵诗，而此句又特别短促，可能有脱落。一般批评皆认为此句以上的一大段散文对话（一一一行至一六九行）是窜加的或是另一旧本的残留，故语气不衔接。今按 G.K. Hunter 做"I shall not exchange my virginity."解。

[15]马尔斯（Mars），火星。罗马神话中之战神亦名马尔斯。

[16]其意若曰：永远不要想念你的朋友。这也是宫廷语法。

[17]Senoys = Siennese，意大利一小共和国的人民，其首都为 Sienna。

[18]discipled of 通 常 作 taught by 解。G.K. Hunter 注 云："Probably means 'had as pupils' rather than 'taught by'（Brigstocke)."似较胜。

[19]"He us'd as creatures of another place"，Hunter 注 云："with the courtesy due to strangers."是也。似不必强解为"a higher place"。

[20]"Service is no heritage." Harrison 注云："谚语也，意为'仆役不能蓄得财富'。主人对仆人不再是慷慨好施，这是常听到的怨声，因此爱财富的父亲不以为仆役为追求其女儿之适当的人选。一五九八年有一小册子 A Health to the Gentlemanly Profession of Serving Men 详论此一问题。"

[21]沙朋（Charbon）可能是 chair-bonne（=good meat）之讹。浦爱散（Poysam）可能是 poisson（=fish）之讹。在斋期中清教徒食肉，天主教

徒食鱼，故云。

[22] 布谷（cuckoo）与 cuckold 音相近。

[23] 这一段歌词是采自 *The Lamentation of Hecuba and the Ladyes of Torye*（1585），今已佚。"她"是指王后 Hecuba，Priam 国王有十个儿子，Paris 最坏，而国王宠爱之。歌谣中结论原文显然是：

If one be bad amongst nine good

There's yet one bad in ten.

小丑颠倒其意。

[24] 独身是天主教的美德，清教徒反对天主教，故反对独身，"不是清教徒"即"不是反对独身"之意。

[25] 英国教会牧师依法须穿白袈裟，有清教倾向者喜着日内瓦黑袍，为符合法令常于黑袍之上再穿白袈裟。

[26] 海伦娜比作是一笔款项存放在别人手里。advantage = interest

[27] 恋爱中之苦痛的情形，如海伦娜当时之所表现者。

第 二 幕

第一景：巴黎。国王宫中一室

奏花腔。国王及告别前往参加佛劳伦斯战争之双方的青年贵族、贝绰姆、佩洛列斯、侍从等上。

国王	再会，诸位青年将士，不要忘记我所指示的作战的机宜。还有你们几位大人，再会了，双方可以共同接受我的指示，如果双方都能获益，那么遵守愈力便能获益愈多，足够你们双方受用的[1]。
贵甲	我们希望，陛下，我们在战中历练之后归来，能看到陛下玉躬康复。
国王	不，不，那是不可能的，不过我的雄心还不肯自承已经染上了致命的疾病。再会，年轻的将士们，不论我是死是活，你们总要不愧为法兰西的好男儿。让意大利高原的人们[2]——除了那些因国亡而沦于败落的之外[3]——让他们看看你们前来不是追求荣誉，

	而是获得荣誉，在最勇敢的猎犬 [4] 畏葸不前的时候，挺身前去搜捕，你们就会威名大振。再会了。
贵乙	愿陛下能随心所欲地获得健康！
国王	意大利的那些女郎，对她们可要小心。据说，如果她们有所要求，我们的法文没有词字可以表示拒绝，当心不要在上战场之前就先做了俘虏。
二贵	我们衷心接受陛下的警告。
国王	再会。都跟了我来。〔扶持下〕
贵甲	啊亲爱的大人，您竟愿留在这里不和我们前去！
佩洛列斯	这不能怪他，年轻小伙子。
贵乙	啊！是很精彩的一场战争。
佩洛列斯	漂亮极了。我见过那种战争。
贝绰姆	我是奉命留在这里，什么"太年轻""再等一年""现在太早"，把我缠个不清。
佩洛列斯	如果你有决心，少爷，大胆地逃走。
贝绰姆	我留在这里，将要成为妇女驾驶的套车的顶头马，在宫中光滑的石地上把鞋子走得吱吱响，坐视荣誉被别人夺取净尽，除了跳舞做装饰以外永远得不到佩剑！我对天发誓，我要逃走。
贵甲	偷逃之中不失体面。
佩洛列斯	说干就干，伯爵。
贵乙	我愿做你的共犯。再会了。
贝绰姆	我和你们融为一体了，我们的离别实在苦痛。
贵甲	再会，营长。
贵乙	亲爱的佩洛列斯先生！

佩洛列斯	高贵的英雄们，我的剑和你们的剑是一个模子造出来的。诸位好汉，我有句话要说，在斯派尼爱军团里有一位名叫斯波利欧的营长，左颊上有一道疤痕，那是战争的标记，那就是由我这把剑给划上去的。告诉他，我还健在，看他说我什么。
贵乙	我们一定照办，高贵的营长。〔众贵族下〕
佩洛列斯	愿战神保护你们这群信徒！您打算怎么办？
贝绰姆	且慢，国王来了。

国王又上；佩洛列斯与贝绰姆退往一边。

佩洛列斯	对于这些高贵的将士们要有更多的礼貌，你们的送别是过于冷漠了，对他们再多做一些表示。因为他们是这时代的宠儿，他们在最时髦的星辰照耀之下学着彬彬有礼、吃喝、谈吐、活动，纵然是恶魔在领导着跳舞，也只好随着去做。跟他们去，做较为盛大的送别[5]。
贝绰姆	我就这样去做。
佩洛列斯	真是一批好人，大概都可以成为坚强的剑客。〔贝绰姆与佩洛列斯下〕

拉飞欧上。

拉飞欧	〔跪下〕陛下，请饶恕我冒昧前来报告消息。
国王	请站起来，作为我对你的报酬。
拉飞欧	那么在您面前站立的人是已经因带来消息而获得饶恕了。我愿您是在跪着，陛下，求我饶恕，在我命

令之下您也能这样地站立起来。

国王　　　我也愿能那个样子，如果是我先敲碎你的脑壳然后求你饶恕。

拉飞欧　　老实说，您这话说得不高明[6]。不过，陛下，事情是这样的：您想不想把您的病治好？

国王　　　不想。

拉飞欧　　啊！您不想吃葡萄，我的尊贵的狐狸？是不想吃，但是您会吃我的高贵的葡萄，如果我的尊贵的狐狸能够抓得到。我看到了一种药，能使顽石变成活的生物，能使你欢蹦乱跳，精神抖擞，只消一尝，便能使丕平老王[7]复生，不，能使伟大的查理曼[8]拿起笔来给她写一封鸣谢的信。

国王　　　"她"是谁？

拉飞欧　　噫，女医师呀。陛下，有一位女医师来到，不知您是否愿意见她。现在，我以我的忠诚与名誉为誓，如果我可以用我的轻松的口吻表达我的严肃的意思，我所见到的这位女子，像她这样的女性，这样的年纪，这样的抱负，这样的聪明，这样的稳重，使得我钦佩之至，我不敢说这完全是由于我的昏聩。她来求见，您要不要见她，问问她有什么事？问过之后，您不妨大笑我一阵。

国王　　　好拉飞欧，现在就把这位奇女子请进来吧，让我也和你一同瞻仰瞻仰，或是表示一些不同的看法，使你的钦佩之心可以减少一些。

拉飞欧　　不会的，我一定会使您满意，而且用不了多大工夫。

〔下〕

国王　　他每次胡闹，总先这样胡扯一番。

拉飞欧偕海伦娜再上。

拉飞欧　　不，你走过来。

国王　　这真是快得像是插了翅膀。

拉飞欧　　不，你走过来。这是国王陛下，有话就对他说吧。你的样子真像是一个奸诈的人，不过这样的奸诈的人，国王陛下是不怕的。我乃是克莱西达的叔父 [9]，我敢把你们两个放在一起。再会。〔下〕

国王　　啊，漂亮的小姐，你可有什么关涉到我的事情吗?

海伦娜　　是的，陛下。哲拉得·德·拿邦是我的父亲，他精于医道。

国王　　我认识他。

海伦娜　　那我就无须再对他加以赞扬，认识他就够了。他在临终的时候给了我许多药方，其中主要的一个，乃是他多年行医之最珍贵的产物，毕生经验中之唯一得意的杰作，他要我收藏起来，像是第三只眼睛一般，比自己原来的两只还要更加珍视。我照办了。现在听说陛下患有重症，正好是我父亲的那个验方所能主治的，所以我前来奉献这个药方，并且诚惶诚恐地愿效微劳。

国王　　我谢谢你，小姐，不过我们的最有学问的医师们都对我束手了，一致认为病已到了不治的地步，非人力所能挽回，所以我不能轻信医药的治疗。我的意

思是说，我不可玷污我的理性，或是怀着狂妄的希

望，把我的不治之症交给江湖郎中随便去滥治，

或是一反我的常态辜负大家的期望，

在自知无救之时乞灵于无意义的偏方。

海伦娜　那么我总算是尽了心，我的努力没有白费，我不再

勉强你接受我的治疗。我只有一个小小的请求，愿

陛下对我稍加慰勉[10]，我就可以安然归去了。

国王　为了不辜负你一番好意，这一点我是起码可以做到的。

你是想要救我，我当然对你感激，

垂死者对于救他的人当然会有谢意。

但是我深深知道，你没有办法，

我知道我的病情险恶，你不能治它。

海伦娜　你既已准知道你的病已入了膏肓，

我能有所作为，试试又有何妨。

一个能做大事的人物，

往往假手弱小者的帮助：

《圣经》记载过不少老成的少年，

那时年轻人也可以做审判官[11]；

巨流起自涓涓的泉源[12]，

法老王不信奇迹，大海偏会枯干[13]。

最有希望的事时常落个一场空，

最无望的事反倒时常最能成功。

国王　我不听你这一套。再会，好心的姑娘。

你的一番辛劳，你只好孤芳自赏。

我虽未接受你的殷勤，我仍然感激。

海伦娜	天赐救星，你竟如此莽撞地峻拒。
	人们总是根据外表而任意猜想，
	那无所不知的上帝便不是这样；
	但是我们最为傲慢无礼之处，
	便是明明天助，我们看成是人助。
	陛下，请准许我来效力；
	不是试验我，是试试天意。
	我不是骗子，信口狂言，
	做不到的事情也大言不惭；
	我的的确确地知道，
	我的医术不会不灵，你亦非不可救药。
国王	你这样有把握？要多少时间
	你可以把我治好？
海伦娜	如蒙上帝恩典，
	为太阳驾车的骏马，一天
	跑一圈，尚未跑完两圈，
	暮星尚未在西方的黑雾里
	把它的恹恹欲睡的灯笼两次浸熄，
	航海人的滴漏尚未数过廿四遭
	那偷偷摸摸的光阴如何地溜跑，
	您的疾病就会霍然而愈，
	健康永享，疾病完全死去。
国王	你这样坚决自信，冒的是什么险？
海伦娜	可能被人指为招摇撞骗，
	娼妇的大胆，公然的无耻，

被人编为恶意中伤的歌曲：

也许我的处世名誉将要丧失；

不，尽可把我活活地烧死。

国王　　　我觉得有一位天使在你口里发言，

他的雄壮的声音藏在尖锐的风琴里边；

照常识判断为不可能的事情，

在另一方面看也许就是可能。

你的性命是非常地宝贵；

凡人生值得有的，你都具备；

年轻、美貌、智慧、德行、勇敢，

以及一切造成青春幸福的条件：

你肯冒这个险，表示你本领高强，

否则便你的性情出奇地鲁莽。

亲爱的医生，我愿试试你的医道，

我若是死了，你自己也逃不掉。

海伦娜　　如果我逾时不能奏效，或未照诺言兑现，

任凭把我处死，我亦心甘情愿。

若是不能立功，一死是我罪有应得；

若是把病治好，你答应报酬我什么？

国王　　　你要求吧。

海伦娜　　您是不是准能照办？

国王　　　以我的宝杖和超度为誓，诺言一定实现。

海伦娜　　那么您要在您的权力范围之内

亲自把我所选中的丈夫给我匹配：

我当然不会那样地鲁莽灭裂

去选中法国王家的金枝玉叶，

以我的低微卑贱的身份

和您的贵胄子弟攀亲；

我只要在您的臣仆中选择一个，

我可以要求，您也可以给我。

国王　　　我举手为誓：你履行条件，

你的要求我一定可以照办；

治疗的时间由你自己选定，

我既决心由你治疗，唯你之命是听。

还有些事我该问你，不能不问，

虽然问了之后未必就能增加信任，

例如你来自何处，有什么样的家庭；

但是不必多问，请接受我的欢迎。

扶我一把，喂！如果你进行治疗

真像说的那样好，我的酬劳也少不了。〔奏花腔。同下〕

第二景：卢西雍。伯爵夫人邸中一室

伯爵夫人与小丑上。

夫人　　　来吧，小子；我现在要彻底测验一下你的教养。

丑　　　　我会表现出我是一个喂得很好而教得很坏的家伙，

我知道我的任务不过是到宫廷去走一遭。

夫人　　到宫廷去走一遭！你究竟到过什么地方使得你的口气如此狂傲？"不过是到宫廷去走一遭！"

丑　　　真是的，夫人，如果上帝造人的时候给他几分礼貌，他很容易在宫廷里闯荡一番。凡是不会弯腿打躬、脱帽致敬、吻手为礼，又不善言辞的人，等于是没有腿、没有手、没有唇、没有帽。这样的一个人，严格说，不是宫廷里的材料。但是，我却有个答案对于所有的人都有用。

夫人　　能解答一切问题，那倒是一个了不起的答案。

丑　　　那就像是理发馆的椅子，适合所有的屁股。尖屁股、肥屁股、多筋肉的屁股，或任何样的屁股。

夫人　　你的答案能适当地解答一切问题吗？

丑　　　绝对合适，就如同放在律师手里的十个四便士 [14]，给花枝招展的娼妇的法国克朗 [15]，蒂勃给汤姆食指套上去的灯草指环 [16]，有如四旬斋开始前一日之吃煎饼 [17]，五月节之跳土风舞，如钉子之于洞眼，乌龟之于它的绿头巾，泼妇对无赖，尼姑的唇对和尚的嘴，不，干脆像是腊肠之对它的那层皮。

夫人　　我问你，你有一句话能这样适地地回答一切问题吗？

丑　　　上起公卿，下至走卒，可以适合一切问题。

夫人　　能适合一切问题，你的那话一定是大得不得了。

丑　　　老实讲，由一位有学问的人来说，那倒也算不了什么。整个的句子是这样的：你且问我是不是一位宫廷人士，你学习总对你是有益无损的。

夫人	再玩一次小孩子的把戏，如果我们能。我来做一个发问的傻瓜，希望听到你的答话而学一点乖。请问，先生，您是一位宫廷人士吗？
丑	哎哟，我的天[18]！这样随随便便地就支吾过去了。再问，再问，提出一百个问。
夫人	先生，我是你的一个穷朋友，一向敬爱你。
丑	哎哟，我的天！快些，快些，别饶我。
夫人	我想，先生，您吃不得这样粗糙的食物。
丑	哎哟，我的天！别停住，紧盯着问我。
夫人	我看你最近让人家抽了一顿鞭子吧？
丑	哎哟，我的天！别饶我。
夫人	你在挨鞭子抽的时候是不是也喊："哎哟，我的天！""别饶我"？你这一句"哎哟，我的天！"倒是很宜于在被鞭打的时候说。如果你被捆上挨鞭子，你说这句话是很合适的。
丑	我说这句"哎哟，我的天！"一辈子没有像这样地不利过。很多东西可以长久有用，但不能永远有用。
夫人	我真是善于利用时间，和这傻瓜胡扯一番。
丑	哎哟，我的天！噫，这句话又用着了。
夫人	到此为止，去做你的正事。把这个给海伦，要她快快回信来，为我问候我的族人和我的儿子。这不算太多。
丑	对他们的问候不算太多。
夫人	我是说派你的差事不算太多，你懂我的意思？
丑	我完全懂了。我的腿未到而人已到了那里。
夫人	快去快回。〔分别下〕

第三景：巴黎。国王宫中一室

贝绰姆、拉飞欧及佩洛列斯上。

拉飞欧　　　据说奇迹的时代是已经过去了，我们现在有一批精通哲学的人[19]，能把神奇奥秘的事一变而为稀松平常。因此我们把可怕的事看成为无足轻重，在应该向神秘可怖的力量屈服的时候，反倒在狂妄的知识里面寻求庇护。

佩洛列斯　　唉，这真是近年来突然出现的最稀奇的事情。

贝绰姆　　　的确是。

拉飞欧　　　专家们认为无望——

佩洛列斯　　我也是这么说。

拉飞欧　　　加伦和巴拉塞色斯[20]都认为无法治疗。

佩洛列斯　　我也是这么说。

拉飞欧　　　一切的有学问的、有资格的人也都这样认定。

佩洛列斯　　对，我也是这样说。

拉飞欧　　　都认为他已经无法治疗——

佩洛列斯　　唉，是这个样子。我也是这样说。

拉飞欧　　　没有办法可想——

佩洛列斯　　对，可以说是，这个人确乎是——

拉飞欧　　　命在须臾，准死无疑。

佩洛列斯　　一点也不错，你说得对。我也会这么说。

拉飞欧　　　我真是可以说这是世间的新鲜事。

佩洛列斯　　的确是。如果你愿把它写下来，你就可以在歌谣里面读到它——你那个歌谣取一个什么标题 [21]——

拉飞欧 记人力发挥出来的神效。

佩洛列斯 我也正想这样说，完全一样。

拉飞欧 噫，现在海豚都不见得比他更欢适 [22]，我这样说并无不敬之意。

佩洛列斯 不，的确奇怪，的确很奇怪，总而言之是奇怪。只有最冥顽的人才不承认这是——

拉飞欧 上天援手——

佩洛列斯 对，我是这样说。

拉飞欧 而且伟大的力量，不可思议的力量，竟假手于一个极柔软极虚弱的人。这股力量一定不仅是使国王恢复健康，还会有更多的恩惠令我们普遍地感激不尽。

佩洛列斯 我本来也正想这样说，你说得对。国王来了。

国王、海伦娜与侍从等上。

拉飞欧 像德国人所说的，活跃（lustig），趁我的牙齿还没有掉光，我要和姑娘们多亲近亲近。噫，他还能陪她跳快速的滑步舞哩。

佩洛列斯 真是活见鬼 [23]！那不是海伦吗？

拉飞欧 当着上帝的面，我想是的。

国王 去，把宫中的所有的各位大人都请了来。〔一侍者下〕我的救命恩人，请坐在你的病人身旁。这只手本来麻木不仁，赖你使它恢复知觉，现在我就用这只手使你再度接受保证，我一定把我所应允的礼物送给你，等你指明便是。

若干贵族上。

美丽的姑娘，请举目观看吧。这一批年轻的贵族男士，我都可以使用国王的特权和家长的主张把他们许配出去。你自由选择吧，你有选择的权利，他们不得拒绝。

海伦娜　　爱神高兴的时候，愿你们每一个都能得到一位美丽贤淑的爱人！而且个个都能和她结婚，除了一个之外。

拉飞欧　　我愿拿我的棕色战马"短尾巴"及其全套的鞍辔来打赌，我的牙齿不比这些孩子们掉得多，而且胡须也一样地少。

国王　　　仔细看看他们，他们每一个都有一个高贵的父亲。

海伦娜　　诸位先生，上天假手于我恢复了国王的健康。

众　　　　我们都知道了，并且为了你来而感谢上天。

海伦娜　　我是一个平凡的处女，我声称我只是一个处女，也便是我最大的本钱。启禀陛下，我已经选好了，我双颊上的红晕向我这样低声地说："我们泛起红晕，因为你在选你的意中人。但是，如果遭受拒绝，让死人脸上的苍白色永远挂在你的颊上吧。我们是永远不再回来了。"

国王　　　你开始选择吧；并且你要明白，
谁闪避你的爱，谁就损失我全部的爱。

海伦娜　　戴安娜，我现在要离开你的神龛，
我的叹息将飞到至上的爱神面前。

先生，你要不要听我请求的话？

贵甲　　　我答应便是。

海伦娜　　多谢，先生。不必再说啦。

拉飞欧　　我宁愿在这一场选择中碰碰运气，总比掷两个么点输掉性命要强得多[24]。

海伦娜　　我尚未开口，你眼里燃着的爱慕之情

　　　　　已经咄咄逼人地道出了你的心声：

　　　　　愿爱神带给你幸福无量

　　　　　超过我这个人、我这份爱二十倍以上！

贵乙　　　我不要再好的。

海伦娜　　接受我的祝祷，

　　　　　你会得到伟大的爱！我告辞了。

拉飞欧　　他们全都拒绝她了吗？如果他们是我的儿子，我要用鞭子抽他们，否则就把他们送给土耳其苏丹，使他们成为太监。

海伦娜　　〔向贵丙〕不要害怕我会选中你；

　　　　　我永远不会为你好而使你受委屈：

　　　　　祝你婚姻幸福！你如有结婚的一天，

　　　　　愿你能获得更如意的美眷！

拉飞欧　　这些孩子冷冰冰的，谁也不肯要她。他们一定是英国的私生子，不是法国人养的。

海伦娜　　你太年轻，太幸运，太老实，

　　　　　不合让我来给你生儿子。

贵丁　　　美丽的人儿，我不以为然。

拉飞欧　　倒还有一个有种的人。我敢说你的父亲一定是个有

血性的人。不过你若不是一头蠢驴，就算我是十四
岁的孩子，我早已看穿你是什么样的人。

海伦娜　〔向贝绰姆〕我不敢说我选你；我活着一天，
便要奉献我自己，伺候你，听你差遣。
我要的是这一个人。

国　王　那么，年轻的贝绰姆，娶她吧。她是你的妻了。

贝绰姆　我的妻，陛下！在这桩事上请准我使用我自己的眼
睛吧。

国　王　难道你不知道，贝绰姆，她对我有什么样的功劳吗?

贝绰姆　我知道，陛下，但是我一点也不知道为什么我须娶她。

国　王　你知道她使我从病床上霍然而起。

贝绰姆　但是陛下，为了她使得您沉疴顿起，就必须把我的
身份降低吗? 我认识她，她是由我父亲扶养大的。
一个穷医生的女儿做我的妻！ 我宁可因轻蔑她而永
远失掉您的宠爱！

国　王　你只是轻蔑她缺乏门第，我可以给她制造一个，我
们的血液倾注在一起，讲到颜色、重量、温度，完
全没有分别可辨，而你却觉得在血统上有那么大的
歧异，这真是怪事。如果除了她是穷医生的女儿这
一桩事是你所不喜欢的以外，她具备一切的美德，
那么你是为了缺乏门第而不喜欢美德了。不可以这
样的:
最卑贱的地位若有善行发生，
那地位就要因善行而显赫有名:
因崇高的名衔而自大，而没有一点德行，

那乃是患了水肿病的虚荣。

善即是善，不需名义，恶也是一样:

善恶由其本身决定，不靠虚名标榜。

她是年轻、聪明、美丽;

这都是天然禀赋，所以产生荣誉:

自命出身高贵而没有高贵的行为，

这种人适足以辱没他的门楣:

荣誉是从我们的行为当中产生，

不是来自我们的显赫的祖宗。

空虚的荣誉不值半文钱，

每一座坟墓都有谀辞浮滥，

每一座坟墓上面都有说诳的石碑，

长埋忠骨的常是哑口无言的黄土一堆。

还有什么好说? 你若能爱她的贤淑，

其他的我都可以设法补足:

德行与美貌是她自己的妆奁;

从我手里可以得到财产和荣衔。

贝绰姆　　我不能爱她，我也不想爱她。

国王　　　你若是想自作主张，你是要吃亏的。

海伦娜　　陛下健康恢复，我很高兴。其他的不必提了。

国王　　　此事与我的信誉有关，为免失信起见，我必须行使
我的权力。过来，握起她的手，你这桀骜不驯的孩
子，你根本不配接受这样好的赏赐，你居然于狂妄
之中辜负了我的恩宠和她的好意;你居然不能想象，
在天平上她的分量虽然较轻，可是把我也加上去，

却可以把你给压下来；你居然不想想看，把你放在荣誉的地位上，其权在我，我高兴即可使你扶摇而上。止住你轻蔑的态度，听从我的意旨，我是为了你好。不要任意地傲慢，为了你的利益立刻表示服从，那是你应尽的义务，也是我有权要求的，否则我以后永远不再管你，任你长久地陷于年少无知的迷惘堕落之中。在公正的名义之下，我的仇恨厌恶将要降临在你头上，决无宽贷。说吧，你的回答。

贝绰姆　请陛下饶恕，我愿把我的爱情交给您的眼睛做主。当我想到多少尊荣富贵都可由您一句话而实现，我就觉得我方才自视较高，以为她是过于卑贱，如今她受到了国王的品题，有了这样的抬举，那就好像是名门出身一样的了。

国王　握起她的手来，告诉她她是属于你了！我答应陪送她一份礼物，纵然不比你的地位更优越，至少可以和你平衡。

贝绰姆　我答应娶她。

国王　愿上天的好运与国王的恩宠呵护这一个婚约，根据方才订下的婚约[25]，今晚似乎就可以举行婚礼。隆重的婚宴则要等待一段时间，俟亲友到齐再说。

你既爱她，我认为你的爱是真挚的；

否则的话，你便是虚情假意。〔国王、贝绰姆、海伦娜、贵族等与侍从等下〕

拉飞欧　可否听我说，先生？我和您说句话。

佩洛列斯　有何见教，先生？

拉飞欧	你的上司你的主人一看情形不对就撤销前言，倒是知趣得很。
佩洛列斯	撤销前言！我的上司！我的主人！
拉飞欧	是的。我说的不像话吗？
佩洛列斯	好厉害的话，若没有流血的后果这句话是无法了解的。我的主人！
拉飞欧	你是卢西雍伯爵的朋友吗？
佩洛列斯	任何伯爵，所有的伯爵，凡是英雄好汉，都是我的朋友。
拉飞欧	伯爵的仆人，也许是你的朋友。我认识的是伯爵的主人。
佩洛列斯	你太老了，先生。你不必逞强，你太老了。
拉飞欧	我告诉你说，小子，我还是一条好汉。你活到多大年纪也挣不到这样的名义。
佩洛列斯	我太敢做的事情，我倒不敢做了。
拉飞欧	足足有吃两顿饭的工夫，我一直以为你是个很聪明的家伙。你相当地夸耀你的游历广、见识多，都还可以充得过去，但是看你这一身的打扮，我便无法相信你是一个具有怎样身份的人。我现在看穿你了，你这样的人，弃之亦不足惜。不过像你这样的人，俯拾即是，而且你根本没有俯拾的价值。
佩洛列斯	如果不是为了你上了一把年纪——
拉飞欧	你发怒不要过分，否则你要很快地出丑，若是动起手来——上帝怜悯你这个懦夫吧！好啦，我的格子窗[26]，再会了。你的窗门我无须推开，因为我已看

穿你了。让我和你握握手。

佩洛列斯　大人，你欺人太甚。

拉飞欧　是的，我有意如此，你也应受这样的侮辱。

佩洛列斯　大人，我不该受这样的侮辱。

拉飞欧　老实讲，每一点滴的侮辱都是你应该受的，我不愿给你减少一滴滴。

佩洛列斯　那么，我要放聪明些了。

拉飞欧　越快越好，因为你就要尝到糊涂是什么味道。如果你穿着这一身衣服挨一顿揍，你就会发现因这一身衣服而得意忘形将招致什么样的后果。我颇想继续和你结交，也可以说是颇想进一步地认识你，以便将来在你见急不救、弃友脱逃的时候[27]，我可以说他是我所认识的一个人。

佩洛列斯　大人，你给了我难以忍耐的苦恼。

拉飞欧　我但愿你受的是地狱煎熬之苦，而且我的手段是永久有效。因为若是真干的话，我是不行了，年龄能准许我走得多么快，我就多么快地离开你。〔下〕

佩洛列斯　好吧，你有一个儿子，我要他给我解除这一番耻辱。卑鄙龌龊的老头子！好吧，我必须忍耐，当权得势的人是无法惹的。如果我能得到适当的机会，纵然他是加倍又加倍的大官，我一定要揍他一顿。我对他的一把年纪将绝无怜悯，就像我对——我一定要揍他，如果我能再遇到他！

　　　　拉飞欧又上。

拉飞欧	小子，你的主人和你的主宰结婚了。这对你是件新闻，你有了一位新的女主人了。
佩洛列斯	我至诚地请求大人欺侮人要留一点余地，他是我的恩主，我所崇奉的高高在上的才是我的主宰。
拉飞欧	谁？上帝？
佩洛列斯	是的，先生。
拉飞欧	恶魔才是你的主宰。你为什么把你的胳膊那样地箍起来？把袖子当袜子了？别个仆人也这样吗？你最好把你的下部移到你鼻子那地方去。我以名誉为誓，我只消年轻两小时，我就会揍你一顿。我觉得你是犯了众怒，每个人都该揍你，我想你生来就是给大家在你身上出气的。
佩洛列斯	这是无理的恶骂，大人。
拉飞欧	算了吧，先生。你在意大利为了从一个石榴里偷了一颗籽，就挨过一顿揍。你是一个流浪汉，不是什么真正的游历家。你对于高贵体面人物所表现的傲慢无礼，实在是超过了你的身份所准许你的分际。你不值得让我再多费一句话，否则我就要骂你为混蛋了。我躲开你。〔下〕
佩洛列斯	好，很好。就这个样子吧。好，很好。且暂时隐忍一下。

贝绰姆又上。

贝绰姆	完了，永久倒霉下去了！
佩洛列斯	怎么回事，好人儿？

贝绰姆	我虽然在牧师面前隆重宣誓了，但我决不和她同床共寝。
佩洛列斯	什么，什么，好人儿？
贝绰姆	啊我的佩洛列斯，他们已经给我结婚了！我要去参加特斯坎尼的战争，永不和她同床共寝。
佩洛列斯	法兰西是个狗窝，不值得令一个男子汉在里面迈方步。去参加战争！
贝绰姆	我母亲有信来，里面说些什么我还不知道呢。
佩洛列斯	唉，你该看一看。去参加战争，我的孩子！去参加战争！在家里抱着小娇妻，把应该骑着骏马在沙场驰骤的那种英雄气概消磨在她的怀抱之中，那简直是把荣誉放在一个匣子里，谁也看不见。到别的地方去吧！法兰西是一个马厩，我们住在里面的都是驽马，所以，去参加战争吧！
贝绰姆	一定要这么做，我要把她送到我家里，告诉我的母亲我如何厌恶她，我为什么要逃走，把我不敢说出口的话写出来报告国王，他方才给我的赏赐正好用作盘川，到那英雄交绥的意大利战场上去。 战争算不得是什么苦难折磨， 比关在黑屋里和老婆厮守要强得多。
佩洛列斯	你这话是一时兴之所至，可能坚持下去吗？你有决心吗？
贝绰姆	和我一同回家去，给我出个主意。 我要立刻把她送走： 明天我去打仗，她空房独守。

佩洛列斯　　　噫，这球会跳，砰砰响。满硬:

一个年轻人一结婚就算毁了前程。

所以走吧，勇敢地把她丢下;

国王对你不起。事已至此，别说啦!〔同下〕

第四景：同上。宫中一室

海伦娜与丑上。

海伦娜　　　我的母亲慈祥地问候我，她可平安吗?

丑　　　　　她不平安[28]，但是她很健康;她兴致很高，但是她
不平安。不过谢天谢地，她生活得很好，人世间的
东西她是什么也不缺，但是她不平安。

海伦娜　　　如果生活得很好，她有什么病痛使得她不平安呢?

丑　　　　　真的，除了两点之外，她的确是生活得很好。

海伦娜　　　哪两点?

丑　　　　　第一，她现在不是在天堂里，愿上帝快些送她去!

第二，她现在还在人世间，愿上帝快些打发她走!

佩洛列斯上。

佩洛列斯　　上帝祝福您，我的幸运的夫人!

海伦娜　　　我希望能如你所说有我自己的好运气。

佩洛列斯	我一直为您祈祷，祝您交好运，保持好运，永久享好运。啊！小子，老夫人好吗？
丑	只消你有她那一脸皱纹，我有她的那些钱，我愿她是如你所说的那样。
佩洛列斯	嗳，我没有说什么。
丑	是呀，你是聪明人。因为很多仆人多嘴，以致误了主人的事。什么也不说，什么也不做，什么也不知道，什么也没有，正是你的一大笔资产。也可说是毫无所有。
佩洛列斯	滚开！你是坏蛋。
丑	你应该这样说，先生，在一个坏蛋面前你是一个坏蛋，那即是说在我面前你是一个坏蛋。这乃是事实，先生。
佩洛列斯	滚你的，你是一个油嘴滑舌的傻瓜，我早看穿你了。
丑	你是自动地看穿我，先生？还是受人指点才看穿我的 [29]？这一番检讨功夫，先生，是有益的。你可以发现不少的傻瓜行径，为世人平添笑料，令大家开心。
佩洛列斯	好一个坏东西，老实说，还喂得胖胖的呢。夫人，主人今晚将要远行，因有要事待理。他也知道，今晚洞房花烛，应有合卺大典，但是由于紧急事故不得不延期举行了。这种延宕也有好处，离开期间正好酿制芬芳的情绪，使日后热情洋溢，欢乐无涯。
海伦娜	他还有什么别的吩咐？
佩洛列斯	要你立刻向国王辞行，做出是你自愿匆匆启行的样

子，设法寻找一些借口使急遽的告别成为必要。

海伦娜　　他还有什么命令？

佩洛列斯　辞别之后，静待后命。

海伦娜　　我一切都听从他的意旨。

佩洛列斯　我就这样地去回报。

海伦娜　　麻烦你了。来，小子。〔众下〕

第五景：同上，又一室

拉飞欧与贝绰姆上。

拉飞欧　　我希望您不要以为他是一位军人。

贝绰姆　　不，我以为他是，大人，而且是英勇卓著的一位。

拉飞欧　　您是根据他自己的说法。

贝绰姆　　还有其他的证据。

拉飞欧　　那么就是我的罗盘不准，我把这只云雀当作了黄雀。

贝绰姆　　我可以确实地对你说，大人，他的见闻很广，而且
　　　　　相当地勇敢。

拉飞欧　　那么我小看了他的资历，实在罪过，低估了他的胆
　　　　　量，实在冒失。我实在诚惶诚恐，因为我心里没有
　　　　　一点抱歉的意思。他来了，请您给我们调解一下。
　　　　　我愿讲和。

佩洛列斯上。

佩洛列斯	〔向贝绰姆〕您说的这几件事一定照办，先生。
拉飞欧	请问，先生，他的裁缝师傅是哪一位[30]？
佩洛列斯	先生？
拉飞欧	啊！我和他很熟。是的，先生。他呀，先生，是一个很好手艺的人，很好的一位裁缝师傅。
贝绰姆	〔向佩洛列斯旁白〕她到国王那里去了吗？
佩洛列斯	她去了。
贝绰姆	她今晚就走吗？
佩洛列斯	照您的意思做。
贝绰姆	我已经写好了我的信件，把我的宝物都装了箱，吩咐预备我们的马匹。今晚本是我的洞房花烛夜，我一走了之。
拉飞欧	一位好的游历家在宴会临终的时候是很受欢迎的人物，但是一个游历家若是满口诳语，利用一件大家都知道的事而废话连篇，让人听一回就应该挨三顿揍。上帝保佑你，营长。
贝绰姆	大人和你之间有什么不愉快吗？
佩洛列斯	我不知道怎样得罪了这位大人。
拉飞欧	你是处心积虑地来惹我，全副披挂，活像小丑跳进大块蛋奶软冻[31]，然后又钻了出来，不肯留在那里受人盘问为什么掉在里面。
贝绰姆	也许你是误会他了，大人。
拉飞欧	我要永久误会下去，纵然我看到他在祈祷，我也要

认为他不怀好意。再会，大人。相信我这一句话，这个飘轻的干果里面不会有核仁的，这人的灵魂即是他的一套服装。重要的事情不可信托他。我豢养过这种动物，我知道他们的性情。再见，先生。我把你形容得不算太坏，比你分所应得的要好一些，不过我们总该以德报怨。〔下〕

佩洛列斯　　是一个无聊的大老倌，我敢说。

贝绰姆　　我倒不这样想。

佩洛列斯　　嗳，您还不认识他吗?

贝绰姆　　我当然认识，认识得很清楚，大家都很称赞他。我的累赘来了。

海伦娜上。

海伦娜　　我已经遵从你的命令，见过国王，得到了他的允许立刻离去，只是他要和你私下谈谈。

贝绰姆　　我一定遵命。海伦，你不要对我的行动表示惊异，新婚远行实在不合时宜，使我也无法曲尽为夫之道。我没有料到有这样紧急事故发生，所以我觉得非常狼狈。因此我不得不请求你立刻动身回家。你尽管惊讶，但是不要追问我为什么做此请求，我是经过审慎考虑的，我的用意确是有其必要，你不知内情所以一下子也无法明白。这是给我母亲的。〔给一封信〕要两天之后我才能来看你，所以你要保重了。

海伦娜　　我无话可说，只能说我是你的忠顺的妻子。

贝绰姆　　好了，好了，不必再多说了。

海伦娜　　我出身微贱本不配有这样大的福气，以后将谨守妇
　　　　　道，弥补我的缺憾。

贝绰姆　　不必说了，我现在很忙。再会了，快回家去。

海伦娜　　请你原谅。

贝绰姆　　啊，你还有什么话说?

海伦娜　　我不配享受我所拥有的财富，我也不敢说那是我的，
　　　　　可是又是我的。我像是一个胆小的贼，颇想偷偷拿
　　　　　走那依法是属于我的东西。

贝绰姆　　你想要什么?

海伦娜　　要一点东西，不怎么多，实在算不了什么。我不愿
　　　　　告诉你我想要什么，我的丈夫。——老实说，是的，
　　　　　陌生人和仇敌们分别之际是不亲吻的。

贝绰姆　　我请你，不要耽搁，赶快上马。

海伦娜　　我不违背你的吩咐，我的好丈夫。

贝绰姆　　〔向佩洛列斯〕我的其他的仆从们呢?〔向海伦娜〕
　　　　　再会了。〔海伦娜下〕
　　　　　你到家里去;我永远不会回到家中，
　　　　　只消我能舞动我的剑，或听得见鼓声。
　　　　　走吧! 我们就此启程。

佩洛列斯　勇往直前!〔众下〕

注 释

[1] 如第一幕第二景所说，出征将士分为两个阵营，一派助佛劳伦斯人作战，一派助西安拿人作战。

[2] higher Italy，指朗巴地平原以南之高地，即特斯坎尼（Tuscany），佛劳伦斯与西安拿乃其主要城市。

[3] "Those bated that inherit but the fall/Of the last monarchy" 意义不明。bated = excepted 应无疑问。the last monarchy，似是指 the（Holy）Roman Empire。威尔孙的解释："except those Tuscans who adhere to the decadent fortunes and vices of the Medicis." 似不恰。

[4] questant（= seeker），是莎士比亚撰的字，威尔孙指为行猎时追寻猎物之猎犬，是也。

[5] 威尔孙注："这段话很怪，一向没有人试图解释。年轻的贵族们于正式告辞之后业已离去，而且兴致甚高。为什么这里说到'过于冷漠的送别'，为什么说要去讨他们欢喜？这答案一定是国王重上之际贝绰姆刚要说出逃走之计划，因此二人大为窘迫，仓皇后退，佩洛列斯（永远善于言辞）便故意以高谈阔论为烟幕，以掩饰他们之退避。"

[6] 比武时，长矛一刺未中，因横打而矛杆断折，是为 across，言其手法笨拙之意。

[7] Pepin，丕平国王，于七五一至七六八年为法兰克王。

[8] 查理曼（Charlemain），丕平之子，于七六八至八一四年为法兰克王。

[9] 即潘达勒斯（Pandarus），著名的淫媒。

[10] a modest one，Herford 注云："moderate approval, a simple admission that her offer, though declined, was not out of place."，是也。言其既未蒙

接纳，当然不能得到嘉许，但求不以为狂妄，稍加慰勉，于愿足矣。

[11] 参看《旧约·但以理书》（Daniel）第十三章。但以理是以色列一少年，上帝的意旨依附在他身上，遂能平反 Susannah 被诬陷与人通奸之冤狱。babe = young boy。

[12] 指《出埃及记》所述摩西击岩石取水之故事。

[13] 指红海之突然枯干，此一奇迹使以色列人安然逃出埃及。The greatest 指埃及的法老王。

[14] 律师的公费为十个四便士，即三先令四便士。

[15] 法国克朗（French crown），双关语:（一）约六先令的金币，相当于宿娼的夜度资;（二）梅毒。

[16] 昔时乡下人举行假结婚，双方交换灯草制指环。所谓蒂勃与汤姆，泛指村男村女也。

[17] 四旬斋开始前一日（Shrove Tuesday）即 Ash Wednesday 之前一日，至今英国仍保持在这一天吃煎饼之习惯云。

[18] "O Lord，sir！"是当时流行的一句话，于谈话谈到无话可说时，或对于问题窘于作答而欲支吾时，辄曰: O Lord，sir！

[19] 例如 Sir Walter Raleigh 及其一批友好，不仅否认奇迹，而且否认上帝与灵魂之存在。

[20] Galen 与 Paracelsus，古代著名的两派医学家，加伦是希腊医师（约129—200），其著作在第六第七世纪时译成拉丁文，医界奉为权威者凡一千余年。巴拉塞色斯是瑞士人（1493—1541），以其化学的知识向传统的医药之学挑战。

[21] 从前凡是新奇的事皆可编成歌谣，印成大幅单页，广为传播。

[22] 海豚性喜翻滚活跃。dolphin 与 Dauphin 二字虽然音相近，在此处似无关联。

[23] Mort du vinaigre！ = death of vinegar. 是无意义的赌咒语，所以用此法语赌咒，或许是为了表示他曾出国游历。

[24] ames-ace 掷骰子戏中之两个幺点，为最小之点，掷得两幺点者必输。此言吾愿参加竞选，不被选中亦无妨，不比掷骰子赌性命时掷出二幺则性命不保也。

[25] expedient on the new-born brief, 各家解释不一。brief = contract, expedient = proper。结婚三个步骤：一是订婚，二是举行结婚礼，三是宴会请客。

[26] my good window of lattice, 威尔孙注："指佩洛列斯之脸，其色红，有如酒店之格子窗。"新亚敦本注："（一）如酒店之平凡无奇（红窗格为酒店之招牌）；（二）如敞开的窗子之一览无余。"

[27] in the default, 一般均照约翰孙解作"at a need"。威尔孙认为是一军事术语，做"failure to support one's friends or allies in battle."解，可能是也。

[28] well 一字有二义：（一）指身体健康；（二）指神学上所谓"从肉体负担之下获得的解脱"。（Hunter）俗谓人死方算平安。

[29] Nicholson 在此句下添上佩洛列斯的回答："In myself."，文意较顺。in my self= by myself。丑所谓 in yourself = by yourself，但亦有双关义，意为"从你自己身上"，下文所谓 much fool may you find in you 更是直截了当地说 you are very much of a fool 了。

[30] "拉飞欧还是照常地在侮辱佩洛列斯。他故意把这位服装过分考究的、口出大言的人当作是一位裁缝师傅的徒弟，认为他来是为报告贝绰姆他的师傅已遵照吩咐办事。他是向贝绰姆打听他的师傅的名字。"（威尔孙）

[31] 伦敦市长公宴常有一项娱乐节目，由一小丑跳进大块蛋奶软冻之中，浑身黏糊，众引以为乐。

第 三 幕

·•• ❦ ••·

第一景：佛劳伦斯。公爵府中一室

奏花腔。公爵率侍从等上，二法国贵族及士兵等上。

公爵　　现在你已经从头到尾地听清楚了这次战事的根本原
　　　　因，战衅一开已经流了不少的血，以后还要流得
　　　　更多。

贵甲　　陛下这一方面作战的理由是神圣的，对方则是蛮横
　　　　无理的。

公爵　　所以我很惊异，我的法国国王老兄在这一桩公正有
　　　　理的事上竟拒绝了我的乞援的请求。

贵甲　　好殿下，我们国家的政策我不能解释，除非以局外
　　　　的普通人的身份对当局的重大决策加以臆测。我的
　　　　猜想既无确实根据，可能陷于错误，所以我就不便

妄加评论了。

公爵　　他既这么决定，就只好这样了。

贵乙　　不过我敢说像我们这种年轻一辈的人，安逸过度，
　　　　会逐日来此寻求医疗之方。

公爵　　欢迎他们来，我们将竭尽所能予以款待。

　　　　你们知道你们现在担任的职务；

　　　　较优的差事出缺，你们即可递补。

　　　　明天就上战场。〔奏花腔。众下〕

第二景：卢西雍。伯爵夫人府中一室

伯爵夫人及丑上。

夫人　　一切都按照我的愿望实现，除了他没有跟她一起来。

丑　　　老实说，我觉得我的小少爷是个很忧郁的人。

夫人　　请问你，何所见而云然。

丑　　　噫，他低头看他的靴子，唱歌；整理靴子的翻口[1]，
　　　　也唱歌；问话，也唱歌；剔牙，也唱歌。我认识一个
　　　　人也有同样的忧郁的毛病，随随便便地就把好好一
　　　　座庄园给卖掉了[2]。

夫人　　〔拆信〕让我看看他写的是些什么，他打算什么时候
　　　　回来。

丑	我自从来到城里，就不再怀念伊斯白尔了。我们乡下的光棍汉 [3] 和小娘儿们比不上你们城里的光棍汉和小娘儿们，我的爱神已经被打得脑浆进裂，而我开始恋爱，就如同一个老头子爱钱，没有多大胃口。
夫人	这是些什么话？
丑	就是里面说的那些话。〔下〕
夫人	"儿已将媳妇送归吾母，伊为国王疗病，但已把我整惨。我已娶她为妻，但未与她共枕，发誓永不与她同居。您将听说儿已逃走，在传闻未到之前，特先禀告您知道。如果世界尚够广阔，我将永为异乡之客。敬请崇安。不幸儿贝绰姆谨禀。" 这可不好了，鲁莽任性的孩子，竟拒受国王的恩宠而逃走！即使国王都不敢轻视的一个淑女 [4]，你竟视若敝履，必将引起国王的震怒！

丑又上。

丑	夫人哪！那边有两个军人和少夫人在里面谈论着严重的消息。
夫人	是什么事？
丑	不要紧，消息里还有可以放心之处，可以放心，您的儿子不会像我所想的那样快地就被杀死。
夫人	为什么他会被人杀死？
丑	我也是这样说，夫人，如果他跑掉就该没事了，我听说他是跑了。危险是在于硬顶，就是在生孩子那桩事上，男子汉也是吃不消的。他们来了，会把详

情奉告，至于我，我只是听说您的儿子逃跑了。

海伦娜与二绅士上。

绅甲	上帝保佑你，好夫人。
海伦娜	母亲，我的丈夫走了，一去不复返了。
绅乙	不要这么说。
夫人	要忍耐些，二位先生请原谅，这样多的喜事悲事纷至沓来，我猛然间承受不起，露出了女人的弱点。请问我的儿子在哪里呢？
绅乙	夫人，他是投效佛劳伦斯公爵去了。我们遇见他正往那边去，因为我们是从那里来，把手里一点公事办完，我们就要回去。
海伦娜	请看这封信，母亲。这便是我的讨饭的凭证[5]。 "如果你能取去我手指上从不脱下去的指环，并且养出一个孩子而确属我的骨血，那时节你可以称我为丈夫。不过所谓'那时节'我认为是'永无那么一天'。" 这是一个可怕的判决。
夫人	是你们二位把这封信带来的吗？
绅甲	是的，夫人。为了这信的内容，我们很抱歉把它带了来。
夫人	少奶奶，你也不要过分伤心。如果你把这份苦痛全部独自承担下来，你是夺去了我所应有的一部分。他本来是我的儿子，现在我取消我们母子的名义，你是我唯一的孩子。

	他是朝着佛劳伦斯去了吗？
绅乙	是的，夫人。
夫人	去从军？
绅乙	这正是他的壮志。您可以相信，公爵会按照适当的 分际给他一切的荣誉。
夫人	你们要回到那边去吗？
绅甲	是的，夫人，要急速地赶回去。
海伦娜	"妻一日尚在，我在法国即一无所有。"好残酷。
夫人	这也是信里的一句话吗？
海伦娜	是的，母亲。
绅甲	那也许只是顺手乱写，心里未必真有那个意思。
夫人	他在丧妻之前便在法国一无所有！其实除了她之外， 这里没有一样好东西是他不配享受的。而以她的贤 惠应该嫁给一位好丈夫，由二十个像你这样鲁莽 的孩子做跟班，随时随刻地喊她作夫人。谁和他在 一起？
绅甲	只有一名随从，是我从前认识的一位先生。
夫人	是不是佩洛列斯？
绅甲	是的，夫人，正是他。
夫人	一个素行不端的家伙，心术很不正。我的儿子受了 他的诱惑，他的优美的天性都变坏了。
绅甲	的确是，夫人，那个家伙太有诱惑的本领了，他赖 有那种本领而大行其道[6]。
夫人	欢迎二位前来。你们见到我儿子的时候，请告诉他 他的剑永远不能赢回他所丧失的荣誉。我还有一些

话，我要写下来托你们带了去。

绅乙　　　但凭吩咐，我们无不敬谨从命。

夫人　　　不是这样的，除非我们是说客气话。二位请走过来
　　　　　吧？〔伯爵夫人与二绅士下〕

海伦娜　　"妻一日尚在，我在法国即一无所有。"妻死之前，
　　　　　他在法国即一无所有！那么卢西雍，你就会没有妻
　　　　　子，在法国没有妻子了，然后你就可以又有一切。
　　　　　可怜的爵爷！是我把你逐出国土，使你的娇生惯养
　　　　　之躯承受无情战火的摧残吗？是我把你赶出欢乐的
　　　　　宫廷，原来你受美目的顾盼，如今成了枪铳弹药的
　　　　　靶子？啊你们那些仗着火力漫天横飞的铅丸，都旁
　　　　　出斜逸地飞过去吧；发出啸声，冲过那永久完整无
　　　　　缺的空气吧。不要触到我的丈夫！谁要是向他射击，
　　　　　等于是由我授意的；谁要是向他前胸冲刺，等于我
　　　　　是暗中指使的坏人。虽然我没有杀他，我是他的致
　　　　　死的根由。我宁愿遇见一头饿极狂吼的凶恶的狮子，
　　　　　我宁愿世上所有的灾害全都集于我的一身。不，你
　　　　　回家来吧，卢西雍，你在那里顶多能冒险赢得一个
　　　　　光荣的疤痕，但是常常要丧失性命。我愿意走开，
　　　　　我留在这里使得你不肯回来。我可以留在这里妨碍
　　　　　你吗？不，不，纵然有天堂的和风吹拂着这所房屋，
　　　　　天使在周围伺候，我也不可再留。我愿走开，愿垂
　　　　　怜的传闻把我出走的消息带到你的耳边，给你以
　　　　　安慰。

　　　　　来吧，夜晚。告一段落吧，白昼！

我这可怜的贼，要乘昏夜逃走。〔下〕

第三景：佛劳伦斯。公爵府前

奏花腔。公爵、贝绰姆、佩洛列斯、士兵等于鼓号声中上。

公爵　　　你是我的骑兵统帅，我怀有厚望，对于你的顺利成
　　　　　功具有甚大的信心。

贝绰姆　　殿下，这责任太重大了，非我所能胜任，但是为了
　　　　　您的缘故我要承担下来，勉力以赴，任何危险在所
　　　　　不计。

公爵　　　那么你就出发吧，但愿命运之神成为眷顾你的情人，
　　　　　保佑你马到成功！

贝绰姆　　就从今天起，伟大的马尔斯，我投在你的麾下：
　　　　　让我像我的想法一般地坚定，
　　　　　我就会爱你的鼓声，厌恶爱情。〔众下〕

第四景：卢西雍。伯爵夫人府中一室

伯爵夫人与管家上。

夫人　　哎呀！你就把她这封信接过来了？你不知道她会像她前次一样，留下信就走？再读一遍。

管家　　〔读〕

"我要到圣杰开斯神龛去巡礼[7]：

狂热的爱情在我心里燃烧，

我愿赤足踏着这冰冷的土地，

向神发誓把我的错误改掉。

写信去，写信去，让您的爱儿我的亲夫

赶快离开那残酷的战争。

您在家里祝福他，我在遥远之处

用祈祷把他的名字变成为神圣：

他受的苦难使我不能不对他宽恕，

我，他的善妒的鸠诺[8]，是我

使他远离亲友，与扎营的敌人为伍，

随时可能遭遇死亡或是灾祸；

他这样的英才不该死，我也匹配不上；

让我自己去死吧，好把他来解放。"

夫人　　啊，她的顶委婉的词句中间有多么尖刻的刺！利拿都，你放她走，实在是再蠢不过的事。如果我能和她谈一下，她也许会改变初衷，不这样做了。

管家　　饶恕我，夫人。如果我前一晚把这个送给您，也许还可以把她追回来，不过她既然写了这样的信，恐怕追也没有用。

夫人　哪个天使会祝福这个没出息的丈夫？他是不会走运的，除非是她的祈祷，上天爱听，上天喜欢批准，或可使他免受大公无私的天谴。写信去，写信去，利拿都，写信给这没出息的丈夫。他把她的贤德看得太轻，你每一个字的分量都要特别加重，强调她的贤德。我的沉痛的悲哀，虽然他一点也不感觉，也要痛切地写进去。派最适当的信使。也许他听说她已出走，他就愿意回来。我希望她听到这个消息，由于真情的驱使，也许会再回到这里来。他们两个哪一个对我是最亲爱的，我分辨不出。准备那信便上路吧。

我心情沉重，我年老体乏；

苦痛要我流泪，悲哀要我说话。〔同下〕

第五景：佛劳伦斯城外

号角声遥闻。佛劳伦斯一寡妇、戴安娜、怀欧兰塔、玛丽安娜及其他市民等上。

寡妇　不，来吧。因为如果他们来到城门口，我们便没有什么好看的了。

戴安娜　据说那位法国伯爵颇有英勇的表现。

寡妇　听说他俘获了他们的主帅，并且他还手刃了公爵的弟弟。我们是白费了气力，他们走的是另外一条路。听！你可以听出他们的喇叭声。

玛丽安娜　来吧，我们回去，听听报告就算了。喂，戴安娜，你要留神这位法国的伯爵。一个女孩子的荣誉便是她的家世清白，没有任何遗产能像贞操那样丰盛。

寡妇　我已经告诉我的邻人你如何地被他的一位同伴所追求。

玛丽安娜　我认识那个坏蛋，他真该死！一个名叫佩洛列斯的，真是个龌龊的军官，他是为了那位年轻伯爵而来诱惑你的。留神他们，戴安娜。他们的诺言、勾引、誓言、馈赠，以及这一切调情的手段，都不是像表面那样地简单。多少姑娘受了他们的诱惑，最惨的是，被骗失身的榜样如此可怕，却不能成为前车之鉴，后来者仍旧是甘蹈同样的陷阱。我希望我无须对你再多加劝告，但是我希望你能知道自重，虽然除了丧失贞操之外倒也没有什么别的危险。

戴安娜　你用不着为我担心。

寡妇　但愿如此。看，来了一个香客，我知道她会在我家里下榻，她们彼此介绍都会到我那里去的。我去问问她。

海伦娜扮作香客状上。

上帝保佑你，香客！你到哪里去？

海伦娜	到圣杰开斯神龛去。请问香客们住在哪里?
寡妇	在圣方济旅店,就在城门口的旁边。
海伦娜	是往这边走吗?
寡妇	是的,正是。你听!〔遥闻行军声〕他们从这边来了。如果你停留一下,香客,等军队走过,我愿引你到你的住处。我认识你的女店主就像认识我自己一般。
海伦娜	就是你自己吗?
寡妇	你可以这么说,香客。
海伦娜	我谢谢你,我等着你便是。
寡妇	我想你是从法国来的吧?
海伦娜	我是。
寡妇	你在这里可以看到贵国的一位立有大功的人。
海伦娜	请问他姓甚名谁?
戴安娜	卢西雍伯爵,你认识这样一个人吗?
海伦娜	只是听说过,听说是个英勇的人,却不曾见过面。
戴安娜	不管他是怎样的人,他在这里是很受景仰的。据说他是从法国逃来的,因为国王强迫他结婚,他很不如意。你说是这样的吗?
海伦娜	是的,确是的,事实是如此。我认识他的那位夫人。
戴安娜	有一位伺候伯爵的先生,他把她说得很不堪。
海伦娜	他叫什么名字?
戴安娜	佩洛列斯先生。
海伦娜	啊!我的想法和他一样,如果我们要对她说几句恭维话,或是把她和那伟大的伯爵比较一下,她实在

	是太卑陋，不足挂齿。她的全部长处便是严守的贞操，在这一点上我还没听说过任何闲话。
戴安娜	哎呀，可怜的女人！做一个受丈夫鄙夷的妻子，真是太苦恼了。
寡妇	唉，你说得对。好人儿，不管她走到哪里，她的心是悲伤沉痛的。这小姑娘若是愿意的话，很可以做一桩对她不起的事。
海伦娜	你这话是什么意思？也许是那位风流的伯爵对她动了不正当的念头。
寡妇	他的确是。他使出了所有的足以破坏处女贞操的手段，但是她对他峻拒，保持她的冰清玉洁。
玛丽安娜	愿天神不准她不如此！

佛劳伦斯的一支队伍携旗鼓上，贝绰姆与佩洛列斯随上。

寡妇	啊，他们来了。那一个是安图尼欧，公爵的长子。那一个是哀斯卡勒斯。
海伦娜	哪一个是法国人？
戴安娜	就是他，头上插着羽毛的，是个很英俊的角色。我愿他是爱他的妻子的。如果他再诚实一些，他就更好了。是不是一位很漂亮的男人？
海伦娜	我很喜欢他。
戴安娜	很可惜他不诚实。在那边的那一个便是领他到我们这里来的那个坏蛋。如果我是他的夫人，我要毒死那个混账东西。
海伦娜	哪一个是他？

戴安娜	就是肩头戴着飘带的那个小子。他为什么愁眉不展的？
海伦娜	也许是他在战场上受了伤。
佩洛列斯	丢了我们的鼓！哼。
玛丽安娜	他必是有什么烦恼的事。看，他已经看到我们了。
寡妇	嘻，该死的！
玛丽安娜	瞧你那鞠躬的样子，活像一个拉皮条的！

〔贝绰姆、佩洛列斯、军官士兵等下〕

寡妇	军队过去了。来，香客，我领你到你住宿的地方。我家里已经住了四五位赎罪进香的客人，都是到圣杰开斯神龛去的。
海伦娜	我谢谢你。我想约这位太太和这位姑娘今晚和我们一起用餐，由我做东，求你们赏光。而且为进一步酬谢你起见，我还要为这位姑娘进一些值得注意的忠告[9]。
玛丽安娜 戴安娜	我们一定奉陪。〔众下〕

第六景：佛劳伦斯城前营地

贝绰姆与二法国贵族上。

贵甲	不，大人，我们让他去做，让他施展他的手段。

贵乙	如果你发现他不是一个懦夫，你以后不用再看得起我。
贵甲	我敢以性命打赌，大人，他是个骗子。
贝绰姆	你以为我是大受其骗了吗？
贵甲	请你相信，大人，根据我自己的直接体验，毫无恶意，把他当作自己家人一般地来说，他是一个极为出色的懦夫，一个爱说漫天大谎的人，随时随刻打破诺言的人，没有一长可取。
贵乙	您最好认清这个人，否则，过分信任他的德性，其实他是十分缺德，说不定在重要事情当中于紧急关头误了您的大事。
贝绰姆	我真不知道在哪一桩事上来测验他一番才好。
贵乙	最好是让他去寻回他的鼓 [10]，您已经听他充满信心地说过他要去寻回的。
贵甲	我带一队佛劳伦斯人前去向他突袭。我带去的人，我将令他无法分辨是不是敌人。我们把他捆起来，蒙上他的眼睛，带回到我们自己的营地之中，他一定以为是被掳到敌人的营盘里来了。我们审讯他的时候，您只消前来观审，如果他不为了贪生怕死而把您出卖，并且赌着死后下地狱的大咒把对您不利的情报全盘托出，以后您就永远不必信任我的见解。
贵乙	啊！为了博大家一笑，让他去寻回他的鼓。他说他有夺回的妙计。等到您看穿了他玩的是什么把戏，看看他这块废料能熔成什么样的金属，到那时如果您还不臭揍他一顿，那么您对他的偏心是永无解除

的一日了。他来了。

贵甲　啊！为了博大家一笑，不要拦阻他的光荣的计划，让他无论如何要把鼓寻回来。

佩洛列斯上。

贝绰姆　怎样啦，先生？你心里总是忘不了那个鼓。

贵乙　那算得了什么！不要想念它，不过是一面鼓罢了。

佩洛列斯　"不过一面鼓"！是"不过一面鼓"吗？这样丢掉的一面鼓！当时的号令指挥可真是太高明了，令我们的骑兵进击我们自己的两翼，冲散我们自己的士兵！

贵乙　这倒不能怪那冲锋的命令。这乃是战争中的一项灾难，即使西撒在那里指挥，也难免不发生这样的事。

贝绰姆　唉，我们也不必过分诅咒我们的命运。丢掉那一面鼓是不大体面，不过那是无法收回的了。

佩洛列斯　当时是可以收回的。

贝绰姆　当时可以，现在不行了。

佩洛列斯　一定要去找回来。若不是因为真正出力的人往往难得叙录功勋，我倒真愿去把那面鼓或敌人的一面鼓拿回来，纵然因此而长眠千古亦在所不惜。

贝绰姆　噫，如果你真有这样的豪气，先生，如果你真以为你的神机妙算能把这荣誉攸关的东西带回原处，你尽管放胆去做。我要赞扬你这一番冒险犯难的英勇行为，如果你顺利成功，公爵会予以嘉奖，而且按照他的身份以及你的功劳必有充分的赏赉。

佩洛列斯　我以军人身份举手为誓，我愿担任这项任务。

贝绰姆	但是你现在不好拖延下去。
佩洛列斯	我今晚就开始行动。我要立刻把可能采取的几种不同的路线写了下来，鼓起必定成功的信念，预先做好临终的准备，到午夜时分静听我的消息吧。
贝绰姆	我可否禀告公爵你已经采取行动了？
佩洛列斯	我不知道结果如何，大人。但是我誓必一试。
贝绰姆	我知道你是勇敢的。我敢担保你必定会尽力而为。再会了。
佩洛列斯	我是不喜欢多说话的。〔下〕
贵甲	就如同一条鱼之不喜欢水一样。您说这是不是一个怪人，大人，他明知这事情是办不到的，却这样地充满自信地扬言要去一试，冒着下地狱的危险也要去干，可是又宁敢下地狱也不敢去干？
贵乙	大人，您没有我们这样透彻地认识他。当然，他是很会讨人欢心的，在一星期之内不会被人窥破底蕴，可是您一旦把他看穿，您以后就永远认识他了。
贝绰姆	怎么，你以为他这样郑重地准备要去做的事，他会根本不去做吗？
贵甲	绝对不会做。他会编造一套假话回来，用两三句近情近理的谎言搪塞你。但是我们已经把他逼得走投无路，今晚你们就可以看见他出丑现眼。老实讲，他是不值得受您重视的。
贵乙	把这狐狸剥皮之前，我们要把他戏弄一番，给您看看。他是首先被老拉飞欧大人窥破底蕴的，等到他的假面具揭下来的时候，您就知道他是怎样的一个

下贱货。您今晚就可以看到他原形毕露。

贵甲　我一定要去查看一下我的黏胶树枝，非要把他捉到
　　　不可。

贝绰姆　你这位老弟得陪我走。

贵甲　悉听尊便。我向您告辞了。〔下〕

贝绰姆　现在我要领你到那个地方去，让你看看我所说起的
　　　那位姑娘。

贵乙　但是您说她是贞洁的。

贝绰姆　这是唯一的缺陷。我只和她谈过一次，觉得她是非
　　　常地冷冰冰的。后来我派了我们方才戏弄的那个傻
　　　瓜前去送礼物和情书给她，都遭她给退回了。这就
　　　是我所做的事。她是个美人儿，你要见见她吗?

贵乙　我极想见见，大人。〔众下〕

第七景：佛劳伦斯。寡妇家中一室

海伦娜与寡妇上。

海伦娜　如果你怀疑我不是她，我不知道怎样向你提出更有
　　　力的证明，除非是揭穿我自己的秘密。

寡妇　我虽然家道中落，我还是良好出身，并没有干过这
　　　种事情，现在也不愿牺牲名誉做任何丢脸的事。

海伦娜	我也不愿你做。首先你要相信我，这位伯爵是我的丈夫，我对你所说的要你发誓为我保密的一番话句句都是真的。关于我求你帮忙的事，你尽管答应下来不会有错。
寡妇	我应该相信你，因为你的举止言谈都可以充分证明你是来自富贵人家。
海伦娜	拿去这一袋金子，让我报答你已经给我的善意帮忙，事成以后还要加倍奉酬。伯爵追求你的女儿，看中了她的姿色而疯狂进攻志在必得，让她索性答应下来，我们会指点她怎样处置最好。现在他情急难忍，对她必定是有求必应。伯爵戴着一只指环，那是他的传家之宝，从最初的始祖起传下来已有四五代了，所以他对那只指环非常珍视。不过，在他欲火中烧之际，为了满足他的欲望，无论以后如何追悔，当时总不至于舍不得奉献出来。
寡妇	现在我懂了你的用意了。
海伦娜	那么你也明白这事并无不当了。事情很简单，只是要你的女儿，在她好像是已经被他弄到手之前，开口向他要这只指环，和他订下幽会的时间，而由我前去赴约，她自己洁身远避。此后，她出嫁的时候，除已送的妆奁之外我再加三千克朗。
寡妇	我依了你。请你指示我的女儿如何进行，以便这场合法的骗局在时间上与地点上能够不露痕迹。他每晚都带着各种乐师前来演奏，并且编写诗歌颂扬她的平庸的姿色。我们在楼檐下怎样骂他也没有用，

因为他坚持不走，好像这是他的性命交关的事。

海伦娜　　那么今晚试试我们的计策；

这件事如果能够成功，

一方面是行为合法而心术不正，

一方面是合法的行为、合法的用意，

双方都没有犯罪，事情是罪过的。

我们去进行吧。〔同下〕

注释

[1]ruff = ruffle，指靴子长筒口上翻过来的那一部分。

[2]"sold...for a song"，sold 是第三对折本的写法，第一对折本作 hold，显然是错误的。sold...for a song 是一成语，意为"廉价地售出"。

[3]old ling = salted cod，是腌鱼之意，但 sal = lecherous，而 cod 又与 codpiece（男人的裤裆之凸出部分）容易联想在一起。故此语或有猥亵意，应是指男子而言。

[4] too virtuous /For the contempt of empire. empire = emperor。Harrison 解作"so worthy...that one would lose an empire to win her."，恐非。威尔孙解："for an emperor to despise."，是也。

[5] passport 是市府或法官签发的正式文件，准许持有之乞丐沿街行乞，并规定由一城市到另一城市所必经之路线，海伦娜所作是激愤语。

[6]which holds him much to have = which stands him in such good stead with Bertram.（Hunter）

[7]Saint Jaques 的神龛在意大利什么地方尚待考，可能是指西班牙之
Compostella 的神龛。

[8] 指天后鸠诺（Juno）之迫害赫鸠利斯（Hercules），及赫鸠利斯之
十二巨业。

[9]bestow some precepts of = give some advice to，耶鲁本注。（of = on）

[10] 每一营兵有一面旗子一个鼓，失去任一乃是一大耻辱，故必须设
法夺回。

第 四 幕

••• ━━━━━ ❀ ━━━━━ •••

第一景：佛劳伦斯营盘外

法国贵族甲带五六名设伏的兵上。

贵甲　　他一定会从这篱笆拐角处过来。你们向他冲过去的时候，口里随便说些怪话，你们自己都听不懂也没有关系。因为我们必须作为听不懂他的话，除非我们之中必须推一个人出来做翻译官。

兵甲　　好长官，让我来做翻译官。

贵甲　　你和他不熟识吗？他听不出你的声音来吗？

兵甲　　不，先生，我敢向你担保。

贵甲　　但是你转过来对我们说什么乱七八糟的话呢？

兵甲　　就和你们对我说的话一样。

贵甲　　一定要让他把我们当作是敌方雇用的一队外国兵。

他对临近一切方言都懂一点，所以我们每个人必须
诌出一种彼此都听不懂的怪话，只要让他看着我们
彼此听得懂，那就可以达到我们的目的了。乌鸦的
语言，一阵叽里咕噜，就行了。至于你，翻译官，
你必须做出很精明的样子。蹲下去，喂！他来了，
一定是来酣睡两小时，然后回去大言不惭地编造一
套谎言。

佩洛列斯上。

佩洛列斯　　十点钟了，过三个钟头就可以回家了。我该说我做
了什么事呢？必须编得入情入理，才能令人相信。
他们开始怀疑我了，耻辱的事已经接二连三地来照
顾我。我觉得我的舌头是太鲁莽了，但是我的心却
在战神之前恐惧战栗，不敢实行我所说的大话。

贵甲　　这是你口里第一次吐露出来的真心话。

佩洛列斯　　不是不知道取回那面鼓乃是不可能的事，并且我也
知道我根本没有这个意思，是什么恶魔怂恿我来担
任这项工作？我必须自己弄出几处创伤，就说是在
打斗中所受的伤害。可是轻了是没有用的，他们会
说："受这么一点伤你就逃脱了？"重些的伤我又下
不得手。因此我该提出怎样的证据来呢？舌头呀，
如果是因为你胡说乱道而把我陷入了这样的窘境，
我必须把你放进一个贩卖牛油的婆娘嘴里[1]，并且
另外再收买一个泼妇给我助阵[2]。

贵甲　　他可能有自知之明，而且不失其本色吗？

佩洛列斯	我愿扯破我的衣服，折断我的西班牙宝剑，就可以取信于人。
贵甲	我们不能那样轻易放过你。
佩洛列斯	再不就把我的胡子剃掉，就说那是一个计策。
贵甲	那也不行。
佩洛列斯	或是把我的衣服丢在水里，就说是被人剥了。
贵甲	怕没有用。
佩洛列斯	纵然我发誓说我是从城堡的窗口跳下来的——
贵甲	多么深？
佩洛列斯	三英寻。
贵甲	发三句大誓也不能让人相信。
佩洛列斯	我愿能得到敌人任何一面鼓，就发誓说是我从敌人手里夺回来的。
贵甲	你立刻就可以听到一面鼓声了。
佩洛列斯	是敌人的一面鼓！〔内鼓噪声〕
贵甲	塞娄卡、毛乌色斯，卡沟，卡沟，卡沟。
众	卡沟，卡沟，维利安达、怕敲波，卡沟。〔他们捕获了他，并蒙盖其目〕
佩洛列斯	啊！给你赎金，赎金！不要蒙盖我的眼睛。
兵甲	包斯科斯、色娄摩都、包斯科斯。
佩洛列斯	我知道你们是莫斯科兵团，我不会说你们的话，我怕要丧命。如果有德国人、丹麦人、荷兰人、意大利人，或是法国人，让他来和我讲话，我愿泄露一点机密，可以把佛劳伦斯打垮。
兵甲	包斯科斯佛瓦都，我懂你，我可以说你的语言。开

	来利邦托，先生，你赶快做祈祷吧，因为有十七把剑对着你的胸口呢。
佩洛列斯	啊！
兵甲	啊！祈祷吧，祈祷吧，祈祷吧。曼卡、勒万尼亚、都尔契。
贵甲	奥斯考毕都尔科斯，伏利伏尔科。
兵甲	将军说现在先饶你一命，把你的眼睛蒙盖着，带你前去受审，也许你因告密的关系而保存你的性命。
佩洛列斯	啊！让我活着吧，我愿把我们营里的秘密和盘托出，他们的兵力，他们的计划，等等。不，我还会说出令你们大吃一惊的事情哩。
兵甲	但是你会说实话吗？
佩洛列斯	如果所说不实，我不得好死。
兵甲	阿考尔都，林塔。走吧，你获准暂时不死。〔押佩洛列斯下。内闻短暂鼓噪声〕
贵甲	去，告诉卢西雍伯爵和我的兄弟，我们已经捉住了呆鸟，在我们听到他们的指示之前，我们将继续把他的眼睛蒙起。
兵乙	长官，我遵命。
贵甲	他将要把我们的秘密泄露给我们自己，这一点也报告上去。
兵乙	我就这么说，先生。
贵甲	在那时间未到之前，我要把他关得牢牢的。〔下〕

第二景：佛劳伦斯。寡妇家中一室

贝绰姆与戴安娜上。

贝绰姆　　他们告诉我你的名字本是芳蒂白尔。

戴安娜　　不是，大人，我是戴安娜。

贝绰姆　　与女神同名，实在当之无愧，而且更胜一筹哩！但是，美丽的人儿，在你那美妙的躯体里，爱情没有地位吗？如果你的心里没有燃起青春之火，你便不是女郎，而是一座塑像。等你死了的时候，你一定就像你现在这个样子，因为你是冷冰冰的。你现在应该学学你的母亲当初怀孕你的时候那个榜样。

戴安娜　　她在那时候是贞洁的。

贝绰姆　　你也会是的。

戴安娜　　不。我的母亲不过是履行义务，就和你对你的妻子所应尽的义务一样。

贝绰姆　　别再提这个了！我求你别再逼我违反我的誓言。我是被迫和她成婚的，但是我爱你却是由于爱情本身的主使，我情愿永远伺候你。

戴安娜　　是的，在我们伺候你之前，你是会伺候我们的。但是你一旦把我们的玫瑰摘到手，你就会光剩下刺来刺痛我们自己，而且还讥笑我们的秃枝。

贝绰姆　　我已经发过了多么重的誓！

戴安娜　　誓发得多并不能证明有诚意，若是真心发誓，一句简单的誓言就够了。不够神圣的，我们当然不会指着它发誓，我们要发誓一定是要请至尊的上帝来做证。那么我请问你，如果我心里不爱你，而我指着上帝的神通发誓，你会相信我的誓言吗？指着我所敬爱的上帝发誓，以便做出违抗他的事，这样的誓言是无效的。所以你的誓言只是空话，没有盖章的薄弱的契约而已。至少这是我的看法。

贝绰姆　　把你的看法改变一下，改变一下。不要这样地圣洁而冷酷，爱情是圣洁的，我的纯良的心地从来没有你据以指控男人的那种狡诈。不要再那样冷漠，快来医治我的憔悴的心情，你一来抚慰立刻就会复原。只要说一声你是我的，我便永久爱你始终不渝。

戴安娜　　我懂了，男人们善用猛烈进攻的办法，使我们猝不及防而失身[3]。把那个指环送给我。

贝绰姆　　我愿借给你，亲爱的，但是我没有权力把它送你。

戴安娜　　你不肯吗，大人？

贝绰姆　　这是我的祖先留下来的传家之宝，我若把它舍弃，将成为莫大的耻辱。

戴安娜　　我的贞操也是和这指环一样，是我们祖先历代相传的家中之宝，我若是把它舍弃，也将成为莫大的耻辱。所以你自己的这一番话正好成为抵抗你的进攻维护我的贞操之有力的辩解。

贝绰姆　　好，拿去我的指环吧。如果我的家、我的荣誉，甚至我的性命都是属于你了，那么我也只好听你吩咐。

戴安娜　　到了午夜时分，敲一下我的寝室的窗子，我将设法安排，不令我的母亲听到。你既对我真心相爱，我

要对你提出一个要求，在你征服了我的童贞之后，
你要在我的床上停留一小时。不许和我说话。我的
理由是极强有力的，等我把这指环缴还给你的时候
你就会明白，今夜我要把另外一只指环套在你的手
指上。

将来无论发生什么变故，

这是我们一段姻缘的证物。

到时候再见；不可失约。你从我手里

赢得一个妻，我自己却无望做你的妻。

贝绰姆　和你成其好事，简直是人间天堂。〔下〕

戴安娜　你要永远感谢我，还要感谢上苍！

结果你会这样感谢的。我的母亲告诉过我他将如何
地向我求爱，好像她知道他的心事一般。她说一切
的男人都会发出同样的誓言，他会对我发誓等他的
妻子死后就和我结婚，所以我只好等我死了之后再
和他睡觉吧。

法国人既然是这样地狡诈，

我终身做处女，谁爱嫁谁嫁：

他用不正当的手段来引诱我，

我用假话骗他也不算是罪过。〔下〕

第三景：佛劳伦斯的营盘

二法国贵族及二三士兵上。

贵甲　　你没有把他母亲的信给他吗？

贵乙　　我一小时前就交给他了，里面好像有点什么刺了他
　　　　的心，因为他阅读之下登时变色，几乎像是另外一
　　　　个人了。

贵甲　　他是大不该抛弃这样贤惠的妻子、这样可爱的女人。

贵乙　　尤其是国王对他眷顾正隆，他更不该惹得国王不悦。
　　　　我告诉你一件事，但是不可对别人讲起。

贵甲　　你说过之后，那句话就算是死了，我便是它的坟墓。

贵乙　　他在佛劳伦斯这里略诱了一位著名贞洁的少女，今
　　　　天夜晚他就要去尝试破坏她的贞操的滋味。他把他
　　　　的纪念指环送给她了，自以为在这一桩淫秽的勾当
　　　　上已经成功了。

贵甲　　唉，愿上帝防止我们犯罪！若无上帝帮助，我们本
　　　　身是何等脆弱的东西哟！

贵乙　　完全是毁灭自己的叛徒，凡是叛逆的行为，在他们
　　　　最后就戮之前，总是会败露的，所以他现在进行这
　　　　一桩自毁名节的事，也情不自禁地泄露了他的机密。

贵甲　　自己做不法的勾当，而自己到处宣扬，这不是人类
　　　　最可恶的罪过吗？那么我们今天晚上见不到他了？

贵乙　　不到午夜之后是见不到的，因为他受了约会的限制。

贵甲　　时间快到了，我愿他看看他的伙伴的原形毕现，他

就可以自己下一判断，过去他把这个骗人的东西藻饰得太过分了。

贵乙　在他未来之前我们先不要理会那个家伙，因为他的出现一定会是对于那个家伙的严重打击。

贵甲　趁这个时候请你说说有什么战争的消息？

贵乙　我听说有和议的试探。

贵甲　不，我向你保证，和议已经成立了。

贵乙　那么卢西雍伯爵怎么办呢？更深入内地旅行呢，还是回到法国去？

贵甲　听你这样一问，你是完全不知道他的机密。

贵乙　最好是不知道，先生。他大部分的行为我最好也是概不知情。

贵甲　先生，他的妻子在两个月前从他的家里出走了。她的目的是到圣杰开斯神龛去进香，她以极虔诚的态度完成了这一项神圣的任务，住在那里的时候，娇弱的身躯受尽了忧伤的折磨。简单说吧，婉转呻吟地吐出了她最后一口气，如今已经进了天堂。

贵乙　怎样可以证实这个消息呢？

贵甲　大部分由她自己的函件可以证实，直到她的死以前的故事都可证明不虚。她的死，她自己当然无法预告，可是有当地牧师据实证明了。

贵乙　这个消息伯爵全都知道了吗？

贵甲　是的，全部实在情形，原原本本的，他都知道了。

贵乙　我非常难过，他听了将要高兴。

贵甲　有时候我们会从我们的不幸当中获得大大的安慰！

贵乙	又有些时候我们会因幸运而涕泗滂沱！他的英勇在此地所获得的伟大的光荣，回到家乡会遭遇到同样大的耻辱。
贵甲	人生是杂色毛线织成的布，善与恶错综在一起。我们的美德，若是没有我们的过失来鞭打它们，会变得过分地骄傲。我们的罪过，若是没有我们的美德来抚慰它们，会要自暴自弃。

　　一仆上。

喂！你的主人在哪里呢？

仆	他在街上遇见了公爵。先生，已经正式向他告辞，明天早晨将启程到法国去。公爵答应写信给国王为他吹嘘一番。
贵乙	如果信写得十分恳切揄扬过分，在那边读起来也不见得是超过了必需的分际。
贵甲	国王正在发脾气，信怎样写也不能为他缓颊。现在他来了。

　　贝绰姆上。

怎样了，大人，不是已经过了午夜了吗？

贝绰姆	我今晚办了十六件事，每件都是需要一个月才能办完的事，我现在一件件地说给你听。我已经向公爵辞行，向他左右亲信告别，安葬了一个妻子，为她志哀，写信给我的母亲说我就要回去，雇妥了我的交通工具。于办理这些大事之际还解决了几桩小事，

最后一件事是最重要的，可是我还没有办完。

贵乙　如果事情有什么困难，今早您又要离去，您需要赶快办理才是。

贝绰姆　我的意思是说，事情没有结束，怕以后还有下文。我们现在听取傻瓜和军人之间的对话吧？来，把这冒充军人的家伙带出来，他骗了我，像是一个专说模棱话的预言者。

贵乙　把他带出来。〔士兵等下〕已经在脚枷里坐了一整夜，可怜的、漂亮的奴才。

贝绰姆　没关系，他的两只脚这么多年来戴着刺马钉，根本就不配，如今活该被枷起来。他的态度如何？

贵甲　我已经禀告过大人了，他是被枷起来了。不过我按照您的意思回答您吧。他哭得像是一个打翻了牛奶的婆娘，他对摩根忏悔——误把他当作了一位修道士——从他记事的时候起直到他落难坐枷为止。您想他忏悔了些什么事？

贝绰姆　没有说我什么吧？

贵乙　他的忏悔词已经记录下来了，要当他的面宣读一下。如果牵涉到您，我相信是在所难免，您务必耐心听下去。

士兵等押佩洛列斯上。

贝绰姆　该死的东西！蒙起眼睛来了！他不会说我什么的。住声！住声！

贵甲　蒙眼的人来了！波托，塔塔罗萨。

兵甲　他是喊预备刑具，你说不要等着用刑好不好？

佩洛列斯　　我愿尽我所知地招供，不必用刑。你们就是把我戳
　　　　　　成馅饼壳，我也不能多说一句。

兵甲　　　　包斯科·契莫科。

贵甲　　　　包伯利宾都·契科莫科。

兵甲　　　　你真是一位仁慈的将军。我们的将军要我按着这张
　　　　　　单子问你一些问题，你要逐条答复。

佩洛列斯　　我老实回答，因为我还要活命。

兵甲　　　　"第一，问他公爵部下有多少骑兵。"你怎样回答呢？

佩洛列斯　　五六千的样子。但是很脆弱，不中用。队伍分散各
　　　　　　地，指挥官是些很穷的流氓，我说的是实话，因为
　　　　　　我想活命。

兵甲　　　　我就这样记下你的答话了？

佩洛列斯　　请记下。我可以为这几句话去领圣体，用什么仪式
　　　　　　随你的便 [4]。

贝绰姆　　　对于他都是一样的。好一个不可救药的奴才！

贵甲　　　　您搞错了，大人。这位是佩洛列斯先生，杰出的军
　　　　　　事家——这是他自己起的封号——在他的领巾结里
　　　　　　藏着整套的韬略，在他的刀鞘的顶端藏着武功。

贵乙　　　　凡是把他的剑保持得干干净净的人，我再也不信任
　　　　　　他。衣服穿得整整齐齐的人，我也再不相信他是无
　　　　　　所不能。

兵甲　　　　好了，已经记下来了。

佩洛列斯　　五六千骑兵，我是说——我愿说实话——或是大约
　　　　　　那个数目，记下来吧，因为我愿说真话。

贵甲　　　　他说这话倒是颇近事实。

贝缚姆	但是想到他口吐实情的动机，我对他毫无感激之意。
佩洛列斯	请你写下来，穷苦的流氓。
兵甲	好，那已经记下来了。
佩洛列斯	我非常感激你，先生。事实总归是事实，那些流氓是非常穷苦。
兵甲	"问他，他们的步兵共有若干。"你怎样回答？
佩洛列斯	说实话，先生，如果你们能够饶我一命，我是愿意实说的。让我想想看：斯波利欧，一百五十人；西巴斯善，也有这么多；科兰勃斯，也有这么多；杰开斯，也有这么多；吉尔善、考斯摩、娄都维克和格雷希爱，各有二百五十人；我自己的一营、齐陶佛、服蒙德、班希爱，各有二百五十人。所以在名册上，精壮与老朽合在一起，不到一万五千之数；其中半数不敢把他们大衣上的雪抖掉，生怕一摇晃就把身体弄垮。
贝缚姆	怎样处治他？
贵甲	无须处治，我们谢谢他便是。问问他我的人品如何，在公爵面前我有怎样的地位。
兵甲	啊，这是已经记下来了的。"你要问他，营地中有没有一位法国人杜曼营长，公爵对他的观感如何；他的勇敢、诚实和军事才能，是怎个样子；若用大笔金钱贿买他叛变，他是否有加以考虑的可能。"你对这个怎样回答？你可知道底细？
佩洛列斯	请你让我逐条答复。你一桩桩地问吧。
兵甲	你可认识这位杜曼营长？
佩洛列斯	我认识他。他本是巴黎一个裁缝匠的学徒，因为把

警长监护下的一个痴婆娘的肚子搞大了，挨了一顿鞭子被赶出来了。一个哑巴白痴，无法拒绝他。〔杜曼怒着举手欲打〕

贝绰姆　　　不，请你停手。我知道一片瓦掉下来就会把他打得脑浆迸裂。

兵甲　　　　好，这位营长是在佛劳伦斯公爵的营盘里吗？

佩洛列斯　　以我所知，他是在那里，而且卑鄙得很。

贵甲　　　　您不要这样地望着我，我们就会听他说到您的。

兵甲　　　　他在公爵跟前名誉如何？

佩洛列斯　　公爵只知道他是我部下一名小军官，前两天还写信给我要我把他开革。我想他的信还在我的衣袋里呢。

兵甲　　　　真的吗？我们来搜一下。

佩洛列斯　　老实说，我也记不得了。也许在那里，也许连同公爵其他函件在我帐中归档了。

兵甲　　　　在这里。这里有一张纸，要不要我读给你们听？

佩洛列斯　　我不知道那是不是。

贝绰姆　　　我们的翻译官很能胜任。

贵甲　　　　好极了。

兵甲　　　　"戴安娜，伯爵是个傻瓜，而且拥有多金"——

佩洛列斯　　那不是公爵的信，先生。那是对佛劳伦斯一位良家妇女名叫戴安娜的忠告，要她当心别受一位卢西雍伯爵的诱惑，他是个愚蠢无聊的男人，可是很好渔色。我请你，先生，把它收起来吧。

兵甲　　　　不，对不起，我要先读一遍。

佩洛列斯　　我要说，我的用意是很纯洁的，完全是为了那位姑娘着想。因为我知道那位年轻的伯爵是个危险的好色之徒，专爱破坏处女的贞操，见了美色就会一口鲸吞。

贝绬姆　　　该死的十全的坏蛋！

兵甲　　　　"他赌咒时，要他拿钱，先把钱收下；

他欠下了账，他是永远不会还钱：

生意讲好便是成功一半；要好好地讲价[5]；

事后的债他是不还的；要先收款。

就说这是一个军人对你说的经验之谈，

和男子不妨有一手，孩子便不值亲嘴胡缠；

要记住，伯爵是个傻瓜，我知道的，

事前他肯付钱，欠了债他绝不清理。

我是向你耳边发誓的你的忠仆

佩洛列斯。"

贝绬姆　　　我要把这首歪诗贴在他的脑门上，用鞭子抽着他在军中游行示众。

贵甲　　　　这是您的忠心的朋友，大人，身通数国语言而且胸怀韬略的军事家。

贝绬姆　　　我以前最不能忍耐的是猫，现在他由我看来就是一只猫。

兵甲　　　　我看，先生，根据我们将军的脸色，我们将要吊死你。

佩洛列斯　　无论如何，先生，饶我一命！我并不是怕死，而是我的罪过太多，我要利用余年从事忏悔。饶我一命，先生，坐牢，坐枷，关在任何地方都成，只消饶我一命。

兵甲　　　　只要你肯坦白招供，我们将考虑怎样处置你的办法。

所以，我要再问你有关这位杜曼营长的事。你已经答复了有关他在公爵跟前的名誉以及他的勇敢，他是否诚实呢？

佩洛列斯　他会从修道院里偷一只蛋[6]；讲到强奸妇女他可以媲美奈索斯[7]；他公然自承不守誓言，破坏誓言的时候他比赫鸠利斯还要坚强；他说起谎来头头是道，你会觉得真理是蠢不可及；酗酒是他最大的美德，因为他一醉就像死猪一般，在睡中不至为非作歹，除了糟蹋身边被褥之外，不过他们知道他的习惯，让他倒在稻草堆上。关于他的人品，我没有什么别的可说了：一个诚实君子所不该有的，他都有；一个诚实君子所该有的，他都没有。

贵甲　为了他这一番话我倒有一点喜欢他了。

贝绰姆　为了他这样描述你的人品？据我看他是个混账东西！他越来越像是一只猫。

兵甲　你以为他在军事方面可有什么专长？

佩洛列斯　老实说，先生，他曾在英格兰悲剧演员队伍的前面擂鼓[8]——我不愿说他的诳话——此外他还有什么军事才能我就不知道了。除非是，在那个国家里，他曾经在名叫"一英里草坪"的地方荣任军官，教步兵操法[9]。我愿对这个人说几句恭维话，可是我实在不知道从何说起。

贵甲　他所表现的可以说是小人之尤，倒也难能可贵哩。

贝绰姆　混账东西！他永远是一只猫。

兵甲　他为人既然如此下贱，我也无须问你金钱是否可以

	贿买他叛变了。
佩洛列斯	先生，给他几个便士，他就会出卖他本人所拥有的进入天堂的权利，而且情愿打破后人继承的规定，使子子孙孙永久不得继承那项权利。
兵甲	他的弟弟另外一位杜曼营长是怎样的一个人？
贵乙	他为什么要问起我？
兵甲	他是怎样的一个人？
佩洛列斯	同一个巢里的一只乌鸦，为善不及乃兄，作恶的能力却超过很多。他的哥哥已经是世上著名的最伟大的懦夫之一，他还要驾而上之。后退的时候他比任何奴才小使都跑得快，前进的时候他就腿肚子抽筋。
兵甲	如果饶你一命，你肯不肯做出卖佛劳伦斯人的工作？
佩洛列斯	可以，我可以出卖他的骑兵队长，卢西雍伯爵。
兵甲	我去偷偷告诉将军，看他意下如何。
佩洛列斯	〔旁白〕我以后再不打鼓了，所有的鼓都活该倒霉！只是为了要做出逞能的样子，蒙混一下那个好色的年轻伯爵，所以才陷入了这样的危险。不过谁想得到在我被捕的地方会遭遇埋伏呢？
兵甲	实在无法可想，先生，你是非死不可。将军说，像你这样的一个人，把你军中的机密和盘托出，又把大家公认高贵的人物尽情丑诋，留在世上是没有用的。所以，必须把你处死。来，刽子手，砍他的头。
佩洛列斯	主啊，先生，让我活着吧，或是取下我的眼睛上的蒙盖让我看着我自己死吧！
兵甲	可以让你看，还可以向你所有的朋友告别。〔取下他

の遮眼布〕好，你可以四面看看，你认识这里的任何人吗？

贝绰姆　　早安，伟大的营长。

贵乙　　　上帝祝福你，佩洛列斯营长。

贵甲　　　上帝保佑你，伟大的营长。

贵乙　　　营长，你对拉飞欧大人可有什么话要说吗？我就要到法国去。

贵甲　　　好营长，你为了卢西雍伯爵而写给戴安娜的那首情诗，可否抄一份给我？如果我不是个道地的懦夫，我会逼你抄给我。但是我要向你告辞了。〔贝绰姆与二贵族下〕

兵甲　　　你这回可一切全完了，营长。只剩下了你的领巾，上面有个结子还没有散开。

佩洛列斯　碰上阴谋诡计，谁能不垮？

兵甲　　　如果你能找到一个只有女人居住而且也受过这样多侮辱的国家，你大可以在那里建立一个王国。再会了，先生。我也就要到法国去，到了那里我们会谈起你的。〔下〕

佩洛列斯　我还是应该知足。如果我有一颗高贵的心，这一回就会要迸裂。我再也不做营长了，但是我还是要吃，要喝，要睡得舒舒服服。我就是这样一块料，就可以活下去。谁要是知道他自己是个爱说大话的人，他可要注意才是；

因为每一个爱说大话的，

一定会被发现是一头蠢驴。

生锈吧，剑！冷下去吧，红涨的脸！佩洛列斯，稳
稳当当地在耻辱中活下去吧！

既已被愚，就尽量利用我的愚蠢！

每一个人总有办法可以生存。

我要跟了他们去。〔下〕

第四景：佛劳伦斯。寡妇家中一室

海伦娜、寡妇与戴安娜上。

海伦娜 为了使你们明白我并没有欺骗他们，信奉基督的世
     界中最伟大的人物之一会来为我做证，在我实行我
     的计划之前，我需要在他的宝座之前下跪。过去我
     曾为他做过一件事，几乎和他的性命一般地重要，
     为了那件事即使是铁石心肠的鞑靼人，也要从心里
     冒出感激之情，说一声谢谢。我听说他老人家现在
     在马赛，我们正有便车可以前往。你们须知，大家
     认为我是死了，军队解散了，我的丈夫已经匆匆返
     回家乡。如果上天帮忙，国王陛下恩准，我们可以
     提前到达那里。

寡妇   好夫人，您有事交派我，我是最高兴为您效劳的。

海伦娜 大嫂，我是您最诚恳的朋友，总是在想如何酬答您

的好意。请你相信吧，既然上天注定使你的女儿帮我得到一个丈夫，上天把我鞠育成人一定也是为要使我给你的女儿找个归宿。但是，男人们好奇怪呀！在漆黑的夜里，情急智昏，居然能和他们所厌恨的女人尽情缱绻，欲火中烧，可以和他所厌恶的对象交欢，把她当作了遥远的意中人。这话以后再谈。你，戴安娜，在我的安排之下你还要为了我的缘故而再忍受一些事情。

戴安娜　　只要我的贞操不受侵犯，听你吩咐，我无不从命，虽死亦不足惜。

海伦娜　　我请你且等一下。说话之间夏天就要到了，野蔷薇将要又有叶儿又有刺，又香又刺人。

我们该走了。我们的车已经备好，我们也歇过来了：
收场圆满便皆大欢喜，要紧的是结局；
不管经过情形如何，结果是最堪注意。〔众下〕

第五景：卢西雍。伯爵夫人邸中一室

伯爵夫人、拉飞欧与丑上。

拉飞欧　　不，不，不。你的儿子是受了那个穿开叉绸衣的家伙的勾引，那家伙的邪恶的黄色染料能使全国的半生不熟的青年都染上他的颜色。若不是因为他，你的儿媳妇此刻一定还在活着，你的儿子一定也还在家里，受国王的提拔，远比受那我所说的红尾巴大马蜂的哄抬要好得多。

夫人　　我愿我根本不认识他，他害苦了上天创造出来的最贤惠的女子。如果她是我的骨肉，使我受过产褥呻吟之苦，我也不可能对她怀着更深挚的爱。

拉飞欧　是一位好姑娘，是一位好姑娘。我们采摘千种生菜，不见得能再遇到这样一株香草。

丑　　　的确是，先生，她是生菜中的甜薄荷，也可说是芸香。

拉飞欧　那不是供人吃的草，你这奴才。那是闻香的花。

丑　　　我不是伟大的奈布卡内萨，先生。对于草是不大在行的[10]。

拉飞欧　你自承究竟是个奴才，还是个小丑？

丑　　　伺候女人的时候是个小丑，伺候男人的时候是奴才。

拉飞欧　为什么有这样的分别呢？

丑　　　我会偷男人的老婆，替他效劳。

拉飞欧　这样说来你诚然是为他效劳的奴才了。

丑　　　我会把我的这根棒子送给他的老婆[11]，为她卖力。

拉飞欧　我同意你说的话，你确是兼有奴才与小丑的身份。

丑　　　我伺候您。

拉飞欧　不，不，不。

丑　　　噫，如果我不能伺候你，我能伺候一位和您同样伟大的王子。

拉飞欧	那是谁？一个法国人吗？
丑	老实说，先生，他有一个英国的姓，但是他的脸在法国比在英国格外显得凶些^[12]。

老实说，先生，他有一个英国的姓，但是他的脸在法国比在英国格外显得凶些 [12]。

拉飞欧　这是哪一位王子？

丑　黑王子，先生。又名黑暗之王，又名恶魔 [13]。

拉飞欧　拿去吧，这是我的钱袋。我给你这个不是要引诱你离开你所说的主人，永远伺候他吧。

丑　先生，我是居住在林地的人，总喜欢有一炉旺火。我说起的那个主人，永远给我保持着一片熊熊的烈火。当然喽，他是混世魔王，他的那份排场在他的宫殿里面摆吧。我是愿进窄门的房子 [14]，我想那小门小户的，富贵人是不肯进的，少数的谦冲的人可以进去。但是大多数人习于软暖，喜欢采取那一条绚烂的路子，通往大门烈火。

拉飞欧　滚你的吧，我开始厌烦你了。我事先警告你，因为我不愿和你吵架。走你的吧，好好地照料我的马，不要玩花样。

丑　如果我对那些马玩什么花样，那将是劣马的花样，它们天性如此无法可想。〔下〕

拉飞欧　真是一个刻薄而不幸的奴才。

夫人　的确是。我的先夫很喜欢拿他来开心，由于他的准许，他留在府里，他以为他是奉准可以胡说八道的，实在他也是不守规矩，总是到处乱跑。

拉飞欧　我很喜欢他，他没有什么错。我方才刚要告诉您，我自从听说这位贤惠夫人的死讯，以及令郎就要回

　　　　　　家的消息，我就力劝国王为我的小女吹嘘一下。国王陛下自动地忆起，在他们两个都还小的时候，他曾经首先提起过这件事。陛下答应我就这么做，为了消除他对您的儿子的愤怒，没有比这个更为适当的方法了。夫人意下如何？

夫人　　　我很满意，大人。我希望这件事能顺利成功。

拉飞欧　　国王从马赛匆匆地来了，身体健壮得像是三十岁的人。他将在明天到达，传达这种消息的人一向是很少错误的，这回大概也没有错。

夫人　　　我在死前还有再见他一面的希望，实在是很高兴。我接到来信，据说我的儿子今晚来到此地。我要求你不要离开我，等他们两个团聚再走。

拉飞欧　　夫人，我正在想用什么方法可以奉准躬逢其盛。

夫人　　　凭你的身份即可有觐见国王的权利。

拉飞欧　　夫人，这种权利过去我曾大胆使用过。我要感谢上帝，如果现在仍然有效。

　　　　　　小丑又上。

丑　　　　啊夫人！您的儿子就在那边，他的脸上贴着一片黑绒，底下有没有疤痕，只有那黑绒知道[15]，不过倒是很好的一块黑绒。他的左颊有两号半的细毛[16]，但是右颊是光溜溜的。

拉飞欧　　是光荣得来的疤伤，是荣誉的标记。大概是的。

丑　　　　也许是杨梅疮开刀过后的脸。

拉飞欧　　我们去看看你的儿子，我亟想和这位高贵的青年战

> 士谈谈。

丑　　　老实说，那边有十几个人，戴着漂亮的帽子，上面插
　　　　着顶有礼貌的翎毛，向每一个人点头示意呢。〔众下〕

注 释

[1] butter-woman，市场卖牛油的女贩，嗓音高，善叫骂。

[2] Bajazet's mute 是 Hanmer 的改笔，对折本原文是 Bajazeth's mule，费解。
Thistleton 改为 Bajzxet's mewl，Addis 疑为 Balaam's mule 之讹。新剑桥本改
为 Bajazet's mate（= Zabina，wife of Bajazet，in Marlowe's Tamburlane），其意
若日佩洛列斯既已因大言贾祸，唯一脱难之方法即为再行大放厥词，为
达到此目的则牛油贩子的舌头尚嫌不足，还要借助于 Zabina 的利舌。牛
津本作 mute，今照新剑桥本译。

[3] make ropes in such a scarr，这是著名的难解的一行，可能对折本原
文讹误，各家提议修正层出不绝。新剑桥本主张改 ropes 为 rapes，改
scarr 为 scour，（scour = a sudden rush or onset），全句的意思是 "I see
that men try to take us by storm，in the hope that we shall fall a prey to
them in mere giddiness."，似可取。

[4] 隆重宣誓时则领圣体为不可少之一部分仪式。威尔孙注：佩洛列斯
不知审讯者为新教徒抑为天主教徒，故云："用什么仪式随你的便。"

[5] Hunter 的解释："make your bargain well and you are half-way to success；
so，make your bargain first and all will turn out well."，似较可取。

[6] 从最神圣的地方偷最不值钱的东西，约翰孙的解释是也。

[7] 奈索斯（Nessus）是古典神话中之半人半马的怪物，曾企图强奸赫鸠利斯的妻 Deianira，被赫鸠利斯一箭射中。

[8] 鼓是军队用的乐器，但是英国剧团演员下乡演戏或赴欧陆献艺时亦排成队伍在街上游行，以为广告，由一人擂鼓前导。

[9] 适龄的伦敦市民均须纳入民团组织，预备在非常时期捍卫地方，每年在仲夏日赴郊外 Mile End Green 接受为期一天的军事训练，常被人视为笑谈。

[10] Nebuchadnezzar 是新巴比伦王国国王，在位期间为约公元前 605—公元前 562 年，曾攻占耶路撒冷，建设巴比伦，踌躇满志，被殛发狂，像牛一般地吃草……云云，见《旧约·但以理书》，iv .29—33.

[11] bauble = the Fool's truncheon，当然有猥亵的双关义。

[12] "因为（一）黑王子终身在法国作战;（二）由于'法国病'花柳症。"（Hunter 注）

[13] 黑王子（the Black Prince），爱德华三世之著名的儿子，骁勇善战，法国人闻而丧胆。同时，面色漆黑的恶魔（the Devil）亦称"黑暗之王"或黑脸王。

[14] 即天堂。参看《马太福音》第七章第十三节。

[15] 此处黑绒指胡须而言。黑绒片（patch of velvet）昔时用以遮盖光荣的剑伤或因患梅毒由理发匠医生在脸上开刀而留下的伤疤。

[16] 绒有厚薄之分，三号绒（three-pile velvet）是身份最厚的绒，二号是第二等。贝绰姆的胡须是相当地浓厚了。

第 五 幕

第一景：马赛。一街道

海伦娜、寡妇与戴安娜偕二仆从上。

海伦娜　这样急忙地日夜赶路，一定使得你们疲惫不堪。我们是无可奈何，不过你们为了我的事而不分昼夜地疲劳你们的筋骨，我是深知感激，这份友谊是永远不会消灭的。来得正是时候。

一位放苍鹰行猎的绅士上 [1]。

　　　　如果这人肯出力，他也许可以帮助我带句话给国王。上帝保佑你，先生。

绅士　　也保佑您。

海伦娜　先生，我在法国宫廷里见过你。

绅士	我是在那里盘桓过一阵。
海伦娜	恕我冒昧，先生，您素有古道热肠之名，想来必非虚传。我如今为情势所迫，顾不得繁文缛节，求您鼎力相助，不胜感激之至。
绅士	你要我做什么？
海伦娜	我想请你把我这一份陈情书送呈国王，并且运用您的力量使我得以觐见他。
绅士	国王不在这里。
海伦娜	不在这里吗，先生？
绅士	真是不在。他昨晚离开此地，比往常是匆忙一些。
寡妇	主啊，我们可白费力气了！
海伦娜	虽然现在好像是遭遇了挫折，不大顺利，但是收场圆满还是会皆大欢喜的。请问他到什么地方去了？
绅士	据我所知，是到卢西雍。我也正要到那里去。
海伦娜	你既然能比我先见到国王，我求你把这文件交到他的手里。我相信他不但不会怪你，而且还会令你觉得不虚此行。我将利用一切可能的交通工具尽速随后就来。
绅士	这件事我愿为你去做。
海伦娜	无论发生什么事，你一定会得到好好的酬谢。我们又该上马了。去，去，准备起来。〔众下〕

第二景：卢西雍。伯爵夫人邸中内廷

丑与佩洛列斯上。

佩洛列斯　　好拉瓦施先生，把这封信给拉飞欧大人。我从前惯穿绫罗绸缎的时候，先生，我和你还要熟一些。但是我如今时运不济，颇有走倒霉运的味道。

丑　　　　　真是的，如果命运之神发起怒来就有你所说的味道，那么她的确是个臭婆娘。从此以后命运之神的臭池塘里养的鱼我是不吃了。请让我站在你的上风处。

佩洛列斯　　不，你用不着堵起鼻子，先生，我只是譬喻的说法。

丑　　　　　的确，先生，如果你的譬喻冒臭味，我是要堵鼻子的。任何人的譬喻也是一样。请你，站开远一些。

佩洛列斯　　请你，先生，把这封信送去。

丑　　　　　呸！请你站开一些。从命运之神的马桶里取出来的一张纸，也要送给一位贵人！看，他自己已来了。

拉飞欧上。

这里有命运之神的呜呜叫声，先生，也许是命运之神的猫的呜呜叫声——不过不是洒了麝香的猫——这猫一定是未得命运的欢心而跌入了她的臭鱼池里了，于是，如他所说，弄了一身泥。这条鲤鱼，先生，请你随便处置吧，因为他的样子像是一个贫苦的、寒碜的、糊涂的、蠢笨的、下流的奴才。我用这一套委婉的譬喻的说法，是怜悯他的遭遇，听由

大人您来发落他吧。〔下〕

佩洛列斯	大人，我是被命运之神狠狠地抓伤了的一个人。
拉飞欧	你要我做什么呢？现在给她剪指甲似嫌太晚，命运之神本是一个好女子，她是不愿让坏人长久得意的，你究竟做下了什么坏事惹得她来抓你呢？这几便士送给你。向法官去申请救济让你转运吧[2]，我还有别的事要做。
佩洛列斯	我求大人再听我说一句话。
拉飞欧	你还要再多讨一个便士。来，给了你，话不必说了。
佩洛列斯	好大人，我的名字是佩洛列斯。
拉飞欧	那么你求的不只是听你说一句话了。哎哟我的天！让我握握你的手，你的那面鼓怎么样了？
佩洛列斯	啊，好大人！你是第一个把我揭穿的。
拉飞欧	我真是吗？我也是第一个把你铲除的。
佩洛列斯	你使我出丑丢人，如今也只有你有力量使我恢复体面。
拉飞欧	你胡说八道，奴才！你把上帝与恶魔的职务同时加在我的身上吗？一个是使你光荣体面，一个是使你出丑丢人。〔喇叭鸣〕国王来了，我听他的喇叭响就知道了。小子，你以后再来找我吧。我昨天晚上还谈到你，虽然你是个傻瓜，又是个小人，你总不能不吃饭。好了，走吧。
佩洛列斯	为了你我要赞美上帝。〔同下〕

第三景：同上。伯爵夫人邸中一室

奏花腔。国王、伯爵夫人、拉飞欧、众贵族绅士及卫士等上。

国王　　我失掉了她等于是失掉了一项珍宝，我的价值为之
　　　　大为减色。不过你的儿子也实在荒谬无知，竟不能
　　　　充分认识她的价值。

夫人　　事已过去，陛下。我请求陛下认为那只是年少气盛，
　　　　一时血性之所致，当时火上浇油，理性无法控制，
　　　　于是就燃烧起来了。

国王　　我的尊贵的夫人，虽然我曾对他怀着愤恨之心，等
　　　　待时机一到就要对他下手，可是现在我已经宽恕了一
　　　　切，忘怀了一切。

拉飞欧　有句话我必须要说——但是我首先要请您原谅——
　　　　这一位年轻的贵人对于国王陛下、他的母亲、他的
　　　　夫人，的确是犯下了很严重的过错，但是最对不起
　　　　的是对他自己。他失掉了一个妻子，其美貌使阅历
　　　　最广的人一见惊心，其言谈使所有的人听了陶醉，
　　　　其十全十美的性格使桀骜不驯的人心悦诚服。

国王　　赞美已经失去的事物，使得回忆格外难堪。好，叫
　　　　他来吧。我们已经重归于好，初见面不谈旧事，他无
　　　　须向我请罪。他的重大过失业已死去，我已经把那
　　　　恼人的回忆埋葬在比遗忘还要更深邃的地方。叫他
　　　　来吧，作为一个客人，不是犯人，告诉他这是我的
　　　　意思要他如此。

绅士	遵命，陛下。〔下〕
国王	他对你的女儿意下如何呢？你提到了没有？
拉飞欧	他一切听凭陛下做主。
国王	那么我们可以做成这桩亲事了。我接到了好几封信，对他都备极推崇。

贝缚姆上。

拉飞欧	他脸上的样子可以证明。
国王	我的心情不像是一个稳定的天气，因为你在我心里可以同时找到阳光和冰雹。但是阴霾应该散去，让太阳大放光明，所以你走过来吧，天又晴了。
贝缚姆	亲爱的君王，请饶恕我深自悔恨的罪过。
国王	一切都没有事了，过去的不要再提。我们要抓住稍纵即逝的时机，因为我老了，在我尚未实行我的顶迅速的决定之前，无声无响的时间就偷偷地溜走了。你还记得这位大人的女儿吗？
贝缚姆	我甚为仰慕，陛下。我当初一见钟情就选中了她，就在这衷心爱慕未敢启齿之际，心里就有了一面鄙夷不屑的凹凸镜，对于其他的每一个女人都觉得是丑陋不堪，看不起一张皙白的面孔，认为那是敷上去的脂粉；把匀称的身段不是看得太长就是太短，成为可厌的对象。所以人人称赞而我自己在得不到的时候又复爱恋的她，当时像是我眼里的一粒微尘，使我很不舒服。
国王	辩护得很好。你究竟还是爱她，那么在那一宗巨大

的债里面是可以消除几笔了。不过这爱情来得太晚，
有如迟迟送达的赦状，把一番好意积压得变了质，
空喊着："死者原是一个好人。"
我们常因鲁莽而低估我们的宝物的价值，
送进坟墓之后才开始对他们有了认识：
我们时常不该发怒而竟发怒，
害死了朋友，然后哭他们的尸骨：
苏醒的爱心看了遗憾的事情而号啕，
可耻的嫉恨心整下午地安然睡大觉。
这就算是给可爱的海伦娜敲的丧钟吧，现在把她
忘记。
把你的求婚礼物送给美丽的毛德琳：
有关各方面都已经表示同意；
我们等着看鳏夫的二次婚礼。

夫人　　　愿上天祝福这次比上次更好！
　　　　　否则在他们会面之前先让我死掉！

拉飞欧　　来呀，我的女婿，从此我们两姓联姻，拿一份礼物
　　　　　出来使我的女儿引以为荣，好让她快点来。〔贝绰姆
　　　　　给指环〕凭我这一把胡须来发誓，那已死去的海伦
　　　　　实在是一个可爱的人儿，我上次在宫廷向她告别的
　　　　　时候，我看见她手指上就戴着这样的一个指环。

贝绰姆　　这不是她的那一个。

国王　　　拿来让我看看。我方才说话的时候，我的眼睛已经
　　　　　盯着它了。——这指环是我的，我把它给海伦的时
　　　　　候，我曾经对她说，如果她有什么遭遇需要援手，

	凭这指环我就会去救助她。你居然有办法把她最有用的东西弄到手了？
贝绰姆	仁慈的陛下，不管您是怎样的看法，这指环绝不是她的。
夫人	儿子，我以性命为誓，我看见她戴过，她视同自己的性命一般。
拉飞欧	我确知她是戴过。
贝绰姆	您错了，大人，她从没见过它。这是在佛劳伦斯有人从一个窗户掷出来给我的，上面包着一张纸，纸上写着掷的女人的名字。她是名门之女，她以为我就算是和她订了婚约[3]。但是等到我说明身份，告诉她我无法接受她的垂青，她也就怏怏地作罢，不肯收回那只指环。
国王	熟知炼金浆液以及滋生黄金的普鲁特斯[4]，他尽管对于点铁成金有专门的知识，但是没有我对于这只指环的认识更多。无论是谁给了你的，那原是我的，原是海伦的。那么，如果你知道好歹，你就承认那是她的吧，并且招供是用什么强暴手段从她手上抢来的。她曾指天发誓，她将永不让它离开她的手指，除非和你同床的时候送给你，而你根本没有和她同过床，或是在她遭遇危难的时候派人送给我。
贝绰姆	她从来没看见过它。
国王	我说话以信义为重，而你信口开河，你使我心里起了不敢想象的可怕的揣想。如果你证明真是那样地没有人性，也许不至于那样——不过我也不敢说，

你曾经痛恨她，而她现在是死了。除非是我亲自在她身旁为她合眼，我见了这只指环就不能不疑心其中必有别情。把他带走。〔卫士逮捕贝绰姆〕无论此事结果如何，以我过去的所经验的而论，该怪我过于大意，太不小心，把他带走！此事我还要深究。

贝绰姆　　如果您能证明这只指环曾为她所有，您就可以很容易地证明我在佛劳伦斯已经和她同床，而她不曾到过那地方。〔被押下〕

国王　　我心里充满了可怖的想法。

放鹰行猎的绅士上。

绅士　　仁慈的陛下，这事是不是该怪我，我不知道。这里有一个佛劳伦斯女人的陈情书，因为圣驾正在巡幸，她有四五次都没有赶上，因此未能亲自呈递。我看那陈情人的仪表言谈都很高雅，所以我就答应代她呈递，她此刻该是在这里听候传见。她的事情好像是颇关紧要，据她亲口所述，是牵涉到陛下和她自己。

国王　　"因其屡次宣称，一俟其妻死亡，即与我结婚，说来惭愧，我即为他所骗。卢西雍现已成为鳏夫，彼置誓言于不顾，我则为彼而失身，他私离佛劳伦斯，不辞而别，我追随至其本土，请求法办。国王乎！请准我所请，唯有陛下始能主持公道，否则勾引良家妇女者逍遥法外，一弱女子长此沉沦矣。戴安娜·卡皮雷特。"

拉飞欧	我愿在市集摊子上买一个女婿，把这一个送进市场卖掉。我不要他。
国王	上天待你甚厚，拉飞欧，所以才有这一场揭穿。寻找这个陈情的人，赶快去把伯爵带来。〔放鹰行猎的绅士及数侍从下〕我恐怕，夫人，海伦是死于非命。
夫人	哼，对这些为非作歹的人一定要绳之以法。

贝绰姆被押上。

国王	我不明白，先生，你既然把妻子看成了妖精，刚答应成婚就弃家而逃，何以又想结婚。

放鹰行猎的绅士偕寡妇与戴安娜又上。

那个女人是谁？

戴安娜	陛下，我是一个遭难的佛劳伦斯人，出自卡皮雷特世家。我的请求想来您已知悉，所以我愿知道我将受到怎样的怜悯。
寡妇	我是她的母亲，陛下，我的衰老之躯和清白家声都受了我们所申诉的冤情的打击，如果没有您的解救，我将身败名裂。
国王	走过来，伯爵，你认识这两个女人吗？
贝绰姆	陛下，我不能并且也不愿否认，我是认识她们。她们对我还有什么控诉？
戴安娜	你为什么对你的妻子视若路人？
贝绰姆	她不是我的妻子，陛下。
戴安娜	你若是和人结婚，你必须伸出那只手，而那只手是

<table>
<tr><td></td><td>我的；你必须对天发誓，而那誓是我的；你必须把我自己给贡献出去，谁都知道那是我的。因为我由于盟誓已经和你融为一体，谁要是和你结婚，势必至于也要和我结婚，和我们两个结婚，否则和任何一个也结不了婚。</td></tr>
<tr><td>拉飞欧</td><td>〔向贝绰姆〕你的名誉太差，配不上我的女儿，你不配做她的丈夫。</td></tr>
<tr><td>贝绰姆</td><td>陛下，这是一个愚蠢狂妄的女人，我曾和她玩过一阵。陛下应该对我的名誉做较高的看法，不要以为我会在这女人身上毁掉我的名誉。</td></tr>
<tr><td>国王</td><td>先生，讲到我的看法，在你的行为赢得我的好感以前，的确是对你不大友善的，用事实来证明你的人格是比我的看法要好一些吧。</td></tr>
<tr><td>戴安娜</td><td>好陛下，让他发誓回答，他是否承认他曾夺去我的贞操。</td></tr>
<tr><td>国王</td><td>您怎样回答她？</td></tr>
<tr><td>贝绰姆</td><td>她是无耻，陛下，她是营中的公妓。</td></tr>
<tr><td>戴安娜</td><td>他冤枉我，陛下，如果我是，他便可以用普通的价钱买得我的肉体。不要相信他。啊！请看这只指环，其崇高的价值与贵重的价格是举世无双的，可是他竟把它送给了一个营里的公妓，如果我是一个的话。</td></tr>
<tr><td>夫人</td><td>他脸红了，是那一只指环[5]，那宝物是我们的祖宗传下来的，有六代之久，子子孙孙永宝佩戴。这女子是他的妻子，这指环便是一千个证据。</td></tr>
<tr><td>国王</td><td>我记得你说过在这朝廷上你看到了一个可以做证</td></tr>
</table>

	的人。
戴安娜	我是说过，陛下，但是我很不愿举出这样坏的一个人。他的名字是佩洛列斯。
拉飞欧	我今天看到那个人了，如果他算是个人。
国王	去找他，把他带来。〔一侍者下〕
贝绰姆	要他来做什么？他是著名的最不忠不义的奴才，无恶不作，说句真话便心里难过。他是什么话都说得出口的，难道听他信口乱说，我便是如此这般的一个人了吗？
国王	她手里有你的指环。
贝绰姆	我想她是有。我的确是喜欢过她，青年荒唐，遂与她春风一度。她知道她的身份和我不称，于是钓我上钩，故作矜持之态以挑起我的热情，因为情场上的一切阻碍都是诱发更多热情的动机。简而言之，她的无穷的手段，益以她的普通的风韵，使我不得不应允她开出的价格。她得到了指环，我所得到的只是任何比我地位低的人都可以用普通市价买得到的。
戴安娜	我必须隐忍。你可以遗弃那样高贵的原配夫人，当然可以把我用毕随手丢开[6]。我还要请求你——你既无情无义，我也情愿丧失一个丈夫——拿回你的指环，我愿意退还给你，我要我自己的那一只。
贝绰姆	现在不在我手里。
国王	请问你，你的指环是什么样子的？
戴安娜	陛下，和您手指上戴着的颇为相似。

国王	你认识这只指环吗？这指环方才还是属于他的哩。
戴安娜	这个就是我在床上送给他的。
国王	你从窗口丢出去给他的故事是假的了。
戴安娜	我说的是实话。

侍从等偕佩洛列斯又上。

贝绰姆	陛下，我承认这指环是她的。
国王	你很容易受惊，每一根羽毛都吓你一跳。这就是你说的那个人吗？
戴安娜	是的，陛下。
国王	告诉我，小子，但是要说实话，不必怕你的主人不高兴——你尽管坦白招供，我不准他近你——关于他和这个女人你知道有什么事情？
佩洛列斯	启禀陛下，我的主人一向是体面的绅士，他有时候玩一点花样，那都是绅士们不免的。
国王	好，好，说到本题上来。他是否爱过这个女人？
佩洛列斯	老实说，陛下，他爱过她，就像一位绅士爱一位淑女一样的。
国王	这是什么意思？
佩洛列斯	他爱她，陛下，不是真心爱她。
国王	就像你是混蛋，不是真正混蛋。这个人说话如此地模棱两可！
佩洛列斯	我是一个苦人，听陛下驱使。
拉飞欧	他是一个好的鼓手，陛下，但是一个拙劣的雄辩家。
戴安娜	你知道他曾答应和我结婚吗？

佩洛列斯	老实说，我知道的比我愿说的要多一些。
国王	你不愿把你所知道的全说出来吗？
佩洛列斯	只要您要我说，我就说。我曾给他们撮合，这是我说过的，不过尚不仅如此，他爱她，他确实为她而疯狂，说什么恶魔、地狱、复仇之神，还有许多莫名其妙的话。当时他们对我十分信赖，所以我知道他们同床睡觉了，还有其他的举动，例如许下和她结婚的诺言，以及其他我若说出来怕要伤感情的事。所以我不愿把我所知道的都说出来。
国王	你已经全说了，除非你能再说他们业已结婚。你做证实在太巧妙了，站在一旁去吧。这只指环，你说，是你的吗？
戴安娜	是的，好陛下。
国王	你在哪里买的？或是谁给你的？
戴安娜	不是谁给我的，也不是我买来的。
国王	谁借给你的？
戴安娜	也不是谁借给我的。
国王	你在什么地方捡到的？
戴安娜	也不是我捡到的。
国王	如果你不是用这些方法得到的，你怎么能送给他呢？
戴安娜	我根本没有给过他。
拉飞欧	这个女人像是一只宽松手套，陛下，她可以随便戴上脱下。
国王	这指环是我的，我把它给了他的原配夫人。
戴安娜	也许是您的或是她的，我不得而知。

国王	把她带走,现在我不喜欢她了。把她送进监狱,把他也带走。除非你告诉我你这只指环是从哪里得到的,你一小时之下就要被处死。
戴安娜	我永远不告诉你。
国王	把她带走。
戴安娜	我要请求保释,陛下。
国王	现在我想你是一个娼妇了。
戴安娜	天哪,如果我曾经和男人发生过肉体关系,那男人就是你。
国王	你为什么一直地在控诉他?
戴安娜	因为他有罪,而他又是没有罪。他知道我不是处女,他可以发誓;我也可以发誓我是处女,而他不知道。大王啊, 我以性命为誓,我不是妓女; 我若不是处女,便是这老头子的妻。〔指拉飞欧〕
国王	她是在胡扯了,把她送进监狱!
戴安娜	好母亲,快去给我觅保。〔寡妇下〕且慢,陛下。我央人去找那指环的所有人了,他可以为我做保。至于这位贵人,虽然事实上他还没有伤害到我,可是他欺侮我了,他自己心里明白,我现在且不和他计较: 他自己知道他已夺去了我的童贞, 就在那时候他使他的妻怀了身孕, 她虽已死,却觉得婴儿在腹中踢动: 这就是我的谜语:死人又已复生。

现在请看我的谜底。

寡妇与海伦娜上。

国王	是不是有拘魂的术士把我弄得眼花缭乱了？我所看到的可是真的吗？
海伦娜	不是的，好陛下，你所见到的不过是一个妻子的阴影，是空名而非实体。
贝绰姆	二者皆是，二者皆是。啊！饶恕我。
海伦娜	啊我的好丈夫！你把我当作是这位姑娘的时候，我发现你是非常温柔。这就是你的指环。你看，这是你写的信，里面这样说："等到你能从我手指上取得这只指环，并且能为我怀了身孕"等语。 如今这两件事都已经实现， 再度相逢，做我的丈夫你可情愿？
贝绰姆	陛下，她若能为我解释明白， 我将永远地永远地和她相爱。
海伦娜	若是说不明白，并且含有虚假， 那么夫妻离异，永久拆散你和我吧！ 啊！我的亲爱的母亲，我不是活着见到您了吗？
拉飞欧	我的眼睛嗅到了葱味，我就要流泪了。〔向佩洛列斯〕好鼓手，借给我一块手帕。好，谢谢你。到我家里来，我要和你散散心，不要屈膝打躬，那太无聊了。
国王	我们一步步地谈谈这故事的经过， 说明事实真相以博大家一乐。

〔向戴安娜〕你若还是一朵未经采摘的鲜花，

我给你一份妆奁，你也选择一个丈夫吧；

我可以猜到是你苦心设计，

使她曲尽妇道，你仍是个处女。

这件事及一切经过的情形，

等有空闲的时候再详细说明：

现在皆大欢喜，结局如此成功，

苦的已过，对甜的当格外欢迎。〔奏花腔。众下〕

收场白

国王致辞。

现在戏已演完，国王成了乞丐：

婚事完成，结局就都不坏，

只要诸位高兴；为答谢盛情起见，

我们要天天努力讨大家的喜欢：

现在我们静静观赏，看你们的演技；

用力为我们鼓掌吧，让我们感激。〔众下〕

注 释

[1] 牛津本根据第一对折本作 Enter a gentle Astringer，（astringer = falconer；keeper of goshawks），第二对折本作 Astranger，第三对折本作 a stranger。何以此一绅士要特为指明放鹰行猎者，无法加以说明。

[2] 按照伊利沙白时代的贫民法，法官负责以公款救济乞丐游民。

[3] 牛津本 engaged，第一对折本作 ingaged，可以解作 not gaged（pledged）to another woman "尚未与其他女人订婚"；亦可解作 engaged to her-because he had received the ring，"与她订婚"——因为他接受了指环。今从后者。

[4] 普鲁特斯（Plutus），财富之神，在此喻为炼金师。tinct 即 tincture of gold，或 elixir 或 aurum potabile，炼金所用之万灵药。

[5] 牛津本及一般现代本 'tis it，第一对折本作 'tis hit，按 Thistleton 的解释为 "目标被射中了，脸红便是证据"。不无可取，但究不如以 it 做 "指环" 解为合理，与下文较为贯穿。

[6] diet 威尔孙解作 "pay off after a day's work"，是也。

恶 有 恶 报

Measure for Measure

序

 《圣经·马太福音》第七章第二节："慎毋责人，庶免受责。盖尔所责于人者，必有援以责尔者；尔所用以绳人者，必有执以绳尔者。"《马可福音》第四章第二十四节："尔以何等器量待人，尔之受报亦如之。"（吴经熊译本）莎士比亚此剧标题显然是引自这些经文，但 *Measure for Measure* 在中文里苦无适当之成语，勉强用佛家语"善有善报，恶有恶报"之意译之。此一标题在莎士比亚集中是特殊的，是唯一的概括主题的标题（thematic title）。

一 版本及著作日期

 苏格兰王詹姆斯六世于一六〇三年五月七日抵达伦敦继伊利沙白女王为英格兰王。女王于三月二十四日逝世，戏剧禁演，但于五月九日又复开禁。五月十九日内大臣剧团改为王家剧团，受国王的保护。约于此时市内疫疠盛行，五月二十六日剧院封闭。莎士比亚的剧团遂下乡巡游上演。因为疫疠的关系，詹姆斯王并未进入市内，先后驻跸于 Wilton 及 Hampton Court，直到一六〇四年三月十五日始正式举行入城式。在这时候王家剧团的主要演员以内廷供奉的资格接受制服并参加仪式。剧院旋于四月九日重开，莎氏剧团始获机会向新王大献殷勤。据一本《宫廷娱乐簿记》所载，莎氏剧团在是年圣诞前后在御前演剧多次，《恶有恶报》一剧是在是年十二月二十六日在宫内演出的。

此剧大概就是一六〇四年所著。剧中有两处虽然是奉承哲姆斯王的（一幕一景第六七至七二行，及二幕四景第二六至三〇行），还有一处可能是指一六〇三年的大疫（一幕二景第八四行）。不过这些内证只能断定此剧之完成形式不能在一六〇四年以前定稿，不能断定此剧最初之撰写不在一六〇四年以前。J. Dover Wilson 认定此剧曾经若干年间不止一次地修改。就大体看，此剧最后定稿于一六〇四年，是无可置疑的。

此剧在莎士比亚生时不曾付印，故一六二三年之对折本为此剧唯一之版本。此对折本之版本有种种迹象足以说明其所根据的不但不是原稿，而且也不是剧院使用的稿本，大概是一个不仔细的抄稿者的抄本，甚至可能是由各个演员所使用的"单词"本汇集而成的。许多上下场的说明都被删略了，舞台指导也极为贫乏，这都指示此剧版本之可能为拼凑成篇者。

二 故事来源

此剧的直接的故事来源是 George Whetstone 所作的 *The right excellent and famous Historye of Promos and Cassandra：Divided into Commercial Discourses*，分上下篇，刊于一五七八年，这是一出从未

上演过的戏剧。四年后，Whetstone 又用散文把这故事写过，收在一个取名为 *An Heptameron of Civill Discourses* 的短篇小说集里。这个故事不是 Whetstone 编造的，是采自一五六五年刊于西西里的意大利作家 Giraldi Cinthio 所作 Hecatommithi 短篇小说集中的一篇小说。在一五七三年以前不久 Cinthio 也曾把他这故事编写成为剧本，取名为 *Epitia*。Cinthio 的小说与戏剧可能是莎士比亚所熟知的，至少 Whetston 的 Heptameron 大概是莎士比亚所熟知的，因为那故事中的 Madame Isabella 这个名字极可能暗示了莎氏剧中女主人的名字。不过莎氏剧之主要的来源仍是 Whetstone 的 *Promos and Cassandra*。

  Promos and Cassandra 的剧情是这样的："在匈牙利的朱立欧地方，Lord Promos 恢复了一条古老的法律，重惩奸淫，男方处死刑，女方终身为人耻笑。结果是一位年青绅士名安都吉奥者犯法论死。其姐卡珊卓乃向普罗茂斯请求宽赦。普为其美貌及辩才所动，允赦安，旋因爱慕而启淫心，令其牺牲清白之身方可赎乃弟之罪。卡因弟之哀恳，无可奈何强勉允之，但附有条件，普于赦弟之后必须与之结婚。普佯允接受条件，但淫欲满足之后即命狱官斩安，以其首级送致其姐。狱官同情安之遭遇，将新斩首之一盗犯的首级以进，纵安逃逸。卡乃向国王申诉，国王立即惩办普。令普与卡结婚后即行斩首。婚礼甫成，卡即求王赦其夫。王拒其请，安见其姐哀痛欲绝，乃冒险挺身而出，求王开恩。王受感动，遂并赦安普二人。"从这个简单的故事，我们可以看出莎士比亚的编剧手腕，他添加了什么剧情，什么动机，什么人物，什么穿插。

三　舞台历史

从文艺批评的眼光看，此剧在莎氏集中是比较恶劣者之一。虽然其中有不少美妙的文字，其人物描写不够深入，不够突出，其情节发展不够充分，不够自然，其结尾是一个牵强的、草率的、自天而降的大团圆，与全剧之阴森的悲剧气氛不相称。但是在舞台上此剧还是受欢迎的。十七世纪末叶，此剧经改窜后时常上演。十八世纪及十九世纪初叶之伟大莎士比亚戏剧演员如 Colley Cibber、Garrick、Mrs. Sidons、Miss O'Neill、Kemble、Macready 都演过此剧。Miss Neilson 于一八七六年及一八八〇年在伦敦与纽约分别上演此剧。Tyrone Guthrie 在一九三三年及一九三七年两度在伦敦 Old Vic 剧院演出此剧，皆大成功。此剧之所以能获得舞台上之成功，因其剧情之曲折突兀颇有"闹剧"性质之故。

剧 中 人 物

文禅西欧（Vincentio），公爵。

安哲娄（Angelo），公爵假期中代理人。

哀斯克勒斯（Escalus），元老，与安哲娄共理政事。

克劳底欧（Claudio），青年绅士。

陆希欧（Lucio），花花公子。

另两位同样的绅士。

瓦利阿斯（Varrius），公爵之侍从。

狱吏。

陶玛斯（Thomas）⎫
　　　　　　　　⎬ 二修道士。
彼得（Peter）　 ⎭

一法官。

爱尔博（Elbow），糊涂警官。

佛劳兹（Froth），愚蠢的绅士。

庞沛（Pompey），欧佛顿太太的仆人。

阿伯霍孙（Abhorson），刽子手。

巴拿丁（Barnardine），荒唐的囚犯。

伊萨白拉（Isabella），克劳底欧的姐姐。

玛利安娜（Mariana），安哲娄的未婚妻。

朱丽叶（Juliet），克劳底欧的爱人。

佛兰西斯卡（Francisca），尼姑。

欧佛顿太太（Mistress Overdone），鸨母。

贵族们、官吏们、公民等，童仆及侍从等。

地点

维也那。

第 一 幕

第一景：公爵宫中一室

公爵、哀斯克勒斯、贵族等及侍从等上。

公爵　　　　哀斯克勒斯。

哀斯克勒斯　殿下？

公爵　　　　我若是阐说为政之道，便显得我是有意浪费唇舌，
　　　　　　因为我知道你在这一方面的学识远超过了我所能给
　　　　　　予的指导，所以也没有什么可说的了，只是愿你悉
　　　　　　力以赴，我相信你有本领可以施展你的抱负[1]。至
　　　　　　于我们人民的习性、我们政府的法令，以及司法的
　　　　　　程序，你都是很熟悉的，不在任何博学练达之士以
　　　　　　下。这就是我的委任状，〔交付委任状〕你要遵照奉
　　　　　　行。去喊安哲娄来见我。〔一侍从下〕你觉得他能不

　　　　　　能代理我的职位？因为，你要知道，我特别选中他
　　　　　　在我离职期间代理政务，把我的权威交付给他，把
　　　　　　我的恩宠加被于他，把我的一切职权由他代行。你
　　　　　　以为如何？

哀斯克勒斯　在维也那若是有人能有资格享受这样的恩宠，那便
　　　　　　是安哲娄大人了。

公爵　　　　你看他来了。

　　　　　　安哲娄上。

安哲娄　　　我总是遵从您的意旨，现在前来听您吩咐。

公爵　　　　安哲娄，你的为人给人一种印象，令人一眼就能把
　　　　　　你完全了解。你自己和你的优良品质并非完全是你
　　　　　　的私产，不可孤芳自赏，更不可独善其身。上天生
　　　　　　人，犹如我们之燃起火炬，那火炬不是为照亮它自
　　　　　　己的 [2]。如果我们的美德不能推而及人，那就与没有
　　　　　　美德毫无二致。一个人算不得得天独厚，除非他善
　　　　　　于使用他的才智，并且自然之神，颇善理财，从不
　　　　　　假人以丝毫的才智，而不讨还债主的权益，感激与
　　　　　　利润二者均不得或缺。其实我是该向你领教如何治
　　　　　　国的，这番话实在是多余。所以，你拿去吧，安哲
　　　　　　娄，〔持授委任状〕在我离职期间，你全权代表我，
　　　　　　维也那人民的生死全凭你一言一念来决定。年高的
　　　　　　哀斯克勒斯，虽然先受了我的嘱托，却是你的助手。
　　　　　　拿去你的委任状吧。〔给予委任状〕

安哲娄　　　啊，好殿下，我这块顽金需要再多锻炼一下，才好

打上这样尊荣伟大的标记。

公爵　　　不必推托，我是经过熟虑之后才选中了你，所以接
　　　　　受你的任命吧。我有事急于离去，留下许多重要公
　　　　　事未加处理。我在外一切遭遇，如有必要我将随时
　　　　　写信给你，也切望能知道你这里发生的事情。那么，
　　　　　再会了，希望你好好地执行我的委任。

安哲娄　　殿下，请准许我们送你一程。

公爵　　　我很匆忙，不必送了。你用我的名义办事，也不必
　　　　　多所顾虑，你的权限就和我的一样，严格执法，或
　　　　　是法外施恩，只要你觉得好就行。让我握你的手，
　　　　　我要悄悄地离去。我爱老百姓，但不愿在他们面前
　　　　　铺张。民众夹道欢呼，固然是一番好意，可是我并
　　　　　不喜欢，凡是喜欢要这种铺排的人，我以为头脑不
　　　　　大健全[3]。我再度向你们告辞了！

安哲娄　　愿上天保佑你一路平安！

哀斯克勒斯　愿上天领导你快乐地出去，快乐地归来！

公爵　　　谢谢你们。再会了。〔下〕

哀斯克勒斯　大人，请准许我和你畅谈一下。我很想知道我的权
　　　　　限，我有权，但是怎样的一种权，尚未蒙开示。

安哲娄　　我也不大清楚。我们一同走，关于这一点我们可以
　　　　　很快地获得协议。

哀斯克勒斯　我敬谨奉陪。〔同下〕

第二景：一街道

陆希欧及二绅士上。

陆希欧　　如果我们的公爵和其他各位公爵对于匈牙利国王和
　　　　　谈不成，那么公爵们就要向那位国王群起而攻了。

绅甲　　　愿上天赐给我们和平，但不是和匈牙利国王讲和平！

绅乙　　　阿门。

陆希欧　　你最后的一句祷告，恰似虔敬的海盗，带着"十诫"
　　　　　出海，但是涂掉了其中的一项。

绅乙　　　"你不可偷窃"？

陆希欧　　对，他涂掉了这一项。

绅甲　　　噫，那一诫乃是要船长及其伙伴戒掉他们的任务，
　　　　　他们出海就是为了抢劫。凡是我们当兵的，没人愿
　　　　　意在餐前祈祷里重复那句乞求和平的话[4]。

绅乙　　　我没听说过任何当兵的人不喜欢那句话。

陆希欧　　我相信你的话，因为我想你从来没到过做餐前祈祷
　　　　　的地方。

绅乙　　　没有过？至少听到过十几次。

绅甲　　　怎么，是韵语的吗[5]？

陆希欧　　各种诗体各种文字的祈祷文他都听到过。

绅甲　　　我想，各种宗教的祈祷他都听到过。

陆希欧　　对，为什么不呢？宗教虽然不同，祈祷总归是祈祷。
　　　　　例如，无论怎么祈祷，你总是一个坏蛋。

绅甲　　　唉，我们两个都是同样的材料。

陆希欧	我承认，就像是丝绒与毛边一样，你就是那毛边。
绅甲	你是丝绒，你是上等丝绒，我担保你是起三层毛的丝绒[6]。我宁愿是英国粗布的毛边，也不愿像你似的成为脱毛的法国丝绒。我这句话可说得令你难过了吧？
陆希欧	是令人难过。老实讲，你说话的时候你已经露出极苦痛的样子，根据你自己的招认，我晓得怎样对你敬酒了，无论如何我决不用你用过的酒杯[7]。
绅甲	我想我已经泄露了我的秘密，是不是？
绅乙	是的，你已经泄露了，不管你是否已经沾染上那个病。
陆希欧	看，看，救苦救难的太太来了！在她家我买到不少的病，足有——
绅乙	有多少，请问？
陆希欧	猜猜看。
绅乙	一年有三千回烦恼[8]。
绅甲	有的，怕不止此数。
陆希欧	再加上一块法国金币[9]。
绅甲	你总是想着我的病，但是你完全错了，我是健全的。
陆希欧	不，总不能说是健康，可以说是像空虚的东西一般地健全。你的骨头是空虚的，罪恶已经把你腐蚀了。

欧佛顿太太上。

绅甲	喂！你的尻骨哪一边痛得最凶[10]？
欧佛顿	唉，唉，那边有一位被捕并且下了监牢，他可以抵得你们这样的五千个。

绅乙	是谁，请问？
欧佛顿	唉，先生，那就是克劳底欧，克劳底欧先生。
绅甲	克劳底欧下了监牢！不会的吧。
欧佛顿	不，我知道确是如此。我亲见他被捕，亲见他被押走，而且，三天之内他就要被砍头。
陆希欧	但是，尽管你骗我，我还是不肯相信。你确实知道有这样的事？
欧佛顿	我知道得太确实了，并且是为了他使得朱丽叶小姐怀了孕。
陆希欧	请相信我，这是可能的。他答应在两小时以前和我相见，他一向是言而有信的。
绅乙	并且，你知道，这和我们刚才所谈论的颇为相近。
绅甲	主要的是，这与新颁布的禁令甚为符合。
陆希欧	走！我们去打听一下真相。〔陆希欧与二绅士下〕
欧佛顿	一部分由于战争，一部分由于瘟疫[11]，一部分由于绞刑，一部分由于贫穷，我的生意就这样清淡下来了。

庞沛上。

怎样！你有什么消息？

庞沛	那边那个男人送到监牢里去了。
欧佛顿	唉，他干了什么[12]？
庞沛	一个女人。
欧佛顿	但是他犯了什么罪？
庞沛	在私人的河里摸鱼。
欧佛顿	怎么，是一位处女被他弄得怀了胎？

庞沛	不，是一个女人被他装进了一条小鱼[13]。你还没有听说那禁令吧？
欧佛顿	什么禁令？
庞沛	维也那郊外的妓馆必须一律关闭[14]。
欧佛顿	城里的怎么办呢？
庞沛	他们是要留下来做种的。本来他们也要关闭的，但是有一位聪明的市民为他们说情。
欧佛顿	但是我们在郊外的妓馆全都必须拆除吗？
庞沛	全拆成平地。
欧佛顿	吓，这国家可真是大变了！我可怎么好呢？
庞沛	好啦，不要怕，好律师自有主顾上门。你改变地点，无须改变职业，我仍然做你的伙计。拿出勇气！会有人怜悯你的。你为人服务，几乎把眼睛都累坏了，你会得到照应的。
欧佛顿	这里又出了什么事，陶麦斯伙计[15]？我们走开吧。
庞沛	是克劳底欧先生来了，由狱吏带着到监牢去。那边还有朱丽叶小姐。〔同下〕

第三景：同上[16]

狱吏、克劳底欧、朱丽叶及衙役等上。

克劳底欧	朋友，你为什么带着我游行示众？要坐牢就送我进监牢好了。
狱吏	我并非是存心和你过不去，是奉了安哲娄大人的命令行事。
克劳底欧	威权就像天神一般，能令我们按照所犯的罪领受适当的惩罚[17]。那是天意，要惩罚谁，就惩罚谁；要不惩罚谁，就不惩罚谁。但是这就是公道。

陆希欧与二绅士又上。

陆希欧	唉，怎么啦，克劳底欧！为什么被捕了？
克劳底欧	因为我享受了太多的自由，陆希欧，太多的自由。饮食过度之后必定食欲不振，所以一切放纵的事情结果一定要变成不自由。我们的天性，就像老鼠吞毒饵一样，渴求满足邪恶的欲望，可是饮鸩止渴随即死亡。
陆希欧	如果我在被捕之后还能这样地侃侃而谈，我会邀请我的几位债主来听我说话哩。可是，老实说，我宁愿自由自在地荒唐，也不愿进到监牢里面活受罪[18]。你犯了什么罪，克劳底欧？
克劳底欧	再述说一遍等于是再犯一回罪。
陆希欧	怎么，是谋杀吗？
克劳底欧	不是。
陆希欧	奸淫？
克劳底欧	可以这么说。
陆希欧	走，先生！必须向前走。

克劳底欧	再说一句，好朋友。陆希欧，我和你说一句话。〔拉他至一旁〕
陆希欧	说一百句也行，只要于你有益。奸淫会被看得这样严重？
克劳底欧	我的情形是这样的：我和朱丽叶订婚之后，就和她同床共寝了。你认识这位小姐，她确实是我的妻[19]，只是尚未举行公开仪式。我们所以没有举行仪式，只是因为有一笔妆奁的收益尚在她的亲族保管之中，我们的恋情最好是暂时瞒过他们，等到过了相当时间他们就会同情我们的婚姻。不幸我们两情相悦，在朱丽叶身上留下了无法掩饰的幽会的痕迹。
陆希欧	怀孕了，是吧？
克劳底欧	不幸正是如此。代理公爵的这位新任的摄政，不知是新官上任仓皇失措，还是初掌大权便把国家当作马骑，为了表示威风，上了座鞍便踢马刺。这严刑峻法是他的职位所应有的呢，还是他升官得意忘形，我不敢断定。不过这位新任的长官为了我不惜援用一切不曾使用过的刑法明文，那就好像是墙上挂了十九年从没人穿戴过的生了锈的盔甲一般，为了沽名钓誉，把这些废而不用的早已忘怀的法令加在我的头上，这当然只是为了名。
陆希欧	我想是的，你的脑袋在你的肩上已经不稳了，一位挤牛奶的姑娘若是害了相思叹一口气，就会给吹落。派人去见公爵求求他吧。
克劳底欧	我已经这样做了，但是见不到他。陆希欧，请你帮

　　　　　　我一个忙。我的姐姐今天要进修道院去见习修行，
　　　　　　请把我的处境的危险告诉她，以我的名义求她，让
　　　　　　她去向那严厉的公爵套套交情。让她去试探他一下，
　　　　　　我对这一着抱很大的希望。因为在她的青春之中有
　　　　　　一股无言的表情，可以使男人倾倒，并且，在讲理
　　　　　　争辩的时候她也善于辞令，她能令人心折。

陆希欧　　　我愿她能成功，一则是为帮助和你有同样情形的人，
　　　　　　否则他们也要受同样的惩处，再则是为保全你的性
　　　　　　命，你为玩一回"双陆棋"[20] 而糊里糊涂地送掉命，
　　　　　　我也觉得太可惜。我去找她。

克劳底欧　　我感谢你，陆希欧好朋友。

陆希欧　　　两小时内给你回话。

克劳底欧　　来，官长，走吧！〔同下〕

第四景：修道院

公爵与陶玛斯修道士上。

公爵　　　　不，神父，不要那样想，不要以为爱情的微弱的箭
　　　　　　头可以刺穿有充分防卫的胸膛。我所以要你准我在
　　　　　　此地躲避一下，其目的与热情的年轻人不同，我有
　　　　　　更严肃、更成熟的用意。

陶玛斯　　大人可以说一说吗？

公爵　　　神父，没人比你知道得更清楚，我是如何地一向喜
　　　　　爱退隐的生活，以趋赴青年人争奇斗艳的热闹场所
　　　　　为毫无价值之事。我把我在维也那的无上的权威与
　　　　　地位都交付给安哲娄大人了，他是一个严谨自持、
　　　　　屏绝欲念的人，他以为我是动身到波兰去了。我是
　　　　　这样扬言于众，大家也这样相信了。现在，神父，
　　　　　你一定要问我为什么要这样做？

陶玛斯　　正想要问，殿下。

公爵　　　我有一套严刑峻法，对于桀骜不驯的野马是很有用
　　　　　的羁勒，但是十四年 [21] 来我不曾引用过，恰似窟中
　　　　　藏着的一头老迈的不能外出捕食的狮子。现在，就
　　　　　像是溺爱孩子的父亲们，捆起一束树枝，只是摆在
　　　　　孩子们面前，令他们望而生畏，并不真的使用，日
　　　　　久之后，这鞭笞变成可笑的而不是可怕的东西了。
　　　　　我的法令也是一样，从不实施，本身也就失效，放
　　　　　荡的行为牵着法律的鼻子走，婴儿殴打奶妈，法纪
　　　　　荡然无存。

陶玛斯　　这就要看殿下什么时候愿意动用那些废弛的法律了，
　　　　　你自己执行起来要比经由安哲娄大人更为严猛。

公爵　　　我怕的是过于严猛。放纵人民，原是我的过错，既
　　　　　已放纵于前，再加打击于后，显得我是为政不仁。
　　　　　因为那些邪恶的行为在我默许之下进行，未曾受过
　　　　　惩罚，便等于是我命令他们这样做的了。所以，神
　　　　　父，我把我的职位让给安哲娄，他可以藏在我的名

义背后，彻底整顿一番，而我自己从不露面，以免遭受怨言。为观察他的政绩起见，我要扮作你们教派的修士去访问王公和众庶。所以，我请求你，给我预备一套衣服，并且请你指教我如何地举止动作才能像一位真正的修士。我这样做还有更多的理由，等我有工夫的时候再告诉你。现在只告诉你这一点，安哲娄大人是有严格操守的，小心翼翼的，唯恐受人讥评，几乎不承认他有热血流通，或是爱吃面包胜过石头。

所以我倒要看看，

一朝当权，面目是否要变。〔同下〕

第五景：尼姑庵

伊萨白拉与佛兰西斯卡上。

伊萨白拉　　你们做尼姑没有别的权利了吗？

佛兰西斯卡　有这么多还嫌不够吗？

伊萨白拉　　的确够了，我并不是说希望有更多的权利，我实在是愿意信奉圣克雷尔[22]的女尼们能守更严格的戒律。

陆希欧　　　〔在内〕喂！愿上帝赐给你们平安！

伊萨白拉　　是谁在喊？

佛兰西斯卡　　是个男人的声音。好伊萨白拉，你去打开门锁，问
　　　　　　　他有什么事。你可以，我不可以，你还没有发下誓
　　　　　　　愿。你发过誓愿之后，除非当着修道院住持的面，
　　　　　　　你是不得和男人们说话的；而且，如果说话，也不
　　　　　　　可露出你的脸，如果露出你的脸，你便不可以说话。
　　　　　　　他又喊了，请你，向他答话。

伊萨白拉　　　平安顺利！是谁在喊？〔下〕

　　　　陆希欧上。

陆希欧　　　　你好，贞洁的女人，看你脸上的红晕就知道你是冰
　　　　　　　清玉洁的童女！你能帮我一个忙，带我去见伊萨白
　　　　　　　拉吗？她是新来此地的，就是那不幸的克劳底欧的
　　　　　　　姐姐。

伊萨白拉　　　为什么她的弟弟是"不幸的"呢？我要问，因为我
　　　　　　　就是他的姐姐伊萨白拉。

陆希欧　　　　温柔美丽的姑娘，令弟教我问候您。简捷了当地对
　　　　　　　您说吧，他现在监牢里。

伊萨白拉　　　哎呀！为了什么？

陆希欧　　　　为了一件事，如果由我来裁判，他所受的惩罚应该
　　　　　　　是一片褒扬奖励。他已经使得他的情人怀孕了。

伊萨白拉　　　先生，请别对我讲笑话。

陆希欧　　　　是真的。虽然和小姐们瞎扯取笑是我的老毛病，对
　　　　　　　于圣洁的贞女我不肯这样戏弄的，我把您看作为天
　　　　　　　神一般。您抛弃红尘，我把您看作为不朽的天仙，
　　　　　　　我对您说话要像对圣徒说话一样地诚实。

伊萨白拉	你这样讥笑我实在是污辱了好人。
陆希欧	不要这样想。简单实说吧，是这样的：你的弟弟和他的情人私通了，恰似人吃东西就要发胖，又好似荒瘠的土地经过播种就会带来开花的季节以至于丰收，同样的她的丰满的子宫也表示了他的充分的耕耘。
伊萨白拉	有什么人和他怀了身孕？是不是我的堂妹朱丽叶？
陆希欧	她是你的堂妹吗？
伊萨白拉	结拜的姐妹，像是学校里的女孩子们一时情投意合便改变她们的称呼。
陆希欧	就是她。
伊萨白拉	啊！让他和她正式结婚好了。
陆希欧	问题就在这里。公爵很奇怪地离此而去，他把许多人都骗倒了，我也是其中之一，以为可能将有战事发生，但是我们从熟悉政情的人打听到，他所宣布的一套话和他的真心的计划相差甚远。安哲娄大人现在全权代理他的职位，此人冷若冰霜，他从没起过邪念，从没动过色情，一味地静修斋戒，磨炼他的心性。他——因为人民习于淫逸，久已目无法纪，像群鼠在狮子身边跳梁，他很想伺机立威，于是选出了一条法律，严格执行起来，你的弟弟的性命不保了。他根据这条法律把他逮捕了，并且从严议处，以昭炯戒。此事已无挽回的希望，除非你肯前去求情，使安哲娄软化。这就是你的可怜弟弟要我传达给你的主要的意思。
伊萨白拉	他真想要他的命吗？

陆希欧	他已经对他判决了。我听说，狱吏已经奉到处决的命令。
伊萨白拉	哎呀！我有什么力量可以帮他呢？
陆希欧	用你所有的力量去试一试吧。
伊萨白拉	我的力量？哎呀！我怀疑——
陆希欧	怀疑最误事，可以使我们失去或可获得的利益，只因怕去尝试。去见安哲娄大人，让他晓得，女人有所祈求，男人要像天神一般地慷慨。但是她们若是哭着跪下，那就会有求必应，好像本来属于她们自己的一般。
伊萨白拉	我去试试看吧。
陆希欧	要快。
伊萨白拉	我立刻就去，只要耽搁一下去禀明院长。我谢谢你，请先问候我的弟弟，晚上不久我就有消息给他，报告我的经过。
陆希欧	我向你告辞了。
伊萨白拉	好先生，再会了。〔同下〕

注 释

[1] 原文第八行很可能有脱落，应该至少分为两行：

But that，to your sufficiency...

...as your worth is able，

据 H.C. Hart 编本注转引 Mr.Daniel（*Notes and Emendations*，1870）的意见："No more remains（for me to say with regard to the properties of government），but that to your sufficiency（i. e. betake yourself to your sufficiency？），as your worth is able，and let them（the properties of government，the laws）work and take their course."似颇言之成理。无论如何，此行纵有脱落，文意仍可勉强贯穿，姑译其大意如是。（据 Davis Harding 注，第九行之 them 是指 ability 与 sufficiency，此又一说也。）

[2]《圣经·马太福音》第五章第十五、十六节："人未有燃灯而藏之于斗下者，必置之于檠上，用烛全室。尔之光辉，亦当烛照世人……。"

[3]"我爱老百姓……"这一段通常认为是对哲姆士一世的恭维，在第一幕第三景及第二幕第四景亦有类似的恭维，缘哲姆士一世不喜群众欢呼的场面，一六○三年驾临伦敦时曾下令禁止民众欢迎，且此剧于一六○四年在御前上演。

[4] 伊利沙白女王时法定的餐前祈祷文最后字句是："God save our Queen and Realm，and send us peace in Christ."。

[5] 餐前祈祷文也有用韵语的，旧剧 *How a Man May Choose a Good Wife from a Bad*（Hazlitt's *Dods*. ix. 58，59，1602）有这样的祈祷文：

> "Gloria Deo，sirs，proface：
> Attend me now，whilst I say grace.
> For bread and salt，for grapes and malt，
> For flesh and fish，and every dish；
> Mutton and beef，of all meats chief；
> …………
> For all these and many mo：
> Benedicamus Domino！"

[6] 原文 three-piled，即 deep-napped "起三层毛的"之意，指软而厚的丝绒而言。但 piled 是双关语，另一意为 peeled 或 bald，指患梅毒者之毛发脱落。梅毒俗称 French disease。

[7] 绅甲所谓 "speak feelingly" 是 "说话令人难过"之意，陆希欧故意曲解 feelingly 为 painfully "自己苦痛的"之意，反指绅甲患梅毒而口角生疮说话不便也。梅毒传染，故不共用一杯。

[8] 原文 dolours 双关语:（一）烦恼;（二）钱币。

[9] 原文 French crown 双关语:（一）法国金币;（二）秃头。

[10] 坐骨神经痛（sciatica）被认为是花柳病的征候之一。

[11] 一六〇三年英国大疫，伦敦一地死三万人以上。

[12] 原文 "what has he done？"其中的 do 字含有淫秽意。欧佛顿太太（Mrs.Overdone）的姓也含有此意义。

[13] 原文 maid 双关语:（一）处女;（二）小鱼。据 Harding 注: maids = the young of skate and other fish。此说近是。

[14] 当时伦敦最著名的妓馆均在南北郊区。

[15] 欧佛顿太太呼庞沛为 Thomas tapster，此乃莎氏当时对仆役之通称也。

[16] 第一对折本在此处分景。

[17] 原文 "make us pay down for our offense by weight"，其中 by weight 一语似乎可有两种解释:（一）重重的，= heavily，见 G. B. Harrison 注，The Penguin shakespeare，p.114 ;（二）恰当的，= exactly，见 Davis Harding 注，Yale Shakespeare，p.113。

[18] 原文，依第一对折本，是 the mortality of imprisonment，近人编本多易 mortality 为 morality，唯 Arden Shakespeare 与 Yale Shakespeare 则保留原字样。据 Cotgrave 的法英字典，两个字的定义如下:

Moralité . Morality； a moral sense or subject；also，a Moral，an Enterlude or Play of manners.

Mortalité . Mortality，frailty，subjection unto death；also，a mortality， plague，murrein rot.

保留原字样为是。莎士比亚从未使用过 morality 一字。

[19] 莎氏时，婚约有两种，一种是使用未来式字样的婚约（sponsalia per verba de futurs），一种是使用现在式字样的婚约（sponsalia per verba de praesenti）。前者约等于现代之所谓"订婚"，可以随意取消。后者则在法律上视同有效的有拘束力的婚姻关系。但婚姻之完成则必须双方当事人在教堂或其法定代表人面前接受祝福之仪式。"夫妻在教堂接受祝福之前而发生肉体关系乃是罪恶的，应令悔过，要受谴责，并将被迫在教堂当众庆祝其婚姻，但是他们在交换现在式字样婚约时实际上是已经结婚了……"（Pollock and Maitland：*The History of English Law*，1911，2，372-373）。克劳底欧的婚约显然是属于现在式的。所以，从技术方面讲，克劳底欧是犯了奸淫罪，但莎氏时代的人会认为其罪甚为轻微。虽然教会有其教义，签订现在式婚约即实行同居者则比比皆是也。

[20] "双陆棋"，原文 tick-tack 是 backgammon（双陆棋）之一种，在木盘上凿有洞若干，玩时将木桩一个个地插入洞内。此处有猥亵的含义。

[21] 第一景说是十九年，此处说是十四年，前后不符。

[22] Order of St. Clare of Assisi 建立于一二一二年，戒律严格，女尼以静修及育幼为主要工作。

第 二 幕

第一景：安哲娄邸中大厅

安哲娄、哀斯克勒斯、一法官、狱吏、官员等，侍从等上。

安哲娄　　　我们不可以把法律当作稻草人，立在那里吓鸟，并且让它呆立不动，鸟儿看惯之后会在上面栖止而没有怕意。

哀斯克勒斯　是的，不过我们宁可锐利而少砍，不可手起刀落而伤人致死。哎呀！我要救援的这位绅士，他有一位极高贵的父亲。我相信您是十分正直的，可是您要考虑一下，您自己在动情的时候，如果时间配合地点，或是地点合心愿，或是您有那种胆量去达到您的目的，那时节，您会不会犯下您现在谴责他的罪过，而援引同样的法律制裁您自己。

安哲娄	哀斯克勒斯，受诱惑是一件事，堕落是另一件事。我不否认，宣过誓的十二位陪审员当中可能有一两位是盗贼，他们判犯人死刑，他们自己可能犯更大的罪。罪状暴露，法律便要追究，裁判盗贼的人本身就是盗贼，法律如何能知道呢？我们发现珠宝，我们便要把它俯拾起来，显然地是因为我们看见它了，但是我们所看不见的，我们便会践踏上去而从不想到它。你不能因为我有同样的过错便要减轻他的罪名，不过你倒是可以对我说，我现在判他死刑，将来我若是犯同样的罪，我也必须判我自己死刑，不容有任何偏私。先生，他必须处死。
哀斯克勒斯	您说怎么办就怎么办吧。
安哲娄	狱官在哪里？
狱吏	在这里伺候。
安哲娄	明天早晨九点钟把克劳底欧处决，为他请一个神父，让他有所准备，因为那是他的生命旅途的终点。〔狱吏下〕
哀斯克勒斯	唉，上天饶恕他，也饶恕我们大家吧！有些人靠犯罪而飞黄腾达，有些人因美德而一蹶不振，有些人从罪恶丛中逃走[1]，逍遥法外，有些人偶一失足而堕入法网。

爱尔博及法警等押佛劳兹与庞沛上。

爱尔博	来，把他们带走。这些人任事不做，只是在妓馆里胡调，如果他们也算是社会上的良民，那就是我不懂

法律，带他们走。

安哲娄　　怎么样，先生！你叫什么名字，出了什么事情？

爱尔博　　启禀大人，我是公爵手下的一名警官，我叫爱尔博。我是靠法律吃饭的，先生，我现在带来两名恶名昭著的好人，请您发落。

安哲娄　　好人！哦，他们是什么好人？他们不是坏人吗？

爱尔博　　启禀大人，我也不大清楚他们是什么样的人。不过我确实知道，他们是真正的坏人，良好的基督徒所应具备的一切渎亵神明的秽行败德[2]，他们是完全没有。

哀斯克勒斯　这说得妙，真是个聪明的警官。

安哲娄　　说下去。他们干的是哪一行职业？你的名字叫爱尔博？你为什么不说话了，爱尔博？

庞沛　　　他不能说，大人。他捉襟见肘了。

安哲娄　　你是做什么的，先生？

爱尔博　　他吗，大人？一个茶房，大人，兼拉皮条。他专伺候一个坏女人，那女人在郊外的一栋房子听说已被拆除了，她现在又开了一处浴室，我想也不是好地方。

哀斯克勒斯　你怎么知道的？

爱尔博　　我的老婆，大人，我要当着上天和您的面前发恨[3]——

哀斯克勒斯　怎么！你的老婆？

爱尔博　　是的，大人。她，我感谢上天，是个诚实的女人——

哀斯克勒斯　你因此而要对她发恨吗？

爱尔博　　我不但对她发恨，我对自己也要发恨，这浴室如果不是妓馆才怪，绝不是一个好地方。

哀斯克勒斯　你怎么知道的，警官？

爱尔博	噫，从我的老婆那里知道的呀。她，如果她是个天性淫荡的女人，在那里很可能被控干出奸淫、私通和一切不干不净的事。
哀斯克勒斯	被这女人的伙计？
爱尔博	对了，大人，被欧佛顿太太的伙计。但是她向他脸上唾了一口，拒绝了他。
庞沛	启禀大人，事情不是这样的。
爱尔博	你这个体面人，在这些下流人面前提出证明，提出证明。
哀斯克勒斯	〔向安哲娄〕你听见没有，他说话多么颠三倒四？
庞沛	大人，她进来的时候，凸着大肚子，吵着要吃煮梅子 [4]。那时候我们只剩下两枚了，在一个果盘里放着，一个值三便士的果盘。您一定看见这样的果盘，虽然不是瓷盘，也是很好的盘子了。
哀斯克勒斯	讲下去，讲下去。盘子没有关系。
庞沛	没有关系，大人，一点关系也没有。您说得对，但是言归正传吧。我刚才说，这位爱尔博太太，怀着孕，凸着大肚子，要吃梅子，我刚说过，盘子里只剩两个了，我也刚说过，这位佛劳兹先生，就是这个人，把其余的全吃掉了。我刚说过，并且，我要说，他倒是规规矩矩地付过钱了，因为，你总记得，佛劳兹先生，我当时无法找还你三便士。
佛劳兹	的确是没有找还。
庞沛	很好。如果你还记得，你那时候就正在咬那梅子的核儿——

佛劳兹	对，我确是在咬。
庞沛	那么很好。那时候我就告诉你说，如果你还记得，某一位和某一位都患上了您所知道的那种病，除非饮食很考究，是无法救药的了——
佛劳兹	这全都是真的。
庞沛	那么就很好了——
哀斯克勒斯	唉，你好啰唆，少说废话。对爱尔博的老婆究竟干了什么事，使得他振振有词地申诉？说对她干了什么事。
庞沛	现在还不能让您知道。
哀斯克勒斯	我也不想知道。
庞沛	大人，您不久就会知道的。我请求您，看看这位佛劳兹先生，一年有八十镑收入，他的父亲是在万灵节那天死的。是不是万灵节那一天，佛劳兹先生？
佛劳兹	万灵节的前夕。
庞沛	那么就很好，我希望这全是实话。他，大人，坐在一个靠椅上。那是在葡萄厅 [5] 里，你顶喜欢在那个地方坐，对不对？
佛劳兹	我是喜欢那地方，因为那是公众聚会的地方，而且在冬天特别好。
庞沛	那么就很好，我希望这全是实话。
安哲娄	这样说下去，在俄罗斯说一夜也说不完，虽然那里的夜最长。我要走了，这案子你去问吧，希望你能给他们每人抽一顿鞭子。
哀斯克勒斯	我看少不得也要这么办。再见了。〔安哲娄下〕现

在，你说吧，对爱尔博的老婆干了什么事，再问一次！

庞沛 | 一次，大人？对她根本没有干过一次。

爱尔博 | 我请您问问他这个人对我的老婆做了什么事。

庞沛 | 我请您问我。

哀斯克勒斯 | 好，这位先生对她做了什么事？

庞沛 | 我请您，大人，看看这位先生的脸。好佛劳兹先生，你也看看大人，我是有用意的。大人可看清楚他的脸了吗？

哀斯克勒斯 | 看清楚了。

庞沛 | 不，我请你，仔细看。

哀斯克勒斯 | 好，我仔细看了。

庞沛 | 您可看出他脸上带着害人的样子？

哀斯克勒斯 | 我看不出。

庞沛 | 我可以宣誓做证[6]，他的脸是他身上最坏的一部分。好了，那么，如果他的脸是他身上最坏的一部分，佛劳兹先生如何能够对这位警官的太太有任何伤害？我要向您请教。

哀斯克勒斯 | 他说得有理。警官，你怎么说？

爱尔博 | 第一，我可以说，那地方是个可敬的[7]地方；再说，这个人是个可敬的人，他的女主人是个可敬的女人。

庞沛 | 我举手发誓，他的老婆比我们任何一个都更可敬。

爱尔博 | 混账，你说谎。你说谎，你这坏蛋。她在任何男人、女人、小孩面前从没有被人敬过。

庞沛 | 大人，在他和她结婚之前，她就被他敬过了。

哀斯克勒斯　哪个比较聪明些？刑法还是罪恶[8]？他说的这话是否真的？

爱尔博　啊你这个流氓！啊你这个奴才！啊你这个邪恶的汉尼拔[9]！如果我敬过她，或是她敬过我，请大人不必把我当作公爵手下的警官看待。证明你的话，你这邪恶的汉尼拔，否则我要控告你殴打伤人。

哀斯克勒斯　如果他打你一记耳光，你也可以告他诽谤。

爱尔博　真是的，我谢谢大人指教。您说我该怎样对付这邪恶的流氓呢？

哀斯克勒斯　老实说，警官，他既然有某种罪行，你如果能发现你一定愿意揭发，那么就不如让他继续干下去，等到最后你就可知道他干的究竟是什么事。

爱尔博　对呀，我感谢大人指教。你现在看出来了吧，你这邪恶的流氓，你现在遭受的是什么。你现在要继续下去，你这奴才，你要继续下去。

哀斯克勒斯　你是在什么地方出生的，朋友？

佛劳兹　就在维也那本地，大人。

哀斯克勒斯　你是一年有八十镑收入吗？

佛劳兹　是的，大人。

哀斯克勒斯　好。〔向庞〕你是做什么生意的，先生？

庞沛　一个酒保，在一个可怜的寡妇店里做酒保。

哀斯克勒斯　你的女主人姓什么？

庞沛　欧佛顿太太。

哀斯克勒斯　她不止有一个丈夫吧？

庞沛　九个，大人，最后一个是欧佛顿。

哀斯克勒斯	九个——走过来，佛劳兹先生。佛劳兹先生，我愿你不要跟酒保们厮混，他们会把你掏空，佛劳兹先生，你也会把他们绞死。你去吧，不要再让我听说你闹事。
佛劳兹	谢谢大人。我自己从没有自动走进酒家，都是被拖进去。
哀斯克勒斯	好啦，不要再说了，佛劳兹先生，再见吧。〔佛劳兹下〕——你走过来，酒保先生。你叫什么，酒保先生？
庞沛	庞沛。
哀斯克勒斯	还有什么别的名字？
庞沛	屁股，先生。
哀斯克勒斯	对的，你的屁股是你身上最伟大的一部分，所以，说句粗野的话，你是大庞沛。庞沛，你无论怎样掩饰地说你是酒保，其实你的一部分工作是拉皮条，是不是？说实话吧，对你有好处。
庞沛	老实说，大人，我是个穷人，只想维持生活。
哀斯克勒斯	你要怎样维持生活呢，庞沛？靠了拉皮条？你觉得这种职业好吗，庞沛？这是合法的职业吗？
庞沛	如果法律准许，大人。
哀斯克勒斯	但是法律不准许，庞沛，在维也那这是不能被准许的。
庞沛	您想把城里的年轻人都阉割了吗？
哀斯克勒斯	不是的，庞沛。
庞沛	老实说，大人，以我的愚见，那么他们总会要去干的。如果大人肯对窑子嫖客惩办一下，就无须担心有

人拉皮条了。

哀斯克勒斯 　我可以告诉你，已经开始颁布一些禁令了，只是砍头绞杀。

庞沛 　如果那这种罪就砍头绞杀，不出十年，你就要下令鼓励大家多生孩子了。如果这法律在维也那实施十年，我能以三便士一开间的价钱租到全城最漂亮的房子。如果你能活着看到这种事情发生，就说庞沛曾经这样地告诉过你。

哀斯克勒斯 　谢谢你，好庞沛。为了报答你这项预言，请你听着：我劝你，不要为了任何事由再被人送到我这里来。不，不可再为了住在你现在住的地方而被控。如果你再落到我手里，庞沛，我要把你打到你的帐篷门口，让你认识我西撒的厉害[10]。明白地说吧，庞沛，我要你挨一顿鞭子抽。现在饶你这一次，庞沛，你去吧。

庞沛 　我谢谢大人的劝告，——〔旁白〕但是听不听你的劝告，要看我以后的人性和运气而定。
鞭子抽！不，不，让车夫抽劣马；
做生意的人就是不怕鞭子打。〔下〕

哀斯克勒斯 　走过来，爱尔博先生；走过来，警官先生。你做警官有多久了？

爱尔博 　七年半了，先生。

哀斯克勒斯 　看你那老练的样子，我就想你一定是多年的老手。你说，有七年了？

爱尔博 　七年半了，大人。

哀斯克勒斯	哎呀！你可是太辛苦了！他们老是这样地要你担负责任，实在太对不住你了[11]。你们区里没有别人配当这份差事了吗？
爱尔博	老实讲，大人，有这种才干的人是很少呢。他们就是当选，也是选我来代替他们，我只是为了一点钱，硬着头皮干下去。
哀斯克勒斯	把你区里最能干的人选六七名，开个名单给我。
爱尔博	送到您府上去，大人？
哀斯克勒斯	送到我家里，再会吧。〔爱尔博下〕你说有几点钟了？
法官	十一点了。
哀斯克勒斯	请你到舍下和我用饭吧。
法官	多谢您。
哀斯克勒斯	为了克劳底欧的死我很难过，但是没法救他。
法官	安哲娄大人是很严厉。
哀斯克勒斯	却是需要这样： 随时姑息并非是慈悲心肠； 宽恕总是要酿出再度的祸殃。 不过，可怜的克劳底欧！无法挽救了。走吧，先生。 〔同下〕

第二景：同上另一室

狱官及一仆上。

仆　　　　他正在审案。他就来，我去告诉他您来了。

狱吏　　　请通报一声。〔仆下〕我想知道他的意见，也许他会
　　　　　回心转意。哎呀！他只是好像在梦中犯了罪，三教
　　　　　九流、年老年少的人谁不沾染这种罪过，而只有他
　　　　　送掉性命！

安哲娄上。

安哲娄　　哦，有什么事，狱官？

狱吏　　　明天把克劳底欧处决，是不是您的意思？

安哲娄　　我没有告诉你吗，哎？你没有奉到命令吗？为什么要
　　　　　再问？

狱吏　　　怕的是我也许太冒失。请宽恕我，我曾经验过，在
　　　　　行刑之后，法官后悔判刑失当。

安哲娄　　好啦，那是我的事，你要尽你的职，否则就辞你的
　　　　　职，并非缺了你就不行。

狱吏　　　我请您饶恕我。那呻吟床蓐的朱丽叶可怎么处置？
　　　　　她就要临盆了。

安哲娄　　把她送到比较适当的地方去，要快。

仆又上。

仆　　　　判死刑的那个人的姐姐请求见您。

安哲娄	他有个姐姐吗?
狱吏	是的,大人,一位很贤惠的姑娘,不久就要做尼姑,现在不知已经做了没有。
安哲娄	好,让她进来。〔仆下〕你去把那淫妇搬走,给她一切必需的东西,但不必过奢。随后会有命令的。

伊萨白拉与陆希欧上。

狱吏	上帝保佑您!〔欲下〕
安哲娄	稍等一下。〔向伊萨白拉〕我欢迎你,你有什么事?
伊萨白拉	我是一个可怜的求情者,请您听我诉说。
安哲娄	好,你有什么请求?
伊萨白拉	有一种罪恶是我所痛恨的,最希望法律能予制裁,为了这种罪恶我不愿求情,可是我必须求情;为了这种罪恶我不该求情,可是究竟要不要求情自己也拿不定主意了。
安哲娄	哦,是什么事情呢?
伊萨白拉	我有一个弟弟被判死刑,我求您严惩他所犯的罪行,可别惩治我的弟弟。
狱吏	〔旁白〕愿上天给你动人的辞令!
安哲娄	严惩罪行,而不惩办犯罪的人?各种罪行,在未触犯之前,已有规定的刑章。如果我只是惩罚法有明文的罪行,而放过犯罪的人,我的职守完全等于是零了。
伊萨白拉	啊公正但是太严厉的法律!那么我的弟弟算是死啦。上天保佑您!〔欲退〕
陆希欧	〔向伊萨白拉旁白〕别就这样快地就放弃。再过去,

求他，跪在他面前，扯住他的袍子。你太冷淡了，听你那口吻，就好像只是向人讨一根针似的。再去嘛！

伊萨白拉　他必须死吗？

安哲娄　小姐，无法挽救。

伊萨白拉　有法子，我想您可以赦他，天上人间对您这种慈悲都不会有什么不满。

安哲娄　我不愿这样做。

伊萨白拉　如果您愿意，您能不能？

安哲娄　你要知道，凡我所不愿做的，我就不能做。

伊萨白拉　但是您可以做，而且于人无损，如果您能像我一样对他发生怜悯之心。

安哲娄　他已被判决，现在太晚了。

陆希欧　〔向伊旁白〕你太冷淡了。

伊萨白拉　太晚了？噫，不。我说了一句话，我可以把它收回。大人物之伟大的象征，无论是皇冠、尚方宝剑、元帅的仪仗、法官的制服，都不及一点点慈悲心之适合他们的身份。如果他是您，您是他，您也许会和他一样地犯过，但是他不会像您这样地严峻。

安哲娄　请你去吧。

伊萨白拉　我真愿能有您的权力，我真愿您是伊萨白拉！那时节还能是这个样子吗？不会的。我会分辨出做法官是怎样的心情，做犯人是怎样的心情。

陆希欧　〔向伊旁白〕对，打动他。这种说法就对了。

安哲娄　你的弟弟已经依法判死，你只是浪费唇舌。

伊萨白拉　哎呀！哎呀！唉，一切有生之伦都曾经犯过罪，上帝可以惩罚他们，但是想出了为他们脱罪的方法。如果那最高裁判者上帝按照您的实在情形下一判决，您将做何状态？啊！想到这一点，您就会像是一个新生的人，口里发出慈悲的话来了。

安哲娄　你不必费心了，美丽的姑娘，判你弟弟死刑的是法律，不是我。纵然他是我的家属、弟兄，或我的儿子，也只好这样办。他明天一定要死。

伊萨白拉　明天！啊！那是太突然了！饶了他吧！饶了他吧！他还没有做死的准备。就是在我们厨房里杀鸡宰鸭也要应时按景，难道我们伺候上天比满足我们自己的口腹之欲还要随随便便吗？好大人，请您想想：谁曾因犯这个罪而死？犯这罪的人太多了。

陆希欧　〔向伊旁白〕对，说得好。

安哲娄　法律虽然酣睡已久，但并未死亡，如果首先犯这罪的人就绳之以法，那许多人就不敢效尤了。现在法律醒转来了，注视着一切发生的事，并且像是一个占卜者凝视着水晶球，看得出未来的罪恶，无论是新生的还是由于疏忽而逐渐氤氲孵育的，现在都不准它繁衍下去，在未生之前即予遏止。

伊萨白拉　但是表示一点怜悯吧。

安哲娄　我秉公办事即是表示最大的怜悯，因为这样做我正是怜悯那许许多多我所不认识的人，被宽恕的罪行以后会害了他们，并且这样做对他也很好，抵了一次罪，便不会在世上犯第二次罪。你不用烦心了，你的弟弟明天处死，不必再多话。

伊萨白拉	那么你是一定要做第一个这样判刑的人，而他是第一个受刑的了。啊！有巨人的力量诚然最好不过，但是像巨人一般地使用他的力量，未免太残忍了。
陆希欧	〔向伊旁白〕这说得好。
伊萨白拉	如果大人物们都像天神一样地会发雷霆，天神将永不得安宁，因为每一个芝麻大的官吏都要用他的天庭大发雷霆。满天都是雷霆了，慈悲的天哪，你的凌厉的燃烧的霹雳是宁可劈开那楔子打不进的长瘤的老橡木，也不肯伤害一株柔弱的桃金娘。但是人，骄傲的人，一朝有权在手，便立刻不顾他自己明明知道的脆弱的本质，像是发怒的猴子一般，当着上天扮演出离奇的把戏，使得天使都要流泪。如果他们也有我们这样的情感，他们会笑得要死哩。
陆希欧	〔向伊旁白〕啊，对他讲下去，对他讲下去，姑娘！他要懊悔的，他已经有点动摇了，我看得出来。
狱吏	〔旁白〕但愿她能说服他！
伊萨白拉	我们不可以把自己来衡量别人，大人物可以和圣徒开玩笑。这可以表示他们的口才，但是在地位低的人这便是失敬。
陆希欧	〔向伊旁白〕你说得对，小姐，再说下去。
伊萨白拉	军官口里一句气愤的话，在士兵便是口出恶言。
陆希欧	〔向伊旁白〕这个你也懂啦？再讲下去。
安哲娄	你为什么对我说这些格言呢？
伊萨白拉	因为有权的人，虽然和别人一样地犯错误，本身却有解救方法，可以掩饰他的罪行。请你反省一下，

扪心自问，可曾犯过与我的弟弟相同的罪过，如果自承也曾犯过他这样的人性所难免的罪过，那么就不要在口里说出要我弟弟的命的话了吧。

安哲娄　她说得有条有理，我倒也不免心动，再会吧。

伊萨白拉　大人请回。

安哲娄　我要想一想。你明天再来。

伊萨白拉　请听我将怎样贿赂你。好大人，请回。

安哲娄　怎么！贿赂我？

伊萨白拉　是的，将以上天和您分享的礼物贿赂您。

陆希欧　〔向伊旁白〕你把事情又闹糟了。

伊萨白拉　我要馈送的不是纯金的钱币，也不是随人好恶而评定价格的宝石，而是在日出之前上达天庭的虔诚的祈祷。这祈祷是发自纯挚的心灵，是发自斋戒的处女，心中没有半点尘念。

安哲娄　好，明天来见我吧。

陆希欧　〔向伊旁白〕好啦，走吧！

伊萨白拉　上天保佑您！

安哲娄　〔旁白〕阿门，因为我感觉已经受到了诱惑，那正是祈祷所要抵拒的东西。

伊萨白拉　明天几点钟来见大人呢？

安哲娄　午前任何时间。

伊萨白拉　上天保佑您！〔伊萨白拉、陆希欧、狱吏下〕

安哲娄　别受你的诱惑，甚至别受你的美德的诱惑！这是怎么回事？这是怎么回事？是她的错还是我的错？诱人者或被诱者，谁的罪过大些？哈！不是她的错，

她并没有诱惑我。是我的错，恰似香花与死尸同在
阳光育煦之下，花儿芳香可爱，我却像死尸一般变
得腐臭不堪。难道贞洁的女郎比妇人的放荡更能引
起我们的情欲吗？我们有的是荒地，难道还要拆毁
圣殿在那里建立一个厕所吗？啊，呸，呸，呸！安
哲娄，你要干什么事，你是什么人？是因为她有贤
淑的美德而你才想玷污她吗？啊，让她的弟弟活下
去吧！法官自己偷，贼自然也有权去窃盗。什么！难
道是我爱上她了，我想再听她说话，想再饱餐她的秀
色？我现在梦想的是什么？啊，好狡诈的敌人，为了
陷害一个圣徒，竟用圣徒来做你的钓饵！促使我们在
爱慕美德的时候犯罪，那是最危险的诱惑。娼妇的全
部的风骚，包括天生的魅力与人为的手段，都不曾打
动我的心，但是这一位善良的淑女把我完全制服了。
从前看见人为女人倾倒，我便发笑，
认为莫名其妙，现在我可明白了。〔下〕

第三景：狱中一室

公爵化装为一修道士，与狱吏上。

公爵　　　你好，狱官！我想你一定是。

狱吏　　　我是狱官。你有什么事，师父？

公爵　　　为了慈悲心的驱使，同时也是我们教会天职所在，我来访问狱中受难的人们。请照例准许我去见见他们，并且告诉我他们所犯何罪，我好对他们讲道。

狱吏　　　如果还有别的要求，我也愿意效劳。看，有人来了，是我这里的一位女犯人，她因青春欲炽，不慎失足，败坏了名誉。她怀有身孕，使她怀胎的男人已被判死刑，是一个英俊青年，很可能再犯这样的一次罪，不料死在这一次风流案上。

朱丽叶上。

公爵　　　他在什么时候死？

狱吏　　　我想就是明天。〔向朱丽叶〕我已经为你准备好了，等一下，我就引你去。

公爵　　　美丽的人，你为了你的罪而懊悔吗？

朱丽叶　　我懊悔，并且顶安心地接受这一份耻辱。

公爵　　　我可以教你如何审问你的良心，如何测验你的忏悔，看看究竟是真心忏悔还是些空泛之词。

朱丽叶　　我很愿意学。

公爵　　　那害了你的男人，你可爱他？

朱丽叶　　是的，就像我爱那害了他的女人一样。

公爵　　　那么你们所犯的罪是双方共同造成的了？

朱丽叶　　是双方的。

公爵　　　那么你的罪要比他的重一些。

朱丽叶	我承认，并且我很后悔，神父。
公爵	是应该如此的，孩子。不过我恐怕你的悔心乃是由于这罪过给你带来了耻辱，这悲哀是关于我们自身的，而不是关于上天的，表示我们并无意因爱上天而避免冒犯上天，而只是惧怕——
朱丽叶	我很后悔，因为那是罪恶，而且情愿地接受这耻辱。
公爵	那就是了。我听说你的伴侣明天就要处死，我要去指导他一番。上帝保佑你！赞美上帝！〔下〕
朱丽叶	明天就要死！啊害人的爱情，你饶了我一死，但是死的恐怖将永久是我的唯一的乐趣！
狱吏	他好可怜。〔同下〕

第四景：安哲娄家中一室

安哲娄上。

安哲娄	我要祈祷沉思的时候，许多不同的事情涌上心头。上天只听到我的一些空话，我的想象牢系在伊萨白拉身上，根本没有听嘴里说的是什么。嘴里说着上天，好像我只是咀嚼着他的名字，在我的心里却是存着汹涌的罪恶的念头。我所究心的政事，像是一本好书，常常看也就变成令人发怵而无味[12]。是的，

我的尊严，让我说句不可为外人道的话，我是认为
很得意的，可是我愿讨个便宜拿去换取一根随风飘
荡的羽毛。啊地位！啊仪表！多少糊涂人为了你的
服装、外貌而生敬畏，多少聪明的人被你的空虚的
外表给笼络住！血肉之躯，你终归是血肉之躯！我
们在魔鬼的角上写上安琪儿的字样，那角便不再是
魔鬼的标帜了[13]。

一仆上。

啊！是谁来了？

仆　　　　一位名叫伊萨白拉的尼姑要求见您。

安哲娄　　领她进来。〔仆下〕天哪！为什么我的血液都聚集在
我的心头，使得我的心虚弱不安，浑身都不舒适？
恰似一个人昏厥，许多糊涂的人聚在他的身边想要
帮助他，反倒阻塞了他复苏所必需的空气；又好
像是忠于国王的民众，离开了他们自己的岗位，都
跑到国王面前大效殷勤，这种愚忠一定反倒像是罪
行了。

伊萨白拉上。

怎么样，美丽的小姐！

伊萨白拉　我来是想知道您的意思。

安哲娄　　若能让你知道我的意思，比你来问我的意思，将更
能使我高兴[14]。你的弟弟是不能活了。

伊萨白拉　原来如此。上天保佑您！

安哲娄	但是他还可以活一段时候，也许可以活得和你我一样地长久，但是他必须死。
伊萨白拉	根据你的判决？
安哲娄	是的。
伊萨白拉	请问，他在什么时候死？以便在他的缓刑期间，无论是长是短，给他做适当的准备，以免他的灵魂受苦。
安哲娄	哈！唉，这种龌龊的罪过！在情意缠绵中胆敢私铸人体，和从造物手中偷去一个活人，是一样地不可饶恕。杀死一条人命，和犯禁私造一条违法的生命，原是一样地容易。
伊萨白拉	在天上有此规定，人间却未必然[15]。
安哲娄	你的看法是这样的？那么我就要对你提出一个难题。你愿依照公正的法律取去你的弟弟的性命，还是为了赎他的性命而奉献你的肉体任人享用，就像她为他所玷污一般？
伊萨白拉	大人，请你相信，我宁愿牺牲我的肉体，不愿玷污我的灵魂。
安哲娄	我没有说到你的灵魂。我们的被逼迫而犯的罪过，有次数可计，但并无责任可言。
伊萨白拉	你真是这个意思吗？
安哲娄	不，我不敢担保，因为我可能不赞成我刚才说的这句话。回答这一个问题，我现在代表国家的法律，宣判你弟弟的死刑，若是拯救这个弟弟的性命，于罪过当中是否含着一点点慈悲之心？
伊萨白拉	请你这样做吧，如有罪谴，我的灵魂愿意承当，何

况这不是罪过，只是慈悲。

安哲娄	如果你同意这样做，而且由你的灵魂承当一切，那么罪恶与慈悲正好是半斤八两。
伊萨白拉	我确是恳求饶他一命，如果这是罪过，愿上天让我担当一切！你答应我的乞求，如果那也是罪过，我将在清晨祷告上天把那份罪过加在我的身上，不令你负任何责任。
安哲娄	不，听我说。你没懂我的意思，也许是你真不懂，也许是你有意装糊涂，那是不好的。
伊萨白拉	让我做一个糊涂人吧，并且什么都不懂，但是这样我很满意。
安哲娄	智慧就是这样，越是谦逊自责，越是显得光彩，恰似你的蒙面黑纱遮掩你的美貌，要比抛头露面的美貌更加十倍地动人。但是听我说，为了使你听清楚，我要更明白地说。你的弟弟是要死的。
伊萨白拉	是这样的。
安哲娄	他所犯的罪，依法科刑，是这样的。
伊萨白拉	不错。
安哲娄	要救他别无方法可想——我认为任何其他方法都是废话——如果你，他的姐姐，发现一个爱慕你的人，他和法官有交情，或是本身有权势，能把你的弟弟从基本大法的桎梏中间解救出来，并且此外绝无拯救他的方法，除非你能贡献你的肉体给这位假想中的人，否则只好让他去死。你愿怎样办呢？
伊萨白拉	我愿为我的弟弟和为我自己做一样多的事。那即是

说，如果我被判死刑，我会把鞭痕当作红玉，任令鞭笞，从容就死，就像渴望上床就睡一般，我也不肯让我的身体受辱。

安哲娄　那么你的弟弟只好去死。

伊萨白拉　这还是很合算的，宁可让一个弟弟一次死去，也比让一个姐姐为了救他而长久受罪好些。

安哲娄　那么你不是和你所痛斥的判决一样地残忍吗?

伊萨白拉　卑鄙的讨饶与慷慨的赦罪是截然不同的，合法的慈悲与违法的赎罪是毫无近似之处的。

安哲娄　你本来好像是把法律看成暴君，把你弟弟的过失认为是开心的游戏而不是罪过。

伊萨白拉　啊，原谅我，大人！为得到我们所愿要的，我们说出违心之论，这是常有的事。为了我所钟爱的人的利益，我是好像为我所痛恨的事情做辩护。

安哲娄　我们全是脆弱的人。

伊萨白拉　如果男人的脆弱，只是我的弟弟具备，没有别人共有，那么就让我的弟弟去死吧。

安哲娄　不，女人也是脆弱的。

伊萨白拉　是的，恰似她们揽照的镜子，可以映现人影，也同样容易打破。女人！天可怜见！男人利用女人的脆弱，实在是毁灭他们自己的人性。不，我们女人可以说是十倍地脆弱，因为我们是像我们的容颜一样地细嫩，容易接受狡诈的侵害。

安哲娄　我想你说得对，根据你们女性自己的招供，我想我们都是天生脆弱的，禁不起过失的震撼——我可要

　　大胆了，我抓住你的话作为把柄。露出你的原形，一个女人的原形。如果你不仅是一个女人，你便不是女人;如果你是一个女人，从表面上看你当然是的，那么就露出你们女性之命中注定的脆弱来吧。

伊萨白拉　我只懂一种语言，大人，请您还是用从前的那种语言吧。

安哲娄　明说吧，我爱你。

伊萨白拉　我的弟弟爱了朱丽叶，你说他要因此而处死。

安哲娄　他可以不死，伊萨白拉，如果你爱我。

伊萨白拉　我知道你的德行操守有一种特权，可以故作轻薄，来测验别人。

安哲娄　请相信我，以我的名誉为誓，我说的是真话。

伊萨白拉　哈!你还有什么名誉可以令人相信，你说的是顶卑鄙的真话!虚伪，虚伪!我要公开你的罪状，安哲娄，你等着吧，立刻给我签发一张赦免我弟弟的命令，否则我要扯着喉咙向世界大声宣告你是什么样的一个人。

安哲娄　谁会相信你，伊萨白拉?我的清白的名誉、我的生活的严肃、我对你的反驳、我的政治的地位，都会压倒你的控诉，你自己叙述的时候都会哽咽，而且带着挟嫌诽谤的意味。我已经开始了，现在我就放纵我的情欲，你要满足我的强烈的欲望，放弃一切礼法和多余的羞赧，那都是没有用处的。把你的肉体奉献给我，好解救你的弟弟，否则他不但要死，而且由于你的冷酷无情我要令他饱受酷刑慢慢地死

去。明天回答我，否则，我现在既已完全受了情欲

的支配，我就要对他下毒手了。

至于你呢，随便你怎么说也好，

我的假话总会把你的真话压倒。〔下〕

伊萨白拉　我向谁去申诉呢？我讲出了，谁肯相信我呢？啊，

人的嘴是真危险！嘴里生着同样的一根舌头，可以

诅咒，亦可以赞许，可以任意地玩弄法律，是与非

任凭一时的高兴来牵着走。我要去见我的弟弟，他

虽然因一时冲动而堕落，他还是一个有荣誉感的人，

如果他有二十颗头颅需要送到二十个断头台上去让

人砍，他也会情甘愿意地送去，不会委屈他的姐姐

拿身体让人玷污。

伊萨白拉，贞洁地活着，弟弟，死吧，

贞操比弟弟的性命要更为重大。

安哲娄的要求我要对他提起，

让他准备赴死，灵魂得到安息。〔下〕

注 释

[1] 对折本原文"Some run from brakes of ice"费解。Rowe 改 ice 为 vice，

近代本多从之，是也。

[2]"渎亵神明的秽行败德"，profanation 是 profession 之误，其本意是说：

他们没有职业。

[3]"发恨"（detest）是"发誓"（protest）之误。

[4]"煮梅子"（stewed prunes）是妓馆常备的食品，据说可预防或治疗梅毒。

[5]"葡萄厅"（Bunch of Grapes），酒店旅馆之类从前喜欢给每一厅室起一个花样翻新的名字。

[6]"宣誓做证"（supposed upon a book）是 deposed……之误。

[7]"可敬的"（respected）是"可疑的"（suspected）之误。

[8]刑法（Justice）、罪恶（Iniquity），都是中古道德剧中的人物的名字。

[9]汉尼拔（Hannibal）是 Cannibal（野人）之误。

[10]指公元前四十八年西撒于 Pharsalus 之役彻底击败庞沛。

[11]各区之警官均系选任，当选而不欲任职者可自行出资雇人代替。

[12]对折本原文 feared and tedious，feared 一字费解，若干版本改为 seared（干燥）。牛津本未改，故照原文译，遵约翰孙博士的解释："What we go to with reluctance may be said to be feared."

[13]原文晦涩，但意仍可通，诸家注解多失之于迂。其义应是："人为血肉之躯，情欲自所难免。有情欲者未必即是魔鬼，所谓安琪儿（天使）与魔鬼并无实质之区别，魔鬼有角，但角上写上安琪儿字样，则角即非魔鬼之标帜矣。"有人认为安琪儿与安哲娄音相近，疑安哲娄自承为魔鬼，似曲解。

[14]此句含猥亵意。原文 Know your pleasure 双关语。Harding 注云："In his mind, Angelo translates Isabella's innocent 'I have come to know your pleasure' into the language of sexual gratification. To know a woman was to have sexual relations with her."

[15]在《圣经》里，奸与杀同在禁戒之列，但在尘世法律中二罪轻重不同。

第 三 幕

第一景：狱中一室

公爵扮作修道士，克劳底欧与狱吏上。

公爵 　　那么你是希望安哲娄大人赦免你？

克劳底欧 　　苦难的人除了希望之外别无药物，我希望活下去，也准备了就死。

公爵 　　要确信人必有死，然后无论生或死都是格外地安然可喜。对于生命应作如是观：如果我失掉你，我只是失掉了一件愚人才爱惜的东西。你只是一口气，受天上星辰的支配，你所居住的这个躯壳随时受命运的折磨。你完全是在受死神的摆布，因为你努力逃避他，而事实上你对他越走越近。你并不体面，你所有的舒适便利乃是由别人的辛苦劳役所供给的[1]。你一点也不勇敢，因为你怕一条蛇的细弱的叉形舌头[2]。你最好的休息是睡眠，你常常召请睡魔，但是对于和睡眠差不多的死亡，你又非常恐惧。你不是你自己，你的生存只是靠了泥土中生出的千千万万的谷粒。你并不幸福，因为你没有的，你永远追求，你有的，你忘记了。你并非是一成不变的，因为你的性格受月亮的影响而常起奇异的变化[3]。如果你是富有的，其实你还是穷苦的，因为你像是驮着金条的驴子，只是负着重载走一段路，一死便卸了负荷。你没有朋友，因为就是你自己的儿女，叫你作爸爸，你自己的骨肉，他们也要怪你那痛风、湿疹、风湿，为什么不早些结束你的性命。你没有青春，你也没有老年，只好像是饭后小睡，同时梦见这么两段经验。因为你在幸福的青春时代，你就变成老朽了，要向长辈乞求施舍，经到年老有钱的时候，你没有勇气、情绪、体力、丰姿，去享受你的财富了。那么所谓生命，还有什么内容可言呢？而且除了上述的以外，生命中还隐藏着千种的可怕的事物，但是对于这一了百了的死亡，我们却怀着恐惧。

克劳底欧　我谢谢您的指教。我本来希望能活下去，现在只求一死，在死亡中可以得到永生，快一点死吧。

伊萨白拉　〔在内〕喂！愿这里平安，上天赐福！

狱吏　是谁？进来吧！你这样好心地祝颂，应该受我们的欢迎。

公爵　先生，我不久再来看你。

克劳底欧	神父，我谢谢您。
伊萨白拉	我要和克劳底欧谈一两句话。
狱吏	欢迎得很。看，先生，你的姐姐来了。
公爵	狱官，我和你说一句话。
狱吏	随便您说几句。
公爵	带我到一个可以藏身的地方偷听他们讲话。〔公爵与狱吏下〕
克劳底欧	姐姐，有什么好消息？
伊萨白拉	唉，像一切的好消息一样。好极了，好极了。安哲娄大人有事要和上天交涉，想派遣你去做大使，而且是常川驻扎的大使。所以，你要赶快准备，明天你就要动身了。
克劳底欧	无法挽救了吗？
伊萨白拉	没有办法，除非是救一头驴劈开一颗心。
克劳底欧	但是有没有这样的办法呢？
伊萨白拉	有的，弟弟，你可以活。法官有一种魔鬼般的慈悲，如果你去恳求，就可以饶你一命，但是束缚你到死为止。
克劳底欧	永久监禁？
伊萨白拉	是的，一点也不错。永久监禁，是一种束缚，纵然你拥有世界之大，心理上也要被束缚到一定的范围里去。
克劳底欧	但是怎样的性质呢？
伊萨白拉	性质是这样的，你一旦同意，便要把你的荣誉从你身上剥夺下来，使你成为赤裸裸的。

克劳底欧　　　把真相告诉我。

伊萨白拉　　　啊，我真是为你担忧，克劳底欧。我急得发抖，生怕你为了维持狂热的生命，把六七年的岁月看得比永久的荣誉还重。你敢死不？死的惨痛大部分是想象的，被我们践踏的一只甲虫，其肉体的苦痛和一个巨人死时是一样地大。

克劳底欧　　　你为什么这样羞辱我？你以为我可以从温言慰藉之中获得勇气吗？如果我必须死，我会投奔黑暗如迎新娘，把它拥抱在我的怀里。

伊萨白拉　　　这才像是我的弟弟讲话，我的父亲在坟墓里也要赞许。是的，你必须死，你是太高贵的一个人，必不肯苟且偷生。那位表面圣洁的摄政，板起面孔说严厉的话，要扼杀青年人的性命，要把人间罪行都驱逐下水 [4]，像鸢鹰驱赶禽鸟一般，但是他自己是个魔鬼，他的龌龊的内心若是掏空了的话，他会像是地狱一般深的一个坑。

克劳底欧　　　那位摄政安哲娄 [5]？

伊萨白拉　　　啊，那是地狱里的骗人的制服，竟给恶魔身上披了灿烂的君王一般的服装！你可想得到吗，克劳底欧？如果我肯把我的贞操奉献给他，你便可以获释。

克劳底欧　　　啊天哪！不会有此等事。

伊萨白拉　　　确有此事，根据他所提议的这件丑事他会给你自由的，让你长久地去继续你的罪行。今晚就是约定的时候，我该去做那我怕提的事，否则你明天就要死。

克劳底欧　　　你不可以去做那事。

伊萨白拉	啊！如果他要的是我的性命，为了救你我愿慷慨牺牲，像抛弃一根针似的。
克劳底欧	谢谢你，亲爱的伊萨白拉。
伊萨白拉	克劳底欧，为你明天的死做准备吧。
克劳底欧	是的。难道他也有热情，在执法的时候居然想要枉法？当然，那也不算是罪恶，至少在七大罪 [6] 中那是最轻的一项。
伊萨白拉	哪一项是最轻的？
克劳底欧	如果那是该受诅咒的大罪，以他那样聪明，他怎肯为了一时的荒唐而陷于永劫？啊伊萨白拉！
伊萨白拉	弟弟你要说什么？
克劳底欧	死是可怕的。
伊萨白拉	耻辱地生活是可恨的。
克劳底欧	是的，可是一死，我们不知走到哪里去。僵冷地躺在那里，然后腐朽，这有感觉的、温暖的、活泼泼的生命就要变成为一块烂泥巴，这习于安乐的灵魂就要沉沦到一片火海里面。或是住在冰天雪地、寒气砭人的地方，被无形的狂风所卷起，绕着这世界被吹刮得团团转，可能有比我们胡乱想象的在地狱里呼号呻吟的更为可怕的遭遇。这可是真太可怕了！最令人厌恶的尘世的生活，纵然受着衰老、病痛、贫穷、监禁的煎熬，比起死亡的恐怖，也是天堂了。
伊萨白拉	哎呀！哎呀！
克劳底欧	亲爱的姐姐，让我活吧。你为了救弟弟性命而犯的

罪恶，上天会赦为无罪，而且使之成为一宗善事。

伊萨白拉　啊你这畜牲！啊不忠心的懦夫！啊不诚实的贱人！你愿利用我的罪过来做人吗？从你自己的姐姐的耻辱当中来取得生命，这不是一种乱伦的行为吗？我应该做何感想？愿上天保佑我的母亲，让她对我的父亲忠实，因为这样的野性难驯的孽种不会是从他的血肉滋生出来的。我和你决裂了，去死，去毁灭！纵然我一鞠躬就可以挽回你的厄运，我也要看着你厄运临头。我要做千百次的祈祷要你死，没有一个字是救你的。

克劳底欧　不，你听我说，伊萨白拉。

伊萨白拉　啊，呸，呸，呸！你的罪恶不是偶然的，是经常的习惯。对你怜悯，等于本身即是淫媒。你快死最好。

〔欲去〕

克劳底欧　啊听我说，伊萨白拉。

公爵又上。

公爵　年轻的修女，我要和你说句话，只说一句。

伊萨白拉　你有什么话说？

公爵　如果你有闲暇，我要立刻和你谈谈，我的愿望的满足，同时对你也有益处。

伊萨白拉　我没有多余的空闲，在此地停留下来就要挪用办别的事情的时间。不过我愿奉陪片刻。

公爵　〔向克劳底欧旁白〕孩子，你和你姐姐的交谈，我都偷听到了。安哲娄从来没有玷污她的意思，他只是

　　试探她的操守，作为他对人性的测验。她，是个贞
　　节的女子，对他断然拒绝了，使得他甚为高兴。我
　　是安哲娄的告解神父，所以我知道这是事实，你就
　　准备就死吧。不要用虚幻的希望来支持你的决心，
　　你明天一定要死的，跪下去，做准备吧。

克劳底欧　　让我向我的姐姐赔个不是吧。我对人生毫无留恋，
　　　　　但愿早离苦海。

公　爵　　要坚持这种看法，再会。〔克劳底欧下〕

　　狱吏又上。

　　狱官，我和你说句话。

狱　吏　　你有什么事，神父？

公　爵　　你现在来了，你还是走吧。让我和这位小姐谈一谈，
　　　　　以我这身份，你可以相信我是决不会伤害她的。

狱　吏　　好吧。〔下〕

公　爵　　造物使得你美，同时也使得你善，有了美而不重视
　　　　　善，那美也不得长久;但是美德是你的结构中的灵魂，
　　　　　会使得你的身体永久地美。安哲娄向你求爱，我已
　　　　　经偶然地知道了，如果他的这种堕落以前并无先例，
　　　　　我对安哲娄便要大感惊异了。你将怎样满足这位摄
　　　　　政，解救你的弟弟呢？

伊萨白拉　我现在就要去回复他，我愿我的弟弟依法受死，不
　　　　　愿我的儿子非法而生。但是，唉，善良的公爵可把
　　　　　安哲娄看错了！如果他回来，我能见到他，我说话
　　　　　可能毫不生效，也可能揭发他。

公爵	那样做是不算错。不过，以现在的情形而论，他是会否认你的控诉，"他只是测验你"。所以，要听我的劝告，我好行善事，想出了一个办法。我相信你可以极正大光明地帮助一位可怜的受委屈的女人，把你的弟弟从愤怒的法律制裁中解救出来，不玷污你自己的清白的身体，而且度假的公爵一旦回来听说这件事一定还会很高兴。
伊萨白拉	请你再说下去。我内心认为不是邪恶的事，我都敢做。
公爵	美德是勇敢的，善良的人无所恐惧。你没听说过海上失事的伟大军人佛德烈克的妹妹玛利安娜吗？
伊萨白拉	我听说过这位小姐，大家都很称赞她。
公爵	她应该是已经和这位安哲娄结婚了的。他已经和她订了婚约，吉期也选定了，就在这订婚与结婚之间的时候，她的哥哥佛德烈克在海上失事了，妹妹的妆奁就在那艘沉没的船上。但是你听听这打击对那位可怜的女人是多么大：她失掉了一个英勇闻名的哥哥，他对她一向是极其爱护的；她的大部财产，她的妆奁，也一起失掉了；此外她还失掉了她的未婚夫，这个假装正经的安哲娄。
伊萨白拉	会是这样的吗？安哲娄就这样地把她丢弃了？
公爵	任由她以泪洗面，不给一点安慰；把婚约一笔勾销，伪托说她的秽行昭著。简单说吧，任由她去独自伤心，至今她仍在为他伤心呢；而他，铁石心肠，尽管用眼泪去冲洗，他决不软化。

伊萨白拉	早早把这可怜的小姐从尘世带走，让她死去，那是何等的善事！这人生是何等腐败，竟准许这样的男人活下去！可是我们目前的情形于她有什么好处呢？
公爵	这是你能很容易疗治的创伤，不但在疗治之后可救你的弟弟，而且在疗治之间并不让你的贞操受损。
伊萨白拉	告诉我怎样做，好神父。
公爵	前面所说的那位女郎，还在继续她的初恋，他的无情无义照理讲应该已经扑灭她的情火，居然像是水流中间的障碍，使得她的爱情愈发炽盛难当。你去见安哲娄，故作顺从地答复他的要求，对于他的要求完全答应下来，只是要提出这样的条件：第一，和他幽会的时间不能太长，而且须在昏夜人静之际，地点还要出入便利。这条件他当然会答应，然后我们就要劝那位受屈的小姐代你前去赴约。如果这次幽会以后成为无法否认的事，便可逼他对她补偿。这样一来，你的弟弟得救了，你的贞操无损，可怜的玛利安娜得到好处，腐化的摄政也好像是上过天平称过了 [7]。这小姐由我去加以指导，使她适合他的企图。如果你肯这样做，实在你也可以这样做，因为有重重的好处，虽是骗局，亦问心无愧。你以为如何？
伊萨白拉	目前悬想此事，已觉甚为满意，我想一定可以演变到十分圆满的地步。
公爵	此事全靠你的支持。立刻去见安哲娄，如果今夜他

就要和你同床共寝,你就答应他。我立刻到圣路可
教堂去。这晦气的玛利安娜就住在那边附近的一个
农庄里,你到那里来找我,和安哲娄定好约会,愈
快愈好。

伊萨白拉　我谢谢您的指点。再会,好神父^[8]。〔同下〕

第二景:狱前街道

公爵化装修道士上;爱尔博、庞沛及警吏等迎面上。

爱尔博　唉,如果无法改良,必须把男人女人当作牲畜来买
卖,那么全世界到处都是棕色的或是白色的私生
子了^[9]。

公爵　啊天哪!又说些什么废话?

庞沛　这世界从来不曾繁荣过,自从两种重利盘剥的事业^[10],
最能繁荣市面的那一种被取缔了,较坏的那一种倒
受法律保障,还给它穿起皮袍子,怕它受凉,而且
又是狐皮又是羊羔皮,表示狡狯的狐狸比天真的羔
羊要阔绰些,所以拿狐皮来做装饰^[11]。

爱尔博　走吧,老兄。您好,神父修道士。

公爵　您好,兄弟老太爷。这个人犯了什么过错?

爱尔博　老实话,他触犯了法律,并且我们认为他还是个贼,

因为我们在他身上搜到一把奇怪的开锁的工具，已经送到摄政大人那里去了。

公爵　　你这小子，呸，拉皮条的，一个邪恶的拉皮条！你靠了你所诱导的罪恶来维持你的生活。你要想一想，你是利用这下流的罪恶来吃饱肚皮穿暖身上。你要告诉你自己，靠了他们的鬼鬼祟祟偷偷摸摸，我吃，我喝，我穿，我生活。这样龌龊地维持生计还能算是人生吗？去改过吧，去改过吧。

庞沛　　诚然，是有一点龌龊，先生。但是，先生，我要申辩——

公爵　　不要说啦，如果魔鬼给了你罪恶的理由，你自然要跟了他走。送他到监牢里去，警官，惩罚与教导必须同时并行，这粗野的畜牲才能受益。

爱尔博　他一定要去见摄政，先生，他已经警告过他。摄政不能容忍娼馆的龟奴，如果他是一个营淫业的，走到他的面前，他可就吃苦头了[12]。

公爵　　但愿我们都没有过错，

有了过错也不必藏藏躲躲[13]！

爱尔博　他的颈子会靠近你的腰身——一条绳子，先生[14]。

庞沛　　我看到救星了，我请求保释。这里来了一位绅士，他是我的朋友。

陆希欧上。

陆希欧　怎么啦，高贵的庞沛！什么，被系在西撒的车轮上了？你是被牵着参加凯旋游行吗？什么，现在你没

有皮格玛琳的雕像，刚刚变活了的女人，帮你从人家
衣袋里掏钱了吗[15]？有答话吗，喂？你对这种风俗
习惯可有什么意见？是不是被上次的大雨淹啦[16]，
喂？你有何话说，老家伙？这世界还和从前一样
吗？向哪个方向变？是不是变得沉默寡言了，还是
怎的？这就是时尚吗？

公爵　　　永远是这样，永远是这样，永远越变越坏！

陆希欧　　我那宝贝，你的女老板，近来好吗？还是在做淫媒
　　　　　吗，啊？

庞沛　　　老实话，先生，她把她的牛肉都吃光了，她自己也
　　　　　跳到桶里去了[17]。

陆希欧　　噫，那很好，那是应该的，一定会这样的。总是新
　　　　　鲜的窑姐儿和盐腌的老鸨，不可避免的结果。一定
　　　　　会这样的。是到监牢去吗，庞沛？

庞沛　　　是的，先生。

陆希欧　　噫，那也不坏，庞沛。再会。去，就说是我送你到
　　　　　那里去的。为了欠债，庞沛？还是为了什么？

爱尔博　　为了当龟奴，为了当龟奴。

陆希欧　　好，那么，把他关起来。如果龟奴是该监禁的，那
　　　　　么，他正是罪有应得。他是龟奴，毫无疑问，而且
　　　　　还是世家，龟奴养的。再会，好庞沛。替我问候监
　　　　　牢里的诸位，庞沛。你现在会变成为一个很好的管
　　　　　家的人，庞沛。你将要去管家。

庞沛　　　我希望，先生，您做我的保人。

陆希欧　　不，我不愿意保你。庞沛，这年头不作兴给人打保。

　　我可以祈祷，庞沛，把你多关一些时候。如果你在监牢里不老实，哼，你的镣铐会要加重哩。再见，好庞沛。上天保佑您，神父。

公爵　　　也保佑你。

陆希欧　　布利吉特还擦胭脂抹粉吗，庞沛，啊？

爱尔博　　走吧，先生，走。

庞沛　　　那么你不肯保我，先生？

陆希欧　　方才不保，庞沛，现在还是不保。外边有什么新闻，神父？有什么新闻？

爱尔博　　走吧，先生，走。

陆希欧　　钻狗洞去吧，庞沛，去。〔爱尔博、庞沛及警吏等下〕

　　　　　关于公爵可有什么消息，神父？

公爵　　　我一点也不知道，你能告诉我一点吗？

陆希欧　　有人说他是和俄罗斯皇帝在一起，又有人说他是在罗马，但是你说他是在哪里呢？

公爵　　　我不知道在哪里，不过无论在哪里，我愿他平安。

陆希欧　　他悄悄地离开政府，扮出穷苦模样到处云游，实在是荒唐。安哲娄大人代理政事，做得很好，他把犯法的人都治罪了。

公爵　　　他这样做是很对的。

陆希欧　　对于犯奸淫的人稍为宽大一点，于他也没有什么害处，在这一方面他有一些过于执拗了。

公爵　　　这是太普遍的一宗罪恶，必须用严刑峻法把它纠正过来。

陆希欧　　是的，老实说，罪恶是多端的，彼此相连的。这罪
　　　　　恶是无法根绝的，除非把饮食也一齐禁止。有人
　　　　　说这一位安哲娄不是普通的男女所生，你说是真
　　　　　的吗？

公爵　　　那么他是怎样生的呢？

陆希欧　　有人说他是鲛人下的卵，有人说他是两条干鳕鱼生
　　　　　下来的。不过他小便的时候，他的尿都凝成冰，那
　　　　　倒是确实的。我知道那是不假的，并且他是个不能
　　　　　人事的傀儡[18]，一点也不错。

公爵　　　你真是爱说笑话，先生，而且也言过其实了。

陆希欧　　噫，他这人是多么残酷，人家裤裆里面那个东西作
　　　　　怪，他就要人家的性命！现在公出的那位公爵肯做
　　　　　这样的事吗？他不但不会因为一个人生了一百个私
　　　　　生子而绞死他，他会代付一千个私生子的养育费哩。
　　　　　关于这种风流事他自己有一点经验，他很内行，所
　　　　　以他总是从轻发落的。

公爵　　　我从没有听说过公出的那位公爵为了女人而受人指
　　　　　摘，他没有那种毛病。

陆希欧　　啊，先生，你可大错特错。

公爵　　　那是不可能的。

陆希欧　　谁？公爵没有那种毛病？有的呀，遇到一位五十岁
　　　　　的讨饭的婆子，他都会在她的木头盒里放进一块钱，
　　　　　公爵这个人想法古怪。他还爱酗酒呢，这也是我要
　　　　　告诉你的。

公爵　　　你一定是冤枉他了。

陆希欧　　先生，我和他很熟。这公爵是位很老成的家伙，我想我知道他这次出行的缘故。

公爵　　　请问是什么缘故？

陆希欧　　对不起，这是一宗说不得的秘密，不过这一点我可以让你明白，大多数人民都认为公爵是贤明的。

公爵　　　贤明！噫，没有问题是贤明的。

陆希欧　　是一个很浅薄、很愚昧、很没有头脑的家伙。

公爵　　　这是你的嫉妒、愚蠢，或误会。他一生为人做事足够证明他不是你所说的这样人。用他自己的成就来为他做证，嫉妒他的人就会看出他确是一位学者、一位政治家、一位军人。所以你说话毫无见识。如果你有更多的知识，那也是被你的恶意所掩了。

陆希欧　　先生，我认识他，我敬爱他。

公爵　　　敬爱他就该有较深的认识，认识他就该有较深的敬爱。

陆希欧　　算了，先生，我所知道的事我不能说不知道。

公爵　　　我不大敢相信，因为你并不知道你说的是些什么话。不过，如果公爵有一天回来了——我们都希望他会回来，请你当着他的面和我对质。如果你所说的是事实，你该有勇气承认。我一定要来奉邀。请问你的大名？

陆希欧　　先生，我叫陆希欧，公爵和我很熟的。

公爵　　　他会更深一层地认识你，先生，如果我能有机会把你描述一番。

陆希欧　　我怕你不见得有机会。

公爵	啊！你是希望公爵永远不回来，也许你是以为我是一个无力害人的对手。不过我是没有法子害你的，你会把你所说的话发誓否认的。
陆希欧	我宁死也不会否认，你看错了我啦，神父。不过不必再多谈了。你可知道克劳底欧明天会不会死？
公爵	他为什么要死，先生？
陆希欧	为什么？为了把漏斗塞进了一只瓶子。我愿我们谈起的这位公爵回国来，这一位不能人事的摄政主张节欲，会要使得全国人烟断绝。麻雀不可以在他房檐下筑巢，因为它们是淫荡的。公爵对于这种暧昧的事不会公开追究的，他从不公然揭发的，我真愿他回来！哎呀，这位克劳底欧就是为了解裤带而被判死刑。再会，好神父。我请你，为我祷告。我再对你说一句话，公爵每逢星期五还吃羊肉哩[19]。他还没有超过好色的阶段，我告诉你说吧，他会和一个乞丐婆子接吻，虽然她满嘴都是黑面包、大蒜的味道，就说是我这样说的。再会。〔下〕
公爵	在人生中有权有势，依然无法避免人家的讥评，最纯洁的德行也会有人窃窃私议来打击他。哪一个国王能塞得住人们的悠悠之口呢？谁来了？

哀斯克勒斯、狱吏、警员等，与欧佛顿太太上。

哀斯克勒斯	去，带她到监牢去！
欧佛顿	大人，请开恩吧。谁都知道您是一个慈悲的人，好大人。

哀斯克勒斯	两次三次地劝诫你，还是犯同样的罪？这会使得慈悲的人咒骂，变成凶暴的人。
狱吏	禀告大人，她操淫业已继续十一年之久了。
欧佛顿	大人，这是一个名叫陆希欧的人诬告我的话。在公爵听政的时候，凯特吉普当小姐就被他弄大了肚皮，他答应娶她。那个孩子到腓力普与雅各节日[20]那天就足有一岁零三个月了，我一直替他养育着这个孩子，他反倒到处说我的坏话！
哀斯克勒斯	那个家伙是个很放荡的人，把他抓来见我，送她到监牢里去！去吧，别再多话。〔警吏带欧佛顿太太下〕
	狱官，我的同僚安哲娄不肯改变主张，克劳底欧明天一定要死。给他请好神父，安排下一切仁慈的准备，如果我的同僚像我一样地慈悲为怀，他就不会这样了。
狱吏	启禀大人，这位神父已经看过他了，并且劝告他如何地就死。
哀斯克勒斯	晚安，神父。
公爵	我祝福您了！
哀斯克勒斯	你是从什么地方来的？
公爵	我不是本国人，偶然前来观光。我是一个虔诚的教会的修士，刚从罗马来，奉了教皇的特殊使命。
哀斯克勒斯	海外可有什么新闻？
公爵	没有，只是行善的风气十分热烈，至死方得罢休。新奇的事物是大家特别需要的，任何事情一变成古

老便是危险的，恰似做任何事情有恒便是美德。大家都不真诚相见，社会变得甚不安全，到处都要有人担保，交情变得一文不值。人间的世故大抵就像是这句谜语一般。这新闻很陈旧了，但仍是每日的新闻。我请问你，先生，这公爵脾气如何？

哀斯克勒斯　他这个人，只是努力要认识他自己，比做任何其他的事情都更认真。

公爵　　　　他有什么嗜好？

哀斯克勒斯　他宁可看了别人快乐而欢喜，不愿别人刻意讨他欢喜而快乐，是一位举止有节的彬彬君子。我们也不必多谈了，让他去干他的事情，只是希望他一切顺利，我想知道你看到克劳底欧死前准备如何。以我所知，你曾访问过他。

公爵　　　　他自承在审判上没有受到不公道的待遇，甘愿俯首受刑，不过人性畏死，他不免存着几分求生的妄想，我花了些时间为他破除妄想，现在他已决心待死了。

哀斯克勒斯　你已尽了你对上天的义务，对这死囚也尽了你的职业上的责任。为了这可怜的人，我已在适当范围之内做了最大的努力，但是我的同僚却十分严峻，我不得不说他真不愧为一位铁面无私的法官。

公爵　　　　如果他自己的生活也像他执法这样严正，那就好了；如果他要是在生活中偶然失足，他现在等于是裁判了他自己。

哀斯克勒斯　我要去看看那个犯人。再会。

公爵　　　　愿你平安！〔哀斯克勒斯与狱吏下 [21]〕

一个人为上天秉持斧钺，

应该严明而且志行高洁；

要把自己作为一个模范，

仰赖天恩，如果德薄能鲜；

处治别人勿过严亦勿过宽，

要像为自己判罪量刑一般。

自己犯罪不论，别人犯罪就杀，

这人好不知耻，手段未免太辣！

安哲娄是两倍三倍地不该，

为我除恶，而他自己乱来！

啊！看外表与天使无异，

谁知道他内心藏着什么东西！

可否使用罪恶的手段^[22]，

把世人权且欺骗，

用蛛网的细丝来聚敛

顶庞大结实的物件？

对付罪恶我必须使用狡计，

让那位订了婚而又被遗弃的

今晚就去和安哲娄同枕共眠，

骗人的也终归要受骗，

虚心假意，结果是弄假成真，

完成这一段既定的婚姻。〔下〕

注 释

[1] 据 Harding 的注释:"For all the conveniences and comforts you possess are provided by the base offices and occupations of others. But the phrase 'Are nursed by baseness' may mean 'Are cherished out of low and selfish motives.'" 兹根据前一解释翻译。

[2] 原文 worm 在伊利沙白时代通常作为"蛇"解。如解作"蛆虫",则下文之 fork(即叉形之舌)没有着落。

[3] 月亮经常有盈有虚,故象征变化,从前认为有支配人类的性格行为之力。原文 complexion = temperament。

[4] 原文 enmew,对折本作 emmew,系鹰猎术语,"驱逐入水"之意。

[5] 原文 Prenzie 是一个难解的字,在这里四行之内连用两次,在别处未曾用过,其他作者亦未曾用过。各家注释纷纭。G. B. Harrison(*The Penguin Shakespeare*, P. 117)所说亦颇近理,其说云:

"prenzie...prenzie : A much annotated word. In the first use it apparently means Deputy(principe): the second may be a printer's error caught up from the previous use; it requires a meaning of 'respectable, hypocritical.'" 但第二个 prenzie 为什么不可以仍作 prince 解呢? Hotson 即曾指陈: prenzie guards = 'prince-robes, clothes with rich trimming.'(见耶鲁本页一二〇)。

[6] 七大罪是:骄、妒、怒、懒、贪、馋、淫。(Hart 注)

[7] 原文 scaled,各家解释不同,兹从 Craig 解, = weighed, as in scales。

[8] 近代编本,除 Wilson 与 Harding 外,均于此处作为第一景终,此下为第二景。第一对折本此处不另分为一景,事实上似亦无必要也。

[9] 原文 bastard 双关语:(一)私生子;(二)西班牙甜酒。全世界的人

饮甜酒，即全世界到处是私生子之谓。

[10] 淫业与高利贷。

[11] 放高利贷者常穿有皮毛装饰的袍子，表示不义之财富。

[12] 原文 go a mile on his errand 费解。Harding 注为 "give himself up for lost" 可能应作是解，但不知何据。

[13] 原文: That we were all, as some would seem to be,

From our faults, as faults from seeming free !

费 解。Warburton 首 先 提 出 的 解 释， 以 seeming 作 comeliness 或 decency，于义似仍不安。译文提出新的解释。

[14] 圣方济会的修道士，腰围上系绳一根。以颈就绳，言将被绞杀也。

[15] 皮格玛琳（Pygmalion）乃塞普勒斯王，善雕塑，一日雕一女像，极美，因昵爱之，拥抱时雕像竟变为活人。陆希欧此言系暗示一般龟奴往往夸张娼妇之美丽与贞洁。"你现在没有由皮格玛琳的雕像刚刚变出来的贞洁美女可以出售了吗？"

[16] 可能指一六〇二——一六〇三年冬季伦敦之大雨。

[17] 原文 tub 双关语:（一）腌牛肉的桶;（二）浴桶，里面加盐，使人发汗，可愈花柳病。故 in the tub 即患花柳病之谓。

[18] 原文 motion generative，按 motion 为 "傀儡" 之意，generative 为 "有生殖力的""雄性的" 之意。二字连用，指其徒具生殖器官，有如傀儡不能人事也。

[19] 在四旬斋（Lent）期间应禁肉食。但此处所谓羊肉（mutton）之另一含义为 "娼妓"。

[20] 腓力普与雅各（St. Philip and St. Jacob）节日是五月一日。Jacob = James。

[21] 下面一段韵语，二十二行，通常被认为非莎士比亚手笔。不但文

辞拙劣，而且放在此处不发生任何作用。但 Wilson 曾指陈，类似拙劣的词句，并非绝无仅有，例如《波里克利斯》中之 Gower choruses 即是。

[22] 原文晦涩难懂，各家解释俱难称意。按第一对折本的原文是：

How may likeness made in crimes,

Making practice on the times,

To draw with idle spiders' strings

Most pond'rous and substantial things？

近代版本多改 may 为 many，并改问号为感叹号。今按 Harding 编之耶鲁本，恢复对折本本来面目，作为是公爵心中自己盘算："可否利用李代桃僵之方法，巧施妙计，使安哲娄堕入陷阱呢？"意似可通。

第 四 幕

第一景：圣路克教堂附近农庄

玛利安娜及一童上，童唱歌[1]。

> 拿开，啊拿开那两片嘴唇，
> 那样甜言蜜语的欺诳；
> 还有那双眼睛，破晓的昏昕，
> 并未带来清晨的亮光：
> 但是我的亲吻你要还我，
> 你要还我，
> 那是爱的图章，但未生效果，
> 未生效果。

玛利安娜　　停住你的歌唱，赶快走开。一个能给我安慰的人来
　　　　　　了，他的劝说常能止住我的叫嚣的怨声。〔童下〕

公爵上，仍化装如前。

请原谅，神父；但愿您不曾看到我在此欣赏音乐；
我愿这样解释，我愿您能相信。
音乐不能使我高兴，只是排遣愁心。

公爵　那很好；不过音乐的力量很是奇怪，
常使坏人变好，也常使好人变坏。
请你告诉我，今天可有人来此打听我吗？我曾答应
在此时到这里来的。

玛利安娜　没有人打听你，我整天都在此地坐着的。

公爵　我确信你的话。现在时候到了，请你暂且离开一下，
也许我不久还要和你谈谈，为了你的利益。

玛利安娜　我总是感激您的。〔下〕

伊萨白拉上。

公爵　你来了，我真高兴。你从我们这位好摄政那里带来
了什么消息？

伊萨白拉　他有一座砖墙围绕的花园，西墙外是一座葡萄园。
那个葡萄园有一个木板门，这一把大一点的钥匙就
是开那个门的，另外一把钥匙是开由葡萄园通花园
的一个小门的。我已经答应在今天深更夜半的时候
到那里去和他幽会。

公爵　可是你自己摸得清这条路吗？

伊萨白拉　我已经小心地记在心里了，他怀着一肚子鬼胎假意
殷勤地低声地对我指点那条路线足有两遍。

公爵	还有没有商定别的她所必须注意的暗记?
伊萨白拉	没有,只是必须在黑暗中幽会,并且我告诉了他我只能停留片刻,因为我已经通知他我有一名仆人随我前来。他在等候我,他以为我是为了我弟弟的事而来的。
公爵	计划得很好。关于此事我对玛利安娜尚一字未提。喂!里面有人吗?出来呀。

玛利安娜又上。

	我请你和这位小姐认识认识,她是来帮助你的。
伊萨白拉	我也很愿认识你。
公爵	你是否相信我是很尊敬你的?
玛利安娜	好神父,我知道你是的,并且时常发现您对我很好。
公爵	那么请你拉着你这位朋友的手,她有话要对你讲。我在此地等着,你们要快,夜深露湿的时候就要到了。
玛利安娜	我们走开好不好?〔玛利安娜与伊萨白拉同下〕
公爵	有权有势的人们哪!千千万万只视而不明的眼睛在凝视着你,关于你的行为,无数的谣言就根据这些虚伪矛盾的观察而流行,无数的冷言隽语把你作为他们的妄想的来源,任意地把你歪曲!

玛利安娜与伊萨白拉又上。

	欢迎!怎样商量好的?
伊萨白拉	她愿意去做这一件事,神父,如果你赞成。

公爵	我不仅允许，而且请求。
伊萨白拉	你离开他的时候不必多说话，只要柔声低语："别忘了我的弟弟。"
玛利安娜	你放心吧。
公爵	好孩子，你也尽管放心。根据婚约他已经是你的丈夫，这样地把你们撮合在一起，不是罪过，因为你对他身份已明，这骗局也说得过去。 来，我们走。要把粮收割， 需要先把种子播。〔同下〕

第二景：狱中一室

狱吏与庞沛上。

狱吏	走过来，伙计。你会砍头吗？
庞沛	如果那是个单身汉，我可以砍；但是如果他是结过婚的人，他便是他的妻的头，我永远不能砍一个女人的头。
狱吏	好了，先生，别胡扯，直截地回答我。明天早晨克劳底欧和巴拿丁就要死了。我们狱里有一位刽子手，可是他手下缺乏一位帮手，如果你肯帮他，便可赎去你的罪刑；如果你不肯，你就要服满你的刑期，临

释放的时候还要挨一顿无情的鞭子，因为你是著名的淫棍。

庞沛　　　先生，我做不合法的淫棍已经有好久好久了，但是我还是很愿意做一名合法的刽子手。我很愿意接受我那位同伴的指导。

狱吏　　　喂，喂，阿伯霍孙！阿伯霍孙在哪里呢？

阿伯霍孙上。

阿伯霍孙　你叫我吗？

狱吏　　　是的，这里有一个人愿意明天帮你行刑。如果你觉得合适，跟他订一年的合同，让他和你在这里住在一起；如果你觉得不合适，现在用他一次，再打发他走。他不是一个值得令你尊敬的人，他是一个淫棍。

阿伯霍孙　淫棍？呸！他会要辱没我们这一种行业。

狱吏　　　算了吧，先生，你们是半斤八两，再加上一根羽毛就可以分出高低。〔下〕

庞沛　　　我要问，先生，就凭你这副漂亮面孔——因为实在地讲你有一副漂亮面孔，只是你的样子有些像吊死鬼——你为什么称你所干的活儿为一种行业？

阿伯霍孙　是的，先生，是一种行业。

庞沛　　　我听说，先生，胭脂粉是一种行业。窑姐儿们是我这一行的，她们都擦胭脂抹粉，这证明我这一行也算是一种行业。但是绞人算是什么一行呢，就是把我绞死，我也想象不出。

阿伯霍孙　先生，那确是一种行业。

庞沛　　　　证据呢？

阿伯霍孙　　每个善良的人做出来的衣服都可以给强盗穿[2]。

庞沛　　　　如果强盗穿着太小，善良的人就觉得是大得很；如果强盗穿着太大，强盗觉得还是小得很。所以，每个善良的人做出来的衣服都可以给强盗穿。

　　　　　　狱吏又上。

狱吏　　　　你们商量好了？

庞沛　　　　先生，我愿意在他手下做事。因为我发现刽子手这行业比开妓院要更有良心，他时常地求人原谅[3]。

狱吏　　　　你明天四点钟的时候准备好你的斩台和斧头。

阿伯霍孙　　来吧，龟奴，我要把我这一行手艺传授给你。跟我来。

庞沛　　　　我很想学，先生。我还希望，如果你有机会要我为你自己服务，你会发现我手下干净利落。因为，老实说，先生，你待我这样好，我应该好好报答你的。

狱吏　　　　把巴拿丁和克劳底欧叫来：〔庞沛与阿伯霍孙下〕
　　　　　　我同情其中一个，另一个一点也不同情，
　　　　　　因为他是杀人犯，纵然他是我的亲弟兄。

　　　　　　克劳底欧上。

　　　　　　你看，克劳底欧，这是给你执行死刑的命令。现在是午夜时分，明天八点钟你就要得到永生了。巴拿丁在哪里？

克劳底欧　　他正睡得熟，像是旅人劳顿浑然酣眠。他醒不了。

狱吏	谁能帮得了他呢？好，去吧，你为自己准备吧。〔内敲门声〕听，什么声音？——愿上天使你心境平安！——〔克劳底欧下〕我就来。我希望这是给这位极善良的克劳底欧送赦免令或缓刑令的。

公爵依然化装上。

　　欢迎，神父。

公爵	夜间的神灵佑护你，好狱官！最近有谁来过吗？
狱吏	晚钟敲过之后没有人来过。
公爵	伊萨白拉也没来吗？
狱吏	没有。
公爵	那么，不久他们会来的。
狱吏	有什么关于克劳底欧的好消息吗？
公爵	有一点希望。
狱吏	摄政是真严酷。
公爵	不是这样的，不是这样的。他的为人处世和他的严刑峻法是一贯的，凡是他运用权力控制别人的，他也用崇高的克己的功夫来抑制他自己。如果他所矫正于别人的，反而拿来玷污他自己，那么他可以算是暴虐。不过，以现在事实而论，他是公正的。——〔内敲门声〕现在他们来了。〔狱吏下〕

　　这是个好狱官，实在是很难得，

　　铁面的狱官而待人这样温和。〔敲门声〕

　　是怎么啦！是什么人这么大的声音？那人一定是急得不得了，敲门敲得这样响。

狱吏又上。

狱吏　他必须在那里等一下，等警卫起来给他开门。我已经喊醒他了。

公爵　关于克劳底欧你还没有接到撤销执行的命令，他明天一定要死吗？

狱吏　没有，先生，没有。

公爵　现在是天将破晓，在早晨以前你会得到消息的。

狱吏　也许你已有所闻，不过，我相信不会有撤销的命令来的，以前我们没有过这种例。而且，安哲娄大人在法庭之上公开宣布他绝不肯这样做。

一使者上。

这是大人派来的人。

公爵　克劳底欧的赦免令来了。

使者　〔递过公文〕大人派我送这公文给你，还要我传达命令，要你完全遵照指示办理，关于时间、内容以及其他情形俱不得有丝毫违误。再会，我看天快要亮了。

狱吏　我一定遵命。〔使者下〕

公爵　〔旁白〕
这是他的赦令，用罪恶换来的，
把发赦令的人也卷了进去；
居高位者知法犯法，
犯罪之风自然弥漫天下。

坏人发慈悲，那慈悲不是出自真心，

是为了爱罪恶，而不得不庇护罪人。

请问，有什么消息？

狱吏　　　我已经告诉过你了，安哲娄大人许是怕我不尽职，
用这种不寻常的刺激话来提醒我。我觉得很奇怪，
因为他以前没有这样过。

公爵　　　请你念给我听。

狱吏　　　"无论你听到别人怎样不同的说法，四点钟的时候把
克劳底欧处决；下午，把巴拿丁处决。为使我格外
安心，在五点钟的时候把克劳底欧的首级给我送来。
必须照办不误;此事关系重大，有非目前所能公布者。
故必须尽职办理，否则严惩不贷。"

你说这是怎么回事，先生？

公爵　　　今天下午处决的巴拿丁是什么人？

狱吏　　　生在波希米亚而在本地长大的一个人，在监牢里已
经关了九年。

公爵　　　为什么请假外出的公爵没有释放他或是处决他呢？
我听说他办事总是这样的。

狱吏　　　他的朋友们还在设法为他缓刑，实在是，他的罪状，
在目前安哲娄大人掌政以前，并无确切无疑的证据。

公爵　　　现在罪证确凿了吗？

狱吏　　　已经极明显，他自己也不否认。

公爵　　　他在狱里可有悔悔之意？他像是有怎样的感触？

狱吏　　　他并不怎样怕死，只是当作醉后酣眠一般。对于过
去、现在和未来，无忧无虑，毫无恐惧；对于死亡无

所感觉，而且决不做永生之想。

公爵　　他需要有人去开导他。

狱吏　　他不肯听。他在狱里一直是自由的，准他逃，他也不逃。如果不是好多天完全醉，便是一天醉好几回。我们常常喊醒他，假装是要带他去受刑，并且把一张假的行刑令给他看，一点也不能使他动心。

公爵　　等一会儿再谈他。你的眉宇间，狱官，表示出你是诚实可靠。如果我看得不对，那是我那一套老的相法欺骗了我。但是我的相法自信颇有把握，我愿冒险孤注一掷。克劳底欧，你现在奉令处决，其实他所犯的罪并不比判他死刑的安哲娄更重。要举出具体证据让你明白我所说的这一句话，请容我四天的工夫，并请你立刻冒险帮我一个忙。

狱吏　　请问，先生，帮什么忙？

公爵　　暂缓执行死刑。

狱吏　　哎呀！我怎么可以这样做呢？钟点都指定了，而且奉有明令，违则严惩，要把首级呈送安哲娄亲自查验。如果稍有违误，我的情形就和克劳底欧一样了。

公爵　　出家人不谎语，我可以担保你安全没事，如果你听从我的指导，今天早晨就把这巴拿丁杀掉，把他的首级送给安哲娄。

狱吏　　安哲娄见过他们两个，会发现面貌不符。

公爵　　啊！人一死就会变形，你还可以再加上一点化装。把头剃光，把胡子系起来 [4]，就说这是犯人死前忏悔，愿意这样剃光的。你知道这是很普通的情形。

如果除了感激和好运之外，你要是遭遇一些什么麻烦，我指着我们创教的圣徒为誓，我将拼命地为你辩护。

狱吏　　　对不起，好神父。这与我的誓约不符。

公爵　　　你当初是向公爵宣誓的，还是向摄政?

狱吏　　　向他及其代理人。

公爵　　　如果公爵承认你这样做是对的，你就会觉得你没做错事了吧?

狱吏　　　但这怎么可能呢?

公爵　　　不是可能，是确实如此。我看你既然害怕，我这身服装、我的人格、我的劝说，都不能安然打动你，那么我只好再进一步来铲除你的恐怖。你看，先生，这是公爵亲笔盖章的文件，我相信你该认识这笔迹，这图章对你也不生疏。

狱吏　　　我都认识。

公爵　　　这里面说的是公爵就要归来，你随后即可慢慢地去读，你会读到他两天之内就要到来的话。这是安哲娄所不知道的，因为他今天还接到好几封离奇的信，或是说到公爵的死，或是说他出家进了修道院，可是都没有提到这信里所说的话。看，晨星已经在唤醒牧羊人。这些事情将要闹出什么结果，你不必惊疑，真相大明之后一切疑难均将解决。把你的刽子手喊来，砍掉巴拿丁的头。我就去给他行忏悔礼，劝他上天堂去。你还露着惊讶的样子，但是会使你完全了解的。走吧，几乎是大天亮了。〔同下〕

第三景：同上。另一室

庞沛上。

庞沛　　　　　我在这里厮混得很熟，就像从前在我们做生意的地方一样，使人觉得这就是欧佛顿太太自己的妓院，因为她的许多老主顾都在这里。首先，这里有年轻的鲁莽大少爷，他进了监狱是为了一批黄纸和老姜的货款[5]，一百九十七镑，只借到三镑六先令八便士的现款。唉，赶巧那时候老姜市上没人要，因为老太婆全都死光了。还有一位跳蹦大少爷，是由绸缎商三层毛先生控告的，为了四套桃色缎的衣料，被控诈财。我们还有年轻的骰子[6]，年轻的赌咒大少爷，铜马刺[7]大少爷，佩带长剑短刀的饿死仆人先生[8]，害死大块布丁的年轻的害人精[9]，剑术家直冲先生，大游历家漂亮的鞋结先生，戳死了壶的狂野的半大罐。还有，我想，四十多位，全都是照顾我们这一行的大老倌，现在都"看在主的面上"了[10]。

阿伯霍孙上。

阿伯霍孙　　　伙计，带巴拿丁过来。

庞沛　　　　　巴拿丁大爷！你必须起来上绞架，巴拿丁大爷。

阿伯霍孙　　　喂！巴拿丁！

巴拿丁　　　　〔在内〕该死的！谁在那里这样吵？你是什么人？

庞沛　　　　　你的朋友们，先生，是刽子手。请你费心起来一下接受死刑。

巴拿丁	〔在内〕滚开！你这流氓，滚开！我想睡。
阿伯霍孙	告诉他必须起来，并且要快。
庞沛	巴拿丁大爷，请你起来受刑，然后再睡。
阿伯霍孙	进去，把他抓出来。
庞沛	他来了，先生，他来了，我听见他的稻草响。
阿伯霍孙	斧头放在斩架上了吗，伙计？
庞沛	准备好了，先生。

巴拿丁上。

巴拿丁	怎么样，阿伯霍孙！你有什么消息？
阿伯霍孙	说真的，先生，我愿你立刻开始祈祷。因为，你看，行刑的命令已经来了。
巴拿丁	你这流氓，我整夜地在喝酒，现在不适宜于死[11]。
庞沛	啊，那更好，先生。因为整夜喝酒，一清早砍头，第二天一整天可以睡得格外熟。
阿伯霍孙	你看，先生，你的神父来了。你以为我们是开玩笑？

公爵仍化装上。

公爵	先生，我听说你很快地就要离开人世，我于心不忍，特来开导你，安慰你，并且和你一同祈祷。
巴拿丁	神父，我不。我整夜地在痛饮，我需要较多的准备时间，否则他们要用木头棍子把我打得脑浆迸裂。我不同意今天去死，这是一定的。

公爵	啊，先生，你一定要死的，所以我请你准备走上你必须要走的路程吧。
巴拿丁	我发誓我不在今天死，谁劝我也不行。
公爵	但是你听我说。
巴拿丁	一个字也不要听。如果你有话对我说，到我的牢房里来，我今天绝不离开那个地方。〔下〕

狱吏上。

公爵	不宜活也不宜死。啊，铁石心肠！你们跟了他去，把他带到斩台上去。〔阿伯霍孙与庞沛下〕
狱吏	神父，你觉得这犯人怎么样？
公爵	他是个尚无准备的人，不宜于受刑，在他这种心情之下就把他送离人世，是不对的。
狱吏	神父，狱里有一个著名的海盗，名叫拉高金，和克劳底欧年龄差不多，他今天早晨因发高热而死，他的鬓发正和他的颜色相同。我们暂且饶了这个无赖汉，等他心情好转时再说，用这更像克劳底欧的拉高金的头颅去呈献给摄政，你看怎么样？
公爵	啊，这真是天降的机缘！立刻去办，安哲娄指定的时间就要到了。就去照办，并且遵令把首级送去，趁这时候我去劝解这粗汉去安心就死。
狱吏	这事立刻就照办，好神父。不过巴拿丁今天下午必须处死，对于克劳底欧我们将怎样处置，万一被发现他还活着，我岂不是要遭殃？
公爵	这样办，巴拿丁和克劳底欧都藏在秘密的地方，太

阳两度普照人寰之前，你就会安然无事了。

狱吏　　　我完全靠你了。

公爵　　　要快，速办速了，把首级送给安哲娄。〔狱吏下〕现
　　　　　在我要给安哲娄写信，由狱官带去给他，在信里告
　　　　　诉他我已回到离家很近的地方，并且命令他在我归
　　　　　来的时候必须准备盛大的欢迎仪式。我要他在离城
　　　　　三英里的圣泉那里迎候我，我要心平气和地一步一
　　　　　步地开始处治安哲娄。

　　　　　狱吏又上。

狱吏　　　首级在此，我自己送去。

公爵　　　那最好了，赶快回来，因为我有些事要告诉你，都
　　　　　是不可对别人说的。

狱吏　　　我尽快赶回。〔下〕

伊萨白拉　〔在内〕喂，上天赐给你们平安！

公爵　　　是伊萨白拉的声音。她是来打听她的弟弟的赦令是
　　　　　否已经送达，但是我要把她的好运道暂且瞒过她，
　　　　　等她到了绝望的时候，令她觉得喜从天降。

　　　　　伊萨白拉上。

伊萨白拉　喂！我来打搅了。

公爵　　　你早安，好孩子。

伊萨白拉　这一声祝福出自这样圣洁的人的口，是格外地有福
　　　　　了。摄政把我弟弟的赦令送来了吗?

公爵　　　伊萨白拉，他已经把他从尘世解脱了，他的首级已

经切下给安哲娄送去了。

伊萨白拉	不，不会有这样的事。
公爵	确是如此。孩子，你要在隐忍中表现你的智慧。
伊萨白拉	啊！我要去挖他的眼珠！
公爵	他不会准许你去见他的。
伊萨白拉	不幸的克劳底欧！可怜的伊萨白拉！罪恶的世界！最可恨的安哲娄！
公爵	你这样并不能损伤他分毫，亦不能对你有分毫的益处，所以要忍耐一些，把这桩事交给上天。你现在听我说，你以后会发现我说的每一个字都是真实无虚。公爵明天回来，别这样，把眼睛揩干。我们修道院中有一位神父，是给他做忏悔的，是他把这消息告诉我的。他已经通知了哀斯克勒斯和安哲娄，他们准备在城门口迎接他，在当地交还他的政权。如果你能，利用你的智慧按照我所指点的途径进行，那么你就会把这无赖汉得之而甘心，获得公爵的恩宠，消除心里的怨气，享受大众的赞美。
伊萨白拉	我听从你的指导。
公爵	那么把这封信交给彼得修道士，是他告诉我公爵归来的消息。就说，以此信为凭，我要他今晚到玛利安娜家里来见我。我要把她的情形和你的情形完完全全地讲给他听，然后由他领你们去见公爵，指着安哲娄的脸把他着着实实地控诉一番。至于我自己，则因受誓约的限制，要回避一下。你拿这封信去吧。要露出高兴的心情，把眼泪收起。如果我引你走错

了路，永远不要信任我的神圣的教会。谁来了？

陆希欧上。

陆希欧	晚安。神父，狱官在哪里？
公爵	不在里面，先生。
陆希欧	啊美丽的伊萨白拉，看你眼睛哭得这样红，我的心都变成惨白的了。你一定要忍耐。我被迫在午饭晚饭时只是喝水吃糠，为了脑袋我不敢填满肚子，丰盛的一餐就会引起我的悲伤。听说公爵明天要回到这里了。说真的，伊萨白拉，我和你的弟弟很要好，那个喜欢在黑暗角落处和女人幽会的古怪脾气的老公爵若是在家的话，他便不至于死。〔伊萨白拉下〕
公爵	先生，对于你的这一描写，公爵不会有什么感激，不过幸而他并没有你所说的情事。
陆希欧	神父，你对公爵的认识没有我来得深，他是一个比你所想象的较为高明的猎艳专家。
公爵	早晚有一天你要对这种话负责任的。再会。
陆希欧	不，等一下。我要和你一同走，我可以告诉你一些有关公爵的趣事。
公爵	关于公爵的事你已经告诉我太多了，先生，不知是否是真的。如果不是真的，最好根本不说。
陆希欧	有一次我为把一个女人的肚皮搞大了而被传去见他。
公爵	你做过这样的事？
陆希欧	是的，我是做过。但是我被逼得发誓否认了，否则他们要强迫我娶那个烂东西。

公爵	你那伴侣不是个好东西。再会吧。
陆希欧	我一定要陪你走到巷口。如果你不喜欢听这种风话，我们就不谈它。不，神父，我好像是一种芒刺，我会粘住了不放。〔同下〕

第四景：安哲娄邸中一室

安哲娄与哀斯克勒斯上。

哀斯克勒斯	他写的每一封信都和上次的矛盾。
安哲娄	而且措辞颠三倒四。他的行动很像是癫狂，愿上天保佑他的神志不要迷惘！为什么要在城门口迎接他，并且就在那里交还政权呢？
哀斯克勒斯	我猜不透。
安哲娄	为什么要我们在他进城前一小时宣布，如果有什么人有冤要申诉，必须在街道上呈递状词呢？
哀斯克勒斯	他这样做的理由便是，把一些怨诉都当场解决，使我们以后不致再受缠扰倾陷。
安哲娄	好，请你就这样宣布吧。明天一大早我到府上拜候，一切有地位的人士需要前去迎接的，请都通知一下。
哀斯克勒斯	是的，先生。再会。
安哲娄	明天见。〔哀斯克勒斯下〕这件事使得我发慌，无

心做事了。一个被奸污的少女，而且是被一个执法
严惩奸淫的显要人物所奸污！如果不是为了颜面关
系她不好公开承认丧失贞操，她将不知怎样控诉我
呢！但是理性会逼她噤不作声的，因为我的地位容
易获得人的信仰，私人攻击很难加到我的身上，只
是徒自取辱。他本来是可以活命的，只是他年少气
盛，以后若是知道是以这样的羞惭赎来一条可耻的
生命，他会要报复。

但愿他还活着！

哎！一次缺德，万事皆非。

这么做不好，那么做也不对。〔下〕

第五景：城外田野

公爵穿本身服装及彼得修道士上。

公爵　　　　这封信在适当的时候给我送出去。〔交信〕狱官知道
我的计划。这事一经发动，你要牢记我的吩咐，遵
从我所指定的路线，不过要随机应变，有时候亦可
变通一下。去到佛雷维阿斯家里，告诉他我现在什
么地方。同样地通知瓦伦泰诺斯、罗兰、克拉索斯，
让他们带喇叭手到城门口，但是让佛雷维阿斯先到

我这里来。

彼得　　　　立刻遵办。〔下〕

　　　　　　瓦利阿斯上。

公爵　　　　我谢谢你，瓦利阿斯，你来得好快。来，我们走。
　　　　　　还有别的朋友们就要到此地来呢，我的好瓦利阿斯。
　　　　　　〔同下〕

第六景：城门附近一街道

　　　　　　伊萨白拉与玛利安娜上。

伊萨白拉　　我可不喜欢这样委婉地说话，我愿说实话，不过这
　　　　　　样地去控告他，是你应该负责去做的事，可是他劝
　　　　　　我去做。他说，要把我们的全部计划隐瞒起来。

玛利安娜　　要听从他。

伊萨白拉　　而且，他告诉我如果他偶尔站在对方说出于我不利的
　　　　　　话，我也不要觉得奇怪，因为那是苦口而利病的药。

玛利安娜　　我愿，彼得修道士——

伊萨白拉　　啊，住声！修道士来了。

　　　　　　彼得修道士上。

彼得 来，我已经给你们找到了一个最好的站立的地方，你们可以清清楚楚地看到公爵，他不会漏过你们。喇叭已经响了两遍，高贵的士绅们已经到达城门口了，公爵立刻就要进城了，所以快去，走吧！

〔同下〕

注 释

[1] 下面的情歌，见 Fletcher：*Bloody Brother*，V. 2。但尚另有一节，很难断定是出自莎士比亚之手，还是 Fletcher 之手。可能是前者的作品，而后者添加一节。

[2] 强盗受刑后，其衣物照例归刽子手所有。其意若曰：良民的衣服给强盗穿，强盗的衣服给刽子手穿。故刽子手与良民同属于一个职业（裁缝业）。

[3] 刽子手行刑前照例要请求犯人原谅。

[4] 原文 tie the beard 不知做何解，Simpson 提议改为 dye the beard，仍以保存原文为宜。

[5] 英国一五七一年国会通过法案，借款利息不得超过百分之十，放高利贷者乃巧立名目规避法律限制，凡借款者须要搭购实物若干，将来照价偿还，其实物（Commodity）类皆毫无价值或价值不大之物。此处所谓借到现款五马克（合三镑六先令八便士），而须搭购一百九十七镑之实物，则系夸大之词。老太婆嗜姜饼，亦有以姜粉和牛乳者。姜无出路，则卖不到钱，无法偿还高利贷，故入狱。

[6] 原文 Dizy，按照 Hart 注，是 dice（骰子）之形容词，意为嗜赌者，是也。

[7] 铜马刺（Copper-spur），冒充金质之谓，骗子之意。

[8] 饿死仆人先生（Master Starve-lackey）指绅士阶级（佩带长剑短刀）虐待仆从。

[9] 害人精（Drop-heir），据 Hart 注，指放高利贷者。布丁（Pudding）指 hospitality and good living。

[10] 英国监狱（尤其是 Ludgate 监狱）中之犯人，常在铁窗上悬挂篮子向路人求乞，高呼："看在主的面上，过路的好人，请怜悯囚犯吧！"故云。

[11] 在未忏悔之前而死，其灵魂不得永生。

第 五 幕

······ ❦ ······

第一景：城门口附近广场

> 玛利安娜蒙面纱、伊萨白拉，彼得修道士，在据点伫立。
> 公爵、瓦利阿斯、贵族等，安哲娄、哀斯克勒斯、陆希欧、
> 狱吏、警官等，公民等，自各门上。

公爵　　我的贤弟，久违了！我的忠实老友，我很高兴见
　　　　到你。

安哲娄 ⎱
　　　　├ 愿大人归来愉快！
哀斯克勒斯 ⎰

公爵　　多谢你们二位。我曾打听你们的治绩，都说非常良
　　　　好，我不能不由衷地当众表示我的感谢，作为以后更
　　　　多报酬的先声。

安哲娄	您使得我愈加惭愧了。
公爵	啊！你的功劳太大了，实在是应该铭刻在铜牌上，永垂后世，以志不朽。伸出你的手给我，让民众看看，让他们知道表面的礼遇正好表示内心的恩宠。来，哀斯克勒斯，你在我这一边携手同行，你们是我的贤良的辅佐。

彼得与伊萨白拉趋前。

彼得	现在你的时候到了，大声说，跪在他面前。
伊萨白拉	公爵啊，主张公道吧！请您低头看看一个受冤屈的，我宁愿说，一个处女！啊，高贵的公爵！在您展目瞭望任何别的事物之前，请先听我诉说我的冤情，给我主张公道，公道，公道，公道！
公爵	说你的冤枉。受了什么冤枉？谁冤枉了你？要简单说。安哲娄大人在这里，会给你主张公道的。你对他诉说吧。
伊萨白拉	啊高贵的公爵！您是要我向魔鬼求救。您亲自听我陈述吧，因为我所要说的，可能使我因不能见信而获罪，也可能逼您平反我的冤抑。请听我说，啊，就在此地听我说吧！
安哲娄	大人，我恐怕她的头脑不大清楚。她的弟弟依法被处死刑，她曾来向我求情——
伊萨白拉	依法？
安哲娄	她会说出顶激烈、顶离奇的话来。
伊萨白拉	我是要说顶离奇的话，但是顶真实的话。安哲娄背

<blockquote>
信食言，这是不是离奇？安哲娄是杀人犯，这是不是离奇？安哲娄是一个淫棍，一个伪君子，一个蹂躏处女的恶汉，这是不是离奇而又离奇？
</blockquote>

公爵　　　　哼，那可真是太离奇了。

伊萨白拉　　这事固然离奇，却是完全真实的，犹之乎他是安哲娄一样地真实。不，更加十倍地真实，因为真的终归是真的。

公爵　　　　把她拉走！可怜的人，她神志不清，所以说出这种话来。

伊萨白拉　　啊公爵，我恳求你，你是相信有一个天国的人，请不要以为我有一点疯狂便不理会我。不要以为不近情理的事便一定是不可能，人间最险诈的人很可能就像是安哲娄那样地拘谨、庄严、公正、完美；同样的，安哲娄也可能拥有赫赫的威仪、尊贵的标帜、崇高的官衔、堂堂的仪表，而其实是个大坏蛋。相信我，殿下，如果他不是这样坏，他也不是好东西。而事实上他是比我所说的更坏，如果我有更坏的形容词。

公爵　　　　老实讲，如果她是疯了——我相信她一定是疯了——她的疯狂却颇有条理，一句跟着一句地层次分明，我从没听见过疯子能这样说话。

伊萨白拉　　啊仁慈的公爵！不要反复地想这一点，也不要为了偏袒一方而泯灭了理性；要发挥你的理性，要揭露那像是隐秘的真相，要消灭那像是真相的虚伪。

公爵　　　　很多没有疯的人实在是比她更缺乏理性，你有什么话说？

伊萨白拉	我是一个名叫克劳底欧的姐姐，他因犯奸淫罪被判处死，是安哲娄判决的。我，正在尼庵见习，我的弟弟派人找我去，通风报信的是一位名叫陆希欧的——
陆希欧	启禀殿下，那就是我。我是克劳底欧派我去见她的，要她为赦免她的弟弟向安哲娄大人求情。
伊萨白拉	的确就是他。
公爵	没有叫你说话。
陆希欧	您是没有叫我说话，也没有叫我不说话。
公爵	那么，我现在叫你别说话。请你注意，等你自己有事情的时候，祈祷上天你能好好地回话吧。
陆希欧	我可以担保殿下。
公爵	为你自己做担保吧，要小心些。
伊萨白拉	这位先生把我的故事约略地讲出来了——
陆希欧	对。
公爵	可能是对的，但是没轮到你你就讲话，你就不对了。讲下去。
伊萨白拉	我就去见那位奸诈无赖的摄政。
公爵	这又是疯话了。
伊萨白拉	请原谅，这词句是合于实情的。
公爵	再改正一下，实情如何呢，讲下去。
伊萨白拉	简单说，不必需的细节不必谈，我如何解说，如何哀求，如何下跪，他如何拒绝我，我又如何回复他——这都说来话长——我现在要以悲愤羞愧的心

情陈述那卑鄙的结果。他不肯释放我的弟弟，除非我以清白之躯奉献给他的放纵的淫欲。踌躇好久之后，为了姐弟之情我也顾不得颜面了，于是我屈从了他。但是第二天一大早，他的目的已达，竟下令将我的可怜的弟弟处死。

公爵　　　　这是极可能的！

伊萨白拉　　啊，但愿我能说得像是极可能，因为那本是实实在在的事呀！

公爵　　　　天哪，好糊涂的东西！你不知道你说的是什么，再不然就是受人教唆恶意破坏他的名誉。第一，他的正直无私是无懈可击的；再说，那是毫无理由的，为什么他要这样急急忙忙地亲自去犯这样的罪？如果他真的犯了这个罪，他一定会把你的弟弟和他自己称量一下，不会把他杀掉的。有什么人指使你？从实招来，是谁教你到这里来喊冤的。

伊萨白拉　　还有什么话要说吗？那么，天上的神祇呀，给我忍耐的力量，到时机成熟时揭发这一桩被当局包庇的罪恶吧！愿上天保佑您无忧无虑，我受了冤枉，还不能见信于人，只好离开此地了！

公爵　　　　我知道你愿意走开。警官！把她送到监牢里去！我能这样地准许恶意诽谤落在我的这样亲信的人身上吗！这一定是一项阴谋。你来到此地胡闹，有谁预先知情？

伊萨白拉　　我希望那个人现在在此地，那就是楼都维克修道士。

公爵　　　　一定是一位神父。谁认识那位楼都维克？

陆希欧	殿下，我认识他，是一个爱多管闲事的修道士。我不喜欢那个人，假使他是个俗人，就凭他在您背后对您所说的那些坏话，我就得痛揍他一顿。
公爵	说我的坏话！怕不是一个好修道士了！还教唆这个坏女人攻击我的代理人！去把这修道士找来。
陆希欧	就在昨天晚上，殿下，她和那个修道士，我看见他们都在监牢里。是一个傲慢的修道士，一个很可恶的家伙。
彼得	上帝保佑您！我一直站在旁边听着，殿下，我听出您是受了欺骗。第一，这个女人控告您的代理人实在是极诬蔑之能事，他根本没有和她有过暧昧的事，那完全是无中生有。
公爵	我也是这样相信。你认识她所说的那个楼都维克修道士吗？
彼得	我知道他是一个道行高超的人，并不像这位先生所说的卑鄙猥琐、好管闲事。并且我老实说，他也从未像他所说在背后说您的坏话。
陆希欧	殿下，他骂得好凶恶。真的。
彼得	好。他会及时到来为他自己洗刷的，但是此刻他在患病，殿下，患一种奇怪的热病。我到此地来完全是由于他的请求，因为他知道有人要控告安哲娄大人，要我把他所知道的真真假假代为陈述，以及将来他被传询时所要发誓举证以为辩白的话，也要我先代他说明一番。第一，讲到这个女人，为了给这位横遭公然诬陷的贵人辩白起见，我要当面把她驳

	斥，使她自承诬攀。
公爵	好修道士，让我听听。〔伊萨白拉被押解下，玛利安娜走向前来〕你不觉得这事可笑吗，安哲娄？——啊天哪，可怜的蠢民是何等地愚妄！给我们安排几个座位。来，安哲娄老弟，关于这件案子我不参加，你自己审理你自己的案子。这一位是证人吗，神父？先让她露出脸来，然后再说话。
玛利安娜	请原谅！殿下，我不愿露出我的脸，除非我的丈夫要我这样做。
公爵	怎么，你结过婚了？
玛利安娜	没有，殿下。
公爵	你是一个处女？
玛利安娜	不是，殿下。
公爵	那么，是寡妇？
玛利安娜	也不是，殿下。
公爵	噫，你什么都不是？既非处女，亦非寡妇，又非有夫之妇？
陆希欧	殿下，她也许是个窑姐儿。因为她们有很多都不是处女，亦非寡妇，又非有夫之妇。
公爵	不准他开口，等一下他会为他自己的事而喋喋不休的。
陆希欧	好了，殿下。
玛利安娜	殿下，我承认我从未结婚，我又承认我不是处女，我和我的丈夫已经发生了关系，而我的丈夫不知道他已经和我发生了关系。

陆希欧	那么他一定是喝醉酒了，殿下，一定是喝醉酒了。
公爵	为了使你不说话，但愿你也喝醉了酒！
陆希欧	好的，殿下。
公爵	这个人不见得能给安哲娄大人做证。
玛利安娜	现在我就来做证，殿下，控告他奸淫的那个女人，也同样地控告我的丈夫。她指控他在某一个时候奸污了她，而其实那个时候我正把他抱在我的怀里互相恩爱哩。
安哲娄	除了我之外她还控告别个吗？
玛利安娜	我不知道。
公爵	不知道，你刚说到你的丈夫。
玛利安娜	是的，一点也不错，那就是安哲娄，他以为他确实不曾接触我的肉体，而确实是他以为他接触了伊萨白拉的肉体。
安哲娄	这是离奇的骗局。让我看看你的脸。
玛利安娜	我的丈夫命令我，现在我要揭开面纱了。〔揭开面纱〕这张脸，你这狠心的安哲娄，便是你曾经发誓说最值得一看的脸；这只手，就是你在宣誓订婚的时候紧紧握着的手；这身体，就是教伊萨白拉不赴幽会而代替她到你的花园别墅供你蹂躏的身体。
公爵	你认识这个女人吗？
陆希欧	幽会过，她说啦。
公爵	你这东西，别再多话！
陆希欧	已经说够了，殿下。
安哲娄	殿下，我必须承认我认识这个女人。五年之前我和

她曾谈到过婚娶，但并未谈妥，一部分是因为她承诺的嫁妆未能达到约定的数量，但是主要的是因为她的行为不大检点，累及她的名誉。从那时起五年以来，我以名誉为誓，我不曾和她交谈过，没有看见过她，也不曾听人谈起过她。

玛利安娜　高贵的殿下，天上吐亮光，人口吐言语，真实之中必有道理，美德之中必有真实。我已订婚，做这个人的妻室，海誓山盟，确凿不移。而且，殿下，星期二夜晚在他的花园别墅里他已经和我有了夫妻的关系。这是实情，让我能安然地站立起来，否则让我永久凝固在此地，如同石像一般。

安哲娄　截至现在为止我一直还在笑。现在，殿下，请给我审判的全权吧，我不能再忍耐了。我看这两个可怜的糊涂的女人只是更有力的人物所操纵指使的工具。殿下，请让我来揭发这个阴谋。

公爵　好，我很愿意，由你尽量地惩处她们。你这糊涂的修道士，你这个刁恶的女人，你勾结了那个刚刚押下去的女人，你以为你的足以骂倒每个圣徒的咒语就能抹杀大家公认的正直无私吗？哀斯克勒斯，你和我这位老弟一同升堂审理，帮助他研讯这个骗局，严究主使之人。另外还有一个教唆她们的修道士，也传他到案。

彼得　但愿他在这里，殿下，因为确实是他主使这两个女人来喊冤。您属下的狱官知道他的住处，可以把他找来。

公爵	立刻办去。〔狱吏下〕我的高贵而贤明的老弟，这案子由你查办，关于你受冤枉之处，可以随意严加惩治。我暂且离开你们，但是你们不要离开，要把这些造谣生事的人办了之后再走。
哀斯克勒斯	殿下，我们会彻底办理的。——〔公爵下〕陆希欧先生，你不是说你知道楼都维克修道士是个坏人吗？
陆希欧	"穿僧袍者未必即是和尚[1]"。穿得满像样，人不见得好在哪里，而且他把公爵骂得极其不堪。
哀斯克勒斯	请你留在此地，等他来之后我要追究他是否说过那些坏话。这修道士一定是个颇有可观的人物。
陆希欧	在维也那不在任何人之下，我敢说。
哀斯克勒斯	把那伊萨白拉再叫回来，我有话和她说。〔一侍者下〕大人，请您准我来审问她，您看我怎样对付她。
陆希欧	照她自己所说，您不可能比他更有办法对付她。
哀斯克勒斯	你真这样说吗？
陆希欧	是的，我想，您如果私下里对付她，她会很快地招供；若是公开地干起来，她会害羞。
哀斯克勒斯	我要偷偷摸摸地去应付她。
陆希欧	这就对了，因为女人总是在半夜里轻狂。

警官等押伊萨白拉又上。

哀斯克勒斯	〔向伊萨白拉〕过来，小姐。这里有一位妇人，她完全否认你所说的话。
陆希欧	大人，我所说的那个流氓来了，狱官陪着他到了这里。

| 哀斯克勒斯 | 来得正是时候，我没有喊你的时候你不要对他说话。 |

公爵化装为修道士与狱吏上。

陆希欧	**闭嘴。**
哀斯克勒斯	过来。你唆使这两个女人来诽谤安哲娄吗？她们供认了是你唆使的。
公爵	这是假话。
哀斯克勒斯	什么！晓得你是在什么地方吗？
公爵	要我尊敬你的地位吗？让魔鬼有时候因为坐在他的火烧着的宝座上而受人崇拜吧。公爵在哪里？审问我的应该是他。
哀斯克勒斯	我代表公爵，我要听你作供，从实招来。
公爵	至少要大胆地作供。但是，可怜的人们哪！你们要在狐群中找羔羊吗？你们的喊冤是无望的了！公爵走了吗？你们的冤也无处诉了。公爵实在是不公道，把你们的冤抑抛在一边，把你们的案件送到你们控告的那个坏蛋的手里去。
陆希欧	这就是那个流氓！这就是我所说的那个人。
哀斯克勒斯	嗳，你这个不守清规的修道士！你教唆这两个女人控告好人难道意犹未足，还要口出恶言，当着他的面骂他是坏蛋？然后由他而顺手攻击到公爵本人，指斥他为不公？把他带下去，给他受刑！我要把你的骨骼一节一节地扯断，不过我要先向公爵请示。什么！"不公"？
公爵	不要这样暴躁，公爵不敢扯我一根手指，恰如他不

敢在他自己的手指上用刑一般。我不是他的臣民，也不在他的治辖之下。我因公到此，成为维也那的一个观光者，我看到腐败的情形到处弥漫，各种罪恶不是没有法律制裁，而是罪恶都被姑息纵容了，以至严峻的法律成了理发店里悬挂着的牙齿，令人观看也令人嘲笑[2]。

哀斯克勒斯	毁谤政府！把他送到监牢里去！
安哲娄	你有什么证据要控诉他，陆希欧先生？他是不是你对我们说起的那个人？
陆希欧	就是他，大人。过来，秃头老汉，你认识我吗？
公爵	我听你说话的声音，我记得你，在公爵外出的时候我在监狱里遇到你的。
陆希欧	啊！是吗？你还记得关于公爵你说了些什么话？
公爵	记得清清楚楚。
陆希欧	真的吗？照你那时候所说的，公爵是不是一个淫棍，一个蠢人，一个懦夫？
公爵	先生，如果你认为那是我所说的话，你必须先要和我对调一个位置。老实讲，你这样地说过他，而且还有更多的更难听的话。
陆希欧	啊你这该死的家伙！你说了这些话，我不是还拧了你的鼻子吗？
公爵	我要声明我爱公爵就如同爱我自己一般。
安哲娄	你听，这家伙于胡说乱骂之后现在下台转圜了！
哀斯克勒斯	这种人不信得和他分辩。带他到监牢去！狱官在哪里？带他到监牢去！把他关好，让他别再搬弄是非。

	那些贱婆娘也一起带走，还有那个同党！〔狱官欲 执公爵〕
公爵	且慢，等一下。
安哲娄	怎么！他反抗我？帮助他，陆希欧。
陆希欧	好啦，神父；好啦，神父；好啦，神父；呸！神父。 怎么，你这秃头的、说谎的流氓，你非戴着大头巾 不可，是不是？露出你那副倒霉的面孔来吧！露出 你那豺狼般的面孔，随后再绞杀你！扯不下来吗？ 〔扯掉了修道士的头巾，揭露了公爵的面目〕
公爵	你是第一个制造公爵的恶汉。狱官，让我首先保释 这三位。〔向陆希欧〕别偷跑，先生，修道士就要和 你谈一谈。抓住他。
陆希欧	这结果恐怕不只是绞杀。
公爵	〔向哀斯克勒斯〕你方才所说的话，我赦你无罪。你 坐下来，我要请他让位了。〔向安哲娄〕对不起您 了，你现在还有辩才、机智，或是厚颜，来给你帮 忙吗？如果有，在听取我的解释以前赶快使用，别 噤不作声。
安哲娄	啊我的尊严的主上，您像是天上的神明一般，能洞 察我的一切过失。我若是还妄想能够躲闪，我可真 要罪加一等了。所以请您不必再侦询我的丑事，让 我自己招供。即立判决，随即处死，便是我所乞求 的恩典。
公爵	走过来，玛利安娜。你说，你是否和这个女人订 过婚？

安哲娄　　　是的，殿下。

公爵　　　　领她去，立刻和她结婚。你去主持婚礼，神父，礼
　　　　　　成之后，送他回来。和他一同去，狱官。〔安哲娄、
　　　　　　玛利安娜、彼得修道士与狱吏下〕

哀斯克勒斯　殿下，事情固然离奇，但使我更惊讶的是他的荒淫
　　　　　　无耻。

公爵　　　　走过来，伊萨白拉。你的修道士现在是你的君王了。
　　　　　　当初，我对你的事情很关切，现在衣服换了，心却
　　　　　　未变，仍然愿意为你效劳做辩护。

伊萨白拉　　啊，请饶恕我，我是您的治下的小民，不识尊颜，
　　　　　　竟敢劳动了您的大驾！

公爵　　　　恕你无罪，伊萨白拉。现在，亲爱的小姐，你也要
　　　　　　同样地原谅我。你的弟弟的死，我知道，盘据着你
　　　　　　的心。你也许诧异，为什么我要隐姓埋名地努力救
　　　　　　他，而宁愿让他这样地牺牲性命，不肯爽快地运用
　　　　　　我的权力。啊！最善心的姑娘！我以为他的死期会
　　　　　　慢慢地到来，没想到来得那么迅速，把我的计划破
　　　　　　坏了。但是，死者就让他安息吧！不再怕死的生活，
　　　　　　比活着怕死好得多了。你的弟弟已经到了极乐世界，
　　　　　　这样想你就宽心了。

伊萨白拉　　我是这样想，大人。

　　　　　　安哲娄、玛利安娜、彼得修道士及狱吏又上。

公爵　　　　走过来的那个新婚的男子，他曾以淫念侮辱你的坚
　　　　　　贞，为了玛利安娜的缘故你必须饶恕他。但是他既

　　然判了你的弟弟死刑，而他自己也犯了罪，双重的
　　罪，于奸淫之外还犯了违反与你的弟弟性命攸关的
　　诺言之罪——顶仁慈的法律也要大声疾呼："以安哲
　　娄抵偿克劳底欧，以命抵命！"迅速永远要报答迅
　　速，迟慢报答迟慢，同样的事受同样的报应，怎样
　　衡量人也将怎样被人衡量 [3]。那么，安哲娄，你的
　　罪状已经是这样地明显，你纵然想抵赖，也无从抵
　　赖。我现在判你就在克劳底欧受刑的那个台上去死，
　　并且同样地迅速。把他带走！

玛利安娜　　啊，我的仁慈的主上！我希望你不要用一个名义上
　　　　　　的丈夫戏弄我。

公爵　　　　是你的丈夫以名义上的丈夫戏弄你。为了保障你的
　　　　　　名誉，所以我觉得应该为你完成婚礼，否则他已把
　　　　　　你奸污，你终身受人指责，受害无穷。至于他的财
　　　　　　产，虽然没收之后全属于我，我愿给你做赡养，你
　　　　　　可以用这笔财产找一个较好的丈夫。

玛利安娜　　我的亲爱的主上！我不要别个，我不希望找一个较
　　　　　　好的人。

公爵　　　　永远不能再要他，我已下决心。

玛利安娜　　〔跪下〕仁爱的主上——

公爵　　　　你只是白费气力。把他带去受刑！〔向陆希欧〕现
　　　　　　在，先生，我要和你谈谈。

玛利安娜　　啊我的好主上！亲爱的伊萨白拉，帮我说话，陪我
　　　　　　跪下，我将来有生之年也会舍了命来帮你的。

公爵　　　　你求她帮忙实在太无意义了，如果她饶恕了这罪过

　　　　　　　而肯下跪，她的弟弟的鬼魂会从坟里挣脱出来把她
　　　　　　　抓走。

玛利安娜　　伊萨白拉，亲爱的伊萨白拉，请在我身旁跪下，举
　　　　　　　起你的双手，不必说什么，由我来说。据说最好的
　　　　　　　人乃是从错误中铸造出来的，大多数的人都是有一
　　　　　　　点点坏然后变得格外好，我的丈夫也许就是这样的。
　　　　　　　啊，伊萨白拉！你不肯陪我跪下吗？

公　爵　　为了克劳底欧的死，他必须死。

伊萨白拉　　〔跪〕最仁厚的主上，请你看待这个罪犯，只当我的
　　　　　　　弟弟尚在人间好了。我有时候想，他在见到我以前，
　　　　　　　他的行为还是诚恳的。既然如此，不要教他死吧。
　　　　　　　我的弟弟是依法论死，罪有应得。至于安哲娄，他
　　　　　　　的行为并未实现他的卑劣的企图，只好当作未遂的
　　　　　　　企图看待。空想是依法无罪的，企图只是空想而已。

玛利安娜　　只是如此，殿下。

公　爵　　你的请求是无用的。站起来吧，我说。我想到另外
　　　　　　　还有一件过失。狱官，为什么克劳底欧不在惯常的
　　　　　　　时辰处决？

狱　吏　　是奉命这样做的。

公　爵　　你接到特别的指令了吗？

狱　吏　　没有，殿下，只奉到私人的手谕。

公　爵　　为了这件事我要把你革职，交出你的钥匙。

狱　吏　　饶恕我吧，高贵的公爵。我曾想到这手续不合，但
　　　　　　　是不太明白，后来仔细考虑，甚为懊悔，此事有事
　　　　　　　实证明，狱中还有一人也是奉他私谕处死而我并未

执行。

公爵 那是什么人?

狱吏 他名叫巴拿丁。

公爵 我愿你对克劳底欧也是同样处理的。去,把他带来,
让我看看他。〔狱吏下〕

哀斯克勒斯 我很难过,像您这样博学多才的一个人,安哲娄大
人,竟一时失足至此,情欲冲突于前,复缺乏理性
于后。

安哲娄 我很惭愧,我竟招来这样的悲哀。心中悔恨欲绝,
但求速死,不敢望宥。这是我应得的,我请求治我
以应得之罪。

狱吏偕巴拿丁、蒙面的克劳底欧及朱丽叶上。

公爵 哪一个是巴拿丁?

狱吏 这一个,殿下。

公爵 有一位修道士和我谈起过这个人。小子,据说你是
一个冥顽不灵的家伙,只知道有一个尘世,于是就
昏天暗地地过活。你已经被判死刑,但是我赦免你
一切的尘世的罪恶,请你接受这一点点仁慈,好为
将来死后的生活做一些准备。神父,开导开导他,
我把他交给你了。——蒙面的那个家伙是什么人?

狱吏 这是我救下来的另外的一个犯人,在克劳底欧处决
的时候就应该死,他长得很像克劳底欧。〔揭开克劳
底欧的面幕〕

公爵 〔向伊萨白拉〕如果他长得像你的弟弟,为了他的缘

故，我也赦免了他；为了你的缘故 [4]，——如果你肯把你的手伸过来给我，并且说你是属于我的——他也是我的弟弟了。这事以后再说。现在安哲娄看出来他的性命保住了，我觉得我看到他的眼睛在冒光。好，安哲娄，你的罪行对你颇有益处，要好好地待你的妻子，她的价值不在你之下。——我愿饶恕所有的人，但是这里有一个人我却不能饶恕。——〔向陆希欧〕你这家伙，你认定我是一个蠢人、一个懦夫，完全是个好色之徒、一个笨蛋、一个疯子，我究竟有什么对你不起的地方，你竟这样称赞我？

陆希欧　　说真的，殿下，我只是当作笑话说说罢了。你若是为了这个就想杀了我，你就杀吧，但是我愿你抽我一顿鞭子算了。

公　爵　　先抽鞭子，然后再杀。狱官，向全城宣布，如有任何女人被这淫棍奸污过——因为我听他自己说过他曾把一个女人弄得怀了孕，让她出面，我要令他娶她为妻，婚礼完毕之后再抽鞭子再绞杀。

陆希欧　　我请求殿下，不要让我娶窑姐儿。殿下刚才说过，我使得你变成为一个公爵。好殿下，不要以让我做乌龟来酬谢我。

公　爵　　你非娶她不可。你的诽谤我饶恕了，其他的惩罚也一概免除。送他到监牢去，按照我的意思去执行。

陆希欧　　娶一个娼妇，殿下，和压死、鞭打、绞杀，差不了多少 [5]。

公　爵　　毁谤君王就应受这样的惩罚。受你折磨了的她，克

劳底欧，你要好好补偿。祝你快乐，玛利安娜！要
爱护她，安哲娄。我曾为她主持忏悔，我深知她的
美德。谢谢你，我的好朋友哀斯克勒斯，你实在很
好，以后还有更令你满意的酬劳。谢谢你，狱官，
你辛劳而且机密，我要以较高的官职叙用你。你要
原谅他，安哲娄，他送给你的首级是拉高金的，不是
克劳底欧的，这过失本身是值得令人原谅的。亲爱
的伊萨白拉，我有一个请求，对你是很有益处的。
如果你肯倾心听我说，
我的属于你，你的属于我。
现在我们就打道回宫，
我还有许多话说给你们听。〔同下〕

注释

[1] 拉丁谚语: "Cucullus non facit monachum. ", 英译 "The hood does not make the monk.", 意即 "人不可貌相" 也。

[2] 理发匠昔兼业牙医，拔出之牙常悬挂以为招徕。

[3] 《圣经·马太福音》第七章第二节: "For with what judgment ye judge, ye shall be judged : and with what measure ye mete, it shall be measured to you again." 此处之 measure 是 "量具" 之意，亦即 "衡量之标准" 或 "尺度" "器量" 之意，与 "即以其人之道还治其人之身" 之意亦近似，故 measure for measure 一谚语等于 tit for tat。

[4] 此处应有逗点，今遵耶鲁本于加逗点之外再加 dash。

[5] "压死"原文 pressing to death，古代的一种刑法，所谓 peine forte et dur，用以惩治应审而拒不发言之罪犯者，以重石等物压置平卧之身上，至压死为止。此等既不认罪亦不否认罪行之恶汉，依法无从判罪亦无从没收其财产。